藍試紙

| 李浩短篇小說集 |

李浩 著

認識大陸作家系列

目　次

失敗之書

　　那個坐在冰涼的石凳上的人是我哥哥，那個坐在那裏，像一塊木頭一樣的人是我哥哥。他坐在那裏，陰冷地坐在那裏，雖然從我的角度和距離看不見他的表情，但我猜得到。他有幾年來始終如一的石頭表情，我們都小心翼翼地看慣了，看厭了，坐在那裏的他，肯定還是那副讓人厭惡和壓抑的陰冷表情。

　　我站在三樓的陽臺上看他，因此上他比實際渺小得多，這種渺小會讓我突然地心疼一下，然後另外的，複雜的情緒湧出來覆蓋了它。這種渺小讓我產生了某種錯覺，彷彿擁有一米八二身高的哥哥是一個用沙礫和泥土堆起的矮小的人兒，他弱不禁風，只要一根手指，輕輕一碰，他就會倒下去摔碎，摔成沙子和土。他沒有支撐。他是一個虛弱的人。

　　我站在三樓的陽臺上看他，但他看不見我。我躲在窗簾的後面，躲在黑暗裏，我不能讓他看見。我有足夠的小心，可他抬頭看過來時我依然感到緊張地窒息。他看不見我，可他卻總是時不時地抬頭，朝著我房間的方向，或者這僅是我的錯覺。

　　樓下空無一人，只有三個石凳和一張石桌。我哥哥是依在一條石凳上的木頭，他不生長但開始著腐朽。夜晚靜得可怕，我甚至能聽見昏暗的路燈所發出的滋滋滋滋的聲響，這種滋滋滋滋的聲響分佈在短淺的光裏飄動著。那個深夜，那個清涼的深夜也發出滋滋滋滋的聲響，寂靜得可怕。

　　路燈突然變得更暗，它紅紅地閃了兩下，然後熄滅。黑暗彷彿一股潮水一樣從四面聚攏，就像燈火是投入水塘的一粒石子，現在它被吞沒了。同時吞沒的還有我的哥哥和那三個石凳，一張石桌，還有自行車棚裏的三輛舊自行車。

　　黑暗，外面的黑暗和我房間裏的黑暗連接了起來，沒用繞過窗簾它們就連接了起來，那麼巨大，陰沉。我回到床前重新躺下，躺下，但我無法入睡。我努力不去想那個人，我的哥哥，可他的影子總在乘虛而入，我用了種種方式都趕不走他。他就在那裏，還在那裏。

　　我知道他還在那裏，一個人坐著。因為我沒聽見他回到樓上來的腳步聲，沒聽見他打開自己房間的聲音。那他就還在那裏。在黑暗中。

　　哥哥留給我一個堅硬的失敗者的形象，它深深地楔入了我的記憶。像釘在牆上的一枚生銹的釘子，像玻璃容器上的一道裂痕，我不知道可以用哪種方式來修補它，改變它。我寫下這篇經過多次修改卻始終無頭無尾的《失敗之書》，自己也不知道目的是什麼，理清還是忘卻。離開我的家已經兩年，然而我的哥哥還是失敗中的那副舊樣子，我年老的父母還必須天天面對他。窒息。寫到這裏的時候窒息像一塊透氣性很差的棉花堵塞在我的胸口，它吸收著我體內的水分膨脹起來，並且更加密不透風。而我的父親，母親，他們沒有離開的可能，沒有任何一種躲避的手段，他們只能面對。小心翼翼地窒息，提心吊膽地窒息，無時無刻。這種窒息是我哥哥附加給他們的。他應當把窒息也帶給了自己。

　　我們家的空氣是哪一年開始突然減少的？是二〇〇一年，我的父母將我哥哥從北京的「畫家村」接回來的那一年。五年的時光也許不夠漫長，可是它得分成一分鐘一分鐘來計算，而我們家的一分鐘，長度超過別人家的半小時。至少如此。就是如此，如此綿長的窒息，如此綿長的空氣稀薄，它改變了我父親母親肺的形狀。

　　我們小心翼翼，這小心翼翼也是母親反覆告誡我們的，在他面前，我們不提損失、失敗、無所事事之類的字眼，我們若無其事地笑著，至少不表現憂鬱和憂傷，我哥哥的回家取消了我們某些情緒的表達權力，是的，我們不去指責不去碰他在北京三年的生活，因為我們不知道哪裡就是他的舊疤痕。我們要體現一種溫暖，我母親說，我母親說妹妹我對你不放心你可不能用話傷他，你是女孩子要對他細心耐心點，別讓他覺得自己無用讓全家人瞧不起。我用了最大的力量點頭。我們是種溫暖，必須是。

　　可能我們錯了。從一開始就錯了。

　　他拒絕了我們的溫暖，他拒絕了我母親的，我的，和我父親的溫暖。

　　在最初的幾個月裏，我哥哥將自己封閉在他的小屋裏，他不出現。除了吃飯和上廁所。偶爾在夜深人靜的時候悄悄溜出門去，在石凳上木頭一樣坐著，一支一支地吸煙。他是一隻怕人的老鼠，他是一隻，軟殼的蝸牛。

　　他回來了，他的那間房間就從我們家裏分了出去，他不允許我們進他的房間，任何人。他想帶著那間房間從我們的視線裏消失，可是不能，我們不能。他也同樣不能。我們誰都無法真正忽略那間房間的存在，它像一個黑洞，吸走了許多的光線、溫度和空氣。

　　我父親的牙痛病又犯了。雖然他顯得若無其事，但我還是看了出來，我相信我哥哥比我發現得更早。我父親艱難地咬著一塊並不很硬的饅頭時，我聽見我哥哥的鼻孔哼了一聲。又一聲。我父親收起了艱難，埋頭對付著面前的碗，他的眼睛有些發紅。後來我母親的眼睛也開始發紅，她咳嗽了一下，這輕輕的一下竟然是一條導火索，我哥哥重重地將碗摔在地上：都看我不順眼是不是！嫌我沒用是不是！裝什麼啊！別以為我看不出來！

　　空氣裏那種硝煙的氣味一下子彌漫過來，它不是比喻，我真的聞到了硝煙的氣味。它渾濁，帶著灰色的顆粒。

　　這根本是一場力量不對等的戰爭，本該應戰的一方似乎措手不及，一觸即潰。在我哥哥的強大面前他們就如同做錯了事的孩子，面紅耳赤，一聲不哼。

　　我一直記著我哥哥木頭一樣坐在石凳上的形象，在我的記憶裏那個形象是我哥哥的首要標誌，它被反覆固定了下來。後來我離開家，來到上海，然後北京，從陽臺上往下看時時常會遭遇到那種木頭一樣站著或坐著的落魄的男人。因此上我站在陽臺上就產生一種莫名的恐懼，恐懼讓我暈眩，然而我無法克服向下看的願望。我努力的克制往往會引發自己的執拗，我在恐懼和對自己的厭惡中從窗簾後面探一探頭，看一看路上的行人或路上的空曠，尋找那些成為木頭的男人。這樣的男人似乎也並不難找。我從他們的影子裏看到了我哥哥。

　　雖然我從未期待過他會出現。我不期待，如果說有期待的話那只是期待能將他暫時忘卻，用一套什麼樣的、帶有自我麻醉性質的

程式將他覆蓋。這樣的念頭會讓我陷入到另一層的恐懼中，我感到自責。

　　不能總讓他這樣下去。不能。我母親壓低了聲音，她的眼睛又悄悄地紅了，她用一種古怪而讓人可憐的眼神望著我們，一副束手無策的樣子。她說，你們可是想想辦法啊。

　　辦法在哪裡呢？

　　在我哥哥回家之後的第二個月。一個下午，時間還很早的下午，我父親興沖沖地趕回了家，他背回了油畫筆，油畫色，松節油，油畫布和幾個木框。這足以讓他汗流浹背。進門之後我父親並沒有馬上將它們放下，而是一直背著去敲我哥哥的房門。一遍。一遍。一遍。

　　我父親說，我給你買回來了。

　　我父親說，你開門。我給你都買回來了。你畫畫吧。

　　只有我父親一個人的聲音，和他敲門的聲音，這聲音單調得有些空曠。我哥哥應當是將他和房間都帶走了，只留下一扇緊緊鎖著的門，我感覺，在這扇門的後面肯定是一個黑洞，它吞掉了房間也吞掉了我的哥哥。

　　我父親只得將他背著的那些東西放下。他將它們放在一個顯眼的角落裏。他朝著我使了個眼色，我只得充當那個不情願的信使又去敲門。我說哥你開門吧，父親給你買來了畫布和顏料。在我準備繼續的時候，突然聽到屋子裏一聲巨大的響動，然後沉寂下來。我只得停止。

　　晚飯時我哥哥終於出門了。他帶著那副冷漠而讓人厭煩的石頭臉。他從畫布、畫框和顏料旁邊繞了過來，看都沒看它們一眼，彷彿那裏堆放的只是一堆無用的、散發著黴味的垃圾。他石頭一樣晃到飯桌的前面，坐了下來。

我父親小心翼翼。他繞過許多無聊的、無用的話題之後，繞到了繪畫上。他用一種小心翼翼的口氣，大升你還是畫畫吧，也不用急於畫出什麼名堂。喜歡，喜歡就行。

作為補充，我母親將一根雞翅夾到了哥哥的碗裏。

我哥哥沒有說話。他還是那副石頭表情，嚼得緩慢而細緻。他彷彿沒有帶出耳朵來，於是他盯著我父親的嘴仔細辨認著。他盯著我父親的嘴巴，一直盯著，我父親只好閉上了嘴。他又開始吃飯。

我母親接過了話。她說你那時多愛畫畫啊，大冬天下著雪去火車站寫生，手都凍僵了，過了幾天手背上紅一塊紫一塊，往外冒水。我們不叫你去可你還是去了。

你那時多愛畫畫啊。

我哥哥夾起盤子裏的最後一塊雞翅，放進自己的碗裏。我父親的筷子悄悄地繞到另一邊，兩片紅辣椒被他夾了起來。

那時你為了畫畫開始蹺課。我母親說不下去了。我看見父親的腳悄悄伸向了她的腳，吃飯。他朝我揮了揮手，打開電視，新聞聯播該開始了。

我記得你那時打我，說我不務正業，沒有出息。我哥哥的聲音很冷，他的筷子點了點我父親的方向，你是對的。我只會吃白飯，什麼也做不了。

時間突然停了下來，我們的小心翼翼再也呼吸不到空氣，它也被窒息了。只有我哥哥的時間沒有遭到停止。他站起身子，放下筷子，那時他儘管有一副石頭表情，但似乎相當平靜，平靜如水。

然而那平靜竟然是一種掩飾，他悄悄地積攢了怨憤，敵意，仇恨，屈辱，或者其他的情緒，這樣的積攢也許不是一天兩天了，他一邊積

攢一邊壓抑，甚至一邊愧疚。他在那天晚飯之後終於又爆發了一次，面對畫布和畫框，面對他曾視若生命甚至要略略高過生命的東西。

他的腳重重地抬起來，又重重地落下去。他的臉不再是石頭，他換上了一副相當憤怒的表情，咬牙切齒。顏料被踏破了，它們五彩繽紛地噴出來，噴得到處都是，一片混亂。松節油瓶變成碎玻璃，它的氣味那麼重，那麼尖銳地閃爍，它使混合一起的顏料更加狼藉。木質的畫框在發出一陣一陣折斷的聲響之後變成了木柴，而畫布上污跡斑斑，我哥哥還要瘋一樣撕扯著，彷彿他有足夠的力氣和怨恨將它撕成一條一條。

——你你你這是幹什麼！我父親終於也爆發了，他拍了一下桌子，你知道我們為你做了多少麼！你知道我今天花了多少錢麼！他的牙又開始痛了起來。

疼你的錢是不是？我白吃你家的飯心疼了是不是？覺得養我這樣一個無用的兒子很虧是不是？我哥哥迎著父親，他毫不示弱地貼近了他那張有些扭曲的臉，覺得委屈了後悔了趕我走啊，殺了我啊。

我想殺了他，不止一次。我想過他的多種死法，想過如何殺了他還能偽裝成一副自殺的樣子，想過他應該死得體面一些還是難堪一些。我想殺了他的想法像一群蠢蠢欲動的蟲子，它們把我的心當成了桑葉。我偷偷地忍受著那種疼痛的快感。

那天他和我父親吵過之後，就跑到洗手間嘔吐起來。他救下了我的父親，因為我父親不知道戰爭該如何繼續，他既不能在那時將我哥哥趕走也不能殺了他。甚至，我父親也不能動手打他，我父親早就打不過這個兒子了，而且這個兒子不會任由我父親來打罵。即使錯在他。

事後我哥哥對我母親說，他見不得油畫筆和油畫色，見不得，一看到這些就感到噁心，煩躁，厭倦。

那應當是我哥哥的道歉。可他沒有用一個帶有道歉意味的詞，半個也沒有。他只在陳述。他躲避了自己的歉意。可我母親已經很滿足了，她甚至有些感動。沒事，我們不畫畫還可做別的。

我哥哥說，他現在也看不得書，看上一頁就會頭痛，暈眩，他現在也不能想太多或太複雜的事兒。我哥哥說，他真的是一個廢人了，沒有一點兒的用處。說這些的時候，他的臉色又變得像石頭一樣，讓人厭惡和壓抑。

不止一次，我猜想我父母從畫家村領回的不是我哥哥，而是另一個人。這個人要麼是我們家的敵人，要麼是我哥哥的敵人，他是故意來害我們的。我猜想他殺掉了我的哥哥，用最快的速度剝下了我哥哥的皮，套在自己的身上，於是他有了我哥哥這一身份，有了我父母的親生兒子的身份。在身份的掩映下，他的報復計畫一步步展開，而我們被蒙在鼓裏。

真的，他不是我的哥哥，至少不應當是，我的哥哥可不是這個樣子，雖然我的舊哥哥也沒什麼好。但至少，我的舊哥哥不像現在這樣消沉，毫無鬥志，但至少，他不表現得像現在這樣可惡，無所事事。現在，他完全是一個寄生的人，儘管我們家的條件正在每況愈下，但也不算可怕，可怕的是，他在寄生生活裏一點點放棄了愧疚和愛，卻培養了仇恨。

似乎是，他要我們一家人，要社會和整個世界為他的寄生負責，他可以心安理得地索要。唯一不對他的現狀負責的是他自己。似乎

是，我們都對不起他，是我父母和我，和這個世界迫使他成為了這個樣子。

我不知道在畫家村的三年裏都發生了什麼，我哥哥對此守口如瓶，並且是一個密封很好，不易打開的瓶子，它還有敏感的、一碰就會縮回的觸角。反正會有所發生，這發生讓我哥哥經歷一次次挫敗，使他那稱之為藝術理想的東西發生了崩塌。崩塌發生得那麼徹底，最終痕跡全消。或者是什麼也沒有發生，單單是時間就消磨了它，時間將失敗和絕望種植在缺少規律也缺少變化的日常裏，用心力交瘁的風吹走了沙堡上面的全部沙子。

我來到北京之後，一個偶然的機會，得到了一張記錄畫家村生活的光碟。我只斷斷續續地看了一遍。在觀看的時候，我一邊不停地給朋友打電話不停地進進出出，即使那樣，我的淚水還是不停地湧出來，在我心臟的位置出現了一陣一陣的絞痛。

一副副落魄的樣子。一雙雙神經質的眼睛。他們顯得比剛進城的民工還茫然。問題是，他們對藝術、理想和未來表示了強烈的不屑，同時也對財富、日常生活表示了強烈不屑。無所謂。狗屎。我們是一大堆狗屎。借走我光碟的朋友說裏面還有表現他們歇斯底里的畫面，我沒有看到。或者是我看到了，但隨即躲開了，我努力忘卻的速度遠遠高於記憶的速度。

我的那個朋友感慨地說，要想毀掉一個人的理想，就是叫眾多的這種理想主義者生活在一起，天天面對。誰都是誰的影子，誰都是誰的鏡子，更主要的是，誰都是誰的未來。他們在相互消磨，相互毀壞。而且，絕望情緒會在同一類人中飛快蔓延，一群人的集體放棄會輕易地瓦解那種個人的抵抗。

是這樣。肯定是這樣。

它可以解釋在我哥哥身上的發生，至少在我看來如此。

不止一次，我猜想我父母從所謂畫家村領回來的不是我哥哥，而是另一個人，一個全然陌生的人，我們一無所知的人。他有一副相當落魄的樣子，他有一雙倦慵而越來越神經質的眼。他部分地扮演了我哥哥的形象，他是我們全家的敵人。

我們不得不接納他。他有我父母親兒子的身份。我知道，我的父親和母親極其小心地倦慵著，厭惡著，不讓它們表現出來。

可是它們在。在層層的偽裝下面它們也在。作為失敗者，我哥哥是一隻軟殼的蝸牛，它有良好的觸角，它的觸角敏感，運轉正常。我相信，在離開家兩年之後我突然理解到，我哥哥的觸角不知多少次碰觸到我父母的倦慵和厭惡，於是他極力想讓我們同樣受傷。他沉湎於那種期期艾艾和怨憤中不能自拔，也不想自拔。

在一段故意的消失之後，我哥哥又故意地出現在我們的面前。他顯然是故意，連我一直不敏感的母親都看出來了。

很早很早的早晨，我哥哥就從他的房間裏出來，來到客廳裏。把電視打開。他好像有一雙木訥的耳朵，於是，他總是將電視的低音和重音一起開到很大，讓客廳發生震動，讓我們各自的房間和睡夢都發生震動。

電視吵鬧的聲音時常使我的早晨提前結束，同時提前結束的還有我的某種放鬆。我的心被收緊了，它的上面罩著一條有網眼的呢絨袋子，房間外面的吵鬧有一雙可以拉緊繩索的手。掌握這雙手的是我哥哥。窒息。

　　他幾乎赤裸地躺在客廳的沙發上，頭枕著沙發的一頭，腳從沙發的另一頭探出來。他只穿了一條內褲，很短小的那種。他的手伸在地上，手上不停地按著遙控器，不在任何一個頻道不在任何一檔節目上停下來。

　　我發現，他幾乎不看電視，他的眼睛時常瞄向別處。電視是開給我們看的，它是，它充當了我哥哥的一部分延伸，它提示著我們的注意。他似乎覺得他以前的消失造成了我們的忽略，現在，他要我們注意，並要我們為自己的忽略付出代價。

　　他就那樣在沙發上躺著，開著電視。一天一天。或者在客廳裏走來走去。我哥哥在從畫家村回來之後的兩年多的時間裏，幾乎沒有走出過我們所住的那棟樓。除了深夜到石凳那裏坐一會兒。他肯定恐懼「外面」，他肯定害怕和「外面」的人打交道，但在家裏他一米八二的身體足夠強大。

　　在他身邊，我的父母進進出出，他們必須付出更多的小心翼翼，得寸進尺的哥哥在侵佔了自己的房間之後又開始侵佔客廳，我的爸爸媽媽對這種漸進的侵略束手無策。

　　某一天早晨，我聽見我母親壓低了聲音對我哥哥說，你能不能多穿件衣服，妹妹也是大姑娘了，你不能總這樣。我母親的聲音很小，如果不是我剛從廁所出來的話是無法聽到她說了什麼的，她回避了我和我哥哥說話，對我哥哥提出要求。

　　可他把一些骯髒下流的詞用了出來，用在了我的身上。他頗有快感地往我身上潑著髒水，振振有詞。在角落裏我看見母親低低地哭了。

　　淚水從我的眼睛裏湧出來。我控制它的閘門已經鏽壞了，它們湧得洶湧，漫長，心酸。甚至絕望。

　　二〇〇二年，我二十三歲，我哥哥三十五歲。二十三歲的妹妹害怕面對任何一面鏡子，它讓我感到羞恥，同時我還怕我必須面對另一種恐懼：我比我的實際年齡看上去蒼老。我感覺我有一顆相當蒼老的心臟，鏡子可以將它的樣子一覽無餘地照出來。

　　那年夏天我有了一件屬於自己的首飾，乳白色的珍珠項鏈。後來它莫名其妙地不見了，再後來，我在打掃房間的時候在角落裏發現了散落一地的珍珠。它們藏在背後，有些污濁。我猜得到這是誰幹的，他有那樣的心。

　　二〇〇二年，經同學介紹我有了一個男友。談不上喜歡也談不上討厭，我只是覺得我應當接納一個人的存在，他使我獲得了某種逃離，他使我有藉口離開那個令人窒息的家、窒息的人，而不必一個人空蕩蕩地走在街上。

　　我渴望逃跑。渴望一雙一碰腳後跟就能去任何地方的鞋子，它至少有帶我走出家門的能力。我害怕回家，一想到回家那個罩在我心臟上的呢絨袋子就會收緊。同時，我也害怕我的父母和那個看出我逃離的意願的人，特別是我的母親。在負擔窒息的時候我逃開了，不和她一起承擔。

　　我木木然接受那個男人的擁抱，親吻。我偽裝了羞澀除此之外我不知道我還能做什麼。他的舌頭有一股胡蘿蔔的氣味。

　　我們一起去看電影。他根本不理解，那麼平庸的劇情怎麼會讓我表現得那麼心酸，淚流滿面。他不理解，他不能理解的太多了。

　　他占居客廳，把電視的聲音開到很大，包括他的赤裸都是挑戰，他大約隱含了某種想激怒我們中的某一個人，和他進行爭吵的意圖。

他在我們面前晃來晃去，表現一副讓人討厭的樣子，甚至在我面前故意將手伸到襠部，甚至下作，是想讓我們的忍耐早些到達極限，然後爭吵，打架。這個扭曲了的失敗者，我的哥哥，他竟然要依靠和我們的爭吵來釋放！

我想殺了他，不止一次。後來我知道他也具備同樣的想法，同樣不止一次。

戰爭開始了，不，不能算是戰爭，我不想用那種明顯的對抗傷我父母的心，不想。所以我的所做只能是抵抗。一種消極的抵抗。我實在無法容忍他一步步的侵佔，雖然我的抵抗可能正是他想要的，可我不管這些了。

我先是飛快地吃飯，領先於所有的人，這樣我就可以先於我哥哥坐到沙發上去。我盯著電視。換台。我那可惡的哥哥馬上會發出吼叫，於是我又換上一副委屈的很乖的樣子將遙控器遞到他的手上。

或者，我在飯桌上不停地說話，和母親說，和父親說，也裝做和他說。我小嘴不停。我故意不理會我父母的嚴肅緊張，視而不見，故意不去看那張石頭的臉。然後，我裝作突然想到了什麼，話題戛然而止，埋頭吃飯。我會趕在他發火之前停止，不給他留下機會。

我是小女巫，帶有七分之一的惡毒。

在學知路書店，我買了一幅溫森特・梵谷的《向日葵》，乘著我哥哥回屋睡覺的時間將它貼在客廳的牆上。帶著某種快意我約了我的那個男友。等我回家時那張印刷粗劣的《向日葵》已經不見了，我哥哥坐在沙發裏若無其事地伸長了他的腿，像一隻氣息奄奄的大章魚。當我打開自己的房間，發現遍地的紙屑，那張被撕碎的向日葵被他一點點塞進了我的房間裏。坐在地上，我一邊收攏著那些細碎的紙屑，一

邊笑了起來。當我哥哥的身影巨大地擋在門口，他帶來巨大的陰影時我想停住我毫無道理的笑，可我忍不住。我笑得自己都恐懼起來。

我是小女巫，帶有七分之一的惡毒，現在它使我七分之四都浸在了毒裏。

終有一天，我和那個三十五歲的男人，落魄的無所事事的失敗者發生了直接的衝突。那是一個下午。外面陽光明媚但它們無法照到我的房間，就像外面充足的空氣無法緩解我的窒息一樣。

他在客廳裏躺著。不停地轉換著頻道。聲音巨大而混亂，我的房門根本無法抵擋它一浪一浪的侵入。我的耳朵裏灌滿了聲音，它們生長成一群一群的蟲子爬滿了我的大腦，心臟，和身體的每一部分。我在我的床上翻來覆去，而那些蟲子則更為堅韌，它們還有超強的繁殖能力。它們爬進了我的鼻孔爬進了我的胃和肺它們在的地方我就慢慢消失。我一邊消失一邊培養著自己的怨恨他憑什麼他憑什麼憑什麼憑什麼憑什麼……

那時，我還是進行了壓抑，努力使自己鎮靜，但壓抑使我有些暈眩，搖搖晃晃。我搖晃到客廳裏，給自己倒了一杯水。我將水飛快地咽進自己的咽喉，有一些爬在我體內的蟲子被淹死了，可是它們的數量過於龐大，依然沸沸揚揚。不知是哪裡來的勇氣，我走上去關掉了電視。

他愣了。顯然這出於他的意外。他有些茫然地看了我兩眼。我哼了一聲，用鼻孔，然後再準備倒一杯水。如果他不發火，我就將第二杯水給他。

可他撲了過來，打掉了我的杯子，你怎麼敢這麼對我，他衝著我吼叫。我怎麼啦，我怎麼啦，你吵得人沒法幹活也沒法睡覺，我關了它還不行！我外強中乾了一下，那時我怕得要命，他一米八二的身高籠罩了

我。——不行！他抓住了我的頭髮，我說不行就不行，連你都敢欺負我！我的頭有一種裂開的刺痛，但那時，我的恐懼突然消逝得無影無蹤。我撕打，擰他咬他踢他，用我的力氣。我的力氣源源不斷。

母親哭喊著把我們分開了。我意猶未盡，用我的憤怒的眼睛盯著他的眼睛，可他的眼睛轉向了別處。你們都覺得我多餘，我多餘了是不是！他順手拿起一個玻璃杯，高高舉起來，用力朝電視機的方向砸去。

我的母親，用她的身體阻擋了這只玻璃杯。她一定很痛。因為她不再哭喊，而是緩緩地躺在了地上。我父親也衝出來了，我哥哥一伸手就將他推到了一邊，然後轉身離開了客廳，朝他自己的房間走去。

真的沒有了畏懼。我撲向他，我準備使用我源源不斷的力氣，可我父親卻緊緊地抱住了我。坐在地上的母親哭了，她的聲音有些沙啞：你們能不能讓我清靜一下。哪輩子欠你們的啊。

我有些冷地看了看坐在地上的母親，看了看手足無措的父親，那一刻，我對他們的存在和樣子也感到厭惡。我是小女巫，有七分之一的惡毒，我的一部分惡毒潑灑了出來，我笑了笑，你們也只配有這樣的兒子。

那一夜我沒有回家。我和我的男朋友在一起，我們走在街上，去餐館，去咖啡屋，然後回到大街上。那一夜我是另一副樣子，我不停地說，說，說。說我的哥哥。

那一夜我沒有回家。我知道他們肯定無法睡覺，他們在擔心我，我甚至能猜到我父親的表情，我母親的表情。我故意不去想。我故意想到他們，心裏有種報復的快意。為什麼總讓我充當好孩子呢，我已經當夠了，早就。我不提回家，也拒絕男友一次次要回家的提議。本質上，他

是那種真正的好孩子。我不是，我的好孩子是偽裝，我們家小得容不下另一個我哥哥，它太脆弱了，太緊張了，於是我只得變成現在的我。

我挽住他的手，我說我的哥哥。從不是現在這個樣子的哥哥說起。

我說我哥哥從小喜歡繪畫，在我和我們一家人看來他畫得也的確不錯。那時我們家的生活條件更差，他就用樹枝燒成木炭在紙上畫，臨摹小人書，到車站去畫速寫。經常是天黑透了才回來，手凍得發紫。為此他沒少挨我父母的打罵。我父母都不支持他畫畫，那屬於不務正業。我的父母想將他拉到他們認為的正業上來。

可是事與願違，我哥哥的癡迷越來越重，他乾脆翹課，偷偷到市文化館學素描，水彩。他和我的父母以及學校的老師捉起了迷藏。他沒少挨打。可他像一根竹子，反彈的力量越來越大。

我說著。我旁邊的好孩子偷偷地看了看錶，我故意忽略了他的這個動作。

我說他當然考不上大學。他大我十歲，在他二十歲那年去鋼鐵廠上班了。那是一段艱苦歲月，從我家到鋼鐵廠要四個小時的路程，騎自行車去。中午還得自己帶飯。不過那時候我哥哥沒有學會抱怨，艱苦歲月倒成了他的快樂時光。他還在畫畫，他的工資一半兒用來買衣服，一半兒用來購買紙和筆。

這時他認識了一個女孩兒。或者說，這個女孩兒是他認識的許多女孩兒中的一個，那時我哥哥有了不少的追求者，但這個女孩兒和我哥哥的關係最為密切。我母親對她的出現保持著警惕，她不滿意，越來越不滿意。可我哥哥是一根漸漸粗壯起來的竹子，他的反彈越來越有力量。儘管我母親表現著她的不滿意，但我們所有人都認為他們倆最終會走到一起，毫無懸念。然而他們卻分手了。在將自己關了兩天

之後我哥哥判若兩人地出現在飯桌的前面，他狼吞虎嚥地吃下了三碗米飯，還有兩個包子。

那一年我哥哥考上了大學。美術系。

我的男友看了看錶。他提示我，已經很晚了，餐館要打烊了。

我和他挽著手走向一家咖啡屋，那裏燈火闌珊，昏黃的燈光像不停說著的話，聲音很低，但有流淌感。我問他是不是不願意聽我說了，他很鄭重地搖著頭，挽我的手也用了用力，不，不會。只要你高興就行。不要讓太多的心事憋在心裏。

那我接著說。

「不要相信歷史，要相信自己的眼睛；不要相信別人的話，要相信自己的心靈。」這曾是我哥哥在上大學後常說的一句話，和我父親說，我母親說，和我說，和朋友們說。我父母憂心忡忡，他越來越偏激，越來越喜歡爭論，越來越習慣懷疑。後來我父母的擔心終成事實。

我說，我哥哥參加了學潮。他一度還充當了他所在那座城市裏學潮的領導者之一，滿腔熱情，對我父母的訓斥勸告置若罔聞。僅有幾個月的時間。他被管制了，放出來後他所面對的世界已經是另一個世界，他的失敗由此開始。或者更早，他的失敗有著錯綜複雜的根。

別人無法理解我父母的擔心。我是看著我母親的戰戰兢兢的，窗外的警車一響她的手和腿就不停地顫抖，雖然我哥哥並不在我們這座城市。後來我哥哥終於回家了。他竟然不再談文化談政治，我說出「不要相信歷史，要相信自己的眼睛」時他表情漠然，過了幾分鐘後他輕輕地說了一句，狗屁。

他似乎沉穩了，沉穩得可怕，可憐。那時起，他專門找來毛主席的著作和黨史看，但很少發表什麼評論。除了說深刻，深刻。

　　如果你願意聽我就繼續說，我對我的男友說，我盯著他的他的眼睛。他略略地躲閃了一下我的眼，當然願意。我願意瞭解，你們家的所有人。

　　在兩年的無所事事之後，我哥哥到北方一座小城裏當一名美術教師。然而他不甘心，他是那種有著理想的人。有理想。這個詞自身不包含褒意，也不包含貶意，它具體起來的時候就可怕了。

　　後來我哥哥辭去公職，帶著我父母三十年的積蓄隻身到了珠海。他買了房子，想開畫廊畫油畫，大幹一場。然而失敗如影相隨，像在他的身體的某處隱藏著，像在他身體著養大的病菌或蟲子，失敗早早地在他的影子裏，性格裏潛伏。當房子的鑰匙拿到他手上時，國家開始宏觀調控緊縮銀根，所有的幻想像泡沫一樣破滅。我哥哥面對的是一片觸目驚心的蕭條，他變成了一個擁有空房一座的無業遊民。

　　在珠海的幾年我哥哥飛快地老去。在毫無希望可言的掙扎之後，他決定去北京投靠同學。他知道那裏有一個畫家村。他背著畫板就上路了。

　　我對面的男友，低著頭，轉動著手裏的杯子，裏面已無一滴咖啡。我問他在聽麼？他沒有回答我的問題，只是說，時間不早了，我們應該回家了。他說，他沒有在外面待過這麼長的時間，他的父母肯定在擔心他。

　　你走吧。我說。他直了直身子，那你呢？我說我不回家，今夜。我要找一個肯聽我說話的人，聽我將我哥哥的故事講完。「我是那個人。」他抓住我的手。悄悄地打了個哈欠。

　　那我們出去走走。我看見街上幾乎空無一人。只有明亮的路燈和偶爾駛過的車輛。好的。他說。他提議，我們不如去家賓館，可以躺在床上說，這樣太累了。我拒絕了他的提議，我說我願意走在街上，

看著街燈和空曠的街道。好的。他說，就像港臺電視劇裏的男女主角一樣，一直坐到天亮。

　　那天我們真的坐到了天亮。他哈欠連連，而我卻始終滔滔不絕。關於我哥哥的那些事在我心裏實在積壓得太久了，它像裝在某種紙或塑膠容器裏的黴敗的物體，黴敗使它膨脹，幾乎會將容器炸裂，現在，它終於撕開了一個小口兒。源源不斷地出來。

　　我講我哥哥的生活，講那些瑣細，講我哥哥在他的失敗之中，如同被一隻無堅不摧的大手揉來搓去，一棵原本水靈蔥綠的鮮菜最終變成了罐子裏的鹹菜，生氣全無，精采萎失。我講他如何一事無成，一次次被失敗按倒在地，慢慢地他就習慣了趴在地上不再掙扎，現在，他將自己不掙扎的責任罩到我們的頭上。

　　我講我哥哥的那些，我所能知道的，以及我能夠想到的。我講得自己淚流滿面，而他卻一個接一個地打著哈欠。

　　他說，他理解。（我知道其實不。）他不理解，他不可能理解，因為他的家人中沒有這樣的人，我們的書上也沒寫到過我的哥哥。生活的真實被掩蓋得太多了，假如不是發生在我家裏，我也是不會理解的。

　　我的男友，出於，出於某種動機偽裝了理解。當時，我並沒有馬上揭穿他的偽裝。

　　我吻了他。那是我和他交往以來的第一次主動。他的動作顯得特別，失去了以往的熱量和熟練。

　　路上有了三三兩兩的行人。天開始亮了起來，亮起來的光似乎早就蓄藏於黑暗之中，它慢慢加大了劑量。他顯得萎頓，無精打采。我衝他揮了揮手，謝謝你，我說。

我們分手吧，我不適合你。我說。

他似乎說了一聲不用謝或者其他的什麼。他也揮了揮手，朝另一個方向走去。從背影看去他依然顯得萎頓，無精打采。在一個街角，他回過頭來衝我擺了擺手，然後消失。我突然有了一種莫名的心疼，它從心臟或者胸部的某個位置開始，然後迅速擴散。在擴散中，疼變成了酸，變成了一種麻木的靜寂。

我的這場戀愛從無精打采處開始到無精打采處結束，我又回到以往的生活，平靜，壓迫，絕望。這場戀愛，毫無感覺的戀愛的確從未將我從平靜、壓迫和絕望中救出來，但至少，我可以有所躲避。我努力不去想。想會讓人迅速變老。

我的父親母親也在躲避。並且，他們故意顯得並沒有避開什麼，顯得對生活和哥哥的存在有意麻木。我哥哥是一條鯊魚，我是一條梭魚，而我的父母則大約是金槍魚。我們被養在同一個魚缸裏。

我想殺了他。不止一次。他像一隻碩大的蛀蟲，將這個家將我的父母蛀得千瘡百孔，搖搖欲墜。我想用我的力量使我的父親母親獲得一些解脫。我想過犧牲，它確實有些悲壯，但更多的是無奈。我猜測，我的母親也這樣想過，不止一次。

我和我的母親心照不宣地構成了合謀。有時我們故意向對方袒露一個小角兒，然後掩蓋起來。這就足夠觸目驚心了，至少對我來說是，我會為那個念頭緊張很久。我母親，則比我更為緊張，她會臉色變得蒼白，或者切菜切到手上，一小塊肉掉了下來。

觸電。割腕。甚至投毒。

故意將切過西瓜的刀子放在客廳的茶几上，它閃著寒光讓我和我母親都不願靠近。故意忘記斷開電源。故意……我們越來越健忘了，我母親常說，看我這腦子。

當然我們更希望他能自殺。我們心照不宣地為他提供著自殺的幫助。那把磨亮的刀子。丟在廁所裏的呢絨繩。母親反覆購買積攢下來的安眠藥，它被擺在母親房間裏顯眼的位置上，而母親外出常常忘記鎖上她的房門。年久失修的電源和略有破損的電線。等等等等。

我哥哥還活著。好好地活著。說好好地活著也許並不確切，他活得並不好，他是一個失敗者。一個失敗者，在活著，而已。

我書寫著我哥哥的故事。失敗之書。它沒有開始也沒有結束，我的記憶可從任何一段開始，它是一大堆紛亂的麻，我找不到一個串起故事的線頭，但線頭又無處不在，任何一點都前後相連，無邊無際。我不知道是否有人肯讀它。它大約只是一個個人的故事，最終淹沒在灰燼當中。時間當中。冷漠當中。在寫作這篇失敗之書的時候，我並不期待它會有好運。它和失敗緊密相連。它是失敗的一部分，這大約是命運，我哥哥抵擋過它，我也抵擋過。所謂抵擋，也許並不是那種雞蛋和石頭的碰撞，軟殼蝸牛的抵擋隱蔽得多。

接下來說我的哥哥。

他是卡在我喉嚨深處的一根巨大的魚刺。當然他更多的卡住了我父親和母親的脖子，我知道，他們比我更感覺刺痛，不適，窒息。

在那次和我的戰爭之後，他更加變本加厲。他越來越不掩飾自己的故意，他故意讓自己成為落在飯桌上的蒼蠅，故意長出那種嗡

嗡叫的翅膀來，他讓自己成為對我們生活的一個打擊，他容不下別人的快樂。

是的，他越來越容不下別人的快樂，哪怕是偶然的幸福感，短暫的幸福感。不只是我，和我的父母的。

他最厭倦看電視裏的娛樂節目，同時也厭倦那些商場驕子們談各自的人生經歷，在他看來快樂是麻木而骯髒的，金錢是骯髒的，成功也是骯髒的，而他這樣的失敗者卻具有天然的潔淨。他拒絕思考，拒絕推理，只做那種簡單的判斷。

他也變得越來越惡毒。他津津有味地觀看電視劇或記錄片中殺人放火的場面，津津有味地看自然的或人為的災難，那些在地上擺放的屍體，在水中漂浮的屍體總讓他顯得興奮不已。當我的父親或者母親發出一聲同情的歎息的時候，我哥哥往往會不大不小地喊一聲，好，好！我猜測他喊好的時候一定面目猙獰，然而事實上並不是這個樣子。他沒有咬牙切齒，也沒有別的激烈的表情。

儘管事隔多年，我依然忘不了那個晚上的爭執。它同樣是一根釘子，帶著鏽跡，釘在我的記憶裏。

那個晚上開始的時候我們都相安無事，我的父母和我都有足夠的小心，不去碰他完全過敏的觸角。眼看，相安無事的晚飯就要吃完。盤子裏最後的三塊雞塊被我哥哥夾到自己的碗裏，他面前一大片咀嚼之後的小小的骨頭。我父親似乎用一個細微的表情表現了一下他的不滿，但這表情細微得像哥哥第一次長出來的鬍子。我哥哥沒有看出來，至少表面上如此，他嚼骨頭的聲音像一隻老鼠。他一貫這樣。並且，我母親及時掩飾了我父親的細微，她說，你們看電視。看。

電視裏是一則新聞調查，我第一次聽到「黑心棉」這個詞，隨後因為那天晚上的事件那個詞深深植入了我的記憶，就像我記下我哥哥蹲在石凳上的情景。這是那一群男男女女，麻麻木木的農民，將帶著污漬和血跡的棉花棉布以及其他骯髒的東西縫在了被子裏，棉花裏，出售給一些不知情的人們。講述者顯得義憤填膺，於是我母親也顯得義憤填膺，在我哥哥回家之後她可從未這樣義憤填膺過了：這些人真是心黑！怎麼能這樣！不能只為了錢就什麼也不顧了吧，你們說說……

我哥哥低著頭，他沒說話。他還在嚼著某塊雞骨頭。

這時我母親推了我父親一下，你去年在什麼地方買的棉衣？會不會是黑心棉做的？你就知道省錢，省錢，這下可好了！

那你說他們怎麼辦？我哥哥突然吐出了他嚼不碎的骨頭，站著說話不腰疼。不這樣做，他們吃什麼喝什麼？

我母親回過了身來。她張了張嘴，張了張嘴，胸口一起一伏。眼淚被擠破了，捧出了眼眶。

你，你這孩子。母親的聲音很輕，有些發顫。

我怎麼了？哼，你們覺得自己高人一等不是不？瞧不起他們是不是？我最看不慣你們這副嘴臉。

——你，你，你怎麼說話？你哪來的這麼多歪理？我父親出場了。他的出場外強中乾，我聽得出來。他已經不是那個擁有絕對權威不容辯駁的父親了，他面對的也不是二十年前那個兒子，他們都在變化，這變化很大很大。

我哥哥橫了橫他的脖子。他突然站起來，用力地關上了電視。

　　事情也許可以到此結束。我們天天有這樣的不愉快,這真的是家常便飯,算不得什麼。可我父親那天不知為何卻不依不饒,他取得了一點兒的勝利之後有些忘乎所以,他竟然怒氣衝衝地又打開了電視。

　　電視中,女主持人依然義憤填膺,她訴說著黑心棉可能造成的危險與危害。她的小嘴不停。

　　這個婊子。我哥哥罵了一句。他給自己倒了一杯水。

　　女主持人開始總結陳詞。我哥哥端著水杯站在電視旁邊,咬牙切齒地冷笑著,他表現了一臉的不屑。這個婊子。在女主持人說到「我們將繼續關注」的時候我哥哥突然將水倒在了電視機頂上。

　　我們聽見了一聲悶響。隨後,電視機開始冒出一股氣味刺鼻的灰煙。我的父親母親手足無措地站在一邊,而我哥哥依舊冷笑著,他朝自己的房間走去。

　　若無其事。

　　那天晚上是一聲戰爭,所有的炸藥早就準備停當,電視裏的黑心棉充當了導火線,至少是點燃導火線的那顆火星。

　　那天晚上,我始終是一個冷漠的旁觀者,不發一言。我是小女巫,我體內那七分之一的惡毒又在發作,我旁觀著事態的發生,幸災樂禍。那天晚上我出奇地安靜,老實,當我哥哥將水倒在電視機上造成短路的時候,我的心顫了一下,興奮莫名其妙地來了,只是我沒有表現給任何一個人。

　　他們在爭吵。激烈地爭吵。我拔下電視機的插頭,將碗放進廚房,擦淨了飯桌。這些活總得有人幹。隨後,我關上自己的房門,將他們

的爭吵關在外面，打開 CD。我七分之一的惡毒有種燃燒感，它們沸騰
了起來，我幾乎按不住它們了。耳麥裏是崔健的搖滾，為了抵禦爭吵
的進入我不得不將聲音開到最大。

這場戰爭已經來得晚了，它應當早些爆發，更早一些。我哥哥的
身上和心裏已經佈滿了毒瘤，而我的父母姑息了它們，造成了它們的
蔓延。我的爸爸媽媽應當拿出刀子來，割掉它們。

自作自受。現在，毒汁濺在他們的身上了，他們也只配有這樣的
兒子。這個兒子造成了毀滅，這個兒子是他們生的，他們養的。

七分之一的惡毒還在沸騰。我發現，它是一種晶瑩的褐色，它的
上面懸浮著一層淡藍的火苗兒，是它們，讓我感到興奮，有了那種燒
灼感。

我哥哥需要一個女人。也許那個女人能夠改變他，使他成為另一
個人或者是我原來的那個哥哥，我母親這樣想。她相信這是一個好辦
法甚至是唯一的，辦法。

為了尋找那個女人，我母親可沒少想辦法，她越來越急切，也越
來越饑不擇食。這在件事上，她所經受的挫折絕不會比給我哥哥找一
份工作的挫折少，但她卻樂此不疲。

她不止一次地感歎，現在的女人啊。

現在的女人啊。

我母親對「那個女人」的要求越來越少。離過婚的行。帶一個孩
子的行。只要沒有殘疾的就行。有點兒小的殘疾的也行。

　　有段時間，饑不擇食的母親打起我同學的主意，她極力慫恿我領女同學回家。一旦哪天女同學來了，我母親立刻表現出十二分的熱情。你吃水果。你喝水。我給你們做好吃的，你們聊著。到這裏就像在自己家裏。看這姑娘多漂亮。然後她呼喚我的哥哥，快過來，你妹妹來同學了，你好好招待人家，陪人家說說話！

　　然後，我母親時不時地過來，向人家介紹我的哥哥。她說得天花亂墜。在她口中，我有了一個我所不認識的哥哥。我母親的表現有些滑稽，有些拙劣，我體內七分之一的惡毒時不時地沉渣泛起，雖然我一本正經，不讓它們顯現苗頭。

　　儘管我母親極力約請，所有來過一次的女同學都沒有來過第二次。肯定是我怪怪的、熱情的母親嚇住了她們。她們看我的樣子也越來越異樣。為此我和我母親大吵小吵，可她卻控制不住。真不知道她哪裡來的那麼多熱情。

　　和我母親的熱情相反，我哥哥表現冷漠，他的冷漠也顯得怪怪的可怕。他說我母親用心險惡齊，想給自己甩包袱。他對我母親說如果你那麼想甩掉我可以殺了我啊，那樣更清靜。我哥哥說，反正我不自殺。

　　我母親低低地哭了，她說哪能呢，哪能呢，你怎麼就不理解做母親的苦心呢。她哭著，越來越悲痛。

　　不知為何，我竟笑出了聲來，我想抑制它卻抑制不住。雖然，我哥哥惡狠狠的目光讓我接連打了幾個寒顫。

　　我是我哥哥的敵人，他是這麼認為的，他一定這樣認為，他一定早就這樣認為。他肯定覺得，我分去了這個家的大部分的愛，而他從未得到。他只是一塊丟不掉的垃圾，和責任黏在了一起。

　　似乎貶低了我，鄙視了我的存在，將我打下去，他就會享受的多一些，他就會由此獲得愛和尊重。當然他也許要的並不是愛和尊重，他要的是忘卻或別的什麼，誰知道呢。反正在他那裏，我和他的存在無法獲得平衡，像一群出生不久的鼴鼠，只有將另外的小鼴鼠擠到一邊去，食物才會充足，才不會挨餓或死亡。

　　他越來越難以容忍。

　　他不能容忍我在他眼前晃來晃去，不能容忍我佔用廁所的時間太長，不能容忍我在吃飯的時候說話也不能容忍我在吃飯的時候不說話。

　　而他最不能容忍的是，我的工作有什麼樣的進展，或者我為家裏添置什麼東西。他不願聽到任何有關我的好消息，不願意。

　　我給家裏買的熱水器使用兩個月後就壞了。我哥哥幸災樂禍地看著我父母在那裏汗流浹背卻無所適從地修理，他說這個東西本來就是次品，是垃圾。不要只看外殼。他說真不知道我買這件物品的時候是怎麼想的，出於什麼樣的動機。他說不要修了，丟了算了，反正也不幾個錢。他終於把我父親惹火了：你有完沒完！回你屋去！

　　那天我哥哥笑嘻嘻的，他沒有針鋒相對地和我父親發火，真的回自己屋裏去了。

　　在維修站，負責維修的人員告訴我，雖然它在免費保修期內，但我的熱水器卻不能獲得免費。因為有人已經動過了，因為損害是人為造成的，他說，他們不懂就不要亂動，你們不懂，至少知道剪斷了線再接上吧。

　　在為維修付款的時候，我的眼圈突然熱了一下，淚水形成了兩條細流飛快地流下來。

天暗了下來。彷彿在我眼睛上蒙了一層黃褐色的玻璃。我有些茫然的看看茫然走在街上的人們，止不住淚水。我的父親母親不會剪斷電線，絕對不會。

是他。是他故意的。這已經不是第一次了，但以前他損壞的只是小的對象，現在看來，他不滿足了。

我相信，因為挫敗和無所事事，我哥哥積攢了太多的怨氣和破壞欲，這像日漸瘋狂的癌細胞，它們一邊努力破壞正常的細胞榨取養份一邊飛快的繁殖。在我哥哥身上，它們已經擴散。無所事事是一張很好的溫床。

二〇〇三年秋天的時候，我哥哥搬出了我們家，我母親在附近給他租了間房子。那個秋天我和哥哥的關係越來越緊張，我們的身上散發著那種火藥的氣味兒，那氣味兒在屋子裏擦出了火花兒，隨時都有爆炸的危險。之所以沒有爆炸，是因為我不想，我用力地抵制過了，但是抵制的力量正一點點從我的身體裏流走。我發現我哥哥也不想，是的，他也不想。我們似乎都異常委屈，經受著忍耐，可爆炸還是一點一點一天一天臨近了。

像那種已經定時的炸彈。我不敢預期爆炸之後的結果，我箝拴著我的大腦和喉嚨，我乾脆不去想它。該來的就來吧，我只能接受。

當然，我的父母也預知了這種危險，他和她也充當了抵制的力量。譬如開些蹩腳的、一點都不可笑的玩笑，譬如回憶我們倆童年少年時代曾經有過的親密時光，譬如為哥哥做了一件什麼事說成是我做的，為我做了一件什麼事說成是哥哥做的……他們的做法也許真的有所減緩，但絕對沒有真正地解除。沒有。它就要來了，快了，我聽得見聲響和逼近時粗重的喘息。

　　在爆炸之前，我們已經發生了幾次不大不小的摩擦。其實這種摩擦也是種制止和緩解，就像給一個膨脹的氣球放一點兒氣。摩擦是漸漸升級的，最後的一次，我哥哥拿起一杯酸奶倒在我的身上，隨後摔掉了杯子。我用同樣的方式報復了他，我在酸奶裏面調進了一些番茄醬。我的母親不得不一遍遍地制止，她身上的污漬比我們兩個身上的都多。

　　我哥哥的搬出沒費太多的周折。也許費了周折只是我不知道而已，在一次次的爭吵和磨擦之後，我藉口工作忙和准備考研暫時住在了同學的家裏，我在膨脹的氣球裏又放出了一些氣來。可我還是聽得見它到來的喘息。

　　等我返回家來的時候我哥哥已經搬走了。他的走，使我們家的客廳、沙發和空氣都空曠了起來，我們家的房間裏開始有了足夠的氧氣。坐在飯桌前，我故意若無其事地問，他呢，我母親告訴我，搬出去住了。這等於又多了一份開支。

　　話雖然是這麼說的，但我母親的舉動中透出一絲輕快來，這是隱瞞不住的。那頓飯我們吃得安靜，平靜。

　　飯後，我父親坐在沙發上打開電視，目不轉睛地盯著戲曲頻道，身子略略前傾。是的，這才是我的父親，以前天天如此的父親，這一個父親在我哥哥搬出之後又回來了，他原來就是這樣，應該這樣。

　　看著聚精會神、嘴角一動一動的父親，我的心一陣陣發酸。我不能再看他的這個樣子。我急急忙忙回到自己的房間，關上房門。

　　暖暖的陽光曬著我的床，房間裏彌漫著那種暖暖的氣味。一周的時間，我的桌子上蒙上了一層薄薄的灰塵，就像新生的絨毛。

　　他搬出去住了，這隻軟殼蝸牛有了更為空曠的房子，他開始了本質上、形式上相統一的孤獨。他會不會覺得我們都拋棄了他呢？他會不會更恨我們呢？

　　我母親問。她自言自語，其實她並不需要我們的答案，我們也不會給她答案。

　　他又瘦了。自己又不會做飯。我母親舉著筷子，她的眼圈開始發紅。我父親推推她，將一塊肉夾到她的碗裏，吃飯。吃飯。可我母親吃下這塊肉後又開始發愣，就是有肉他也做不熟。

　　我父親就有些火了：你這是幹嗎？要是你覺得不行，明天就接他回來！省下房租來買魚買肉！

　　她不再說話。她低下頭，專心致志地吃飯，將我父親夾給她的另一塊肉丟到我父親的碗裏。

　　搬出去的哥哥使我的父母暫時獲得了解脫，但這解脫是不徹底的，他在外面的生活依然像枚生銹的釘子，常常被我母親的額頭碰到。我母親總是自我譴責，他該怎麼辦啊，總一個人呆著會不會瘋掉？我們是不是太狠心了？他是應該怨恨我們，是我們當父母的將他趕走的啊。

　　在我母親的語氣裏，已經三十六歲的哥哥彷彿是一隻出生不久還沒有睜開眼睛的小綿羊。在某種程度上也是，我的哥哥是一隻沒有睜開眼睛的綿羊，除了依靠父母，他沒學會應付過去、現在以及未來的失敗。失敗如影相隨，層出不窮。

　　某一個晚上。雨下得很大，電閃雷鳴，我感覺我們的房子像孤單地駛在海上的船，竟有種顛簸的感覺，彷彿雨水很快會將這艘船打沉，周圍沒有任何一個人救援。我們的窗子發出嗚嗚的呼嘯，玻璃在抵擋著風和雨水，它們的力氣快用完了。

　　他住的是一層，會不會進水啊？這麼冷的天他知不知道加件衣服？他吃什麼呀？我母親在客廳裏來回走著，很快將我父親走煩了：

一頓兩頓不吃也餓不死他！也該讓他經受經受，別人就容易嗎？我跟誰說去？

我父親用力地、誇張地按下電視的遙控器。戲曲頻道是一則藥品的廣告。他又換了一個台。

——他經受的還少麼？他原來是這樣麼？看他這個樣子你不心痛？

我父親不再說話，但他用行動表示了他的態度。他用力的按著遙控器，頻頻換台。

好不容易清靜清靜，我說，你能不能讓我們好好清靜幾天，然後接回他來我出去住？

輪到我母親不說話了。她走到視窗看外面黑洞洞的雨。我父親又換了兩個台。現在，電視裏是一則新聞，一個外出打工的農民討薪不成而爬到了樓頂上，經過警方和有關人員的勸阻他終於走下來了。

我母親回過頭來也看到了這則新聞。她依然不說話，一句也不說，逕自走進了廚房。我父親將電視換到了戲劇頻道，京劇《鎖麟囊》。我就回到自己的房間。原以為，這該是一個屋外風大雨大屋裏風平浪靜的晚上。

我聽到了外面的爭吵聲。開門關門的聲音。我走出去，我的父親正用力地拉住我母親，她穿著一件雨衣正朝外面用力的掙。他和她都用足了力氣。

有病啊你？這麼個天你跑什麼？他能餓死麼？他刁難我們才不會刁難自己呢！

你光想自己清靜！萬一他病了呢？萬一，萬一他自殺了呢？我打他的電話就是不接！

不用管他！他故意的！

你放開我！我又沒叫你去！

我拉住我母親說我去吧，你別被雨淋著感冒了。你不心疼自己別人還心疼呢。

你也別去！都讓你媽媽慣壞了！什麼也幹不了還像大爺似的，什麼東西！

儘管他這麼說著。但他沒有阻擋我穿上母親的雨衣，沒有阻擋我接過母親手裏的袋子，沒有阻擋我將門打開。我突然感到一陣心酸。重重地摔上了門。

風真大，雨真涼。而路又是那麼磕磕絆絆，如此巨大的風雨使這條路變得完全陌生，它有了坑凹起伏，有了泥濘，有了怨憤和委屈。路顯得漫長，空曠，幽黑。那麼大的風雨，路上空空蕩蕩，一個行人也沒有，甚至都沒有車輛駛過，可我得在這樣的天氣裏走這段艱難的路。我七分之一的惡毒又在發作。我將手裏的塑膠袋丟在水裏，拾起來，然後再丟一次。

我去敲門。我叫著他的名字。裏面沒有任何的回應。我的怨憤也在積累，它冒出了火苗。於是我加大了力氣。

依然沒有回應。

我莫名地緊張了起來，它很快就壓過了怨憤，像油浮在水上。我說哥哥開門，快開門，你怎麼啦，你怎麼啦。房間裏依然沒有回應。

鄰居的回應來了，樓上的回應也來了，他們和我一起叫門，他們說沒見過這個鄰居出來，不過他們在家待的時間不多。

我們嘰嘰喳喳地議論著。樓上的那個女人建議我去外面看看這個房間裏是否亮著燈。於是我又衝進了雨中。

燈沒亮。那扇黑洞洞的窗子讓人恐懼，讓人不安。

他們更加七嘴八舌。

混亂中，門突然開了，我哥哥的頭探了出來，他的臉上帶著一份歉意：不好意思，睡過頭了。打了一天的遊戲，實在睏了。

等眾人走後，我哥哥的臉馬上換成了另一副面孔：你來幹什麼？他堵在門口，沒有讓我進去的意思。

你說我來幹什麼？我用了同樣的冷，此時怨憤又重新浮了上來，現在它具備了油的屬性。我將那個濕漉漉的塑膠袋提了起來：你媽媽讓我來看你。給你送東西。

他看了看我，看了看我手上的東西。用不著。謝謝。你提回去吧。他用那樣的臉色，用那樣的語調。

巨大而強烈的委屈像霧一樣籠罩了我。我將塑膠袋丟在他的門外，你媽媽還讓我看看你會不會自殺，死了沒有。我的牙在顫。我體內那七分之一的惡毒像一股冷冷的氣鑽了出來。我準備迎接爭吵和咒罵。我用眼睛看著他的眼。他更加瘦了。有種失敗的痕跡在臉上氾濫。

沒想到，他表現得相當平靜。你終於肯承認了。早想我死了是不是？對不起，讓你們失望了。我沒有死的勇氣。他相當滑稽地擴了擴胸，這個世界多好啊，我幹嗎要死？就是你死我也不會死的。他說，我不要你們假惺惺地可憐，滾吧，滾吧。

他關上了房間的門。那包濕漉漉的東西還在，它在淌著水。我的牙在顫抖，身體在顫抖，牌子在顫抖，心也在顫。我抓起那包東西衝進了雨裏。我將它遠遠地甩了出去，朝著黑暗的前方。

那是我的哥哥，那個被失敗一路追趕無處躲藏的人是我的哥哥，那個使我和我的父母感到壓抑和窒息的人是我的哥哥。那個坐在冰涼

的石凳上的人是我的哥哥，那個坐在那裏，有著石頭一樣的表情，像一塊木頭一樣的人是我的哥哥。那個在夢裏握著一把劍，卻被我一次次殺死又活過來繼續追我的人是我的哥哥。

我的，哥哥。無論我願不願意面對，他都那樣的存在著。

寫作這篇《失敗之書》，為他，更多地是為我自己。也許他永遠不會看到我寫下的這篇文字，當然，他也喪失了看任何文字的興趣，喪失了想任何問題的興趣。在寫作的時候，我常常被這樣那樣的事所打斷，以至不得不多次重新開始。許多時候我都盼望它能儘早結束，讓某個句子變成結尾的一句。如同我讓它一頁頁跑下去的這條墨水線一樣，充滿了畫叉、塗改、大塊黑漬、污點、空白，有時候散成淺淺的大顆粒，有時候聚成一片密密麻麻的小符號……糾結解開了，線拉直了，最後把理想、夢想換成一段無意義的話語，這就算完了。

當然，這篇關於我哥哥的《失敗之書》也許只能是一種未完成的狀態，日常還在繼續，儘管太陽每天都是舊的，儘管我完全可以預知我哥哥日後的生活，他會繼續和失敗對弈，雖然他早已服輸。失敗之書可以從任何一個點一個句子開始，它經得起修改，補充，或者打斷。

現在已是深夜。在寫完上面的一段文字之後我來到窗前。剛剛下過一場小雨的北京涼爽而狹窄，我窗外的路上空空蕩蕩。街邊的石凳上沒有人，已是深夜。

當我準備將自己的視線收回，結束這段文字的時候，忽然發現一個在銀杏樹下蹲著的暗影。他處在黑暗裏，如果不是煙頭火光的明滅，我不可能注意到他。他是誰？他會是誰？

有關我哥哥的一切一切又沉渣泛起，重新來過。

三個國王和各自的疆土

國王 A

對於一直無精打采的國王 A 來說，夜晚根本上就是一種恐怖的象徵，一吃過早飯他就偷偷地謀劃如何對付夜晚的即將來臨。每日的黃昏，國王 A 總是指揮他的侍衛和太監將他抬到花園裏最高的一座假山上——在那裏，國王 A 可以佔有夕陽的最後一片餘輝，因此上，他的夜晚會比假山下面的王宮遲到大約三分多鐘。

通常，國王 A 會用歌舞、酒宴、性生活揮霍掉大半個夜晚的時間，他甚至曾經叫人在他的房間裏設置了一面屏風，叫歌伎們徹夜彈奏——不過那樣他會在白天顯得更加精打采，於是只好又叫人撤走了屏風。有一段時間他叫自己的四個妃子和自己同睡一張床，五個人擠得滿是肉的氣息，但仍然無法阻止恐怖像一根釘子一樣插入他的腦子，他仍然噩夢連連。

國王 A 一個異常寵愛的妃子偷偷地記下了國王 A 那些奇怪的夢。是的，她的確是偷偷記下的，儘管國王 A 每次和她睡在一起時到了早晨都會和她說自己的夢見，但最後往往會加上一句，不許對別人說。

國王 A 那些奇怪的夢得以在宮庭內和大臣們中間流傳是在國王 A 失蹤之後。國王 A 的妃子把它作為一項提供，想為對國王 A 的尋找提供一點或許有用的線索，但在王宮和大臣們中間，這些夢，似乎只被當作了一種飯後茶餘的笑料，對於具體的找尋根本沒有用處。況且，

新國王在國王 A 失蹤後第六天就登基了，他是國王 A 的一個弟弟，在國王 A 失蹤的第三天，他正帶著一支兩萬人的隊伍從邊關星夜趕來。

敘述國王 A 失蹤後的尋找之前，我想也許真的應該先說說國王 A 的那些夢。無論它對尋找能不能提供幫助。

夢見一：國王 A 在花園裏和一個面容模糊的大臣下棋。那時天空晴朗，幾隻蝴蝶在花叢中懸掛著，飄來飄去。突然間國王 A 聽見了一陣獰笑，天色立刻暗了下來，蝴蝶們在巨大的風中被撕成了碎片。那個面容模糊的大臣面容更加模糊了，他站了起來，一步步地朝著國王 A 的臉走過來，國王 A 看見他兩隻巨大的，閃著刀光一樣的牙……

夢見二：軍機處，國王 A 在和幾個大臣商議一件什麼好像很重要的大事，最後變成了大臣們在商量，國王 A 被閒置了起來，他大聲喊叫可那幾個人沒有一個看他的臉。懊喪的國王 A 只好一個人去旁邊看魚，他們說你去吧去吧哈哈哈哈。國王 A 想你們笑什麼不就是看魚嗎，可這時魚們都變了，一群兇惡、醜陋的魚將國王 A 拉入了魚缸，然後一起哈哈哈地笑了起來。

夢見三：一條蛇突然地從屋子上掉了下來，它摔得滿身是血，張著大嘴大口大口地吸著氣，看樣子已經奄奄一息。國王 A 叫侍衛將它弄走，喊過之後他發現屋子相當空曠，只有他一個人在場。沒辦法，國王 A 只好自己走過去，用手提起了蛇的尾巴——許多的血從蛇的口中倒了出來，地上一片黑紅。這時，地上的血一起蠕動了起來，至少有上萬條蛇，全身像血一樣紅的蛇，它們抬起了頭，吐著長長的信子。蛇長得很快，一瞬間它們就擠滿了整間屋子，國王 A 的頭上、身上、手上、腿上都爬上許多的蛇……

夢見四：他夢見自己被人殺了。許多的人都目睹了他的被殺，刺客是在國王 A 的背後插入的刀子，而那些人，則在刺客的背後靜靜的看著。國王 A 轉過身來時他看到那個刺客正大搖大擺走到人群的中間，可國王 A 卻未能看清刺殺他的那個究竟是誰。於是國王 A 忍著巨痛走到那群人的面前，問那個殺他的人是誰，可沒有一個人應答，有一些人甚至把頭偏向了一邊⋯⋯

夢見五：他夢見一把刀子對他窮追不捨。他千方百計地躲閉，可刀子總能追到他⋯⋯

夢見六：國王 A 在花園裏。他摘下了一朵花，放在眼前看時花朵已經變成了骷髏，其他未被摘下的花則都變成了狂叫不止的牙齒⋯⋯

夢見七：⋯⋯

夢見八：⋯⋯

夢見九：⋯⋯

新登基的國王叫人四處張貼尋找國王 A 的告示，在告示中他發誓國王 A 無論何時歸來，他都會主動向國王 A 交出這個國家和全部疆土；任何人發現國王 A 的下落都將受到重賞；任何人傷害了國王 A，無論是誰，都將受到嚴厲的懲罰，誅滅他的九族。在張貼告示的同時，新國王還叫人找到國王 A 寵愛的那個王妃，叫她一遍遍地給他講國王 A 的那些千奇百怪的夢，聽著，他就會哈哈大笑：我這個哥哥，從小就是膽小如鼠。

（不過，沒用太長的時間，這種對夜晚的恐懼也傳染到了新國王的身上。他先後殺了三十七位大臣，換了三千人的侍衛，將王宮的牆加高了三尺，可那種恐懼還是在夜晚席捲而來。新國王對大臣的誅殺引起了三次嚴重的叛亂，在最後一次叛亂中他被趕到了一口枯井裏，亂軍提來了水，將他淹死在井中。這是後話，與國王 A 的故事關聯不大。）

　　有關發現國王 A 的消息不斷傳向王宮，一時間，這樣的消息難辨真假，新國王曾在同一時辰裏接到七個密報，國王 A 分別在東南西北遠處近處的七個方位出現，國王把七個密報一起投入了火爐。

　　半年之後，國王 A 在距離京城八百餘里的一座寺廟裏出現了。那時，他已成為了一名僧人，掃著寺門外的積雪。

　　新國王摘下了自己的王冠，脫下了龍袍，將它們放在一頂轎子裏面，然後帶著三百人來到了那座寺廟。他們上山的時候是一個晨曦，剛剛下過場大雪，山上山下一片蒼白。來到寺門外的時候已是中午時分，雪又下了起來——也許根本不是真的又下了一場雪，只是風捲起了山上的積雪，然後將它們重新灑在地上——新國王遠遠地看見了國王 A。他穿著一身破舊的灰色僧衣，正在籟籟發抖地打掃著地上的雪。他這種努力在本質上講是無用的，因為雪還在下，他掃起的雪在風中又刮了回來。

　　新國王拉住國王 A 的手。他跪在了雪中。

　　彷彿沒有看見，國王 A 轉過了身，他把雪掃得紛紛揚揚。

　　紛紛揚揚。

　　接下來的故事是一個眾所周知的故事，不止一本史書上曾對此有過記載，至於野史中的種種演義就不用說了。對於眾所周知的故事我不想做過多的敘述，其結果就是，國王 A 繼續進行他的打掃，而新國王帶著失望的情緒在黃昏中下山。他未能說動國王 A 重新當這個國王，國王 A 對於國家，權力與疆土都已感到厭倦。

　　我不知道一個人如何能將自己的一切交給遺忘，彷彿在一夜之後他就變成了另一個人，他和昨天的那個他毫不關係。難道，記憶就沒能給他留下一些的痕跡，畢竟，他遺忘的是一個巨大的王國！

國王 A 遺忘了他過去的一切，他是在進行著遺忘，他在那座一直不出名的寺廟裏專心當著一名僧侶，他比以往的任何僧侶都更像一名僧侶。

早上，國王 A 會早早地起床和其他的僧侶打掃寺院，打掃冬天的積雪，秋天的落葉，或者春天楊柳的飛絮；隨後是早課頌經的時間，《金鋼經》、《波羅般若蜜經》、《華嚴經》，國王 A 先後將它們記在了心裏，如果說在進入寺院兩年的時候，他還可能背頌的時候出現一點點的小失誤，或者停窒，那麼兩年後所有的經文對國王 A 來說都是流水。只要有一個開始，它就會不斷地誦出，沒有任何可以阻擋住它的速度。在國王 A 五十四歲那年，他還曾主持講過三個月的經文，那時，他和其他得道的僧侶一樣，有著飄然的白須和厚厚的皺紋，一件很舊但很潔淨的袈裟讓他顯得沒有半點的俗氣，此時，即使已被亂軍殺死的他的弟弟重新回到人間，他也不會相信這個人就是國王 A，他的親哥哥。

和僧侶們一起起床，誦經，打掃，種些蔬菜；和僧侶們一起吃那些毫無油水，難以下嚥的食物，穿破舊的僧衣，國王 A 已經在僧侶中間融解了，他唯一保留了一個和其他僧人不一致的習慣，就是他喜歡在黃昏的寺門前，向著遠處的群山眺望。

僧侶們問他，他說我在悟。

主持方丈問他，他說我在悟。

曾有因為家遇劫難投入寺廟者，曾有因為失戀而投入寺廟者，當然，有一些人出家的目的是為了躲避戰亂，然而無論是誰，他們都沒有國王 A 遺忘得徹底。

他的兒子曾帶著一身的傷痕來找過他。他的兒子，向他哭訴家中所遭遇的種種不幸，可國王 A 仍在不緊不慢地清掃著院子裏的落葉，任何的不幸，無論是生死還是曲辱，無論多大的事件，都未能令國王

A 的掃帚出現絲毫的節奏上、頻率上的改變。他的兒子在寺門外睡了一夜，第二日清晨已經昏迷的他被幾個黑衣人帶下了山，國王 A 目睹著這一幕，可他沒有憂傷或憤怒或擔心的表示。兒子與他簡直就是路人，不僅如此，好像兒子的來與被帶走都是一場夢，他相當冷靜地看著夢中的發生。他所寵愛的王妃也曾來過寺院，她是在冬天裏上山的，這一路有著可以想像的艱難。她的頭髮亂了，而且寒冷凍傷了她的手指。她在山上待了七天。她向國王 A 訴說著思念之苦和舊日的快樂，向他訴說曾經有過的所有隱秘，以及他的那些很舊的夢，最後，她還在雪中脫去了所有的衣裳，用赤裸的身體來溫暖國王 A，可她還是帶著絕望走下了山崖。她說，你的心已經是鐵了，已經是石頭了，我所有的希望都失去了。在我臨死之前你就不能安慰一下我嗎，哪怕，做點假。

國王 A 站在雪裏。他靜靜地看著舊國王 A 所最愛王妃從他的眼睛裏走向山崖，然後驟然消失，王妃的一個手帕或者其他的什麼絲製的東西被風捲了回來，在空中飄蕩了很長的一段時間，然後落在了崖邊的一棵枯死的松樹上，國王 A 站在雪裏，他提著一把掃帚。經過了一段時間，他靜靜地走過去掃淨了王妃留在雪上的腳印，至於那方手帕或者什麼，一直懸掛在松樹上，直到另一場大雪蓋住了它。

在國王 A 的生前他已經屬於傳說了，他為許多的傳說提供了最初的藍本。有一些前來上香的人在本質是為了尋找國王 A 而來的，如果不是這樣一個國王，不是這樣的一個王國，許多人恐怕一生都無法見上國王一面。他們同樣是帶著失望走的，在眾多的僧侶中，誰是國王 A 根本無從辯認。有兩個互不相識的人，因為前來上香而在路上相識了。後來兩個人一起下山，其中一個談到了國王 A，他說按照他的判斷在他們上香的時候那個敲木魚的和尚是國王 A，因為那個和尚微微

的胖些，當然，還有其他的特徵，使他看上去像一個曾經的國王。另一個人給予了堅決的否認，他說在院子裏掃地的那個才是，那個和尚的年齡符合，而且按照傳說，國王 A 的弟弟來找他時他正在掃地。因為這種判定上的分歧兩個人發生了爭執，後來，打在了一起——爭執的結果是，一個人用刀子刺傷了另一個人的大腿，而那另一個人，則把刺傷他腿的人推下了山崖。

在眾多的僧人當中，國王 A 安然地度過了他的晚年。臨終前，國王 A 叫其他的僧人把他抬到寺門外的空地上，他在那個空曠的高處眺望夕陽下的遠山。其實在這種眺望中國王 A 已經再也看不到什麼，白內障早在一年前就遮住了他的眼睛，可以想像，他看到的只能是一片灰黑的昏暗。

可他彷彿是看見了。他把那種眺望的姿式一直保持到死去，在他死去的那刻，夕陽最片的一片光也正消失於黑暗中。死去的國王 A，臉上有種含意複雜的笑容。在臨終前他所說的最後四個字是，悲欣交集。

國王 A 的遺物簡單。兩件破舊的僧衣，一雙鞋，三本經書和一張已經呈褐色的地圖。那張地圖上地名和曲曲彎彎的線，點都已模糊不清，上面有一些紅色、藍色的點和線，沒有人認得這些模糊而殘缺的點線會有什麼含意。

某個傍晚，國王 A 的遺體和遺物同時進行了火化。在是否要把那地圖也投入火中的問題上，兩個僧人有了意見上的分歧，最後他們請方定奪，方丈歎了口氣。還是放入火中吧。至死他也未能開悟，他不是我們佛家的人。

那卷地圖在火焰中亮了一下，隨即便很快地暗了下去，它混在了它的灰燼之中，在風中飛旋飄散。

國王 B

　　國王 B 的一生都在用來擴充他的疆土，征戰、掠奪、征服是他一生的興趣所在，對此他投入了超過所有帝王的熱情和精力。在他三十五歲那年，他還親率自己的部隊征討過西南的一些小國和部族，那些地方是一些山地和沼澤，路程難行，就是在那次歷時一年的征戰中國王 B 得上一種奇怪的疾病，他的腿先是出現一些暗紅的斑點，然後是潰爛，流出一種暗黃色的液體，充滿了惡臭。經過一年多的治療他的病已基本痊癒了，只是腳趾處還時不時地出現斑點，發出那種讓人噁心的惡臭。

　　在治療疾病的那一年裏國王 B 下令叫人為他繪製地圖，他要瞭解戰爭的進展狀況，瞭解他在什麼時候又令人興奮地擴充了自己的疆土。開始的時候國王 B 叫人在一間寬敞的房間裏繪製，可他的軍隊行動異常迅速，幾乎是每日都有佔領，寬敞的房間顯得小了，按照原初的比例這座房間已容納不下它。於是，國王 B 命人重新建造了房子，可很快，新建的房子也容納不了新繪的地圖了。好在這時某些軍士在遠方的征戰中不僅帶回了種種戰利品還帶回了沙盤的製造技術，國王讓他們在王宮花園裏建起了露天的的沙盤，它可以隨時擴大，而不用怕容納不下了。

　　只是，國王 B 的軍隊太神勇了，它們前進的速度幾乎超過了國王 B 所可以想到的速度，這樣那樣的消息證國王 B 一直處在一種興奮之中，興奮常讓他的體溫升高，醫生告誡他應當注意休息吃點褪燒的藥物，他說沒事。確實沒事，他那種處在發燒狀態的體溫持續了四年可國王 B 的身體未出現任何的異常現象，他始終像一個健壯的少年。

　　問題是，由於國王 B 軍隊的推進速度太快了，以至負責繪圖了官員根本不知道軍隊所在的具體位置，周圍的山脈和河流的分佈，而且地名也不再是郡、州、府，而是某某堡，某某盟，或者一些不知所云的名字；再後來，國王 B 的軍隊乾脆用他們的習慣來稱呼他們所佔領的土地，這自然給繪圖的官員帶來了更多的混亂。他們只好審慎而隨意地把那些地名，城市安置於想像的點上，然後按照戰報上的隻言片語和自己的虛構，畫出一些山脈，河流，沙漠，以及樹木。某一年，一場曠日持久的暴風雨一連持續了一個月之久，王宮也呈現了一片汪洋，國王 B 不得不叫宮女們向外淘水，在地板上灑些鋸末和木屑。自然，這場曠日持久的暴風雨也使他的沙盤面目全非，天晴後，國王 B 命人重新修整了沙盤，依次在上面建起了混亂的城市，河流，山脈。重修工作在半年之後才告完成，那時國王 B 的疆土又得到了不小擴充。國王 B 仔細地查看了重修的沙盤，然後叫人進行了核對。在核對的過程中，一位負責繪圖的官員忽然發現在重修中他不僅改變了一條河流的流向，而且將 A 城的位置挪到了 B 城，B 城卻在沙盤上完全消失了。這發現讓那位負責繪圖的官員出了一身的冷汗，那時已是初冬可他的頭髮、臉上、身上滿是熱熱的水漬和白色的氣體。三天後這位官員在病床上不治而死，他的病幾乎沒有任何預兆，即使國王 B 的御醫也查不出他的具體病因。

　　在沙盤上，A 城永遠地佔據了 B 城的位置，後來的繪圖員於一個角落裏添加了一個 B 城，但那條被改變了流向的河流不僅方向未能得到修正，而且，河流的長度也得到了極大的延長。它距離最初的繪製越來越遠，不過每一次繪製和「真實」之間的距離，大約完全一樣。不止一本史書上記敘了國王 B 的故事，他在那些史書上獲得了幾乎一致的評價：國王 B 性格殘暴，好征戰，有著強烈的征服慾望。即使在國

王 B 生前，假設他能看見那些史書話的，他對其中的評價應當也是首肯的，他曾不止一次地對他的朝臣和妃子們說，人的一生應當建立在征服上，作為國王，他要建立任何一個帝王想都不可能想到的霸業。順我者昌，逆我者亡。國王 B 的眼光掃到他面前的所有人，他喜歡看他們那副戰戰驚驚的神態。無論是掌管幾十萬人的將軍，權傾一方的大臣，甚至是舊日的國王，在他的面前，都是握在掌心裏的螞蟻。僅僅是螞蟻。

有段時間國王 B 對沙盤上城市，戰爭產生了厭倦感，它們是不具體的，只是一些符號，這種略帶些虛幻性質的擴展對國王 B 失去了應當的吸引。這就像讓一個人每日只吃一種菜，無論調製得多麼精美也是會乏味的，於是國王 B 下令他的部隊要給他送一些讓他能夠看得見，摸得到的東西。後來他採納了一個官員的建議，要他在遠方征戰的戰士每殺一個敵人就割一隻右耳朵，按照耳朵的多少進行獎賞。一時間，在國王 B 都市的城外耳朵堆積如山，它們甚至在冬天裏超過了城裏最的山峰。

事實上，國王 B 的這個作法是相當愚蠢的，到第二年的春天他自己也就意識到了這一點。被冰凍住的耳朵在第二年的春天開始融化，很快它們黴變，腐爛，一股股奇異的並且迅猛的臭味廣為散發著，到夏天到來之後那股臭味甚至彌漫了王宮，國王 B 下令皇宮內的所有香爐裏都燃起種種的香，可它們無法抵禦臭味的進入。那一年，都市裡的樹林長得枝繁葉茂，蒼翠欲滴，直到冬天它們還不落葉；那一年，滿城的果樹都結滿了又大又多汁的果實，可它們全部不能吃，因為它們帶有一股令人噁心的臭味；那一年，蒼蠅得到了空前迅速的繁殖，它們從早晨到傍晚不停飛舞使整座城市看不到陽光的顏色，僅僅是蒼蠅們翅膀扇動的聲音就足以讓許多人患上了可怕的失眠症，以至在蒼蠅們一批批地被消滅後，大多數市民無法忍受那種沒有嗡嗡聲的生活，只得聚集在鐵匠鋪裏

一邊聽打鐵的聲響一邊大聲喧嘩，累了之後才回家睡覺。那年夏天，一種讓人身上長出黃斑然後嘔吐不止的瘟疫在國王 B 的都市裡傳播，至少死去了八千多人，瘟疫得到控制可能和一場暴雨有關，大雨之後在人身上傳播的瘟疫沒有了，可河裏卻多了一片一片浮在水面上的死魚。

　　國王 B 殺了那個給他出此主意的官員，割下了他的兩隻耳朵。他下令告知他的軍隊，不要再往京城送什麼耳朵，那道命令已經廢止——其實他的這道命令完全可以不發。他派出的使臣根本已找不到遠離的部隊，只有一個使臣用了整整一年的時間找到了一支隊伍，可那時國王 B 的第一道命令已經自行廢止。不是冬天，那麼多的耳朵根本運不到京城，可無論經他們從哪一個季節出發，經歷夏天是無法避免的，即使是最近的路程也得用十一個月才可能到達京城。後來送去的耳朵都被丟在了半路，送出耳朵的將士或是已經死去，或是開始了逃亡。

　　在《右傳》、《榆林記史》等史書中還極為詳盡地記敘了國王 B 的一個嗜好；凡是被他的部隊捕獲的敵國國王，將軍和大臣，國王 B 都會將他們囚禁於京城，命令他們用舌頭去舔自己長滿了瘡斑的腳。國王 B 有無論是夏天還是冬天都穿長筒的馬靴的習慣，他願意時時處處把自己扮成一個準備出征的馬上帝王。可以想像，如果是在夏天國王 B 從長長的皮靴裏伸出的腳會是一種怎樣難聞的氣味，據說某個戰敗的國王在舔過國王 B 的腳趾之後難過地哀歎：我怎麼這麼笨，我怎麼不在去年冬天就出降？……

　　舔吸國王 B 腳趾的人不許現出任何悲傷，厭惡之類的神色，他必須像一條條的狗，他們必須裝得興高采烈。國王 B 下令，凡是舔過他腳趾的人一律免除死罪；凡是在其過程中顯出興高采烈樣子

的，可按程度得到種種優待，甚至可以回去繼續治理他已經喪失的國家。到國王 B 五十四歲那年，先後有三個國王獲得了自由，返回了自己的疆土。

另一個故事同樣出自於據說，它們在一些諸如《稗史搜異》、《聊經》之類的野史中得到了記敘，它們說，國王 B 和他的妃子在做愛之前，妃子們也必須吸吮他的腳趾，顯現出一副陶醉並且迷離的神態。那些野史用這樣的據說解釋了國王 B 在半年之內為何三次更換自己的王后。

想不出還有什麼力量能阻止國王 B 的征服。他的國土在生長和繁衍，他的軍隊在生長和生活衍，他的人民在生長和繁衍，他的財富和美女在生長和繁衍……沒有誰還能夠阻止他。他曾下令全國的男人都要穿紅色的衣服，而女人是藍，一時間他所能見到的只剩下了紅和藍兩種顏色；他曾下令男人們只能用腳的後跟走路，而不能用腳趾，於是走在街上的男人如同跌跌撞撞的鴨子。他還曾下令，所有的人在飯前都面壁三分鐘，有一次他叫一支馬隊自己跳下懸崖……在國王 B 五十四歲之前曾頒佈過不下一萬次的千奇百怪的命令。而他所有千奇百怪的命令都得到了異常堅定的執行。天知道，在國王 B 五十四歲之前，某一早晨起來他會頒佈一項怎樣不合常規的命令。天知道，有誰可以阻止他那些命令的頒佈與執行。

在國王 B 五十四歲那年，一個令人吃驚的壞消息傳到了京都，在聽到這個壞消息時，國王 B 先是哈哈大笑，他把淚水都笑了出來；可得知這個壞消息確是實情的時候，國王 B 呆了。然後是暴怒。

一個率隊遠征的將軍在攻佔了某一從未聽說過名字的國家之後，自立為王，宣佈脫離國王 B 的統治。這已經是三年前的事了，報來這

個壞消息的信使已在路上走了整整三年。在這三年中，誰知道其中還有多少的事件已經發生？

所有在國王 B 身邊的人，都在戰戰驚驚地度過了漫長的七天。午門外，被國王 B 下令處死的人在那七天裏達到了七十一人，其中一人是他的四兒子，一人是軍機大臣，還有三名哭哭啼啼的王妃。在一些屬於撲風捉影的民間的傳說中，一位地位極高的大臣在和他的侍女下棋，門外一聲「國王」駕到，竟令他從椅子上摔了下來，同時大小便失禁，以至國王 B 到他的客廳裏首先聞到的是一股騷和臭混合在一起的怪味；同樣出於民間，傳說國王 B 憤怒的時候瞪了門外的石獅子一眼，它竟咯咯咯咯地顫抖了起來……

七天之後國王 B 決定自己親率大軍前去討伐。

那是一次浩浩蕩蕩並且充滿了艱辛和災難的征討。國王 B 是在他五十四歲那年春天開始了他一生中最後一次率軍出征，隨同他前去的軍隊有三十萬人；到他在第二年的夏天度過他五十五歲的生日時，他的部隊來到了一片巨大的沙漠的面前，此時，這支浩蕩的隊伍只剩下七萬。天災、瘟疫饑荒，逃跑和其他的種種原因使國王 B 的隊伍在迅速地減少。儘管國王 B 制定了各種嚴厲的措施來制止士兵的逃亡，可往往是，晚上睡下時還是支人數眾多的隊伍，第二天早晨卻只剩下一排排空蕩蕩的營帳。國王 B 第一次有了挫敗的感覺。他只得下令派出另一支隊伍去追趕，這如同是，一個球在被洪水捲走的過程中他又向洪水裏投入了第二球。

七萬人，這仍然算是一個龐大的數字，他們如果一起呼喊足以把在天空中飛翔的鷹的肝臟震裂，可將這七萬人投入沙漠之中——如果用一個不算恰當的比喻，簡直是把——粒沙投入沙漠。在凝望的

空氣都如同中燒熱的鐵器一樣熾熱的沙漠中，在大風一起似乎整個世界都裹在層層的沙中吹走的沙漠中，在前無路程後無路程腳印和痕跡被輕易抹去的沙漠中，國王 B 突然覺得自己竟然是如此的渺小，如果不是這支隊伍作為支撐，國王 B 想自己肯定早就倒下去了，就像一粒真正的沙子。

　　或許是炎熱的緣故或許是勞累的緣故，當然不排除其他的或者更為複雜的原因，國王 B 在沙漠中得了另一種怪病；他幾乎無法進入真正的睡眠，種種的怪夢會讓他突然地驚醒。有時他夢見自己是一棵風中的樹，在風中他不停地顫抖，樹葉一片片被風捲走，很快他就光禿了起來。他衝著那些飛走的樹葉大喊：停住，你們不要走——他可能根本沒有喊出，也可能喊出了但是毫無意義，它們仍在飛快地飄遠……有時他的夢中出現的是一口深處無限的井，他在向下墮落，墮落，什麼也抓不住……

　　許多從未想過的事都在等待著國王 B，譬如他就從未想過水會貴過黃金。譬如他就從未想過，一步一步行走的人會如同一根根木棒一樣倒下去，那屍體直直的，如同真的木棒一樣堅硬。他從未想過人山人海會在沙漠裏成為沙子，會變得那麼小，那麼輕。當然他也從未想過一支七萬人的隊伍會在沙漠中迷失，前面是沙，後面是沙，左右依然是沙。前後左右是那麼地一致，它們如同是一個沒有圍牆的巨大迷宮，太陽光在頭上高高懸著可它不指引任何的方向。那麼多人，在熾熱的陽光下陷入了死亡，對他們而言，熾熱與陽光，與國王 B，與一切的一切都是一樣的，他們沉陷於黑暗中。

　　依靠喝馬的血，喝馬的尿，喝未被陽光熬乾的藏在什麼深處的水分，國王 B 和他的隊伍終於走出了沙漠，這時，國王 B 的隊伍已只剩下不足五千人，他們如同艾草一樣在風中擺蕩。離開沙漠之後的五天

五夜這支隊伍來到了一個小鎮，這個小鎮叫落桑鎮，在這個小鎮的不遠處有一個河流鎮，三個月前，國王 B 的隊伍由那座小鎮進入了沙漠。也就是說，國王 B 經過三個月的勞累奔波，丟失了六萬五千多人，卻根本是轉了一個圈，回到了起點。這時，國王 B 所關心的已經不再是討伐，征服，叛亂的軍隊對他已經對他而言毫無意義，隔著沙漠，他們其實就隔著一個世界。國王 B 所關心的是，什麼時間能夠返回自己的京都，回到自己的生活中。

但天不作美。國王 B 越想早點返回，阻擋就顯得迅猛而急切：在國王 B 來到落桑鎮的第二日早晨，一場巨大的暴雨就開始了。

暴雨沖去了天和地之間的界限，而使它們連在了一起，成為一片汪洋。烏雲一直壓在屋簷上，厚厚的雲層把房屋壓得搖晃起來，發出那種將要斷裂的呻吟。暴風雨還衝垮了落桑鎮通向京城唯一的一座橋，喪失了橋的河流翻滾著，湧動著一層層暗黃色的波濤，國王 B 的心情變得更壞。他開始的時候還是小聲的咒罵暴雨，後來乾脆破口大罵，如果這麼多的雨水落入沙漠中該多好！

在暴雨之間的間歇，煩燥異常的國王 B 曾帶他的六個侍衛到河邊看過兩次，在第二次趕回的時候他們趕上了隨之而來的暴雨。他們敲門進入了一戶人家，對國王 B 來說，這絕對構成了事件。甚至，在他內心的風暴絕不會小於房間以外的這場風暴。

國王 B 的衣服已經全部淋濕，更為讓國王 B 難以忍受的是，他的皮靴裏面也灌進了大量的水，讓他的腳踩在一片水中極不舒服。他靠近了那家人的一個火爐，然後脫下了他的皮靴。

屋子裏原有的氣味，氣體都被趕了出去。一股相當的惡臭代替了它們。如果不是被水浸泡過的原故，這種惡臭會更猛烈三倍。

　　儘管如此，一個大約二十幾歲的青年終於忍不住了，他從一個角落裏走出來，經自走到國王 B 的跟前，火焰的顏色在他的臉上一閃一閃：你把靴子穿上，你的腳太臭了。

　　——你說什麼？國王 B 有些驚愕。

　　我是說，那個青年看了看國王 B 周圍的侍衛，我是說，你的腳太臭了。

　　——你知道你是在跟誰說話？

　　那個青年搖了搖頭。我不知道你是誰，但肯定，你是一個大人物。可無論如何，你的腳的確太臭了，你不應該，不應該脫下你的靴子。

　　——你會為此付出代價的。

　　因為我說實話？那個青年在這一時刻克服了自己的恐懼，你闖進了我的家裏，把我的家弄得這麼臭，還要讓我付出代價，哼，無論你是誰，我才不管你是誰呢！

　　從那個青年的家裏出來，國王 B 的心情比剛才更糟，六個侍衛小心地呼吸著。國王走出那個青年的家門時，外面的暴雨依然驟烈，向外面望去灰色的雨厚得就像一堵牆，它堵住了國王 B 的走向。國王 B 站在屋簷下站了好大一會兒，然後突然地退回到屋裏，用他的皮靴狠狠地向地上的血流踩去。——殺，殺，我殺了你！殺！

　　雨中，國王 B 皮靴上的血跡很快就被雨水沖刷得一乾二淨，但他的六個侍衛仍然能夠聞到血液的氣息，這氣息堵在侍衛們的鼻孔裏經久不散。

　　在雨中的國王 B 沒有朝軍營的方向走去，而是敲開了一家人的大門：你知道國王 B 麼？

　　開門的是一個七十餘歲的老人。他用自己長滿白內障的眼朝著國王 B 的臉用力的看著，看著。——我問你，你知道國王 B 麼，知道他

所建立的霸業麼？國王 B 幾乎是吶喊了，可開門人無動於衷，他仍然朝著國王 B 的臉看。

殺。國王 B 頭也不回。他朝向略遠處的一扇門，黑色的大門好像預感到了什麼，它搖晃，發出沉沒的悶響。

……無論是正史還是野史都毫無例外地記載了國王 B 的那場屠殺。正史中略寫了屠殺的原因，只是簡單地用了一句「國王 B 遭到了漠視，於是大開殺戒」。野史用故事的方式使正史中的這句話變得豐富，直接，其中以《稗史搜異》的記敘最為有趣：

國王 B 找來一位商人：你知不知道國王 B？商人說，我知道，我知道。——那你知道他多少呢？商人回答，我知道他住在一座大房子裏，長得很胖；有很多的金銀財寶，不瞞你說，我所要交的賦稅就是給他的。——除此之外你還知道什麼？商人為難了：我還知道，我還……他有權力。他離我們太遠了，我們只要安份地給他交稅就可以了，至於他是什麼樣子還有什麼我們就不知道了。我一個小商人，知道太多有什麼用？——那你看我像不像國王？商人大笑了起來：你？哈哈，你要被殺頭的！哈哈，我們這裏除了有一支隊伍曾路過之外再也沒人來過我們這個鎮子。我見到的最大的官員也不過是一個縣令，在我們鎮裏，我是最見多識廣的一個。國王？哈哈，他才不可能來我們這裏呢，除非，他是一個瘋子！

同樣因為個人的習慣我回避對屠殺場面的描述，我討厭任何血腥的部分，所以對接下來的部分我要簡短解說：國王 B 帶他滿身的泥濘和狼狽以及滿心的憤怒，一家一戶地殺過去，那個上千人的小鎮從此消失了，永遠地，幾年之後沙漠吞沒了它；在趕回京城的路上國王 B 還因為相同或大致相同的原因，對一些村鎮進行過屠殺，

不過規模就小得多了。在國王 B 五十七歲的生日即將來到之時，他終於返回了京城。

返回京城的國王 B 不再是國王，他的兒子已在他率兵討伐的時候繼承了他的王位。為此國王 B 異常憤怒，他指揮那支不足五千人隊伍進行抵抗，可很快國王 B 的隊伍就崩潰了，嘩變的士兵在一堆灌木叢中找到了國王 B，這是國王 B 所指揮的最為短暫的一場戰爭，就是算上他藏在灌木叢中的時間也不過四時辰。同時，這也是國王 B 所經過的最為難堪的一場戰爭。

國王 B 在皇宮的後花園裏度過了他的晚年。他在中年時叫人為他繪製地圖的地方被新國王種上了幾千株松樹，它們高高地生長，對國王 B 來說應算是面目全非。在晚年，國王 B 還改掉了穿皮靴的習慣，即使在冬天，他依然要穿一雙薄底的布鞋，為此他的腳趾曾被多次凍傷，可那跟隨了他大半生的腳上潰爛的疾病卻不治而癒。

在國王 B 的晚年，他總是叫身邊的老太監去松林和草叢間搜捕各種蟲子，最讓他喜歡的是一種笨拙的，有黑色外殼的甲蟲。國王 B 在花園裏找一塊空地，讓老太監一一把這些蟲子放在地上，他用一根木棍或什麼把那甲蟲翻過來，讓它們笨拙地掙扎，緩慢地翻身，國王 B 然後再用木棍將它們一一翻過來。對於那些不聽話或過於敏捷的蟲子，國王 B 所要做的就是，啪，用木棍或什麼插入它們的身體。

這是國王 B 最後的征服。即將到來的冬天讓他感到傷感乃至絕望。

國王C

出於個人的嗜好，我願意我的敘述從國王 C 的一首關於流水和落花的詩開始。在那首得到流傳的詩中，國王 C 用一種貌似平靜的語調說，夾帶著花瓣和春天的流水從我的眼中流過了。在昨日，或者更早以前，這種流走就已經開始，我的眼睛發酸了，我的瞭望也已疲憊，可流走仍然是流走，而那些血跡一般的花瓣卻一片一片，如此連綿不絕。

春天，流水，落花，我只能看著它們的消逝，看著，可無法挽留。

寫作這首詩的時候，國王 C 早已不再是國王，一年之前他就喪失了自己的疆土、軍隊和人民，成為了國王 B 的囚徒，寫作這首詩所用的紙與筆，已伴隨他度過了大約一年的囚禁生涯。

接下來，他依然用他慣用的平靜的語調，「天上人間」。是的，他依然貌似平靜但他的手指卻毫不理由地顫抖起來，他的身體也跟著顫抖了一下。初夏的時令已略顯炎熱，可從國王 C 的身體所表達的資訊來看，他，似乎已在經受一個已經很涼的秋天。

……

每日裏，這一個被囚禁的國王，無所事事的國王，他的全部生活就只剩下了對流水的眺望，寫詩，彈些後庭花之類略帶傷感的曲子，或者躺在床上，醒著，睡著。

在他的王后周婉與他分開，被國王 B 的使者接進王宮之後，他的琴也就不再去彈了。他對為他打掃房間的老宮女說，別去動它，別動它。我害怕聽見，我害怕琴弦所發出的任何聲響。

國王 C 不讓那個老宮女動的還有一張棋盤，它擺在國王 C 臥房對面的一座涼亭裏，因為很久未曾打掃的緣故棋盤有了一層厚厚的灰白

的灰塵，有層層麻雀留下的爪痕和一點一點的鳥糞。國王 C 在眺望河水的時候從來都不看它一眼。

這盤棋是為國王 B 準備的，在他愉快和不愉快的時候，在他和某支隊伍的征戰出現挫折或種種挫折的時候，在他獲得某些勝利的時候，他就來國王 C 這裏下下棋。如果不是出於禁忌，國王 B 根本不會是國王 C 的對手，這一點無論國王 C 還是國王 B 都異常清楚。——我喜歡看你這種不敢贏我的樣子，我喜歡。不過，假如你贏我，我就殺了你。當然，你如果輸得太快讓我沒有贏的樂趣我也會殺了你。我想，這更能體現你的智力。你已經沒有了疆土，沒有了臣子和人民，只有和我下棋，寫寫詩，你的這個腦袋才顯得有些用處。

很多時候國王 B 是帶著某種挫敗感、焦慮來和國王 C 下棋的，那時候，兩個人就會成為那種推心置腹的朋友關係，國王 C 似乎是國王 B 的一個謀士，他為國王 B 的諸多行動出謀劃策，每一次，他總能帶給國王 B 一些柳暗花明之感。——你這個人真的讓人恐懼。我慶幸，在你的智力未能得到發揮的時候先抓到了你。我發誓，我一定不會讓你逃走，同時你必須在我的之前死去。——國王，你多慮了，國王 C 衝著國王 B 攤開了雙手：我有自己的王國，有疆土，有軍人和資源的時候都無法和你對抗，現在它們都喪失了，像我這樣一個一無所有，生性懦弱的人又有什麼可懼的？

……

國王 B 已經有段時間沒來了。國王 C 多少有些坐臥不安。

從早晨到日暮，這麼多無用的，苦悶的，堆積的時間擺在國王 C 的面前，他只能手足無措地面對它們，讓它們一點一點的慢慢耗盡。然後是新的一天，新的一個從早晨到日暮。一年的時間，一年的早晨

和日暮消耗著國王 C 的激動悲哀、憂傷、辱恥等等的情緒，使他漸漸地變成一塊乾涸的木頭。

即使是王后被國王 B 的使臣們帶走。即使是王后周婉哀傷的哭泣和充滿些什麼的一瞥。國王 C 對自己都感到有些陌生，我是應該阻攔的，哀求的，是應該憤怒的，可為什麼我竟然不憤怒呢，我是在什麼時候喪失了全部的感覺？

作為木頭，國王 C 的一天往往是坐在欄杆的旁邊一眨不眨地看著緩緩的流水，他彷彿是欄杆的一部分。曾經有兩隻麻雀在他的肩上完成了從相識到愛情的全部過程，它們是先後飛走的，它們沒有在他的肩上留下爪痕或者其他的痕跡。

還有一次，國王 C 用一整天的時間躺在床上，他把一種貌似平靜的表情從早晨保持到黃昏。老宮女給他端上的飯菜在茶几上依次地放著，它們同樣地一動不動。於是老宮女走到國王 C 的床前，在他的眼睛上晃了晃手，晃了晃手。國王 C 的眼睛仍是直直地盯著，裏面空洞地讓人恐懼。老宮女壓抑住往恐懼，她再次在他的眼睛上晃了晃手，晃了晃手，這次老宮女的運動的幅度有了擴大，可國王 C 依是那副沉沉的表情。老宮女向外跑去。就在她跑到門口的時候突然一個聲音叫住了她：以後不要在我的面前晃你的手。

那聲音彷彿是包含了沙子，或者是乾枯的葉子被什麼擠在了一起。

對於國王 C 的發呆，老宮女和國王 B 的特使都曾對國王 B 進行過多次彙報，而國王 B 總是淡淡地一笑。他在眺望和懷念自己的疆土。他失去了它們，所以他現在只剩下懷念了，就讓他懷念去吧，它們已是我的了，我的。

　　每次國王 B 心情好或不好，每次他找國王 C 下棋，在最後他總是要國王 C 敘述一遍疆土喪失的過程。可以想見這是一種難堪和屈辱，但國王 C 在一遍遍的敘述中漸漸地趨向平靜，他彷彿是在敘述一個他人的故事，與他毫無關聯。他說在他出生的那年他的國家擁有五十四個郡，六十四座城池，那是他的王國最為廣闊的時期，每年他們都會為他的國庫運送數不盡的糧食、面匹和金銀。到了國王 C 四歲的那年，西南的兩郡發生了叛亂，隨後戰爭逐漸漫延，而在他十八歲成為國王的那年，他的疆土只剩下三十二個郡，四十座大小不一的城池。到他二十二歲，他的叔叔起兵叛亂，使十一個郡進入了戰火，而到他三十一歲，國王 B 的討伐開始了，於是他的疆土日見縮小最後剩下一座孤城，最後，他只好出降。在某一次的敘述中國王 C 很不理智地發了一次感慨，他說人生就是一種不斷喪失的過程，不斷地喪失。國王 B 笑得眼淚都流出來了：胡說，純粹是胡說！是你，是你一個人在喪失，你看我，我倒覺得人生是不斷得到的過程，哈哈，我以後得到的會更多！如果國王 C 不理智及時收住也許就沒有以後的發生了，也許無論他理不理智事情都要發生──他說國王你說的不對。你的喪失你自己沒有察覺，以後會察覺到的。有些是你忽略的，可當它全部失去之後你會突然地發現你的忽略是一個極大的錯誤……國王 B 沒有讓他說完。他的臉色已變得異常昏暗，那你說，你現在還剩下了什麼？

　　儘管國王 C 發現了自己的不理智但已追悔莫及。他只好認真地回答：我幾乎喪失了全部，現在，我已不如一個農夫，一個士兵。我……我所剩下的只有一輛馬車，我的王后和我的身體。國王 B 哼了一聲。既然你那麼願意喪失，那你就接著喪失吧。

　　讓國王 C 接著喪失對國王 B 來說沒有任何的難度，只要他願意去做。於是國王 C 的馬車被砸碎了，而馬肉剛被做成了菜分別端上了國王 B 與國王 C 的餐桌。我要看著你把它咽下，國王 B 說，我相信在你的嘴裏它肯定不僅僅是一塊塊的馬肉。

　　隨後是王后周婉。國王 C 每日都在猜測她在國王 B 的王宮裏的可能的生活。後來國王 C 似乎不再想她了，他成為了一塊真正的木頭，老宮女在打掃房間時有意多次的觸響琴弦，讓它突然地震憾一下，清脆一下，轟響一下，可國王 C 根本無動於衷。老宮女突然地有些可憐他了，她為自己有意的惡毒感到有些羞恥，所以，當王后周婉在國王 B 的王宮裏病死的消息由老宮女傳遞給國王 C 時，她的眼裏含了一層厚厚的淚水也就並不奇怪了。（後來，她為自己的同情付出了代價，國王 B 在國王 C 死後不久便叫人挖去了她的兩隻眼睛。）

　　國王 B 的疆土在不斷擴大；而且，他先後處死了七十幾位大臣，三個叔叔和兩個弟弟，朝中已無人可以挑戰他的權威。國王 C 被忽略了，如同那盤擱置於涼亭的棋，但顯得無用，同時無害。讓他慢慢喪失吧，讓他做一塊木頭吧，我要讓他的身體變乾，除了肉和骨頭一無所有。

　　國王 C 被忽略了，他在忽略之中度過了夏天、秋天，和一個新年。在正月初五的早晨，國王 B 的使臣踩著紛飛的雪來到國王 C 的面前，他端著一個紅色的酒壺，以及一個紅色的酒杯：國王說，你該上路了。他願你來生好運，不要再做什麼國王。

　　雪下得很大，它潔淨得讓人感覺空曠。國王 C 端起了紅色的杯子，他跟國王 B 的使臣讚歎了一下杯子的顏色和做工：「這樣的杯子根本不該盛放毒藥，太可惜了。」

　　本來國王 B 是不會殺我的，你知道他為什麼要殺我嗎？國王 C 微笑著，他的眼睛盯著使臣的臉。我知道。我是知道的。其實我早已死了，這不過是再死一次罷了。

　　他說，我終於把所有可以喪失的都喪失了。其實，在我出降的時候就在等待這一天，只是我沒有勇氣自己完成它。

變形魔術師

　　他從哪裡來？我不知道。不只是我不知道，孔莊、劉窪、魚鹹堡的所有人都不知道，即便是愛吹牛皮、在南方待過多年的劉銘博也不知道，多年的水手經歷並不能幫助他做出判斷，他也聽不懂那個人的「鳥語」。我們把所有和我們方言不一樣的口音都稱為鳥語，而那個人的鳥語實在太奇怪了，無論如何聯想，如何猜測，如何依據他的手勢和表情來推斷，都不能讓我們明白——相反，我們會更加糊塗起來，因為他每說一句話就會讓在場的人爭執半天，大家都希望自己的理解是對的，於是總有幾個人會堅持自己的判斷，他們南轅北轍，害得我們不知道該聽信哪一方。在這點上，劉銘博也不是絕對的翻譯權威，他的堅持也僅是自己的猜測而已。那麼，他是誰，他叫什麼名字？不知道，我不知道。不只是我不知道，孔莊、劉窪、魚鹹堡的所有人也都不知道。我們當然問過他啦，而且不止一遍兩遍，在他能明白一些我們方言的時候也曾回答過我們，「吳優思」，「莫有史」，「無有事」……他還有一些其他亂七八糟的名字，被我們從鳥語中翻譯過來，其實誰都知道這裏面沒有一個是真的。在我們孔莊、劉窪、魚鹹堡一帶，大家都習慣隨便使用假名字，這是我們祖上遷來時就留下的習慣，他們多是殺人越貨、作奸犯科的人，流放者，販賣私鹽和人口的，土匪或偷盜者，駐紮在徐官屯、劉官屯的官兵也怕我們幾分，輕易不來我們這片荒蠻之地，我們和他們井水不犯河水，倒也相安。所以那個人隨便報個什麼名字我們

也不會多問，能來到這裏的人要麼是走投無路的人，要麼是被拐賣和搶掠來的──有個名字，只是方便稱呼，在此之前他叫什麼幹過什麼都沒有關係。不過，多年之後，在這個「吳優思」或「無有事」變沒之後，我們孔莊、劉窪、魚鹹堡的人都還在猜測這個會變形的魔術師究竟是不是那個人，是不是讓大清官府聞風喪膽的人……這事兒，說來話兒就長了。

他最後……他最後變沒了，真的是沒了，我們找了他幾天幾夜也不知道他是死是活，我說了他會變形，可那時他已很老了，腿上、胸口上都有傷──這絕不是一句話兩句話就能解釋清的事兒，這樣吧，你還是聽我從頭講起吧，真的是說來話長。

一

同治六年，秋天，葦絮發白、鱸魚正肥的時候。

那年我十四歲，我弟弟六歲。

我隨父親、四叔他們出海，剛剛捕魚回來。我的弟弟，李博，跟在我父親的屁股後面像一條粘粘的跟屁蟲，他根本不顧及我們的忙亂：「來了個變戲法兒的！他會變！」「來了個變戲法兒的！他會變！」「來了個變戲法兒的！他能變魚！能變鳥！他還能變成烏龜呢！」……

他在後面跟著，反反覆覆，後來他轉到我的屁股後面，一臉紅豔豔的光。我說去去去，誰沒見過變戲法的啊，沒看我們正忙著麼！他只停了一小會兒，又跟上去，扯著自己的嗓子：「他會變！他自己會變！他可厲害啦！不信，問咱娘去！」

變形魔術師來了。來到了這片大窪。

在我們將捕到的魚裝進筐裏的時候，四嬸她們一邊幫忙一邊談起那個魔術師，她們說得神采飛揚。

在我們將魚的肚子剖開，掏出它們腸子的時候，鄰居秋旺和他的兒子過來串門兒，話題三繞兩繞又繞到了魔術師的身上，一向木訥的秋旺，嘴上竟然也彷彿懸了一條河。

在我們將魚泡在水缸，放上鹽和蔥段兒，醃製起來的時候，愛講古的謝之仁過來喝茶，他也談到了魔術師，談到了他的變形，謝之仁說，這個魔術師的變形其實是一種很厲害的妖法。有沒有比這更厲害的妖法？有，當然有啦！你們知道宋朝的包拯麼？他有一次和一個妖僧鬥法，差一點沒讓那個妖僧給吃了！也多虧他是天上星宿下凡，神仙們都護著他。後來包黑子聽了一個道士的建議，叫王朝、馬漢、展昭弄了三大盆狗血，等那妖僧大搖大擺出現的時候，三人一起朝他的身上潑……那個妖僧沒來得及變形，就被抓住啦！包拯說來人哪將這個妖僧給我推出去斬首！也是那妖僧命不該絕。在法場上，人山人海，為了防止他逃跑官兵們裏三層外三層，每個人都端著一盆狗血，馬上就要到午時了，包拯覺得這沒事了，吩咐下去，給我斬！劊子手提著刀就上──可是，就愣讓那個妖僧給跑啦！問題出在哪兒？問題出在劊子手的身上！你猜怎麼著？本來，那個妖僧身上儘是狗血，他的法術施展不出來……

我們的耳朵裏長出厚厚的繭子，我們耳朵裏，裝下的都是關於那個會變形的魔術師的話題，它們就像一條條的蟲子。

「怎麼樣，我沒騙你吧？」我弟弟抹掉他長長的鼻涕，他那麼得意。

「你帶我去看！」

我們趕到的時候已經有許多人圍在了那裏，空氣中滿是劣質煙草的味道，孩子們奔跑著就像一隊混亂的梭魚。「我說要早點兒來嘛！」

弟弟的聲音並沒顯出任何的不滿，他擠過去，將一枚銅錢響亮地丟進了一個銅盆中。那裏已經有幾枚「康熙通寶」和「嘉慶通寶」，還有一個大海螺。我弟弟想了想，將他手上的一隻螃蟹也放進銅盤，這個動作逗起了一陣轟笑。

　　大家站著，坐著，赤膊的趙石裸露著他的紋身，他身上刺了一條難看的魚；而劉一海和趙平祥則顯示了自己的疤痕，幾個不安份的男人在嬸嬸、嫂子的背後動手動腳，惹來一陣笑罵，曹三嬸嬸提起褲子，將自己的一隻鞋朝誰的身上甩去，她的那隻鞋跑遠了，一直跑進了葦蕩——「挨千刀的！把你老娘的鞋給我送回來！」……我們要等的變形魔術師沒有出現。

　　「他怎麼還不出來？」我問。劉一海向前探了探他的頭，「嫌盤子裏的錢少吧！我們把他給喊出來！」

　　「我們去看看！」一群孩子自告奮勇，他們梭魚一樣擺動背鰭，飛快穿過人群遊到屋門外。在門外，他們為誰先進去發生了爭執，一個孩子被推倒在地上。突然間，他們一轟而散，被推倒的孩子也迅速地爬起來，帶著塵土鑽入人群。

　　變戲法兒的，那個變形魔術師終於出來了。

　　他向我們拱手，亮相，趙石用他辣魚頭一樣的嗓音大聲喊了一句「好！」，坐著，站著，赤膊的，納鞋的全都笑了起來。那個人也笑了笑，說了一句鳥語，伸手，指向一個角落——

　　順著他手指的方向，我看到的是一面斑駁的牆，幾簇蘆葦，一隻螞蚱嗒嗒嗒嗒地飛向了另外的蘆葦。這沒什麼特別。然而，當我的目光再回到剛才的位置，魔術師已經沒了，他消失了，在他剛才的位置上多了一隻肥大的蘆花公雞。你看它——

「這就是他變的！」弟弟用力地抓著我的手，「他變成雞啦，他變成雞啦！」

那隻雞，在孔莊、劉窪、魚鹹堡人的口中後來越傳越神，多年之後，我隨叔叔到滄縣賣魚，得知我們是從劉窪來的，買魚的人都聚在一起，七嘴八舌：「你們那裏有個蠻子，會變戲法，能變成一隻金雞，是不是真的？」「它的眼睛真的是夜明珠？在晚上會發紅光？」「聽說，是誰悄悄拔了一根雞毛，後來他就用這根金雞毛買了一處田產？」……

我反覆跟他們說不，不是，他變成的是一隻普通的雞，一隻大公雞，只是比一般的公雞更高大些，而且，它還能捉蟲子。而我叔叔，則在一旁樂得合不攏嘴：「你就說實話吧！那金雞又不是咱家的，你怕人家搶了不成？鄉親們，等我把魚賣完了，我和你們說！這個孩子，唉，像是得了人家好處似的！」

天地良心，那天，我所說的變形魔術師變成的真的就是一隻大公雞，普普通通的大公雞，和我平時所見的公雞們沒什麼大不同，可我叔叔卻賣足了關子，似乎那天魔術師變出的真是金雞，而我在說謊，向別人做什麼隱瞞。魚，倒是很快就賣出去了。

好了，我接著說那一天的魔術。

只見那隻公雞，從桌子上面跳下來，昂首發出一聲嘹亮的雞鳴，我們一起扯起嗓子，「好！」有幾個嬸嬸嫂子再次向銅盤裏面丟下銅錢，丁丁當當──那隻雞，昂首闊步，來到牆角的草叢，捉出一隻綠色的小蟲，又是一片的「好」。它扇動兩下翅膀，彷彿有一團霧從地面上升起，突然間，那隻公雞不見了，草地上多了一條青色的魚。這條魚，張大了口，一張，一合，然後跳了兩下，又是一團淡淡的

霧，我看見，一隻野兔飛快地騰起，躍進了葦叢，而那隻翻騰的魚已不知去向。

　　葦蕩嘩嘩響著，葦花向兩邊分開，我們看見，那個變形魔術師從裏邊向我們走來，他的衣服上掛滿了白灰色的飛絮。「好！」我們喊著，將自己的嗓子喊出了洞，我弟弟的下頜因為喊得更為劇烈而脫了位，許多天後都不敢大口吃飯，平日愛吃的海蟹也不再吃了，他將自己的那份兒全偷偷送給了魔術師，放進了他的銅盤。

二

　　就這樣，來路不明的變形魔術師就在孔莊、劉窪和魚鹹堡交界的大窪裏住了下來，並且生出了根鬚。他住在兩間舊茅草房裏，那裏原是有人住的，在半年前，舊草房的主人孔二愣子因在姚官屯嫖妓與人鬥毆被抓，然後牽出販賣私鹽、偷盜殺人的案子，被砍了頭。據說，變形魔術師住進孔二愣子的草房之後孔二愣子還回來過，當然回來的是他的鬼魂。他回來的時候魔術師還沒有睡覺，他正在看一本《奇門遁甲》，一陣陰風之後孔二愣子提著他的頭就出現在魔術師的對面，他脖腔那裏還不停地冒著一個個血泡。變形魔術師不慌不忙。他拿出一塊石頭將它變成了一把桃木劍，然後又順手抓了幾片葦葉，撕碎，一抖，變成了一把冥錢。提著自己頭的孔二愣子不由得倒退幾步，別看他成了鬼魂，他也依然知道自己遇到高人了。要是換成別人，拿了冥錢就走也就沒事了，可這孔二愣子的愣勁上來了，他偏不，於是他將自己的頭放在桌上，騰出兩隻手朝變形魔術師惡狠狠撲去！魔術師一閃身，揮動桃木劍刺向孔二愣子，要知

道這孔二愣子也練過多年，於是他們便鬥在一處。孔二愣子的功夫也真是了得，他們你來我往竟然一直打到雞叫頭遍。要知道鬼魂是聽不得雞叫、見不得陽光的，於是孔二愣子就慌了，他變成一隻狐狸就想跑，那個魔術師怎麼能讓他跑得了？要知道他也會變化啊！只見他一晃肩膀，變成了一隻獵犬，三下兩下就將孔二愣子的身子撕成碎片。孔二愣子的頭還放在桌上呢！它一看不好，怎麼辦？變成狐狸跑不了那就變成螞蚱吧！它剛剛變成螞蚱，正要往外面蹦，只見一隻青蛙早在那等著了，青蛙一張嘴，便將螞蚱吞進了肚裏。當然，這隻青蛙還是魔術師變的，要不然哪有那麼巧的事啊！從那天之後，孔二愣子的鬼魂就再沒來過。

　　我不知道這是不是真的，和我們講這些的是謝之仁，他也看出了我和弟弟的不信。「你們不信是不是？我告訴你，孔二愣子被砍頭後，是趙四和趙平祥收的屍！他們肯定知道孔二愣子埋在了什麼地方！你們不是不信麼？你們就去孔二愣子的墳上挖一挖，他的身子肯定是一片一片的肉都被撕爛了，而他的墳裏肯定沒有頭！當時，趙四和趙平祥是將他的頭也埋了進去的……」

　　不管是不是真的，反正，那個講一口讓人聽不懂的鳥語的變形魔術師就在那裏住了下來。

　　他是同治六年的秋天來的，那時葦絮發白，鱸魚正肥，河溝裏的螃蟹紛紛上岸，而北方的大雁、野鴨、天鵝落進了葦蕩，肥碩的狐狸、草兔、黃鼠狼出出沒沒，天高雲淡……以往，在這個季節，屯守在姚官屯、徐官屯的官兵會來大窪漁獵，他們會帶來米麵、棉衣、馬匹或者燈油，孔莊、劉窪、魚鹹堡的百姓領一些回來，當然也可以用狐狸和兔子的皮毛，醃製的鳥蛋、魚肉和獸肉去換。這一年，官兵們又來

了，可他們帶來的米麵、棉衣和燈油都少得可憐，根本就分不過來。而且，那個細眉毛、滿臉肉球的防守衛還將我們聚在一起，眯著眼，用鼻孔裏的聲音和我們說話：「聽說你們這裏來了一個南方人……要知道，他可能是朝廷的要犯，率眾謀反！你們最好將他帶過來，誰要知情不報，哼，那可是要吃苦的，那可是要殺頭的！誰告訴我，那個南方人藏在了什麼地方？」

沒有人理會。我聽見背後的人們竊竊私語，大家商議好誰也不能出賣那個魔術師，不管他犯的是什麼罪。「不給我們米麵、棉衣，還想從我們嘴裏翹出東西？姥姥！」「這是個什麼東西？看他那副樣子！媽的，老子可是嚇大的！」「幹嘛跟他說？我就是說給一隻狗聽也不說給他！」「到我們的地盤上撒野……媽的，不收拾他們一下，他們就不知道鍋是鐵打的！」……

「怎麼，你們不準備說？我告訴你們，我早得到消息了！……」

我們一起，斜著瞧他，用一種和他同樣不屑的神情。要知道，我們多數是土匪、強盜或者流放者的後代，而且在我們這裏，一直把官兵當成是滿人的狗來看，這裏一直湧動著一股驅逐滿人的暗流，和官府作對的暗流。

「你們，你們到底說還是不說！」

──我們沒見過什麼南方人。沒見過。

──他早走啦！他朝南走啦！

──我們哪敢藏匿犯人啊！我們這些好人多守法啊，是不是？

──他走啦，變戲法的人哪裡不去啊！

我們嗡嗡嗡嗡，七嘴八舌，很快，讓那些官兵的頭都大了。「別以為我什麼都不知道！你們想錯啦！給我搜！」

　　看來，官兵們的確事先得到了線報，他們兵分三路，飛快包圍了魔術師住的那兩間茅草房，將箭放在了弦上——房間裏面靜悄悄的，沒有一點兒的動靜。「你還是快出來吧！你是逃不掉的！」

　　房子裏面依然風不吹，草不動。細眉毛的軍官叫過來一個士兵，兩個人竊竊私語了好一會兒，那個士兵使勁地點著頭，軍官用力揮揮手：「放箭！」

　　箭如飛蝗。我想不出更好的詞兒，在我十一歲那年大窪裏曾鬧過一次蝗災，它們遮天蔽日，紛亂如麻，的確和那天射向茅草屋的箭有些相像。箭射過後，房間裏依然沒有動靜。

　　風吹過葦草，吹過箭的末梢的羽毛，嗚嗚嗚嗚地響著。「給我進去搜！」長官下達了命令。四個緊張的官兵步步為營、相互掩護，費了許多力氣才靠近了草屋的門，然後又費了更多的力氣才衝進了屋裏。

　　「報告防守衛，屋裏沒人！」

　　「再搜！他明明在屋裏！」

　　「報告防守衛，我們每一寸都用劍桼過，連油燈和草席也沒放過！可是，屋裏確實沒人！」

　　不過，士兵們搜出了一張紙，上面歪歪斜斜地畫著一隊小人兒，胸口上寫著「清」字。「誰給叛賊報了信？難道，你們不怕滿門抄斬嗎？」那個防守衛真的生氣啦，他眉頭那裏長出了一個大大的疙瘩，而鼻子歪在一邊：「給我放火燒了！」

　　「慢！」「不行，不能燒！」「憑什麼燒我們的房子？」「這麼大風，火要是連了葦蕩，不是斷我們活路麼？」……他要燒那房子，我們當然不幹了，孔莊、劉窪、魚鹹堡的人們紛紛聚集過來，將那隊官兵圍

在中間。「難道，你們要造反不成？你們有多少腦袋？」他拔出腰間的劍，人群中一片轟笑。「大人，我們都讓你嚇死啦！」

幾個士兵按住暴跳的防守衛，「你們回去吧！我們不燒房子啦！」「不過窩藏疑犯的罪名的確不輕，何況他可能是撚軍的叛賊！上面怪罪下來我們誰都不會好過，最好……」

房子沒燒，講鳥語的魔術師未能抓到，給他通風報信的人也沒有查出來，但官兵們也沒離開大窪。他們駐紮下來，打秋圍。

傍晚時分，一隊大雁鳴叫著落入了無際的葦蕩，在它們對面，埋伏著的官兵將弓拉滿，等待防守衛一聲命下──突然，那群大雁又迅速地飛了起來，四散而去──「這是怎麼回事？」「是誰沒有藏好，暴露了我們？」

他們在河溝裏下網，用竹子、葦桿和樹枝在水流中建起「迷魂陣」。我們當地叫它「密封子」。第二天，下河的軍士只提著十幾條小魚上岸：「報告防守衛，我們的魚網破了一個大洞，而迷魂陣被人改過了，根本困不住魚！」

隨後，他們去捕捉狐狸、獾、野兔和黃鼠狼，可是，不知道它們怎麼預先得到了消息，和官兵們捉起了迷藏。

「這些刁民！我一定饒不了他們！」

「大人，這些刁民可不好惹！別和他們一般見識！」……

是誰給講鳥語的魔術師送去了信？他又是如何逃走的？這在我們那裏是一個謎，即便是多年之後。對於這個問題，講鳥語的變形魔術師裝聾作啞，或者講一通莫名其妙的鳥語，讓我們找不到北摸不到南──既然他提供不了什麼線索，那就讓我們的想像來補充吧。後來，在劉銘博和謝之仁的講述中，那天發生的事簡直是一段驚險的傳奇，一波三折，千鈞一髮……

　　在官兵離開我們大窪之前，眼尖的荷包嬸嬸一眼認出，在身邊和他耳語的那個士兵曾來過孔莊，他是和四個變戲法的一起來的！荷包嬸嬸提醒了我們，是他，是有這麼個人，他給我們表演的是上刀山和鐵槍刺喉。在我們當地，將一切魔術、雜技都稱為「變戲法兒」，每年秋天和春節，變戲法的都會來我們大窪表演，換點銀錢，鹹魚或一些稀奇古怪的貝殼什麼的。那年秋天，他們受到了冷落，無論鐵槍刺喉、三仙歸洞、大變活人都不如變形魔術師的技法來得新鮮、刺激，他們的戲法兒甚至吸引不到孩子。

　　「他竟然引官兵來報復！」我們最瞧不起這樣的人啦！後來，第二年吧，那些變戲法兒的又來過一次，他們打開場子準備表演，孔莊、劉窪、魚鹹堡的男男女女老老少少，呸呸呸呸呸呸呸呸！我們用唾沫將他們噴走了，從那之後這些變戲法的便再沒來過。

<h1 style="text-align:center">三</h1>

　　同治六年的冬天特別地冷，大雪一場連著一場，在那個冬天，從窗戶裏爬進爬出成為我們的家常便飯，因為大門被雪給堵住了，剛剛清掃乾淨，第二天早晨去推門，依然推不開；大雪又下了一夜，風將我們清掃過的雪又送了回來。「簷冰滴鵝管，屋瓦縷魚鱗」，我弟弟學會了兩句詩，他在屋裏屋外反反覆覆地念，據說是好講古的謝之仁教給他的，只教了這麼兩句。

　　收割完葦草，除了鑿冰捕魚，打打野兔狐狸，大窪的男人們閒了下來。閒下來的男人幹什麼？那年我只有十四歲，能知道的不多，只知道他們打牌、串門、喝酒，而有些人，似乎在密謀著什麼，我和弟

弟一出現在他們的視線裏他們就顧左右而言其他，說一些亂七八糟缺少邏輯的話題。那一年，我感覺空氣裏有一股讓人緊張的味道，等你用力吸一下鼻子，這股味道卻沒了，好像並不存在。那年，我時不時聽人抱怨，抱怨大雪，抱怨滄縣設立的層層關卡，抱怨層出不窮的苛捐，抱怨身上的棉衣太薄打酒的錢太少等等等等。那年我十四歲，我的心思沒在這裏，我的腿，時常會帶我到謝之仁家或劉銘博的家裏去。他們那裏，有永遠也倒不完的各種故事。而且，那一年冬天，我又有一個新的去處，那就是講鳥語的魔術師的房間。

　　那個新去處，不只是我一個人的。

　　全家四個兄弟給魔術師扛來了葦草，他們的葦草滿滿堆在屋後，足夠明年開春前燒柴使用。四個人，粗壯地扭捏幾下，最後老大提出了要求：「這位，師傅，你能不能，能不能教給我們點石成金的口訣？要不，將，將這塊石頭變成金子也行。」碩壯的三兄弟從葦草中搬出一塊幾乎可以稱的上巨大的石頭。

　　趙石提來兩桶酒，他的要求是，請魔術師將他背後的羅鍋變沒，上一次他去滄縣販魚，就因為這個羅鍋被官兵抓住審問了三天，他們說，某大戶人家失竊，鄰居和地保一直追了三四里，竊賊就是一個羅鍋。「哼，那一票本來就是他做的！在我們面前還裝！」我叔叔一臉不屑，他告誡我和弟弟，無論做什麼事都要敢做敢當，別兩面三刀陽奉陰違，他最瞧不上那樣的人，大窪的老老少少也瞧不上那樣的人。我父親在一旁聽著，他的鼻孔輕輕「哼」了一聲，然後低下頭，將身邊的葦葉一片片撿起。

　　我叔叔也提了要求，他想當變形魔術師的徒弟專心學習變形，「到那時候，我才不會像現在這麼辛苦呢！想吃魚，變一張網，自己一提

魚就上來啦！想吃雁肉，也好辦，就在雁灘那裏變一棵蘆葦，大雁落下了，睡著了，馬上變回來，一把抓住它的脖子！」

　　劉一海一手提著一袋大米，一手提著一把刀子，走進了魔術師的房間。他的要求比我叔叔的簡單，他只要求學一樣，就是變一條蛇。「劉一海為什麼想變蛇？」劉銘博給出的答案是，為了盜竊方便。要知道，劉一海可是我們大窪乃至滄縣、河間一帶有名的大盜，據說他曾三次偷得知府的大印，在濟南府大牢裏，他將兩個被抓的兄弟從衛兵的眼皮下面偷出來，三天之後才被發覺，劉一海和他的兄弟早已無影無蹤。要是學得了變蛇的戲法兒，劉一海肯定是如虎添翼，誰也奈何不了他。謝之仁當然不會同意劉銘博的推斷，他說，現在劉一海的功夫就如此了得，他根本不需變蛇來添什麼翼。那他為什麼想變蛇？謝之仁給出的理由是，一是劉一海屬相肖蛇，他一直把蛇看成是自己的保護神，這樣一個生性殘暴的人卻從來沒有打過蛇；二是劉一海有個特別的嗜好，就是好聽人家新房，願意聽人家新婚夫妻的悄悄話，以至於在大窪幾個村堡裏新婚夫妻有的在前幾夜都不敢脫衣睡覺。學會了變蛇，劉一海就更方便了，只要有條縫他就可以鑽到屋裏面去，新婚夫婦就更加防不勝防……謝之仁的話最終傳到了劉一海的耳朵裏。某天晚上，謝之仁被劉一海以喝酒為名叫了出去，回來時將他的妻子嚇得摔倒在地上：謝之仁的嘴，厚厚地腫起來，就像戲劇裏豬八戒的樣子，比豬八戒難看多了。

　　趙四嫂子是和我嬸嬸一起去的，她送去的是一件舊棉衣。在一番吞吞吐吐之後，還是我嬸嬸代她提出了要求：她希望，魔術師能給她變一種蝴蝶，藍色的蝴蝶，上面有黑、紅相間的花紋。我嬸嬸將躲在一邊的趙四嫂子向前推了推：「她也沒見過那種蝴蝶。是她娘

講的。她娘是逃難逃到這邊來的。唉，也是苦命人啊。老人臨死的時候，總跟她提起那蝴蝶怎樣，那蝴蝶怎樣。先生你是南方人，一定見過那種蝴蝶吧？」我嬸嬸拍拍趙四嫂子的肩：「先生，你就當行行好，行不？我覺得變一下也不損你什麼，可對她來說，也算了一樁心事是不？」……

後來，那些密謀者也來了，他們神神秘秘，一副見不得光見不得風吹草動的樣子。後面的話是我父親說的，是對我叔叔說的，因為入冬之後叔叔時常和他們在一起，他也變得魂不守舍起來。我父親說完之後便沉下臉，繼續編他的筐，去皮的葦桿在他手裏生出了刺，他的筐越來越難看。叔叔也沒說什麼，他只是用力地使用了一下眼白，他的這個動作被我看在了眼裏。

密謀者們來到魔術師那裏的時候我正巧在場，我在魔術師的對面坐著，一言不發，默默望著外面的積雪。我和他已經坐了整整一個下午，好像對方並不存在，彷彿只是要打發掉無所事事的那些光陰。我幾次想張口和他說點什麼，可不知道是什麼原因，它們被堵在嗓子裏，一個字也沒有出來。遠遠地，我看見兩個密謀者來了，接著是第三個，他們跺腳抖掉鞋上的雪：「去，一邊玩去。我們要說點事兒」──其中一個指著我的鼻子：「聽話。聽話會有好處。」

傍晚，我在魔術師茅草房的外面又看到了那三個密謀者，他們的表情凝重，好像在爭執著什麼。我想，他們肯定在魔術師那裏碰了壁，不然，他們不會是這樣的表情。

四

　　在我們這裏，一切事件都有可能變成傳奇，只要這一事件經過了三張嘴，第三隻耳朵。即便它原本平常，毫無波瀾和懸念，三張嘴和三隻耳朵之後，你再聽：它已經一波三折，風生水起，面目全非。在我們這裏，有的傳奇接近於流言，有的接近於妖言，有的接近於謊言……通常，我們將傳奇的外衣剖開，打掉它的枝叉和葉子，就會按住它的核，這個核多數時候還是接近真實的；通常，我們會將這個核重新包裝，給它加上更多的枝杈、葉片、花紋，甚至羽毛，甚至翅膀，再向另一雙耳朵傳遞過去……在我們這裏，各式各樣的傳奇層出不窮，那些外地的說書人很少來我們大窪，因為他講的故事未必比我們的精彩。

　　在我們大窪，在孔莊、劉窪、魚鹹堡一帶，最會講傳奇的當然是劉銘博和謝之仁，當然，他們講故事各不相同，謝之仁的故事多是本地掌故，它是舊聞和傳說，發生在我爺爺的爺爺之前；而劉銘博，則願意講南方，他當水手的經歷。謝之仁的傳奇裝在他微微隆起的肚子裏，而劉銘博的傳奇則裝在他的禿腦門裏——最後這話是我叔叔說的。每次說完，他都自己大笑不止。

　　「當年，秦始皇修長城，本來都快修好啦，結果叫那個孟姜女一哭哭倒了八百里！秦始皇一聽怎麼著？她有這麼大的膽子敢哭倒我的長城？殺！不，先別殺，先把她抓來見我，我倒要看看，這個女人到底是個什麼樣的人！孟姜女一上殿，秦始皇就傻啦！真的是垂涎三尺，眼珠子都掉下來啦！那孟姜女長得漂亮！而且，她身上有一股野氣，皇帝後宮裏那些娘娘、妃子一個個都溫順得像貓兒似

的，秦始皇早就厭啦！於是他傳旨，這個孟姜女不殺了，納入後宮，封為娘娘！孟姜女說要我當娘娘也行，但我必須去和喜良話個別，我得告訴他一聲。秦始皇沒辦法，好，你去吧！孟姜女一邊哭一邊走，這一天，來到了大窪邊上，她乘著看守她的官兵沒注意，一頭跳下了大海！秦始皇的脾氣多大啊！他一聽就急了：孟姜女跳進大海淹死了？不行！東海龍王得把人還回來！不然，我就用山把他的東海給填平了！你說秦始皇為啥這麼大口氣？因為他有一個寶貝。什麼寶貝？他有一條趕山鞭，這可是大禹治水的時候用過的。秦始皇揮動鞭子，啪！太行山就裂開了，秦始皇再甩一下，啪！那山轟轟隆隆就朝著東海來了！東海龍王急得像熱鍋上的螞蟻一樣，站不住坐不住，一天到晚哀聲歎氣。他派龍王三太子去陰間和閻王商量，帶去三百顆夜明珠，可閻王就是不答應，不行，要是人死了還讓她復生，不亂套啦？不行不行，誰說也不行！他再派三太子去和始皇帝商量，那秦始皇的火氣大著呢！不還給我孟姜女，誰說也不行，給我送多少夜明珠也不行！就在東海龍王無計可施的時候，他的女兒，九公主出來說話了。她說父親你別急，我聽說趕山鞭之所以威力無窮是因為鞭梢厲害。我想辦法給你將鞭梢偷來，我們東海就沒事了。龍王說我也聽說了，可是秦始皇一直鞭不離手，晚上睡覺都把鞭梢盤在頭髮裏，你怎麼去偷？九公主說你不用管了，我有辦法。咱再說秦始皇。他把山一路趕著趕到了海邊，這一天，一個太監來報，說在海邊上發現一絕色美女，她正坐在海邊哭呢，看上去比孟姜女還漂亮，你要不要見一見？秦始皇一聽，見，當然要見！這一見，皇帝又傻了，好，封為娘娘！你猜海邊發現的女子是誰？就是，東海龍王的九公主唄！她來偷鞭梢來啦！……」

「明朝的時候，我們這一帶害起了蝗蟲。蝗蟲那個多啊！它們一飛起來，方圓幾百里都見不到太陽，你要是這時候出門，眼睛睜得再大也看不見自己的手指頭！當時魚鹹堡那裏住著一個大戶人家，姓王，他家養的馬跑出去踩死了一隻螞蚱，可不得了！這隻螞蚱是蝗蟲神的女兒！蝗蟲神生氣啦，指揮他的大軍從王家上面飛過，掀起一陣大風，嗚嗚嗚——這陣風這個大啊！王家房上的瓦都給掀走啦！就連房子的脊檁也掀走啦！接下來，蝗蟲神下令，都給我落下來！鋪天蓋地的螞蚱們一起落到了王家，他家的房子就轟得一聲都倒啦，王家人？王家人和他家的馬、狗、雞，一個也沒活，都讓螞蚱給壓成了肉餅！這事兒後來讓皇帝知道了，這還了得！皇帝一聲令下，派大將軍劉猛帶著三千士兵來到大窪，準備治蝗。大將軍劉猛來啦，一天，他走到滄縣的一個村子，口乾舌燥，喉嚨裏都冒出了白煙！怎麼辦？劉猛將軍看見村外有一口井，可井太深了，夠不著。就在他急得團團亂轉的時候，村裏出來了一個婦人，拿著繩子，提著水桶。劉將軍一看喜出望外，叫人去和那個婦人說借水桶一用，可那婦人說什麼也不答應。你猜那個婦人是誰？猜不到吧？她是蝗蟲神變的！原來，蝗蟲神也得到了消息，於是他就變成婦人截住劉猛，刁難他一下，讓劉猛覺得此地百姓刁蠻，心腸太壞，就不會好好治蟲了。他可看錯人啦！只見大將軍劉猛一咬牙一跺腳，跳下馬來走到井邊，扳住井沿，雙手一較勁，嘻！你猜怎麼著？那口井，竟被劉猛將軍給扳倒啦！井水從扳倒的井裏湧出來，後來，那個村子就改名叫扳倒井……」

這些傳奇是謝之仁給我們講的，他的肚子裏裝著太多的故事，它們多數是本地的掌故，你可以在現實中找到它的影子。譬如秦始

皇趕山那事兒，九公主最終得手，偷走了鞭梢，怒氣衝衝的秦始皇
用足了力氣也只將山趕到了渤海邊上──大些的山叫大山，距離我
們大窪四十餘里，小點的山尖叫小山，距離我們只有十多里，謝之
仁給我們講這些的時候一抬頭就能看見它。還有扳倒井，的確有這
個村子，我和叔叔曾到那裏賣過魚，賣過蝦醬。謝之仁還給我們講
過另一類傳奇，那是他從書上看來的，譬如有一次，他叫我們去變
形魔術師那裏，問他能不能用土和泥，做成蠟燭？「你們猜，我為
什麼要這麼做？」見我們一臉茫然，他撫摸著自己的肚子，給我們
講了一個故事。

　　「大宋時，這一天開封城外來了一個女子，她穿著一身的素衣，
端著一個舊碗，坐在一個土坡上，向過路的行人說道：各位鄉親，
我是一外地人，和丈夫一起來此想做點小生意，不料我丈夫得了風
寒，一病不起，求大家給我點水喝，給點飯吃，給點小錢讓我度日。
當然我也不白要大家的錢，這樣吧，我每天做十隻蠟燭賣，一支一
文錢，有哪位鄉親肯行行好呢？那些過路的人只見她一身素衣，一
隻舊碗，哪裡有什麼蠟燭？這時有一個好事的人過來，說，姑娘，
我買一支，你給我拿來。那個女子不慌不忙，她說我的蠟燭得當著
你們的面來做，好用得很呢！這樣，請你拿我的碗去，給我端一碗
水來。那個好事的人一聽，當著我的面做蠟燭？行啊！可你沒有蠟
油沒有絲線怎麼做？拿什麼做？要一碗水，行啊，我馬上就給你端
去！我非要看看你拿什麼來做這蠟燭！他打水去了，周圍的人是越
聚越多，大家都想看個熱鬧。不一會兒，水來了。只見那個女子將
碗裏的水倒在地上，將土和成泥，將泥做成蠟的形狀，吹一口氣，
蠟就乾了，她就把用泥土做成的蠟遞給了那個好事的人。那個好事

的人當然不幹，他說，我可不是希罕那一文錢，錢我可以給你，但你得給我真正的蠟燭不是？這蠟，這支蠟，只是樣子上像，它能點著麼？那個女子笑了笑，隨手借了把火鉗，吱的一聲，那蠟還真的點著了！周圍的人一片驚訝！著了著了！還真著了！好事的人沒辦法，只好買了一支拿回家去。他想，不知道這支泥做的蠟燭能點多久？於是他天還沒黑就將蠟燭點著了，第二天天亮，他過去一看，蠟還著著呢，而且只燒掉了一小半兒！……」

「你們知道，這個女人是什麼人麼？告訴你們吧，她是妖！她賣泥蠟燭為什麼？她是在等人，後來那個人真的就來啦！在這隻妖的蠱惑之下，那個人後來就起兵反宋，和包黑子他們打了起來……」

我明白了，我們明白了。那時候，官兵正在四處搜捕漏網的撚軍，冬天時滄縣的官兵和差人們還曾又來過兩次，變形魔術師被老劉家藏了起來，那些人又無功而返。後來，老劉家又使了些銀子，縣衙的人傳過話來，這個南蠻是逃荒來的，沒有問題，官府不再追究。謝之仁之所以叫我們去問他會不會和泥撮成蠟燭，肯定覺得他的變形法術大概和宋朝時的妖人功夫一樣，他可能也是妖，他也能真的參與了謀反，甚至是撚軍的頭目！我們去問過了，先是用手比劃，然後將畫好的圖、寫好的字遞到魔術師的面前。他只看了一眼，就使勁搖了搖頭。他不懂和泥變成可以燃燒的蠟燭。這也許說明不了什麼。

愛吹牛的劉銘博也有倒不完的傳奇，每次開講，他總是先要說「當年，我在某地……」他當過水手，到過我們大窪人難以想像的南方，經歷過大窪人可能永遠都不會有的經歷，所以，多數時候我們知道他是在鼓起腮來吹牛，但還是愛聽。

「當年，我在一個叫簰州的地方當水手，有一次，一位神秘的客人要我們的船送兩箱貨物到一個小鎮上去，那兩個箱子得八個人抬才抬到船上！箱子上貼著橫橫豎豎的封條，那個客人對我們說，誰要是偷看箱子裏的東西，就得推到江裏餵魚！更不用說拿裏面的東西啦！一路上，我們逆流而上，走了七天七夜！你們不知道江裏那個險啊！越走我就越納悶兒，箱子裏裝的是什麼？金銀？財寶？青花瓷？我想不行，我一定得看看！可人家看得很緊，八個大漢都是練家子，黑白守著眼睛一眨都不眨。怎麼辦？好辦！我偷偷抓了八隻烏龜，將它們劃過來，肚皮朝上，曬到了甲板上。南方有一種鷹，專門愛吃烏龜，它們一看到我曬到甲板上的龜，眼都紅啦！於是一個個俯衝下來，將那八隻烏龜全抓走啦！你們知道，烏龜的殼多硬，鷹將它們抓去打不開龜殼也吃不到龜肉不是？那種鷹可有辦法呢，它們抓起烏龜飛到高處，然後朝石頭上摔，龜殼就裂開啦！你說這和箱子有什麼關係？當然有關係啦！看守箱子的那八個大漢都是禿頭！從上面看，就像一塊塊磨圓的青石，鷹飛得那麼高也看不太清楚，就把他們的禿腦門當成是石頭啦，於是就將抓起的烏龜狠狠朝他們的禿腦門摔去！嘭，嘭嘭嘭嘭！嘭嘭嘭！別看龜殼撞石頭撞不過，可撞人的腦袋，哼！這八個大漢哪經得起烏龜殼的砸？立馬都暈了過去！我飛快地掏出早準備好的藥水，將封條們都完整地啟下來，然後我的幫手，船上的廚師也過來幫忙，他飛快地打開了鎖。這個廚子會開鎖，在船上只有我一個人知道！我們打開箱子一看，啊，可不得了，一箱是金銀，另一箱則全是明晃晃的鋼刀！我和廚子一人分了兩塊金子。等那些大漢醒過來，箱子完好如初，就是當初鎖箱子的人也看不出箱子曾被人動過！可是，也巧了，我

們以為做得天衣無縫，偏偏叫另一個人給看到了。誰？也是船上的水手，但他也是長江最厲害的強盜齊粘魚的探子！他當天夜裏穿上特製的夜行衣，潛到水裏，給齊粘魚報信去了。齊粘魚一聽，好！這兩箱東西我都要啦！他還真不是吹，在長江上，只要齊粘魚看上的貨物，他一定能搞到手，從來就沒失手過！這一天，我們的船劃著劃著，不好！只見前面江面上豎著三十幾根大鐵柱子，船根本就過不去！而且，鐵柱子那邊有兩艘小船，上面站滿了舉著刀槍的人。過不去了。船老大說，調頭調頭。船正準備調頭往回駛，有人來報，後面發現了不少艘船，看上面的標誌應當是齊粘魚的。一聽是齊粘魚的船，船老大一下子就癱軟下去，眼淚、鼻涕全湧了出來。我說不怕不怕。這樣吧，你給我準備兩大鍋沸油，三大筐黃豆，都給我放到船頭！我自有妙計，一定能讓我們的船平安闖過去……」

　　「當年，我在洛陽得過一次大病，那次病幾乎要了我的命，好在我身上帶有一塊通靈寶玉，它替我擋了煞。那塊玉？在我病著的時候它也慢慢變黑，一天我醒來發現它無緣無故地碎成了九片，從那之後，我的病才慢慢見好轉。我要說的是我病好之後的事兒。我病好之後，得趕路啊，在我病著的時候船早走了，我就一路打聽著一路向下游走。這一天，我路過一片荒地，看見一個白鬍白眉的老頭兒，正在那裏蹲著往遠處看，我問他幹什麼？他說他是放牧的，我又問你養的是什麼？怎麼拿著肉而不是草呢？他告訴我他養的是狼，養了一年多了。我是誰，我一聽就明白了，這個老頭兒是個異人，他在憋寶！他養的狼絕不是一般的狼！我和他聊會兒天，然後告辭，我不能讓他看出我在打他的寶貝的主意不是？晚上，我帶上迷香，換上夜行衣，回到老頭兒待的地方。我先用迷香把老頭兒放倒，然後扛著袋子，朝老頭兒的狼

圈摸過去。是狼圈，真的，老頭兒把他的狼圈在圈裏呢！我往前一湊，六道瓦藍瓦藍的光一起朝我射來：那些狼可不認識我啊！它們衝我吼叫，露著雪白的牙。說實話當時我也害怕，可我知道，這三隻狼可都是寶貝，既然來啦，就豁出去幹他一把！我一咬牙，打開狼圈，將口袋飛快套到一隻狼的頭上，但另外那兩隻狼朝我惡狠狠地撲過來……我根本不是它們的對手。我且戰且退，後來乾脆口袋也不要啦，飛快地向遠處跑——可我哪裡跑得過狼？那可是我最狼狽的一次，也是我大病之後身子太弱。眼看我就要被狼吃上了啦，也是天無絕人之路，我突然發現前面有兩棵高大的樹！我也是真急啦，一個箭步飛起兩丈多高，一下跳到了樹上！而其中一隻狼，也跟著跳到了樹上，它一步一步跟隨著我。我向後退著，馬上要退到樹梢了，那隻狼卻不肯放過我，它準備把我趕下樹去，另外的兩隻狼還在下面等著呢！我一邊倒退一邊觀察，我發現這種樹的枝條很有韌性，而且我頭上還有一根粗大的樹枝——有辦法了！我抓住上面的樹枝，讓自己退到樹梢的邊上，我的重量將枝條壓得很彎，那隻狼沒有發現我的意圖，緊緊跟過來，就在它撲向我身體的時候我縱身一躍，腳下的枝條立刻彈了起來彈到狼的臉上，它完全措手不及，在慌亂中一頭摔了下去！我攀著頭上的枝條向下一看，剛才在樹上的那隻狼已經摔死了，它原來是金子做的！另外的兩隻狼正圍著它哭呢……」

　　好了，言歸正傳，接下來我要說的是那個變形魔術師的傳奇，它們是由謝之仁和劉銘博共同「創作」的，多年之後，關於魔術師的傳奇，他們二人也無法再辨認出它的本來面目，他們也不知道，是不是他們一起還是其中的一個創造了它。傳奇，漸漸變成了最初的傳播者也意想不到的樣子。

五

　　講鳥語的魔術師之所以得到劉家的庇護，將他藏起躲過官兵的搜捕，是因為，劉家人把他當成是恩人，因為他救了劉家劉升祥一命。要知道，劉升祥的父親劉謙章可是我們方圓幾十里響噹噹的人物。

　　就是那年冬天，大窪人收割完全部的蘆葦，將它們堆積成三十幾座壯觀的小山，它們在被運到外地之前得有人看守，不瞞你說，我們自己也承認，孔莊、劉窪、魚鹹堡一帶的大窪人身上有股賊性，一隻鴨子從窪東走到窪西，它身上至少會丟一半兒的羽毛，那時你要是仔細看，那隻鴨子已經只剩一條腿了；已經只剩一隻翅膀了；咦，它的眼睛也只剩一隻啦！冬天一閒，我們更愛偷來偷去的，去誰家串門，一定得想方設法偷點什麼走，「賊不空手」，是我們的規矩，要是被盯得太緊我們就會偷折一根掃帚的苗兒充充數。所以，堆起的蘆葦山是必須要有人看的，往往一兩個人來回巡視，不知不覺中那山就慢慢變成丘，變成台，就得無影無蹤。這一年，劉升祥被他父親安排看窪，他住進和變形魔術師茅草房不遠的舊房裏。

　　這一住，劉升祥的身體就垮下來了。他先是眼圈變黑，印堂發暗，後來漸漸沒了精神，坐著站著都如同一灘爛泥，他身上的骨頭彷彿早就變酥了。再後來，二十六歲的劉升祥一病不起，並且他的身體在慢慢縮小，沒有了原來那副身高馬大的樣子。劉窪的醫生，滄縣的醫生，拋莊的巫醫都來看過，他們的看法驚人一致：不行啦，準備後事吧，大約過不了年。就在劉家人心急如焚、悲痛莫名的時候，有人提到了那個講鳥語的魔術師，另外的一個人跟著恍然：「對對對！也許南蠻子有辦法！說不定就是……對了，升祥剛住進窪裏，這傢伙就對升祥左看右看，一個勁兒搖頭。他一定有辦法！」

　　魔術師被請來了。他盯著劉升祥的眼，一眨不眨地看著，以至給他端水過來的劉謙章感覺自己的身體一陣陣發涼。小半個時辰之後，那魔術師拿過紙、筆，寫下了一個藥方和兩道符。他用鳥語指揮著劉謙章，將一道符貼在脊樑上，而將另一道符貼在門口的樹上——事後劉謙章說，當時他聽魔術師的鳥語並不費力，既使魔術師不打手勢；而劉升祥的病一好，他又一句也聽不懂了，想得腦子都大了，大了的腦子擠得眼睛都鼓出來了可還無濟於事。他叫一個侄子：快，馬上，照著先生的藥方給我把藥抓回來！

　　他的那個侄子，不一會兒就氣喘吁吁地跑了回來，手裏面，依舊抓著那個藥單。「藥房裏沒人？」「不。」「藥房裏沒藥？」「不。」「那你怎麼沒將藥抓來？」「人家，人家不，不抓給。」「為什麼不抓給？」「人家，人家說，這藥，得，大夫自己去抓，人家怕，怕，怕吃死人。人家說裏面，裏面的藥，太毒啦！就是，不放在一起，也能，也能藥死兩頭牛！」「什麼？」劉謙章拿過藥方，他的手抖出了聲響。

　　倒是那個魔術師，一點兒都不慌不忙。他用劉謙章當時能聽懂的鳥語，對劉謙章說，你沒必要生氣也沒必要緊張，反正，你兒子也已經不行了，就讓我死馬當活馬醫吧，我保證能將他的病治好。劉謙章沉吟半響，吐出了他自己咬碎的半枚牙齒：「行！我答應你！你就給他治吧！」想了想，劉謙章又說，「可是，你這藥拿不出來啊！你又不會我們的方言，解釋不清。」「沒問題，我去抓。我自有辦法！」

　　你還別說，不一會兒，藥還真讓他給抓回來啦。

　　深夜。北風呼嘯，雪花飄飄。魔術師閂好門，關嚴窗，開始給劉升祥煎藥。劉謙章和他老婆守著火盆兒，伸長脖子，不一會兒劉謙章就聞到一股焦糊的氣味。「有什麼東西燒著了？」他老婆往火盆兒裏看

了看，「沒有啊！」「快，是你的手！」就在這時，閂著門的那間屋裏傳來一聲慘叫，接著又是一聲——在我們大窪號稱一霸的劉謙章一下子癱在了炕上，他軟弱得像個孩子：「升祥，升祥啊……」

那慘叫聲一聲緊過一聲，一聲比一聲還慘，那慘勁兒像針一樣像刀子一樣插進劉謙章和他老婆的心裏。「咱不治啦！咱就是看著孩子死也不能讓他，讓他……」劉謙章老婆兩隻都已燒焦的手緊緊抓住劉謙章的右臂，把他的右臂也抓出了血印。「不治啦！」劉謙章用力砸門，門不開，他又去敲窗，魔術師早有防備，他把窗戶已經給釘死啦！「南蠻子！你給我開門！再不開，我讓你不得好死！我把你，跺成肉醬喂王八！」「南蠻子，我日你八輩祖宗！」……

人越聚越多。更多的人加入到叫罵中。那麼多人的罵聲，卻始終也蓋不住劉升祥屋裏的慘叫！「我們把門砸開！媽的，這個南蠻子，他就是變成蒼蠅我也跺他八百刀！」「對，我們砸門！」「那升祥這孩子……」「你們不用管他！」劉謙章瞪著他的紅眼珠兒，他抽出自己的那把大砍刀，當年，它可是砍過不少的骨頭，喝過不少的血。就在大家準備合力撞門的刹那，門突然開了，只見一隻老虎惡煞一樣衝出來！我們大窪是平原地帶，是海灘，我們見過狐狸見過鯨魚見過魚鷹可誰也沒見過真老虎！大家一片尖叫，一片混亂，刀也不敢揮了，斧也不敢砍了，只得眼睜睜看著這隻有血盆大口的老虎馱著赤身裸體的劉升祥朝雪地裏奔去。「我的兒啊！」劉謙章的老婆嘶啞地喊了一聲，就硬硬地摔在地上。大家又一陣忙亂。

啟明星亮起，飄忽的白雪變得黯淡，沒凍掉舌頭的公雞開始打鳴，劉謙章的血眼珠剛剛有些轉動，只聽得屋外有人喊，「升祥回來啦！他到鬼門關轉了一圈，和牛頭馬面打了個招呼，就又回來啦！」「什麼？」「什麼什麼？」

　　等劉謙章扶著自己的老婆，艱難挪到劉升祥那屋時，劉升祥已躺在炕上。他笑了笑，叫一聲「爹」，叫一聲「娘」──一屋子的人，屋裏屋外的人，他們的淚水洶湧，一直流得滿屋裏都是水流，濕透了他們的鞋子。

　　劉升祥真的好了起來。當天晚上，他一氣吃上三碗麵條，他的命，真的撿回來啦。後來，劉謙章將變形魔術師開出的藥方進行裝裱，高懸在大廳的牆上──據說一位遠近聞名的中醫看到那個藥方，多年未犯的疼風和牙痛病突然一下子都犯了起來，臨走，他留給劉謙章一句話，「向死而生，這份狠毒我下輩子也長不出來。」那個藥方裏，有硫磺，有巴豆，有砷和水銀。還有人參。

　　「你們說，魔術師將劉升祥背出去都幹了些什麼？他為什麼要劉升祥赤身裸體？要知道，那可是在冬天，剛下過雪。」

　　那天晚上，魔術師變形成一隻白眉老虎，馱著赤裸的劉升祥從人群閃出的縫隙裏閃出，朝大窪深處的一片池塘奔去。那時候，劉升祥的身體簡直就是一塊燒紅的鐵，風卷起雪花朝他身上飛來，在距離他半尺的地方「哧」的一聲便蒸發了，變成一縷白色的煙。只見那魔術師將劉升祥放在地上，變回人形，掏出一把鋒利的刀子，刀光飛舞──那刀光並不是衝著劉升祥的身體去的，而是池塘下邊的塘泥。他挖出一塊濕塘泥，叭，貼在劉升祥的前胸，然後又挖出一塊塘泥，叭，貼在劉升祥的後背──劉升祥雙目緊閉，他的身邊籠罩著一團熱氣升騰的霧，貼著他前胸後背的塘泥很快變成了墨黑色，乾得不見絲毫的水氣。魔術師將原先的這兩塊塘泥敲碎，叭叭，又貼上兩塊新挖出的塘泥……如此七次之後，劉升祥的臉色已由墨黑變得紅潤，這時魔術師一聲大喝，用力拍了一掌：劉升祥吐出一塊拳頭大小、被血絲包裹

著的東西，那東西很柔軟就像一團爛掉的肉，散發著惡臭。隨後，劉升祥開始大便，一直拉得有一大截腸子都翻在外面——這時，魔術師重新變成老虎，馱起他，頂著風雪朝村子奔去——

　　劉升祥吐過、拉過的那個地方，多年之後還散發著一股特別的臭味兒，周圍的蘆葦和各種的野草都變得枯黑，第二年春天也沒開始生長。而且，那個池塘從此之後再也沒抓到過一條魚，要知道在我們大窪，馬蹄大的水窪裏也至少有三條魚，那個池塘有二畝多地，那裏也沒有蚊蟲，害蝗災的年份兒，它們也不在那裏落腳，你說奇怪不？

　　……

六

　　不知為什麼，我感覺同治六年的那個冬天特別的冷，特別的長，它甚至漫過了同治七年的好大一截，以至於草一直不發芽，河水一直不化凍，無所事事的日子也一直過不完。同治六年，我當時十四歲，我感覺冬天特別冷特別長也許是因為我身子單薄，骨頭一凍就被凍透的緣故。不過，我的骨頭裏還有一股隱隱的熱量，它們時不時地衝撞起來，讓我有些不安。

　　就在那一年，我生出了一個新舌頭，它受幻想、夢、謊言和無中生有的謠言控制，模仿著謝之仁和劉銘博的樣子講述著傳奇。開始，我講給我弟弟聽，比我小的孩子們聽，後來，新生的舌頭有了不滿足。木訥的父親可不喜歡我這樣，雖然謝之仁到我們家來他總顯得興奮異常，臉上有光，但他卻不希望自己的兒子變成那樣的人，「吹牛能當飯吃？吹牛能吹出米來，能吹出錢來，能吹出媳婦來？」有一次，我正

給我弟弟和三兩個孩子講那年夏天撚軍和清兵之間的故事，在那裏，變形魔術師被我說成是撚軍將領，他化身知了刺探軍情，在被包圍之後又變成一隻魚鷹飛離了重圍——我講得興高采烈，揮動著手臂，翹起屁股，就在我一回頭的時候發現陰沉的父親站在背後。他惡狠狠地罵了一句，吹牛能吹出米來？光知道胡編亂造！我說，我沒有胡編，這是……當著那群孩子的面，當著弟弟的面，他突然揮動拳頭，打在我的臉上。那一天，我被父親打掉了一顆牙。但他沒有打掉我新生的舌頭，離開我父親的眼，它就會發癢，就會將夢、幻想、事件和無中生有攪在一起，變成傳奇。

　　不過，我那天所講的故事，講鳥語的魔術師化身知了化身魚鷹的確不是我的編造，它出自於劉銘博的口。那年冬天，劉銘博離開我們前往濟南、保定，據他自己說是販魚買米，回來之後他帶回的卻是撚軍和官兵的戰爭故事。他還帶回了一個女人，那個女人有好看的眉眼，卻長了一顆突出的暴牙——她的這顆牙，在兩個月後被劉銘博給打掉了，同時被打掉的據說還有她肚子裏的孩子。當天晚上，這個女人就離開了孔莊，再也沒有消息。我母親說，她就像絲瓜秧上的謊花兒，跟過劉銘博這樣的人，她的一輩子就算毀了。

　　「西撚梁王張忠禹率三十萬大軍浩浩蕩蕩殺過濟南，殺向京城，一路上過關斬將，殺得天昏地暗血流成河……同治皇帝這個急啊，他急得滿嘴都是血泡，『眾眾眾位大臣，你你你們有什麼辦辦法退兵啊？我給給你升官！』這時，大殿上站起一人。誰？左宗棠。他說皇上你不用著急，我自有妙計。西撚梁王張忠禹之所以如此這般戰無不勝，全靠他手下有一異士，此人名叫吳優思。他會三十六種變化，能夠撮草為馬，撒豆成兵，只有破掉這個人的妖法，我們才可能取勝。『怎麼破掉他的

妖法？』左宗棠說也好破。你讓我們的弓箭手臉上塗上狗血，箭頭上塗上狗血，城牆上貼上符，然後將叛軍周圍的草全部燒掉，將糧倉和老百姓家的綠豆黃豆紅豆都收集起來運走，吳優思的妖法就算破了。他的妖法一破，撚軍也就算完啦！『好！准奏！就按你講的去準備！』」

「官兵的準備早讓吳優思知道啦。他怎麼知道的？因為他會三十六種變化，深入對方大營易如反掌，他變成一隻知了落在官兵統帥營帳外面的槐樹上，看了個滿眼，聽了個滿耳。回去後，他馬上來到張忠禹的大帳裏，『不好了，官兵那邊有高人指點，我的法術被人家識破了。我們先撤兵，以後再做打算吧！』張忠禹張閻王一聽急了，『什麼，撤兵？姥姥的，門兒都沒有！我還有不到百里就殺到京城了，馬上就要活捉同治狗皇帝啦，現在撤兵？不行！』吳優思也著急啊，『梁王，這次非同小可，在我們三十萬大軍中，有十五萬豆兵啊！只要一交手，它們很快就會變回豆子，就一點兒的用都沒有了！』張忠禹一聽怎麼著，你威脅我？我梁王是什麼人啊，沒你那十五萬，剩下的十五萬兵我也能贏！再說，再說我張閻王把你砍了！」

「果然不出吳優思所料，第二天，兩軍一對陣，官兵那邊一陣狗血的亂箭，吳優思撒豆變成的兵一粒粒都變成豆子啦！撚軍裏面一片慌亂，『不好啦，清兵的箭用了妖法，射到身上就變成豆子啦！再也變不回人形啦！我們快跑吧！』兵敗，可真的是如山倒啊！這一仗，直打得撚軍丟盔棄甲，屍橫遍野，他們流出的血，形成了四條彎彎曲曲的河，我去濟南的時候，有一條血河還在，一頭牛去河裏飲水，結果不小心掉了下去淹死啦。吳優思保護著梁王張忠禹且戰且退，退到了荏平南鎮一個叫玉碃坡的地方。張忠禹實在走不動啦，他背靠一塊白色的大石頭休息，忽然覺得背後一陣陣發冷。要知道那是三伏天啊！梁

王感覺不好，叫來一個當地人，這叫什麼地方？叫玉磧坡。噢。那我靠的這塊石頭呢？它怎麼這麼特別？那個人說了，這塊石頭是自己從天上掉下來的，有四十多年了吧，我們叫它斬王石，至於為什麼這麼叫我也不清楚，反正大家都這麼叫。張忠禹一聽大歎三聲，天亡我也！我張忠禹要在這裏隕落，要在這裏被殺啊！隨後，他對吳優思說，『吳將軍你懂得法術，我們被困這裏走不掉了，但你是可以走的，這樣吧，你帶上我的寶刀走吧，要是你有機會逃脫找到我的孩子就將這把刀給他，讓他給我報仇！』吳優思哪裡肯聽？他說梁王不必多慮，我吳優思現在別的法術已經沒用了，但救你出重圍還是能辦到的！說著，吳優思就要施法，但張忠禹一把抓住了他：『天要亡我，我怎麼能違背天意一個人偷生？我意已決，我要學那楚霸王，江東我是不過的！』這時，喊殺陣陣，官兵們裏三層外三層，像一張大網圍過來。張忠禹率領殘部邊打邊退，打到徒陡河邊的時候就只剩下八九個人啦！官兵多少？七十萬人！他們苦苦哀求：梁王你跟著吳將軍跑吧，不然就來不及啦！那張忠禹是什麼人？血性男兒，頂天立地的大英雄！他長嘯一聲，將寶刀遞到吳優思將軍的手裏，然後一縱身，跳下了徒陡河！撲通撲通撲通撲通！那些撚兵也跟著一起跳下了徒陡河。本來，徒陡河的河水並不很急，可是這幾天的生死大戰，戰死將士的血也流滙到這條河裏，使得這條徒陡河變得洶湧、湍急，水流的聲響三十里地以外都能聽得見，他們一跳下去，立刻就沒了蹤影。吳優思對著河水磕了三個頭，然後一咬牙，一轉身，變成一隻魚鷹……」

劉銘博帶回的故事一時間在我們孔莊、劉窪、魚鹹堡一帶家喻戶曉，沸沸揚揚。閒暇的漫長冬天有利於傳播──「他是撚軍的將軍？

那他一定殺過不少人吧！」「那還用說！聽說在南方，一提張忠禹，孩子都不敢哭，就是山裏的老虎也會嚇得掉頭就跑！」「撚軍一定積攢不少的金銀財寶吧？既然吳優思是最後逃出來的人，那他身上也許會有撚軍的藏寶圖！」「你怎麼知道這個吳優思就是我們這裏的無有事？天下重名重姓的人多得是！我們魚鹹堡光趙祥就有五個，一個個窮得光著屁股，也不見誰祥了起來。」「屁話！天下會變形的人，又叫吳優思的人有幾個？你的腦袋讓驢踢過？」「你的才讓驢踢過呢！劉銘博的話，哼，你也全信？他捕風捉影呢？」

　　或者：「撚軍他們也真是傻。要跑到我們這片窪，別說五十萬清兵，就是五百萬也一定讓他有來無回！」「張忠禹是黑虎化身，不是龍，所以他就根本不該去打京城！虎和龍鬥，不是找死麼？」「要是他們打到這來，老子一定參加撚軍，媽的，這種日子老子早過夠了！」「就是就是，殺了那狗皇帝，我們也弄個元帥、丞相當當！」「我們先殺到滄縣，把姚官屯的那些官兵綁起來，一刀一個，唪唪唪，把他們的腦袋挖空後當尿壺！」「聽說京城裏那些格格、小姐的身子白得就像雪，一招就出水！她們在炕上，那滋味，嘖，你想都想不出來！」「我們反到京城，頂不濟也打下直隸府，一個摟個格格，一個摟個小姐的搞一搞！」「撚軍不來老子也想反啦！」……我的耳朵裏灌滿了這樣的話語，它們真的形成了厚厚的繭，我用葦桿兒的一截將它們掏出來，丟在一條小溝裏，引起了兩條黑魚的爭奪，它們用頭撞開厚厚的冰，將繭子們吞下去。孔莊、劉窪、魚鹹堡一帶地處偏僻，條件惡劣，我們祖上遺傳的匪氣、暴氣就藏在我們的血脈裏，它們每隔一段時間就會間歇發作，不必太當真。在我們這一帶，罵罵皇帝老子，說些所謂大逆不道的話是一件經常的事兒，你要連這些都不敢說，就不

會有人瞧得起你，覺得你是個膽小的廢物。至少，我們誰也不願意在
嘴上就成了廢物。

「我們跟著這個魔術師造反吧！憑什麼他們吃香喝辣，老子只能
這樣！」

對劉銘博的故事，謝之仁像慣常一樣嗤之以鼻，他認定，劉銘
博的說法完全是捕風捉影，毫無根據：「純屬胡扯！你們都常去他那
裏，你們誰看見他那裏藏著一把寶刀？要是有，不早讓誰偷出來
啦？」「他要是會三十六變變成鷹，那他為什麼不直接飛回家去卻待
在我們這裏受罪？」

想想，也是。謝之仁的說法還真有些道理。魔術師那裏要真是有什
麼寶刀，以我們孔莊、劉窪、魚鹹堡這些人的賊性，有十把也早給他
偷走啦。就是他將那把寶刀變成碗筷，變成凳子，變成鐮刀或者其他
的什麼，也早就被誰偷回家裏了——其實他的碗筷、凳子或其他的什
麼還真的丟過不止一次。某個人將它們偷回家去，用水泡，用火燒，
再澆上狗血、兔血、狐狸血，希望它們「變回原型」，變成金子銀子，
然而結果卻讓人失望。過不幾天，魔術師的東西就會失而復得一次，
接下來，它們又將丟失一次，另外的人又將它們偷走，水泡、火燒地
重新折騰一次。魔術師屋裏的東西就這樣失失得得，到春天來的時候
他已經習慣啦。

七

「唉，我的銀子怎麼不見啦！」
「怎麼會？咱家又沒誰來！你一定是自己放忘了！」

「胡說！我明明放在這裏了，我藏得很嚴！是不是，你拿去喝酒了？再不就是，討好哪個狐狸精去了！」

「我沒拿！你別瞎說！」

「你沒拿？前天我往裏面放錢，只有你看見了！難道它自己會飛？你說，昨天我去趙三嬸家織布，你，你一定偷拿了錢出去了！」

「我昨天一天都沒出這個門！」

「那好，你沒出門，那錢怎麼丟了？你不說清楚我就到房上去喊，看是丟誰的臉！」女人不依不饒。

「我……我昨天……在屋裏編筐，對了，那些筐在編房裏呢，不信你去看！」

「放屁！你從秋天就開始編，那麼多扭扭歪歪的糞筐誰知道哪個是你新編的，到底是不是新編的！我告訴你，今天你就是編也得編圓了，編得我信了！你開始編吧！你說，錢上哪去了！」

「我昨天在屋裏編筐……編著編著，看見……看見了一隻蘆花雞，是，像是咱家那隻，又不太像。我當時想，咦，雞怎麼進屋裏來了？看來它也怕冷啊！我趕了它一下，它沒出去，我想算了吧，只要不拉屋裏屎就行。等我編完筐，再找那隻蘆花雞，沒了！」

「這和咱的銀子有什麼關係？難道雞能偷錢？」

「我也是剛想明白！我太大意了，你想，咱們這一帶，誰會變成雞？真正的雞不會偷錢，可人變的，會。」

「你說是那個變戲法的南蠻子？不可能吧？」

「怎麼不可能！你說，除了他還能有誰！」

「你們給我過來！說，鍋裏燉好的那隻雞呢？」

「不知道，我們不知道。」

「不知道？你們給老子偷了去還說不知道？想找死啊，想挨鞋底子是不是？」

「我們沒偷！我們真沒偷！」

「媽的，跟老子嘴硬，你看看你嘴角上那油，你一張口，我就聞得到雞肉的味兒！跟老子撒謊，反了你了！」

「我我……我們真沒偷，不信你問姐姐。我們，我們就喝了點雞湯。」

「你再撒謊老子打死你！你說，那雞肉上哪去了？」

「讓貓叼走了！」

「貓？誰家的貓？」

「我們也不知道……是一隻黑貓，全身黑得發亮──對了，就像是魔術師變得那樣！」

「你們說是……」

「對，就是他！」

「你說，你一個姑娘家，你……你讓我們怎麼外出見人？說，孩子是誰的？！」

「孩子，就聽你爹的話吧，你這樣……也不是辦法啊。」

「媽的，老子的臉都讓你丟盡了！說，那個男人是誰？！」

「孩子，你就……都三天了，你準備這樣跟我們耗下去？快說吧，你爹……他也不能害你不是？」

「告訴我，那個男人是誰！我不扒了他的皮！」

「孩子啊，你要你娘死不是？你可是說啊，那個男人到底是誰，娘也好給你出出主意想想辦法……」

「爹，娘，你們就讓我死吧，我不……」

「你就是死，也得把那個男人給我供出來再死！我饒不了他，我一定讓他不得好死！」

「孩子，你說，你想害死你娘不是，你想氣死你爹不是？這種事……我們知道是誰，也好給你……」

「娘啊，我不……我也不知道是誰！」

「胡說！」

「別嚇她啦！你說，你怎麼會不知道呢，你怎麼會不知道是誰呢？」

「我，我真的不知道是誰。那天晚上，我悶悶睡覺，一轉身，看見……炕上蹲著一隻貓。我嚇了一跳──」

「你怎麼不喊？娘不是在那屋麼？」

「我沒來得及喊。我嚇壞了，伸出腳，將它一腳踢下了炕。」

「後來呢？」

「後來……那隻貓叫也沒叫，一溜煙，沒有了，門悶著，我也不知道它是怎麼跑出去的。我半宿沒敢睡。」

「唉，我的傻孩子。」

「後半夜，實在太困啦，那隻貓也沒再出現，我迷迷糊糊就睡著了。再後來……」

「怎麼了，怎麼了？」

「我感覺……感覺疼，那裏……我睜開眼，看見……」

「你看見了什麼？快，快說！」

「我看見了一條蛇！它趴在我身上，蛇頭鑽進了我的身體！」

……

我說過，在我們這裏，一切事件都可能變成傳奇，即便它原本平常，毫無波瀾和懸念。講鳥語的魔術師剛來大窪的前幾年，有關他的傳聞實

在是太多了，他幾乎無處不在，我們不知道他真真假假地有多少條影子。那個魔術師好像對此一無所知，他改變著自己，越來越像一個出生在孔莊、劉窪、魚鹹堡一帶的窪民，越來越像。只有他的那口鳥語不像，只有他懂得大窪人所不懂的變化，這點兒也不像，不過，他在眾人面前的變化已經越來越少，似乎他怕自己的變化會阻擋他在大家中的融入。

我和我弟弟，還有一些十五歲、十六歲的年輕人相信著魔術師的清白，而我母親、二嬸、謝之仁、劉長鋒等人則憂心忡忡。他們覺得魔術師的到來使大窪原本脆弱的道德律令遭到了巨大破壞，人心不古。他們把打架鬥毆、吸毒嫖娼都看成是受了這個南蠻子的教唆、蠱惑，雖然這些在變形魔術師來之前早就有；他們把偷盜、姑娘們未婚先孕的私情、流言的傳播等等責任都算在了他的頭上，「他不來之前，我們這裏哪有這麼多的事兒……」

我母親她們的憂心在悄悄地蔓延，就連劉謙章、劉升祥他們也難以阻止。「我們讓他搬到劉窪來住吧，和我住一趟房！」劉升祥和自己的父親商量。「那也得看他願不願意過來。再說，再說」，一向爽快的劉謙章突然有些吞吞吐吐，「再說那些事兒也未必都是無中生有……你們剛結婚，就是，就是……別人也肯定瞎說，人嘴太臭啊！」「那，我們出面，給他娶一房媳婦吧！」「也好。就是在哪找合適的人，怎麼去找？」

「這事包在我的身上！」劉銘博用力拍著自己的胸口，同時悄悄地收起劉家送來的酒和碎銀。「咱走過南，闖過北，這點兒小事，易如反掌！絕對讓你們滿意，讓那個南蠻子吳優思滿意！」

這件包在劉銘博身上的小事兒，直到我們三村的「叛亂」被鎮壓下去，直到講鳥語的魔術師悄無聲息地消失，他也沒能完成。

請劉銘博辦事，多數都會沒了下文。

八

現在，該輪到那些密謀者上場啦！

說實話，在我們這片荒蠻之地缺少那種真正意義上的密謀者，他們是些因為皇帝大赦天下而被釋放的罪犯，一肚子委屈、怨天尤人的農民，屢試不中的書生，無所事事卻一腔熱情的少年，懷有俠客夢的鐵匠。後來，我的叔叔也加入到他們的行列，這似乎給他的駝背帶來了些許的榮耀。在我們這片荒蠻而偏僻的窪地，有利於不滿和怨憤的滋生和生長。

不過，事情的起因似乎和那些密謀者並無很大關係，他們是後加入進來的，推波助瀾，直到釀成大事件。事情的起因是，事情的起因是我們大窪來了兩個年輕的官差，他們來收民丁稅。他們太咄咄逼人啦！

「怎麼欠收了還長了五錢？不想讓人活啊！」

如果是以往縣衙裏的老官差，他們會端著笑臉和我們解釋，至少會攤攤手表示自己無能為力，在收錢的時候讓上幾個錢，事情也就過去了，可那年，來的是兩個沒長鬍鬚的新手，他們比我大不了幾歲。「不行！說什麼也不行！誰說也不行！馬上把錢交上來吧！」

「差爺，你抬一下手，少收一錢行不行？我們今年的收成，唉。」

「廢什麼話！我們只執行上面的命令！」

「那好，我們就不廢話了！」

結果是，我們將這兩個差人用繩子綁好，嘴裏塞上布條，半夜時分將他們丟在縣衙門口。「這是我們的民丁稅！」

第二天上午，駐守在徐官屯、姚官屯的官兵來到了大窪，他們叫孔莊、劉窪、魚鹹堡的人都集中在打麥場上。那時，麥子剛剛收割不

久，打麥場上熱浪翻滾，曬出了麥桿的氣味和汗水的氣味兒，「你們竟敢毆打官差！不想活了！難道你們敢造反不成！」防守衛臉上的肉球在顫動著，他用手上的劍對著我們的腦袋指指點點。

「老子就是反啦！怎麼樣！」密謀者們開始答話。

一陣混亂之後，防守衛帶來的十幾個官兵被我們打跑了，當然，我們的混亂，官兵們的抵抗和逃跑都帶有一定的遊戲成分，他們多年來大窪圍獵和我們都熟啦，也瞭解我們的脾氣。他們跑了，把他們的防守衛丟給了我們。被綁起的防守衛依然十分嘴硬。

「官爺，我們出面將你送回去，那些不聽話的兔崽子我們好好管教，所有的稅這幾天一定交齊，這事兒……你看行嗎？」孔莊、劉窪、魚鹹堡三村的老人們出面了，他們可是那些德高望重的人。

「狗屁！你們快把我放了，把那些主使的人抓起來送到官府！這事兒沒完！」

「官爺，你看這樣行不……」

「不行！……」

當天下午，密謀者開始串連：

「官府也太欺人了！他們就不想給我們留一點兒活路！」

「他們都幹了些什麼？你們家二冬不就販幾斤私鹽麼，有什麼大不了的，不是想活命誰肯走險？到現在還沒放回來吧？好，他們不放，我們就將人搶回來！」

「根本是官逼民反啊！現在，我們打了官差，扣了軍官，不反也不成了，不反也是死罪！」

「……我，我沒有參與打官差，也沒參與……」

「哼，你以為你會說得清楚？誰會給你證明？要是別人都抓起來，只有你一家什麼事都沒有，你，你還能在這裏待？……」

「拼了吧！拼了也許能有活命，說不定還真能封王封相，我們的子孫就不用在這破地方受苦啦！人家的刀都架在你脖子上啦！」

這時，傳來一個消息：被關在牛棚內的那個防守衛自殺了，他在自殺前就已經氣炸了肺，誰也想不到他有這麼大的火氣！

「現在怎麼辦？」

「還能怎麼辦？反吧！」

聽到這個消息，我和弟弟都興奮異常，特別是我弟弟，他來回亂竄，自己摔了好幾個跟頭，弄得滿身是泥。我父親從衣櫥底下掏出一把生銹的刀，而我母親，則坐在一個陰影裏，淚水流個不止。

傍晚時分下過一場小雨，落在葦蕩裏像一簇簇射下的箭，風的聲裏包含著嘶殺、哀鳴和刀光。雨下過之後，大窪裏的那支隊伍打出了自己的大旗，那是一條藏藍色的床單做成的，上面寫了一個黃色的「義」字。這支隊伍集中在打麥場上，由那些密謀者引領，舉行了一個簡單的起兵儀式。我說過我們這裏地處偏僻，沒有人能提供起兵儀式的規範樣式，參與密謀的秀才不能，見多識廣的劉銘博和謝之仁吱吱唔唔，也派不上用場，那些密謀者們只好用他們的想像來部署。所以，我們這裏的起兵儀式極為簡單。就是這樣，在這個簡單的起兵儀式上還出了點小插曲。一個被封為「漢武大將軍」的密謀者宣佈，我們的這支隊伍是撚軍的一支，由吳優思將軍指揮，我們將和撚軍的舊部一同起事，殺進京城，把滿族皇帝的頭砍下來當球踢——「現在，請吳優思將軍入座，宣佈我們起兵！」

　　椅子是空著的。等了好大一會兒，講鳥語的、會變形的魔術師也沒有到來，下邊扛著刀槍、鐮刀、鋤頭的腦袋們開始竊竊私語。「大家靜一靜！吳優思將軍馬上就來！我們不要急！」這時，一個經常的密謀者出現在「漢武大將軍」的身側，和他一陣耳語，「大家靜一靜！吳優思將軍為了刺探官兵的動靜，已化身為鷹飛到滄縣去了！臨行前他吩咐，大家要聽我的指揮，違命者，斬！」漢武大將軍在說到「違命者斬」的時候不自覺地帶出了京劇的念白，下邊的刀槍、鐮刀、鋤頭們歪歪斜斜地笑起來。

　　那個湊到「漢武大將軍」身側和他耳語的密謀者就是我的叔叔，那是他一生中最為榮耀的時刻，以至他最後的步子邁得飄飄然，而臉漲得通紅。多年之後，叔叔跟我說，什麼吳優思將軍化身為鷹、前去滄縣刺探軍情的那些全是謊話，屁話，無稽之談。真實的情況是，他們偷偷殺死那個軍官之後馬上來到魔術師的房子裏，拿來紙筆，和他商量如何起事造反，擁他為王。然而那個魔術師的頭搖得，「不，我不懂帶兵打仗，也不想造反，只想過幾年清閒日子。」那些密謀者用早想好的策略威逼利誘，然而這個魔術師除了嘰嘰呱呱講幾句鳥語之外根本無動於衷。怎麼辦？我叔叔他們偷偷使個眼色，幾個人撲上去，用浸過狗血的繩索將那個魔術師綁成粽子──「這回由不得你啦！我們就是綁，也要將你綁去，你想不參與造反，門兒都沒有！」

　　就在他們抬著被綁起的魔術師出門，路過葦蕩和被收割完的麥田，下起了那場該死的小雨。雨的確下得不大，沒有影響到他們趕路，然而卻給魔術師的脫逃創造了機會。他們走著，忽然感覺肩上的份量一下子輕了，扁擔上只剩下那條被狗血浸泡過的繩索。「快點！快，那

隻螞蚱是他變的！」「不，不對，我覺得，是剛才那隻鵪鶉！」「剛有條蛇從我腳下爬過去！那也許是他！」……

九

大窪三村的造反根本是一場鬧劇，充滿了盲目和滑稽，然而代價卻是慘重的，它重得讓多年之後的大窪人都抬不起頭，更不用說那個慘字啦。每次寫到這個字，墨汁都會慢慢變成紅色，彌漫著一股濃重的血腥氣——

在密謀者們的率領下，我們趕到小山，不費吹灰之力就打敗了那裏的守軍，唪唪唪唪砍掉了他們的頭。可不等我們下山，就有人來報：官兵們追來啦，他們已將小山團團包圍！「他們有多少人？」「不知道！山腳下全是！」「他們是誰的隊伍？從哪裡來的？」「不知道，我，沒看清楚。」

顯然，這些官兵不是駐守滄縣徐官屯、姚官屯的那支，也不是駐守小山的那支，他們厲害得多，兇狠得多，和他們比較我們這支隊伍完全是烏合之眾，平日的誇誇其談這時起不到一點作用，那根本不能算是一場戰爭而只能算是屠殺，唪唪唪唪，唪唪唪唪——

參加到造反隊伍中的男人們十有八九都丟下了自己的腦袋，他們的血滙聚起幾條彎彎曲曲的小河，一路向北經過高粱地、蘆葦蕩、溪流和城灘流回了大窪。我母親打開門，她看見有一股血液的河流聚在門口，馬上哭起來：「你們的父親死啦！你們的父親他回來啦！」她拿出一個舊碗，將門口的血流收進碗裏。後來，這隻盛血的碗和我父親

的一身舊衣服被埋在村西的新墳裏，那一年村西的新墳多得數不勝數，讓人觸目驚心。

秋天的時候，死去男人們的鬼魂也回到了這裏，每天晚上，它們在墳前的蘆葦蕩裏點起藍灰色的小燈盞，一個個坐在葦葉上，開始它們活著的時候還沒進行完的爭吵，沒完沒了。

「老秦家做的魚湯特別好喝，她放了蔥，卻沒有蔥味兒，放了蒜，卻沒有蒜味兒。那天，我的頭被砍掉了，在我身子歪下去的時候，剛喝過的血湯也從脖腔裏湧出來，我說別啊，別啊，我這輩子再吃不到了，給我剩一點吧！」

「是老秦家的魚湯好還是老秦家的好？別以為我不知道！你們幹的那事兒，除了老秦這個傻蛋你問問誰不清楚！」

「對了，那天玩牌，你偷牌了是不是？我一氣輸了八吊錢！」

「操，我什麼時候耍過詐？是你笨，是你手氣太差，要不咱們再來四圈兒！」

「……我一看不好，我拿的是一把鐮刀，怎麼能和人家的鋼刀去碰？於是我一閃身，讓過他的刀鋒，用鐮刀的刀頭順著他的胳膊一拉，他的一條胳膊就只剩下骨頭啦！我不慌不忙，拾起他的鋼刀，嘿，還真是把好刀！那個官兵也傻啦，他舉著自己的胳膊，我把刀給他遞過去，你還打不打了？你不打，我就要你這把刀了！這時，又一個官兵撲了過來，他使的是槍，看得出是練家子，一抖槍上的紅纓，撲，槍尖刺向我的喉嚨！我剛閃過他的槍尖，左邊，一把大刀嗖地一聲朝著我的胸前砍來！我心想你們來吧，看老子怎麼陪你們玩兒！……」

「那你是怎麼被砍死的？」

「……我竄向半空，躲過刀鋒，可那桿槍又到了！在半空中我借不上力，怎麼辦？我猛吸口氣，朝著拿槍的官兵吐出一口濃痰！那口痰，我可是運了氣的！使槍的官兵啊了一聲向後倒去，他的槍就刺得沒有力氣了，我再運口氣，用胸口挺住他的槍頭，借著他的力氣向後一倒，又剛剛躲開猛砍下來的鋼刀！說時遲那時快，那把刀猛劈在槍桿上……」

「別吹啦！你說，你是怎麼被砍死的？」

「我是怎麼……唉，也是我倒楣，主要是我心軟。那些官兵們見我本事了得，就三五個人一起朝我招呼，你一刀我一槍，把我包圍在裏面。咱什麼陣式沒見過？打唄！可就這時，一顆人頭滾到我的腳下，我用眼一瞥，是趙傻子的！你們知道我平日和趙傻子不錯，我怎麼忍心落腳踩他的頭啊？我只好後退兩步，繞開了他的頭——這下，可給官兵們抓到啦！你不是怕踩壞自己人的頭麼？好，我們把砍下的頭都丟給你，看你怎麼躲！於是，那些官兵有幾個人繼續圍著我打，另外的幾個人則四處拎頭，往我的腳下扔，我跳我跳，再也沒有落腳的地兒啦！沒辦法，我虛晃一招，向後一躍——有個官兵特別地陰，他提著兩個人頭就等著我跳起下落，然後將人頭丟在我腳下……我向下一落感覺不好，腳下有一顆人頭！就在我準備再次躍起的時候，沒注意背後偷襲而來的刀……」

「你他媽的死了還瞎吹！你還說不踩，老子的鼻子都讓你踩沒了，你還我鼻子！」

「本來，我的日子過得還好，飯吃得還有滋味，是誰讓我落得這般田地的？」

「是那些密謀者！我們受了他們的蠱惑，我們是他們害死的，害得我們成了鬼魂！」

死去的密謀者們見勢不妙，「要不是那些兇殘的官兵，我們會死得這麼慘麼？對了，都是那個會變形的魔術師！他要是參與了指揮，我們怎麼會變成這樣？說不定，他是官兵的奸細，滿人的走狗，說不定是他通風報信，走漏了風聲，使得官兵有了防備！」

「可是，我們打了官差，殺了軍人……這不用他去報信？」

「怎麼不用？他在我們這裏生活這麼長時間了，對我們的想法瞭若指掌，所以我們才……我們應當找這個南蠻子報仇！外地人就是不可信。」

「是啊，都是他害得咱們！」

那些鬼魂因為被砍過頭，沒有多少腦子可動，所以很容易相信。雖然有些鬼魂也並不信任密謀者們的話，可大家都相信了也不好再說什麼，都鄉里鄉親的，叔叔大伯地叫著，算了吧！「我們去找南蠻子報仇！」

一時間，魔術師所住的茅草房週邊滿了鬼火，那是死去的冤魂們手裏的燈籠。它們在屋子外面叫嚷，吵得魔術師根本無法睡覺。魔術師寫了幾道符，貼在門口和窗臺上，但因為他的符寫在了一種劣質的灰紙上，而南方的符畫和我們這邊的也有較大不同，影響了效果，鬼魂們並沒能被驅散。它們圍著屋子叫嚷，朝屋子的方向扔鬼火：那些鬼火落在牆上便像水滴一樣散碎了，直到浸入到土坯裏去。鬼魂們還在月黑之夜朝著魔術師的房子裏吹氣，它們認定，這會加重他屋子裏的陰氣，讓他儘快地衰老。

十

「我的銅錢呢？它怎麼不見了？它明明放在這兒的！」

「我也不知道，是不是……昨天晚上有一隻貓竄進屋子裏來了！」

「又是他？他偷我的這些錢幹嗎啊！我這日子……」

「說，賣蝦醬的錢呢？你臉上的傷又是怎麼弄的？」

「唉，別提啦！昨天晚上走夜路，來到魚鹹堡的時候，遇到了一個蒙面的賊。」

「編，你就編吧！我聽趙成三說，昨天晚上你和他賭了一夜的錢！他說，你輸了錢想賴帳，讓趙石頭哥倆打的！」

「他媽的這個成三，真是滿嘴裏……我們可以當面對質，看誰在說謊！昨晚，我碰見那個蒙面的賊，他一言不發，就來搶我的錢袋子，我想我們一家人還指著這錢過日子呢，就是要了我的命也不能給你啊！我揮動鐵勺，他根本就靠不上前！突然，我眼前一花，人沒了！我想不好，馬上回頭，錢袋子還在。我將它裝進自己的懷裏，然後轉身，還是沒有！就在我準備推起車子趕路的時候，頭上挨了一悶棍！」

「哼，那你的傷，怎麼在臉上？」

「……你聽我解釋啊！棍子打在我頭上，把我打得，眼前金星直冒，我忍住疼痛一回頭，那個蒙面人就在我的後面！他的拳頭又揮過來，就打在了我的臉上！」

「你說，那個男人是誰？你，你肚子裏的孩子是誰的？」

「我……我不知道！」

「你怎麼會不知道？你自己幹得好事，幹得丟臉的事能不知道？」

「我真的是不知道！我晚上睡覺，閂上門，脫了衣服，忽然發現窗臺上有一隻貓……」

「怎麼又是貓？」

「怎麼又是貓？它本來就是只貓！我叫它花花花，它就來了，躺在我身邊，不一會兒就打起了呼嚕。我想就讓它在這裏睡吧！誰知道，誰知道，半夜裏……」

「他媽的！我要殺了他！我……」

自打孔莊、劉窪、魚鹹堡三村的造反失敗之後，變形魔術師的日子就越來越不好過，我們，以及比我們小的孩子都受到大人們的告誡，不允許去他那裏玩，不允許再纏著他變形，變成雞、鴨、蛇或者魚。這時候，關於他的流言、傳言也較以前更為迅猛，雖然三個村子少了不少的男人，雖然，那些流言和傳言的製造者也未必相信它們都是真的。不止這些，講鳥語的魔術師還得和夜裏出現的鬼魂們糾纏，他不得不提高警惕。

鬼魂們吹出的陰風也起到了效果，魔術師真的變得衰老，甚至還得了一場大病。要不是劉升祥和他妻子細心照料，他也許會病死在那三間舊草屋裏，屍體也慢慢腐爛。劉升祥，是那次屠殺中少數活著回來的男人之一，不過他的左腿被敲碎了，成了一個瘸子。我母親只要一看到他一瘸一拐的背影肯定會淚流不止，她恨透了我的叔叔，後來我叔叔的兒子得了一種怪病，嬸嬸來求她想借三兩錢子，我母親明明有卻說自己只有三吊錢了，以至他的病被耽擱下來，死在了炕上。我這個弟弟死後，母親叫我買了三兩銀子的紙，我們在他的墳前燒了整整一夜。這是題外的話了。

同治八年，秋後，南去的鳥群在歇腳之後離開了大窪，葦絮飄飄一片悲涼，那個講鳥語的魔術師在我們那裏進行了最後一次變形表演。它不是一個好結局。

和往常一樣，魔術師變成了雞，然後一陣煙霧，他變成了一條蹦跳的魚，接著是一隻烏龜。烏龜在爬坡的時候摔了一跤，它不見了，草叢裏多出一條墨綠的蛇——

就在這時，劉桂花的爺爺，外號強死牛的劉樹林笑嘻嘻地跑過去，突然，他的手裏多出一把雪亮的斧頭，寒光一閃，它跺在蛇的腰部，血立刻噴濺出來——「我叫你禍禍我家孫女，我叫你禍禍我家孫女！」

等眾人拉開淚流滿面的劉樹林，魔術師已恢復了原形，他臉色慘白，血從手指間不斷地湧出來。「你仔細去問問你家孫女，你問問她，到底是和哪個男人睡的！她要再不說實話，我告訴你！」一瘸一拐的劉升祥上場了，他俯下身子，查看著魔術師腰間的傷口，「我也告訴你，要是我的恩人有個三長兩短，我們，我們跟你沒完！」

「你，你敢跟你叔這樣說話？」劉樹林外強中乾，他的聲音很快就小了下去。

十一

到這裏，有關變形魔術師的故事也該結束了。我在十四、五歲時生出的舌頭幫助我將他的故事添枝加葉變成了傳奇。現在，我靠這條多生的舌頭吃飯，這是我父親當年所想不到的，即使想得到他也未必喜歡。他喜歡兩類人，一類是英雄、霸主，另一類則是扎扎實實做活兒的農人、漁夫、木匠。很可惜，我兩類都不是。在講述變形魔術師

的開始，我計畫將他塑造成一個落難的英雄、霸王，可隨著講述我記起的回憶越來越多，它們使得這則傳奇偏離了原來的計畫，成為現在的樣子。下一次我重新再講一遍，它可能更加面目全非，也可能會丟掉枝葉，老老實實——那是下一次的事。

他從哪裡來？我不知道，我真的不知道，在前面的傳奇中我已經說得很清楚了；他是誰？我也不知道，我只知道，他在大窪生活的那段日子裏，一定沒使用過他的真名字。那麼，他，到哪裡去了？

那一日，他在最後的表演中受傷，傷得很重。劉升祥賣掉一處舊房子，那是他父親劉謙章生前住的，他死在了小山。賣房子幹嗎？給那個魔術師治傷，三鄉八店的大夫郎中巫醫都請來了，他們各自施展著自己的絕活兒，可魔術師的病情還是一日重過一日。犟死牛劉樹林也多次來看過，他一進屋就流起鼻涕，害得劉升祥的妻子從不給這個叔一點兒的好臉色——後來他也不來了。那一天傍晚，魔術師的神色似乎有些好轉，他甚至吃下了三碗魚湯。喝過魚湯後，他叫劉升祥和他妻子都回去吧，他一個人想靜一靜。再二再三，劉升祥夫婦就回到自己家裏。

第二天早上，劉升祥送飯，推門進去，講鳥語的魔術師已經不見了，桌上留了一張紙條和一角破碎的玉。紙條上寫著：不用找我。我已回去。

仔細找過，屋裏沒有。劉升祥跑到屋外，衝著飄起的葦絮大喊，可是除了自己的回聲和風聲，別的再沒聽見。就這樣，會變形成雞、魚、蛇的魔術師，講鳥語的魔術師離開了我們的生活，從此不知去向。後來，劉升祥請來一個道士，讓他和打藍燈籠的鬼魂們說話，然而那些鬼魂們也不知道他是死是活，到底去了哪裡。

我知道的，就是這些。

郵差

　　某年秋天，我在雲城縣郵政局謀得了一份差事，成為了一名郵差。對於這項工作我談不上喜歡，但至少，它將我從每日的無所事事中打撈上來，所以工作起來還算盡心。而且工作也不算忙，滄州過來的郵車往往在中午或下午一點的時候才到。在等郵車的時間裏我可以和其他的綠同事們天南海北雞毛蒜皮，也可隨手翻翻尚未分發下去的報紙刊物，重溫一下自己的詩人夢。當然這屬於個人的秘密，我有意掩蓋著它，像傷疤一樣羞於示人，從不讓它眾人面前悄悄發芽──好了，打住。事情就是這樣，前年秋天的時候，我在郵政局謀得一份郵差的差事，負責縣城東片和居留、安成兩個鄉鎮的書信往來。順便說一句，安成是我的老家，我在那裏出生並曾當過八年的「小社員」。

　　關於我的日常，我的工作，包括我這個人，都沒什麼好說的，我知道它對你構不成吸引，所有的日常都那麼大同小異，缺乏新鮮感。所以簡短介紹之後及時打住，後面談的，可能會有趣一些，你只需要再拿出一點點的耐心，一點點，就已足夠。

　　我發現，每個週一、週五，一個老人都會在下午一點左右準時到來，他衝著每個人笑，盡量讓自己不太顯現，在我們忙碌的時候並不多餘──看來大家都已習慣了他的存在，有時還丟給他一支煙，在搬動報紙或郵包的時候叫他搭一把手──他的左手缺少兩根手指，缺得相當整齊，應當是被什麼鋒利的刀具或機械切掉的。我問過他，他說是公傷，公傷，然後一臉窘態，馬上叉開話題……其他人也不知道這

個老人的經歷，只是猜測他大概在外地當過工人，受傷之後回到了雲城，也許無兒無女。他叫杜清明，這個名字就連我們局長都知道，每次我們分完報紙和信，將它們裝進各自的郵袋，這個杜清明就過來一一詢問：「有杜清明的信麼？你查一查，有沒有杜清明的信？」

沒有。當然是沒有。一直沒有。有一次，我認真地問他，他等的是一封什麼樣的信，是什麼人的，其實完全用不著這樣等下去，現在通訊如此發達打個電話問一問就解決了。記得當時我還自告奮勇了一下，「如果你怕說不清楚，你把電話告訴我我給你打。」老人的臉上又帶出了窘態。「沒什麼，沒什麼。我不急。」他被我的熱心弄得⋯⋯那天沒等我們分完報紙他就走了，週五沒來。他沒來，我的綠同事們反覆提到他，猜測他等的是一封怎樣的信，猜測他為什麼不來⋯⋯那個週五，我如坐針氈。好在，等下個週一他又來了，在郵車停下時他跟著我們匆匆跑過去將車上的郵件袋一一卸下來，很用了些力氣──從那之後，我再也沒追問他要等的是一封什麼樣的信件我壓制了自己的好奇。除了颱風下雨，每個週一週五他都準時到來，我們一遍遍回答：沒有。沒來。

在我充當郵差的時間裏，有人給自己寄了一個郵包，裏面是一身淡紫的裙裝和一本《地球是平的》的書。知道她將郵包寄給自己純屬偶然，我說過，在等待郵車來的上午我基本無所事事，用和同事們吹牛，翻閱雜誌來打發等待的時光──那一天，負責收寄郵件的同事接了個電話，於是她叫我先頂替她一下，在我上班後經常被這樣呼來喚去地頂替，都已習慣了。她是在我頂替的時候來的，按照要求填寫了郵寄單據，稱重，交費，隨後離去──郵寄收件人是雲城東片人的某科局，而寄件人一欄填的是：內詳。記得她離開時候我還和她開一句什麼玩笑，針對於這個「內詳」，她似乎沒有應答──這事就算放下了。

那天我去送郵包，按平時，將它放在收發室由負責收發的人簽個字就行了，我再騎車去下一家單位，可那天，我到收發室門口的時候發現前面有許多的人在圍觀，還停著兩輛警車……習慣性的好奇心讓我忍不住和負責收發的那個老頭兒打聽究竟發生了什麼，他很健談，很會渲染，一個偶發的車禍讓他說得風生水起，緊張乃至懸疑。他一邊跟我談，一邊拔通了電話，叫收件人來取郵包。於是，我現次再到了那個女人，她的高額骨讓我一眼記出了她來，雖然當時我沒有表示自己的驚訝。後來，我時常想起這個女人，想起她給自己寄的郵包，無論如何，這都算是一件奇怪的事兒，雖然王菲的一首歌中唱道「寫一封情書寄給自己」，但那是歌曲不是生活，何況，在雲城縣這樣一個偏僻之地。她的做法讓我浮想。包括那本書《地球是平的》。後來我忍不住自己也購買了這本書，但我沒能找到任何能解開謎團秘碼。是的，我沒想去接近她或者通過什麼渠道打探她的生活，這個發現只是我個人的發現，它也進入到秘密之中。我想她肯定有自己的理由，我的打探也許會破壞掉許多的東西，不該問的不問，不僅僅是一個郵差所應當的職業要求。

還有一次送信，我被人家用木棍和酒瓶追了出來：他喝醉了。我的敲門聲在他看來是一種挑釁。我送過一封信，把一個染著栗黃色頭髮的小女孩送成淚人兒，傍晚時候我騎車再經過那條街道，那個女孩坐在路的中間哭得已不成形，她拿著手機，一遍遍衝著它聲嘶力竭地大喊，停下的車輛和圍觀的人們也一併感覺了心被撕裂的疼痛。她不顧勸阻，「你們滾開！你們讓我死吧！」我的自行車一停沒停。在我充當郵差的那段時間裏，最喜歡送的，是大學生來的錄取通知書，凡是這樣的信，我都堅持親手送到本人的手裏，我喜歡看他們接過書信時的表情，那一刻，我有時會產生自己不是信使而是天使的錯覺。當然

這裏也有例外。這種例外讓人心情沉重，算了，不提它了。我是個信使是個小小的郵差而不是天使，就是這個郵差的活兒，也是我父母找了關係才得到的，讓他們費盡了心思。

作為一名郵差，郵遞員，我在雲城縣郵政局平平靜靜地幹滿了一年，雖然對這項工作談不上喜歡，但還算盡心，辦公室主任還曾對我説過，我如果不是臨時工的身份，很可能會評上當年的先進工作者，他的語調裏充滿了鼓勵和無奈。在他這樣説過之後，我發現，幾個天天和我天南海北，雞毛蒜皮的綠同事悄悄對我有了疏遠，有時還話中有話，指桑罵槐……我用多種方法對我們的關係進行彌補，甚至有意在工作的時候顯得懈怠，説幾句風涼話，然而效果並不明顯，我承認，真正的懈怠已經來了，它在我的身體裏突然就越積越厚——就在這時，接連發生了幾件奇怪的事兒。

下午，我將縣城東片的報紙和信一一送完，然後騎車去居留和安成，它們距離縣城都不算遠，居留三公里，安成四公里。在路上，我遇見一個穿白衣的，瘦高的男子，他在我經過他身側的時候看了我兩眼，抬起了右手——我的自行車很快便從他身邊疾馳而過，然而就在那一瞬間，我突然有種莫名的恐懼，一股寒意從骨頭的裏邊散了出來，騎出一百多米，我停下車子，回頭，那個白衣人已走得很遠了。陽光燦爛得有些發燙，路面上閃著細細的白光……所有一切都顯得平常而日常，沒有任何的可疑。我送完居留的報紙和信，然後趕到安成，在遞出報紙的時候，忽然從中間掉出一個暗黃色的信封，它鵝毛般飄曳著落在地上。信很薄，裏面應當只是一張紙片。在撿起它來的瞬間，某個念頭在我大腦裏飛快地閃了一下；在我分撿信件的時候，在郵局

裏，似乎並沒有見到這封信。這封信是什麼時候的呢？從郵戳上看，它是兩天前從安徽合肥寄出的，另一郵戳則提示，它到達我的手上就是在今天——當時我並未多想，對郵差來說，某一封信的存在他毫無印象也是正常，許多帶有群發性質的各類廣告信函有時就像一潭洪水，這算不得什麼，何況我當時對自己的工作已經有所懈怠。那個下午天色還早，我就按照信上的地址和姓名敲開了一家房門。許多人都在，開門的是一個花白頭髮的老人，他的眼圈發紅，像是缺少許多根骨頭，所以他不得不依在門框上讓它做些支撐，他伸出的手也在微微顫抖。接過信去的時候，他背後的電話鈴突然響亮而尖銳地響了起來。一個中年男子一邊接著電話一邊痛哭起來。

那天晚上我心情沉重，彷彿葉面積攢了烏雲，彷彿裏面壓上了大小不等的幾塊石頭。我給自己的兩個哥們兒打過電話，幾個人在一起喝了十幾罐啤酒，然後一起去Ｋ歌，那天晚上我唱得天昏地暗聲嘶力竭，然而我的心情依然莫名其妙地沉重。在歌廳，我很想和我的哥們兒聊一聊那天的發生，可又不知從何說起。說什麼呢？我自己除了心情沉重之外理不出任何的頭緒。

三天之後，我在分撿信件的時候又發現了一個那樣的信封，暗黃色。比一般的信封似乎略小。不知為何，我突然有種預感，它來自於何處一量也難以說清楚，但那種預感帶著一股寒意在我心口重重捶擊了一下。它發自本地，收信人是一個熟悉的名字，雖然我們多年已未曾聯繫。他叫呼建，一個詩人。一個落魄的詩人。他還可以算是一個失敗的商人。

在煙霧，混濁的黴味兒和暗淡的光線之間將他從中分辨出來並不是一件容易的事兒，他完全變成了另一副樣子。甚至可以算做「面

目全非」。他倒是很輕易地認出了我來，招呼我坐，坐，給我搬來一把滿是灰塵和佈滿焦痕的椅子，我知道，焦痕是煙蒂留下的，他有將沒有燃盡的煙蒂丟在桌子或椅子上的不良習慣。我說不坐了還有事兒，他的臉上立刻顯現出不快：你小子現在闊了，不是當年跟在我屁股後面的時候啦，走吧走吧。我只好坐了下來。隨後的時間完全是種煎熬，我們艱難地尋找著話題，有些小心翼翼……我知道，在最近幾年，他從不和人談詩，從不談自己的過去，彷彿其中埋藏了易爆的火藥，埋藏了刺傷他的刀子和令人羞愧的東西。我對他說。他的臉色很不好看，（他摸了一下自己的臉，是嗎？）也許應該出去走走，散一散心。他用鼻孔哼了一聲，側過身子，「我完全是自作自受。弄得眾叛親離。現在沒人嫉妒我了，現在，現在，真讓人高興是不是？」

　　沈默了一會兒我起身告辭，說實話，看著呼建的樣子我有些心酸，但這種心酸不能在敏感的呼建面前表現出來，多年以來，眾多的挫折給他的身上插滿了刺，使他變成了一隻有些歇斯底里的刺蝟。我說我要送信去了，這是我現在的工作，再見。「再見？」呼建莫名其妙地笑了一下，他站起來穿著藍色短褲的身子，衝我擺了擺手：「我推薦你看一部片子。《莫迪利亞尼》。一個畫家。一定要看。」那封讓我忐忑的信在他手上。

　　幾乎是逃離。儘管我的自行車騎得很快，但有一根線一直在我前後牽扯著，這根線連在我的骨頭裏，雖然沒有疼痛，雖然那種牽扯時斷時續，可它總是讓人很不舒服。第二天上午我一到郵政局，就有綠同事神秘而興奮地告訴我：「你知道麼？咱縣的那個詩人，呼建，昨天晚上自殺了！」我愣了一下，隨後點點頭，我知道。似乎是真的知道。

　　呼建的葬禮在一周後舉行，來自滄州，鹽山和山東的一些詩友也參加了他的葬禮，在死亡中，他凸顯了自己的詩人身份，也許這並不是他的所願。我和雲城另一個寫詩的朋友負責招待他們。呼建當過農民，鄉廣播站的記者，雲城某局的辦事員，某服裝廠的業務員，某公司經理，可我們似乎更願意記起他當年的詩人身份。葬禮的那天兩位來自山東的朋友提議要在呼建的墳前開一個小型的詩歌朗誦會，他們專門寫來了長長的悼詩，這個提議最終遭到了呼建父親的拒絕，他沒說拒絕的理由，只是斬釘截鐵：不行，絕對不行。

　　送走呼建，大家長出口氣，卸掉用在葬禮上的表情，來到一家酒館。在酒桌上，兩位山東客人的要求得到了滿足，他們聲情並茂地進行了朗誦，贏得了三五杯酒和一片掌聲，不過，在他們的詩中，有了一個我不認識的呼建。之後的酒宴一片混亂，出於極為簡單的原因我喝醉了，拉住一位來自滄州的詩友滔滔不絕。我跟他說呼建，說我曾給呼建寫過一首詩不過呼建並沒有看過，題目叫《那個人》，其中句子我還記得，那時我就談到了死亡。我跟他說，不管你信不信，呼建的死和我有些關係，和我送出的一封信有關係，我給他送去的時候就有一種預感，當天晚上他就自殺了。我對他說，我絕不是瞎說，幾天前我也送出過一封類似的信，通過派出所的一個朋友查過了，收信人現在已成為死者，他在安徽的路上出了車禍。說著，我的淚水流出來了，因為酒精的緣故後面的發生已記不清楚，和我一起負責招待工作的朋友說我那天又哭又鬧，說了不少胡話，好在大家都喝多了，沒有人當一回事。我問他我到底說了些怎樣的胡話，他仔細想了想，「記不清了。反正當時覺得特別可笑。」

　　呼建的葬禮之後我請了三天病假，然後又請了兩天，理由半真半假。我的口腔出現了大面積的潰瘍並在我上班時它還未痊癒，正好充

當生病的證明，雖然這不足以成為五天病假的理由。應當說我並不是一個膽量很小的人，但那兩封神秘的甚至是過於巧合的信還是讓我心神不寧，我感覺身體裏的一部分，一種游絲一樣的氣，或者說是魂魄，被這兩封信給扯到了空中，使我有些恍惚，莫名地緊張。如果不是母親無窮無盡的嘮叨這個病假我還會繼續請下去，她一邊指責我好吃懶做缺乏上進心根本不理解當父母的心情當父母的艱難，她為我現在這個工作付出了多大的努力，一邊勸導我生活應當有人照顧總這樣下去可不行，你韓姨給介紹了一個條件不錯的應當去見一下別總讓父親母親不省心……我原本想和她聊聊那兩封奇怪的信，但最終我充當了一塊木頭，一個啞巴。

在一疊捆好的信件之間，我又發現了一封那樣的信！我幾乎是跳了起來，啊，啊，我指著那封信，嘴巴裏彷彿堵著一大團棉布。「怎麼啦！怎麼啦？」有兩個綠同事問我，他們看我的樣子有些好笑。我說這封信。這封信有問題。一個同事將信拿了起來，衝著上面的光線照了照，「有什麼問題？沒問題啊。」他將信放下，衝著我露出他的牙齒：「哥們兒，你要不要再請幾天病假？」周圍一片哄笑，包括那個在郵政局裏等他信件的有斷指的老頭兒，也跟著笑了起來。

我找到主任，和他說了前兩封送達後的發生，對他說，這樣的信帶有某種的不詳，帶有死亡的氣息和密碼，我們應當將它們扣下來。主任看了我兩眼，然後拿起那封信仔細地看了看：「它沒什麼特別。它大概是某類廣告信吧。」隨後主任又開了話題，他談到了呼建的死，說本來也準備去參加葬禮的，但出門在外未能趕回來。主任說，當年他也寫過詩，和呼建很熟，八十年代經常在一起，「後來他生意也做得挺紅火。沒想到一下子就垮了，成了那個樣子。」

　　在他感慨的間歇我再次提到了信。主任顯出了一絲的不耐煩：「我們的職責是把信送到，你要想如何及時準確地將信送到收信人手上，至於它會造成什麼後果，是什麼內容，都不是你要考慮的事。私扣信件違法，這事我當然不能答應。而且我相信，這兩個人的死亡和你送出的信毫無關係，你要是有這本事，這工作也不用做了。」隨後，他對我最近的工作提出了批評，「已經有幾個人跟我告過狀了。你不能再懈怠下去，那樣誰也保不住你。臨時工我們隨時可以找到。」

　　信，最終還是送達了收信人的手上。

　　隨後幾天，都沒有送往那個小區的信件，而報紙放在收發室就可以了，我在經過那個小區的時候總是行色匆匆，故意不去打聽，不去看見。可我還是在小區的門口遇到了送喪的隊伍，他們的出現打碎了我的故意，使我的心沉向了穀底。我飛快地超越了送喪的隊伍，是的，飛快，當我完成了七份報紙和三個郵包的投遞之後還有些氣喘吁吁，心跳過速。將雲城東片的信函全部投遞完後，我又騎車趕回了那個小區。收發室的人告訴我說，有人去世的那家姓周，在一個顯要的科局任副職，可有錢了，死去的人是他的母親，好像是肺癌。「怪不得場面那麼大呢。」我裝作對送喪的場面有巨大的興趣才來打探的，「那個老太太是不是姓劉？」「那我不太清楚。可能是姓劉。我找個人問一下。」收發室的熱心人叫住一個有些肥胖的中年女人，「她們是鄰居，關係很好，應當知道。」

　　那個中年女人果然知道。老太太當年可是縣裏的風雲人物，三起三落，受過中央領導的接見，當過滄州行署副專員，後來下放到一個工廠裏，還勞改過一年，最後在雲城縣婦聯退休。「她叫什麼名字？」「她叫叫……叫什麼來著？看我這記性，我們還在一起工作過半年……」我說出了一個名字。「對對對！是她！」

烈日高懸，我的身上卻彷彿澆上了一盆帶著冰凌的冷水。

晚上。我在床上輾轉，向右，向左，枕頭的裏面似乎藏著一隻老鼠或者刺蝟，它們不停地來回爬行。我將枕頭丟在一邊，然後，又將它重新放回到自己的頭下。裏面的老鼠似乎有了繁殖，當然更可能是刺蝟，因為枕頭的裏面有了更多的刺。電燈直直地亮著，燈管裏電流在吱吱吱吱啪啪啪啪地響著，它們不肯寧靜，同時又顯得寧靜得可怕。

我儘量不去想那些信，不去想死亡，不去想它們之間的相關以及對我的糾纏，我要用更多的「別的」來填空我的大腦，讓「別的」把我大腦裏的所有空隙都一一塞滿。我拿過一本《唐詩三百首》。但唐詩裏面的空隙太多了，有關信件和死亡的念頭還是一點一點擠進來，於是將它放下，隨手抽出了胡安・魯爾福的《佩德羅・巴拉莫》──他的書裏佈滿了太多的死亡……我索性下床，穿著一條藍花短褲來到客廳。打開 DVD，挑選了了盤周星馳的片子放進去──片子看完已是深夜。另一間臥室裏母親的鼾聲像是沉悶的雷，可我卻毫無睡意。在沙發上，我隨手拿起一張過期的雲城日報，從第一版看下去。

報紙五版，呼建的自殺佔有了一個角落，和他的死放在同一版的還有天天證券問答，房產廣告和一則某地副市長騎自行車上班的新聞。消息中，呼建自殺前換上一身最好的衣服，但從七樓上跳下的他使「身上的衣服已看不出原樣的樣子，多處裂開，沾滿了血污。」消息中，呼建當年的詩句又被重新提起，「本質上說，呼建是一個為詩而生的詩人，儘管他曾經過商取得了相當的業績，但詩歌一直是他生命中的難以捨棄的基石。他是雲城的海子。他的死，標誌著一個詩歌時代的過去。」

　　離開報紙，我重新回到床上輾轉，困意如同一些石灰灌進我的大腦裏它變得發沉發木卻始終無法入睡，電燈懸在頭上吱吱吱吱啪啪啪啪地響著總能把我踏進夢中的一隻腳突然地拉回來，它這亮了整整一夜。

　　在失眠和困倦的拉鋸中，直到凌晨的時候困倦才開始小有戰勝。我做了一個灰白的夢，我夢見了呼建，是他的一個舊樣子，穿著風衣，豎起的衣領遮住了他大半張臉，使他的面容更加模糊。他叼著支煙，在夢中，它一明一滅，閃著紅色的光——那是夢裏唯一有顏色的部分。他不說話，就在我的對面站著，似乎依然有很多的不快，心事重重。我問他，你不是死了嗎，他仍舊沒說話，把頭偏向了別處。遠處，似乎有雪花飄著，大片大片的雪花落在他的風衣上。我再問他，是不是有什麼放不下的？是你離異的老婆還是在車禍中喪生的女兒？突然，我想到我送出的那封信，一陣氾濫的恐懼很快充滿了我留在夢中的身體，四周的光線也隨之暗了下去——那封信，那封信……在夢中，面容模糊的呼建轉過頭來，他將煙蒂吐在地上，然後抖落肩頭的雪，那些凝在一起的大片雪花忽然變成了一封封帶有死亡印跡的信，那麼多，風吹起它們……

　　帶有死亡印跡的信，那種特殊的信似乎成為了歷史。在接下來的半個多月裏，我再沒收發那樣的信，心情也逐漸恢復了平靜，當然，這份平靜和之前的平靜多少有些不同。一個人的時候，我偶爾還是會想到死亡，想到那幾封奇怪可怕的信，想到死者呼建——當這些想到在我大腦裏出現的時候我便盡自己的最大力氣想一些別的，努力將它們擠出去，讓它不能獲得發芽，甚至我想使用鐵鍬、錘子與滅草劑，將它們連根挖起砸成碎泥。我發現，驅逐那些「想到」的辦法有打麻將，在酒桌上把

自己灌醉，看所謂的黃色錄影以及不停地跑步，在不同的時間使用不同的方法。我和主任談起了我所送出的第三封信，他雖然依然認定這仍是偶然但又吩咐我，如果再有類似的信件要先告訴他，他說他在郵政局都幹了近二十年了還從未有這樣的聽聞。然而信件卻不再來了。

我也以為都已過去，沒有必要再把信件的事放在心上，無論它是巧合還是其他的什麼。這一天，我來到郵政營業廳，和一個關係較好的綠同事在那裏聊天，把胳膊架在椅子的背上──在偏僻的雲城，書信和包裹的業務量很小，大把大把的時間都用在無所事事上，那天也是如此──我突然看見，那個人走了進來。我一眼便認出了他，認出了他身上所帶有的那股寒氣，以及一股混合了紙灰、泥土和香燃燒之後的氣味。他向我的那位同事購買了郵票，然後將它貼在一個我已見過三次的那種信封上，投入了郵筒。我看清了他的臉。他的臉有些誇張的長，五官倒還均稱，但其中隱隱有種讓人說不出的……不是煞氣，要比煞氣輕，也不是不詳和死氣，也不是恐怖，在程度上它比這些都弱一點，弱那麼一點兒……等他走後我悄悄和綠同事說了我的感覺，他卻一臉茫然：「那個人，很正常啊，像是個村上人，掉在人堆裏你肯定找不出他來。」不，不，我能認出他來，即使是在半年前我只在路上匆匆地見過他一面。我向那位綠同事講述了我的遭遇和猜測，他一邊將郵筒打開一邊發表他的懷疑：「不會吧？不會都是你編出來的吧？」

郵局裏只有兩封薄薄的信。一寄往滄州的一所學校，從字體上看寄信的人應當是一名學生，另一封寄往山東的一家電器公司，它們使用的都是我們郵局出售的標準信封，沒有我明明見到那人投寄的那封信。「這封信應當是他的，」綠同事指著寄往電器公司的信，「他也許是哪家商場的人，與電器公司有業務往來。沒什麼不正常啊。」

　　沒有那樣的信，我和同事認真看過了，內內外外前前後後，那封明明投入郵筒的信卻消失得無影無蹤。可它還在，一直到吃過晚飯，它依然被我掛念著。為了將這封不知所終的信甩在腦後，晚飯之後，我堵上耳朵，一意孤行地繞過母親沒完沒了的嘮叨，去了一家網吧。

　　在遊戲中我似乎是永遠的菜鳥，它凸顯了我的笨拙，無論是 CS 還是魔獸爭霸，我都是屢戰屢敗，即使有個不錯的開場我也會輸得一塌糊塗，死無葬身之地。一個間隙，我抬頭，晃動一下自己的頸椎，前面兩排的電腦桌前突然一陣喧鬧，有什麼重物重重地摔在了地上——等我走上前時已經圍了許多的人，一個男孩捂著他的頭從地上坐起來，從手指的縫隙間滲出了血，如同爬行的蚯蚓。他摔得並不很重，但在他的眼裏卻摔出了血絲和一縷凶光。「你過來！」他指著一個高他半頭的男孩，那個高些的男孩臉上帶著輕蔑，他的兩隻手抱在胸前——他的右手上，竟然拿著一封信，一封和我送到呼建手上的一模一樣的信！這個發現讓我有了一種突然的眩暈感，而雙腿則如同注入了鑽，卻抽走了骨頭。

　　矮個的男孩撲過去，他根本不是高個男孩的對手，周圍的幾個人也分開了他們。網吧的老闆也走過來，他們吵嚷著，矮個的男孩拿起他放在電腦桌旁的電話。「你和虎牙比比西一起過來！我受氣了！快點，我在——」我上前奪下了他的手機。我對他說，都在一起玩，爭吵和打架也不算什麼在不了的事兒，別把事情鬧大，沒什麼好處。網吧老闆也過來制止，看得出，他對那個矮個的男孩還有小有威懾。「你他媽的也想找練是不是？」我的火氣也來了，伸手抓住他的衣領，「我告訴你，我是為你好，小毛孩子，做什麼事得想好了後果！」那個矮個男孩歪著他的脖子，用一種故意的惡狠狠的眼睛用力盯著我。我壓

下自己的火氣，鬆開了手。「別衝動。有事說事，我們，」我指了指老闆，「我們也可幫你。沒什麼大不了的。」

　　老闆指了指他，你跟我來。矮個的男孩跟著老闆走出了網吧。這時，我發現，剛才那個高個的男孩已在一台電腦前坐了下來，槍聲響亮，血光飛濺。我用一種平靜的甚至有些低矮的語調問他，哥們兒，剛才你手上拿著一封信是不是？能不能……他頭也不抬。「我沒拿。」我說，可我剛才看到了啊。要知道，那封信，那封信……「我真的沒拿。現在誰還寫信。」這時老闆走了回來，他拍拍我的肩膀。「那個孩子呢？」老闆說，走了，讓我說走了，沒事了。我說，我對這事有種不是很好的預感，我覺得……老闆制止了我。什麼啊，都這麼大的愣頭小子，爭吵打架是家常便飯，哪天不得處理幾起，開這破網吧就甭想省心。也沒什麼大了的。我說，我看那孩子的勁頭，可能還會回來，他肯定覺得自己很委屈，別鬧出什麼事來。「你一千個放心！」老闆笑了笑，遞給我一支煙，「給他一百個膽兒。來我這鬧事，哼。我去玩吧，去吧去吧。」

　　在被獸族的步兵們拆毀了我的商店之後，我想這件事我必須制止，必須。於是我又走到那個高個男孩的背後。我對他說，你最好找一下那封信。我告訴你，我在郵政局工作，那封信是有問題的，它會讓你……染上病毒。我得把他收回來。他停下手上的動作，眼睛卻依然盯著螢幕，在遊戲裏，他已經被殺死了，敵人從他的屍體旁邊大步邁了過去。「我真的沒收到什麼信。騙你幹嗎。再說，我收不收信也是我個人的私事，你郵局的就能管？」我說絕沒有那樣的意思，郵局當然不管，只是那種信封上出現了問題。好了，你堅持收到我也沒什麼辦法，但我想提醒你，時間不早了，你也應當回家了。

　　他用鼻孔重重地哼了一聲。新的遊戲又開始了，他丟下手槍，拿起一把 AK47。

　　幾日之後。儘管那天的發生最終平靜收場，但我還是有些隱隱的不安。幾日之後，我重新回到那家網吧，遞給老闆一支香煙，然後和他攀談起來。我將話題繞到那一高一矮兩個孩子身上，他毫不猶豫地回答我，兩個孩子從那次打架之後就沒再來，「現在的年輕人，都不會知道哪來那麼大火氣。」我問他，是否知道那個高大男孩的住址或姓名，老闆的臉上馬上顯出了警覺：你幹嗎？你想幹嗎？我說你誤會了，我沒別的意思，只是出於好奇，他看上去也就十三四的樣子，是不是以前總來？盯著老闆的臉色，我又加上了一句，我是一個作家，想瞭解一下青年人和更年輕的人們的生活。老闆的警覺掛得更加明顯，他表現得很冷：網吧不負責查戶口，也不負責干涉青少年生活，走什麼樣的路是他們自己的事。隨後他問我：你過來是玩的麼？我招呼別人去了。就在他背過身去的時候，遠遠地，兩個員警朝著門口的方向走過來，其中一個員警在進門的時候晃了下自己的脖子，然後又退後一步，朝上面看了兩眼——

　　我和主任說，毫無疑問，那些信和人的生死有密切的關係，所有收到那種信件的人都無一例外地死去了，無論死亡的原因是病死是車禍是自殺還他殺。我和主任說，我能認清那些信件，但和別人一起看時它就會變成另一封信，這種障眼法使我顯得像在說謊。它是真的，是事實，我親眼所見的事實，我不騙你，你也知道這對我沒任何好處。我和他說，我建議由我在我們送出的信件中將那些信挑出來，然後銷毀，這樣可以救不少人的命。主任沉吟了一下，他轉動著手上的鋼筆，

「要讓別人特別是客戶知道我們焚燒或銷毀他們的信，對我們會是怎樣的看法？行不通，會給我們惹來大麻煩的。再說我們送出的也就是一封信，頂多算個什麼通知，它在本質上也許影響不了什麼，該死去的人照樣會死。要是你不把信送到那人就不死，你說我們雲城會不會人滿為患？這事不該你管，你也管不了。你當自己是閻王爺啊。」

在主任辦公室裏我待了大約四十分鐘，其間和他有了點小小的爭執，他用一種陰冷的語氣告訴我，別忘記自己的身份，是幹什麼的。只要將我說的這些話向上邊彙報，我就會遭到辭退，上邊肯定會認為我的腦子出了問題。我知道他說的是真的。無論從哪個角度去講，我都不能失去這個工作，所以在隨後的時間裏我開始示弱，帶有一些諂媚，最終使他也軟下來。「行了你走吧，我還有個彙報材料要寫，」他擺擺手，很一副領導的樣子，「記住，工作上別放鬆，我發現你經不起表揚。」

我暗暗做出了決定。

兩天之後，真的又有了那樣的信。我若無其事地將它裝入我的郵袋。在騎車經過縣城東邊和居留河時，我掏出了它，將它從橋上扔下去。河裏已沒多少水，僅剩的河水一動不動，呈醬紫色，飄散著一股化學的氣味，信一左一右地飄下落進了水裏，在水面上停了大約十幾秒，突然就沉入水中，完全消失不見。我的身體有了前所未有的輕，前所未有的鬆，這些日子它彷彿一直被捆綁著，一直被重壓著，一直被什麼粘粘的東西所塞滿──我騎車向居留的方向，有些飛快。

轉過那兩株槐樹，我看見了他。他從白色風衣的裏面露出了臉，「郵差」他對我招招手，「你丟了一封信。」

那一刻，如果用好萊塢的方式拍攝成電影，如果使用電腦特技合成，我想會是這樣：天色在瞬間突然變暗，剛剛還附著於槐樹葉

片上，大路上的陽光四裂成小小的碎片，慢鏡頭，它們在空中懸浮，然後雪片一樣融化，或被風吹走——風要在這個時刻到來，它吹得樹影搖晃，衣衫獵獵，鏡頭搖近那個穿白風衣的男人，定格……這一段鏡頭用時二分鐘，去掉自然的聲音和配樂，甚至可以將畫面處理成黑白——那一刻，我的胸口好似受到重重一擊，在重擊下，我的心跳上跳到咽喉和口腔的連接處，它堵住了我的呼吸……他和我保持著距離，站在一邊，等待我穩住自己的心神——「我……沒有丟。」這幾個字從我的口中擠出來，從堵在咽喉處的心臟一邊擠出來顯得異常細微，費力。他笑了。他笑容裏多少有點親和的成分——「可我看到了。我替你拿回來了。」信在他的手上晃了晃，然後塞進了我自行車上的郵袋。「你是信使，信是不能丟的。你的做法不會對後面的發生有任何影響，但卻對自己不利。你會因此受到懲罰。最好別這樣。」我用力咽了口唾液，把懸在上面的心頂回去，「為什麼，是我？有那麼多人，為什麼是我？」「許多人都是。」他伸手摘了一片樹葉放進嘴裏，「只是他們不知道，或者沒和你談起過罷了。」他把頭縮進風衣裏，換上一幅嚴肅的面容：「我們的懲罰是很嚴厲的。別再做傻事。」他轉身，身後剛剛還綠著的幾株高大的艾草已出現了枯萎——「你是誰？」我壓住自己的不安和緊張。「他們叫我馬面。你也這樣叫吧。」

　　「我能不能，」我又咽下一口唾液，「我能不能辭掉這個差事？我想過一種正常人的生活。現在，我總感覺我對那些人的死負有責任。我被這差事壓得，都喘不過氣來了。」

　　「不能，現在不能。」他說。「你會適應的，它和其他的工作沒有特別的差別，」他說。

　　它能和其他的工作一樣麼？不，不一樣，肯定不一樣。我當然可以從中找到這一「工作」與不當一名醫生，員警或稅務人員的所謂相似，但也能找到它們的巨大不同，我無法說服我自己。

　　某日下午，我又在信件之中發現了一封異樣的信，在眾人沒有注意的時候我將它鎖進了我的抽屜。那個下午我在一種忐忑、恐懼和小小的崇高感中度過，多少有些草木皆兵——傍晚，從安成歸來，半路上我接連打了三四個噴嚏，並且感到脖子後面，汗水的後面一陣陣發冷。吃過晚飯，我母親感覺她的頭痛病又加重了一些，而我的肚子也有些痛，可能壞食物在裏面翻滾，當我母親支著腦袋哀聲歎氣時，似乎我身上的疼痛也轉移了方向，轉到了頭上……那一夜，我一氣看了三部周星馳努力將大腦裏的不安甩出去擠出去，但這些不安卻越積越厚越來越高大猙獰並不時在我脖子的後面製造響動，發出獰笑。那一夜，我數次在自己的噩夢中驚醒我夢見我被我被飛馳的汽車撞得肢離破碎被一塊石頭砸中了額頭被一隻手狠狠按在水裏被雨水的雷劈成了兩半兒被一群小鬼拖著拖向一個可怕的支處……我幾次醒來，屋子裏的黑暗深不見底彷彿一片樹葉飄在無際的海上，在我周圍茫茫一片所能聽到的聲音是錶針的走動和快得多的心跳。第二日上午，騎車趕往單位的路上我竟毫無徵兆地摔了一跤，雖然不重，可它卻給我的心臟罩上了更大的陰影，從那一刻起，我不僅草木皆兵還要風聲鶴唳，忐忑和不安鑽進了我的每條汗毛孔並且吸入了冷風。接下來會是什麼樣的懲罰，會不會像我夢見的那樣？時間一秒一秒或者一微秒一微秒地過著，上午十一點，局長突然來到我們中間，帶著一股重重的怒氣。你批評我們懈怠，事業心差，報刊信件不及時，不愛護公物，有人在等郵車的時候竟坐在桌子上，在屋裏吸煙……儘管是在一個角落，儘

管我的頭已低得很低，但我依然如坐針氈——他似乎是專為我來講這番話的，雖然我不曾在屋裏吸煙，也沒有坐在桌子上的習慣，但那封藏起的信……「幹什麼事都要盡責，你得想辦法對得起自己的工作，對得起自己的薪水。別以為我什麼都不知道，別以為你可以為所欲為。不想幹的，哼，看我有沒有辦法收拾你。」——這些話，哪一句不話裏有話，是針對我說的？在他走後，綠同事們紛紛猜測局長發火的種種原因，沒有一種可能與我有任何牽連，但這並不能使我有所減輕。我的頭時斷時續地痛一下兩下，它導致我全身都是如此，我按不下它們。

將信和報紙分完，我打開抽屜，將那封藏起的信塞入郵袋，我必須將它送出去，這是職責的一部分，我實在受不了那種沒完沒了的折磨。它幾乎將我壓碎，使我的神經出現了崩裂的聲響。

那天晚上，我鼓起勇氣，向心情還算不錯，正在專心觀看《轅門斬子》的母親提出我要辭職，想再找一項新的工作——「什麼？」她一下子站了起來，用遙控器指著我的頭：「你說什麼？再說一遍！」然後她衝著被報紙遮住半張臉的父親大喊，把你的報紙放下！一個個都沒安好心，想氣死我啊！你也來聽聽，你這兒子翅膀硬了，不服管了！看你出息得！

我不想再復述那日的發生，現在想起來依然無法讓我平靜，那個晚上，我母親使用怒斥、責罵、淚水和勸告並輔助肢體語言一直滔滔不絕了三個小時，最終，我向她保證，以後絕不再提辭職這件事，除非我找到更好的工作。我跟我的父母提到了那些信件和它們造成的結果，他們認為這完全出自我的臆想，至多是種巧合。「就算是真的，你也不必為此辭職，說不定為他們送信還會有特別的好處，以後升官啦發財啦，不生病啦，一家人平平安安……」我父親竟也跟著附合，然

後將電視換到體育頻道，專心致志。他弓著身子，比實際年齡顯得蒼老得多。我不辭職，保證，我對他們說。

　　當然我也想過，請另外的綠同事幫我送這樣的信，有了這個想法之後先做了些鋪墊，和往城西送信的綠同事走近關係，請他吃飯喝酒，送件小禮物──有一封送往居留的信，我將它混在其他的信件之中，就像將一粒沙子埋入沙丘，然後對他說，請他幫我送一送居留和安成的信，因為，因為今天下午有人給我介紹了個女友，讓我三點前去見一見。很有心計的綠同事未置可否，而是翻動我的報紙和信件，將那封挑了出來。「這信必須你去送。別人送不好，別問我為什麼。」

　　我還是固執地問了。他說，他知道這信的用途，他早就知道，他不去送完全是為了我好。「我們在為同一個人工作，」他將手揮了揮，臉上掛出一種特別的笑意。「可是，為什麼換另一個人送就不行呢？那樣做，會有怎樣的後果？」我繼續問，我很想知道。

　　也許是我之前所做的緣故，這位綠同事看上去很推心置腹，究竟有什麼樣的後果我也說不上來，這事馬面也不能掌握，他只能將們的表現填入表格，列出完成情況如實向上面彙報，至於如何獎懲馬面根本無權過問，他只是個小嘍囉，就像⋯⋯一台機器上的螺絲。當然我們是更小的螺絲。「怎樣獎懲⋯⋯難道我們只能一無所知？要是一無所知，那怎麼知道會有獎懲？」綠同事警惕地看了看周圍，再次將聲音壓得更低，幾近耳語：可怕就可怕在這裏，獎也許無所謂，但懲，唉，你不知道它什麼時候來，更不知道它究竟是什麼到底如何懲罰，它就更讓人提心吊膽不是？他的眼神掃了下四周：我告訴你，他們多數都和咱倆一樣⋯⋯其中還有密探，專門給馬面或他的上級打小報告，千

萬別有把柄在他們手上。他那張輕微口臭的嘴又移近了兩分：你是不是把信藏起來過？有什麼異常麼？

我說是。我說那天下午我有了感冒的感覺，肚子痛，晚上吃了幾片藥才得以緩解。我提到晚上的噩夢，第二日莫名的摔跤，局長發火，這些也許是懲罰的部分，那份懲罰似乎還波及了我的母親。「這些，應當是懲罰不？」說完之後我馬上感到後悔，它也許本不該說出，它多少會構成把柄。

他拍拍我的肩膀。是不是懲罰他說不清楚，像是，又不像。反正以後不要再將信藏起來就是了，這信你送不送都對事情沒有影響，只會讓自己受罪，何苦呢。反正人的生死都是各人的命數，誰該死該活我們說了不算，「老弟，別把這事看得太重。時間長了就習慣啦。幹別的事，也會有不得不，人在江湖嘛。」

綠同事裝好自己的信件，吹了兩聲口哨，然後走出去，走進大片大片的陽光裏。我突然覺得他有些讓人恐懼，他也是恐懼的一個部分，在恐懼的空氣裏。

我成了雙重身份的郵差，在另一任務中，我負責將某人即將死亡的通知遞到他的手上，不知道那封信中藏有怎樣的秘密，怎樣取走一個的魂，將他的呼吸取走，使他變成一具屍體。手是他的，臂是他的，但他已不在那裏。眼睛還是他的，但它們緊緊閉著，不能張開……黑暗斜鑽進他的眼睛，但他不在那裏。

每送出一封這樣的信，都會有幾天使我心懷不安，感到愧疚和痛苦。我努力尋找麻木自己的方式，努力勸告自己，自己所履行的只是上蒼所賦予的職責，只是一個無足輕重的郵差，我不對任何人的生死

負責，我……這是一種有效的方式，我承認。我知道自己心臟的壁厚在慢慢增加，有時，將信遞到收信人的手上，我可以做到手不再顫抖，也不再顯得特別慌張，像一個做錯事的孩子。但不安還在，愧疚和痛苦還在，它們會像一條時濃時淡的影子追在我的背後，陽光下，燈光下，甚至是睡眠前夕的黑暗中，這條影子都在，不同的是，在睡眠前夕的黑暗中，影子呈現一種灰白的顏色，人形，比黑暗的顏色要淡。「你的衣服把你的影子裹在裏面，當你脫衣時，影子輔開，像你過去的黑暗。／而你那被忘掉的像樹葉在空中飄蕩的話語，在某個無人知曉的地方，你的影子把它們撿了回來。／你的朋友們把你的影子還給你。／你的敵人們把你的影子還給你。他們說它太沉了，讓它蓋住你的墳墓吧。」……這是一個叫馬克・斯特蘭德的美國詩人的詩句。在我充當了死神的郵差之後，這些詩句從我記憶的深處浮現上來，充滿了陰鬱的氣息，在我的大腦裏留下更深的刻痕。

當我知道，我是具有雙重身份的郵差，世界在我的眼裏就變成了另外一個樣子，還有周圍的人，有些之前我覺得不可理解的行為和事件似乎變得見怪不怪，而有些熟視到無睹的事與物，剛變得怪異，難以理喻。雖然我儘量地壓抑著它們，可某些想法還是層出不窮地冒出了頭。

走在街上，我看著路上的人來人往，忽略掉多數人的面龐，而想像他們和她們接到死亡的信函時的樣子，想像是怎樣的死亡會奪走他們或她們的生命，熙熙攘攘，匆匆忙忙有時便顯得無味也無趣。電視上，某人意氣風發，頤指氣使的樣子引發了我的冷笑，我想，假如我給他送出那封信時他會是怎樣的表情。斷指老人杜清明來得還那麼準時，他要等的信據說已經三年了，我在想，如果他等到的是另一類信……這個想法讓我一陣心酸。那天，我給他遞煙，倒水，略有過度

的熱情讓他小有不安，為我抬郵包和分發報紙的時候也格外賣力。之前，有綠同事說過，這個杜清明年輕的時候可不是什麼好東西，要不然也不會離兩次婚，開除公職，公傷的醫療費都沒有拿全——他是聽自己的一個親戚說的，他的那個親戚曾和杜清明在一家工廠工作過，現在是副廠長，很有錢——即使有了這個線索年老的杜清明也並未因此顯得討厭。我覺得，那個杜清明和這個杜清明不是一個人，這個杜清明身上帶著謙卑，甚至怯懦，小心，透過死亡的眼睛再來看他和他可能的過去，那些都不值得一提。那些日子，我忽然地喜歡上五六歲之前的小孩兒，每次看見都會停下車子看上兩眼，甚至有種想過去抱一抱他們的衝動——我在商店裏買了許多樣式的奶糖，不忙的時候，找一個不懼怕我的孩子逗一逗，然後遞上奶糖，同時將另一塊奶糖放進自己的嘴裏……我母親竟也發現了我的這一變化，要知道，她一直粗枝大葉，目中無人——她對我這一變化的解釋是，我想結婚了，想要一個自己的孩子。她的解釋給了她巨大的鼓勵，四處找人給我介紹對象，樂此不疲……其實我對孩子的喜愛與此毫無關係。不過，我是想有一場屬於自己的戀愛，之前那種鬆鬆垮垮，無所事事的日子有些慢待自己。

　　期間，我去醫院看望了我的大伯，胃癌晚期，大概只有他一個人不知道而已。我去醫院的那天他的精神還好，和我說很多的話，反覆說的，是等病好了，開了春，去小樹的家裏住些日子。小樹是他最小的兒子，大我一歲，在鄭州當工人，生活相當拮据。他談到我的父親，問他還那麼愛看報紙麼，腿怎麼樣，然後叫我大哥哥從床下的包裹拿出一個很舊的塑膠皮本子。大伯指著上面的字，「這是從你老爺爺那輩記的，前面的家譜破四舊時燒了，只記得，我是在十一世上，你老爺爺的父親哥仁兒，有一個爺爺叫柱，一個爺爺叫槐。」大哥哥對我說，

你大伯的腦子有些糊塗了，我們是十六世，他是十五世才對。名字也不對。不信你問問他，你是誰？我笑了笑，沒問。過了一會兒，大伯又睜開眼睛，盯著我身上的制服──「我是人民解放軍。」「什麼？」我問。他似乎也意識到自己錯了，很不好意思地笑了笑：「你是小浩。金龍家的。」一句話逼出了我的淚水。

離開醫院的時候我和大伯告別，他用沙啞的，帶有裂痕的聲音：「走吧。好好學習啊，光陰不等人啊。」大哥哥將我送出病房，「給你樹哥哥拍電報了。過兩天就回家，看樣子沒有多長時間了。」隨後，他伸出頭看了看大伯的方向，「癌細胞大概已進了大腦了。一時清醒一時糊塗，見誰讓誰看他抄在本上的家譜，囑咐人家好好學習。」

……我充當著雙重身份的郵差，那些正常的，不知內容的信件與包裹不曾給我留下任何印象，但帶有死亡資訊的信件卻始終讓我印象深刻，深刻到它們一直在我大腦的上方徘徊，揮之不去。在充當雙重身份的郵差之前，我感覺雲城完全是一個平靜的，近乎不老的小城，一年半載也不會有誰誰死去的消息傳入我的耳朵，我覺得它距離我那麼遙遠，除了在詩行中，在一些紙上的故事裏。然而現在，死亡那麼多，它近乎是隨時將人飄搖的魂魄取走，就像將一盞盞燈吹滅。它那麼密密麻麻，層出不窮，讓我感覺恐慌，仿若末日──我覺得，整個雲城縣就像建在沙丘上，風在一點點吹走支撐它的沙子，假若某天風再大些，這個雲城也許會沉陷下去，被風吹散──我在醫院工作的同學對它表示了嘲笑，他說，死亡並不比以前多當然也不比以前少，你要在醫院裏就知道了，當然，你要在火葬場工作，見得會更多。「你現在還寫詩吧？」他說我要是需要，他可安排我在了院外科病房或太平間體驗生活，「那樣你的詩會深刻得多。天天能見到死人。看你還無病呻吟不。」

　　一桌人哄笑之後，有人端起酒杯：別總談什麼生生死死的，怪嚇人的，咱們還是今朝有酒今朝醉吧，是人的就把它乾了，快不是人的就喝一半兒！他的話引起了新的哄笑，這是一個新的高潮，「養金魚呢？是不是不想當人了？」「拿著捏著，還真想帶走啦？快點快點！」

　　活著還是死去？這是個問題。

　　一件殘忍的兇殺案在雲城鬧得沸沸揚揚，它幾乎在發生之後的第二天便家喻戶曉，有著沸騰的熱度。兩個孩子，一個八歲一個六歲。被斧頭砍得血肉模糊。然後是汽油，點著了屍體，員警進屋的時候還有一股烤麻雀的味道。四處都是血……口若懸河的講述者多數不是目擊者沒去過現場，但這不妨礙他們的熱烈，渲染和傳播。很快，郵政局的門口貼出了兇手的照片，下邊的文字詳細說明了兇手的特徵，身份證號碼，以及舉報電話和懸賞金額，然而案發過程卻極為簡略，僅有六七個字。兇手的那張照片略有些模糊，而且明顯帶有凶像，不是公安局在選擇和使用他的照片的時候是否帶有傾向，甚至有意通過技術誇大了他的特徵。

　　我需要詳細地敘述一下事情的經過，為了說得更為明確，清晰，我也要將這個兇手的背景略作交待：他原在名聲顯赫的趙四爺手下做事，名義上是公司職工，其實是保鏢和打手，幹得相當賣力而深得趙四爺的賞識。後來，趙四爺一高興，將自己的一個情人作為獎賞賞給了他，也有人說是他從趙四爺手上奪去的──兩人生活了一個多月。後來那個女人產生了厭倦，大概因為得過趙四爺的恩寵多少也有些有恃無恐，一次激烈的爭吵之後便離開了他，到處地躲避了幾天。然而她回來後的第二天這個男人便找上了門，二話沒說，舉起斧頭便砍──

一這一事件的後果是，女人被毀容，號稱雲城四大美人之一的她成了四大醜女之首，而他則被送進了監獄。四年之後他被放了出來，成為四大醜女之一的她只得悄悄南遷，據說在廣州福建一帶打工，不準備再回雲城──被放出來的他每天無所事事，而趙四爺雖然依然顯赫但明的暗的生意都大不如從前，已不現需要他的參與，上上網吧，四處遊蕩的他遇到了一個剛離婚，帶著一個六歲男孩的女人，是的，她就是案件中被砍殺而後被焚燒的孩子的母親。另一個孩子，是她哥哥家的，她的侄子，她兒子的表哥。這兩個孩子已變成了灰燼，再無兒子、侄子、表哥、表弟這樣的關係。時間在他們兩個那裏停止了，但在別人的鐘錶裏還走，一秒一秒，刻度永恆。

　　離婚的女人陷入了危險的戀愛，危險在她的頭上呈現了越來越大越來越重的陰影，帶有毛刺，像擴散的癌，可她對此一無所知。危險讓她沉迷。具有先見的，有著豐富社會經驗的她的哥哥率先發現了這一危險的存在，他必須出來制止，反對，用噴霧器、吸塵器或其他的什麼以將這份危險驅散──他反對妹妹的戀愛，反對得異常堅決。他的態度當然被那個從骨髓裏都滲帶著暴虐的男人知道了，在那個男人看來，她哥哥的舉動等於是要毀掉他後半生的幸福，而她哥哥的態度已經對她構成了影響，使她出現了退縮，猶疑……他找到了她的哥哥。

　　對於找上門來的這樣的一個人，她哥哥自然陪著十二分的小心。他幾乎調動了自己所有的經驗和智慧，利誘並施，進退共用，最後兩個人來到一家酒館──他們一共喝了四個小時。其間的發生眾說紛紜，有人說她哥哥苦苦哀求可她始終不願，並留下狠話，你不讓我好肯定也沒你的好，有人說兩人發生了爭執，她哥哥的頭也被打破了最終不歡而散，有人說……這裏面有太多的合理想像，即使酒館的服務

生也不清楚兩個人之間的具體發生——「他們要的是包間，除了要酒要菜開一下門，其他時間不讓我們進去。聽見裏面大呼小叫，挺亂的。」最後，兩個人，帶著滿臉滿身的酒氣回家，分道揚鑣，女人的哥哥一進門便昏昏睡去，鼾聲如雷，兩個在外玩耍的孩子根本叫不動他——不只是叫不動。酒精堵住了他的耳朵，暫時地燒壞了他的全部神經，以至那個男人進來，叫他，推他，最終抄起放在屋外的斧子殺掉他的兒子和外甥，抹掉他們的殘叫和呼吸，並找來汽油，在屋子裏將火點燃——他都毫無知覺，只有不斷繼續的鼾聲。

　　據說酒精也燒壞了兇手的部分神經，他跌跌撞撞走到街上的時候身上不僅有血還有火焰，一個放學回家的小女孩幫他將冒著紅光的火焰撲滅，但他的衣服已被燒出了一個大洞。據說他又回去了一次，滅掉了屍體上的火，並將充當兇器的斧頭放進懷裏……這時，女人的哥哥依然沉沉睡著，他的神經需要在半小時之後才能重新接上……「一家人，就這樣毀了。」大家感歎，一些善感的女性眼裏還含滿淚水和憤恨。「兇手抓到沒有？放火的時候怎麼沒把他燒死，」大家的感歎仍在繼續，「真是沒天理。你說這樣的人，在監獄裏關他一輩子不得了，幹嗎把他放出來害人？早在監獄裏弄死他算了。」「這種人，活在世上就是害人的。」「也有那樣的女人。怎麼能看上這樣的人？哼，這下……她怎麼去見自己的哥哥嫂子？腸子都悔青了吧！……」大家七嘴八舌。我知道，這種七嘴八舌的感慨還是漫延很長一段時間，直到事件漸漸淡去，雲城再出現新的下一個話題。一周之後，殺人者的屍體也找到了，在一個被廢棄的瓜棚裏。居留村一個農民在外地趕集回來感覺有些內急，但路上車來車往，慌不擇路中他將自行車丟在溝裏，急急地奔向那個瓜棚——他一頭撲進了瓜棚，褪下褲子，忽然發現前面

密密麻麻的蒼蠅受到驚嚇，閃出了地上半張人的臉──這次，輪到他遭受驚嚇了，他大張著嘴巴一個箭步便跳出了瓜棚，可一股難聞的屍臭還是追上了他，將氣息塞入了他的鼻孔。

是自殺。他砍斷了左手的動脈。不知道裏面湧出的黑紅色的血之外，是否還有殘留的、未曾稀釋的酒。在他同樣惡狠狠的自殺動作裏，酒精，能在其中佔有多大的比重？七嘴八舌中，有人將一個陳年的舊事又翻了出來，我一直懷疑裏面有誇張和杜撰的成分：某年，鹽務局一工人與人喝酒，直喝得天昏地暗人事不知，有人將他抬回宿舍裏──這位老兄經過一陣折騰之後多少有些清醒的意思，至少暫時告別了人事不知，他向送他上床的人表示他還沒有喝醉拼命護住自己的面子，便抽出一支煙來給自己點上……很快他便睡得如同一個死人，可手上的煙沒死，它點燃了被子、褥子和草席，引發了火災。等人們把他送到醫院前去搶救的時候他已奄奄一息。就那樣，他的酒還沒醒，舉起被燒焦的手指一口咬下去。這位老兄的最後一句話是，烤得這麼糊了，怎麼吃啊。

我對馬面說，我不能再做下去了，求你了，放過我吧，我的某根神經如同被拉長的琴弦，它被扯得細長，馬上就要斷了。它已經不具備任何的韌性，大概只要再加一根稻草。馬面用細細的勺攪動著咖啡，玻璃和金屬之間發出碰撞的聲響。他皺著眉，一言不發。

那我繼續。我說，人們反覆說那兩個孩子，每次我都心驚肉跳，有種被拋在冰窖的感覺，有種被刀子劃破的感覺，他們是在說我，彷彿我是兇手，是我害死了他們。「你不是兇手。你只是信使。」

這我知道。可我說服不了自己。為什麼要這麼殘忍，殘暴，如果他們要死，如果這是不可改變的命運，為什麼不讓他們死於另外的方

式，譬如車禍，譬如在水塘裏淹死，譬如，譬如⋯⋯既然你所說的上蒼知道所有人的未來和事件的即將發生，那為什麼不能仁慈一些？或者對某些人更不仁慈，在事件發生之前早早將他除掉，非要讓他做那麼多的惡？⋯⋯馬面專心對付著面前的咖啡，他用那細細的勺將咖啡送進嘴裏。整個茶館只有我們兩個客人，吧台前染了黃髮的服務生趴在桌面上，右手伸出，一幅慵懶的，無精打采的樣子。在僻涼的雲城縣，幾乎沒人喝茶喝咖啡，他們更需要喧鬧和酒。先見的老闆他的先見在雲城也許是過早了些。

　　「也許是各有各的命數。我想，上蒼也不能去改變這些，他的所做也只能是順應，服從。誰知道呢？」馬面衝我笑了笑，他的臉上有一股人類的憂鬱，這時他完全不像是一個死神──「我知道你在想什麼。你覺得我掌握某種規律，至少是瞭解它。其實不是。我什麼都不瞭解，和你一樣我也只是信使。差別僅僅是，我可以來往於陰陽兩界。」他用勺敲了敲玻璃杯的杯沿，「在陰間，我也只能到奈何橋，那邊是什麼，會有怎樣的發生了也不清楚。我也只是猜測。」他再次露出一個艱難的笑容，「我沒有傳說中那麼大的神通，沒有。我只是信使，傳遞一下消息，將魂魄送到橋邊而已。」「你信麼？關於奈何橋那邊，我的資訊來源是來自於人間，沒人，也沒有神仙或鬼魂和我談及過那邊的事兒。」

　　信。沒有理由不信，他沒有必要為此說謊。在表達過我的相信之後，我問他，難道他把這些通向死亡的信一一送出，就沒有一點兒愧疚，痛苦和不安，難道就沒有對這一職責的厭倦，心真的會變成石頭？馬面沒有及時地回答我的問題，而是招手叫來服務生，讓他再倒一杯咖啡──我說書上說一天不能超過兩杯咖啡，否則會對身體有害，當然，對你馬面來說也無所謂，因為你用不著在意它。馬面用小勺碰響

玻璃杯：「在你的角度，和在我的角度，看到的事物可能會有巨大差別。」我追問，按照你的意思，如果站在你的角度，那一切的發生都是合理而簡單的，絲毫的愧疚和痛苦都不會引發？可現在，我想請你站在我的角度。我無法讓自己做到看到某個人的死亡就像看到一隻螞蟻的死亡，一隻雞或金魚的死亡。我無法做到。最後我對他說，如果我再次送出這樣的信，送給那些完全無辜的孩子或什麼人的話，那我會想辦法改變事情的發生，我至少會給他們提個醒，讓他們想辦法避免死亡的來臨，讓他們努力躲過死神骯髒的手指——我記得很清楚，我說到了骯髒，聲音足夠讓對面的馬面聽見——「你不要做這樣的嘗試。你不會改變事件的發生，但你自己卻會很慘，甚至影響到來生——假設有來生的話。據說有人曾像你想得那樣做過。他先是被惡鬼纏身，半個身子無法行動，最後被敲掉了所有的牙，魂魄鎖在囚車裏面押過了奈何橋。」

他的話音結束之後是一段相對漫長的停滯，我幾乎聽得見自己的呼吸，恐懼悄悄借著呼吸鑽入了我的鼻孔，它在向我的全身蔓延。馬面打掉了我的勇氣，在他說這番話之前，我原以為我已認真想過了，並不懼怕，甚至有種……如果有一面鏡子，我想當時自己的臉色一定顯得蒼白。

我覺得，我很不適合你給的這項工作。我的聲音像絲一般，細而飄曳，並且粘粘的，吞吞吐吐，於是我只得加大力量重新再說一遍。我覺得，你選我充當這一角色……我有些做不來。說著的時間我的眼眶裏湧滿了淚水。

他用眼神看著我的眼：「醫生剛開始也未必感覺自己適合醫生的工作，員警剛開始大約也是如此，我剛剛成為馬面的時候也不適應。其實你想的那些我在剛開始的時候也這麼想過，痛苦絕不會比你更少，我還要將那些不管怎樣死去的，哭哭啼啼的魂魄們帶到奈何橋。為了

能夠重新回到軀殼裏它們誰沒有十八般武藝八百條理由……到現在，每次要將人的魂魄接走，我還是會提前感到頭痛。」他喝光了第三杯咖啡，「現在還不是這樣。」

臨走，馬面對我說，既然我如此厭倦死亡的郵差這一角色，既然我如此痛苦，那他就想想辦法，但我必須要幹到年底。「前提是不許出錯。到了年底，自然會有人接替你。」他說，這樣更換郵差對他來說還是首次，從來沒誰能讓他如此改變主意。「還有四個月。好自為之。」

四個月，時間在這裏充分顯示了它的相對性，說長也長，說短也短，它時而像一隻厭倦爬行的蝸牛，時而又像過隙白駒，好在，它給出了限度。這一限度，使後面露出了一絲希望之光，使一切都顯得還承受，還可忍受。在房間裏，我給自己製作了一個倒計時的牌子，每過一天，數字就會相應變小，出於一種相對放鬆的，遊戲的心態，我在這個自製的計時牌下面貼上一張長長的紙條，上邊抄錄了一段文字：「我把錶給你，不是要讓你記住時間，而是讓你可以偶然地忘掉時間，不把心力全部用在征服時間上面。因為時間反正是征服不了的。甚至根本沒有人跟時間較量過。這個戰場不過向人顯示了他自己的愚蠢與失望，而勝利，也僅僅是哲人與傻子的一種幻想而已。」在這紙條的下面，是我新近買來的兩塊鐘錶，它們對時間的表示基本一致，但樣子卻有很大的不同：一塊錶是石英的，時間刻度用指標表示，而另一塊則是電子的，時間在它那裏是閃爍，變幻的數位。我的一個朋友曾來到我的房間，我對他講，抄錄的這段文字來自於美國作家威廉·福克納《喧嘩與騷動》，他伸長脖子仔

細地看了看,「不錯,挺深刻。」至於為什麼製作一個倒計時的牌子,我用一種經過深思熟慮的謊言搪塞了他,當然,他只是隨便問問,並非是對我房間裏的佈置有什麼興趣。有「興趣」的是我的父母。我母親對此憂心忡忡,她覺得我越來越怪,再這樣下去沒辦法更好地適應社會,融入社會,當然也不會有姑娘喜歡我,而我父親則更堅定了他對我的看法:我是一個廢物。一個家庭,對社會都無益的人。我的存在只能是消耗糧食,充當他眼裏的釘子。他嘩嘩嘩嘩地翻動報紙,從不用正面的眼光看我一眼。

我再次送出了一封信。收信的是一個老人,她居住在居留村一間低矮、破舊計程車的土房裏,我敲過很長時間的門可是沒人應聲,我將信從門縫裏塞下去,後來想了想,推開了門。屋裏一股濃重的陰潮、黴變的氣味兒,它幾乎是膠質的,我一進屋便被封在了裏面,就像琥珀裏被松汁粘住的小蟲兒,費了很大力氣我才從中掙脫出來。我看了一眼躺在炕上枯瘦的老人,她已奄奄一息,身邊放著兩個青灰色的碗,半碗水,另一隻碗裏是乾硬的饅頭。從她家出來,我去了村委會,一個會計模樣的老頭聽過我的描述,走進屋裏打開了喇叭:「某某某,某某某,快去你娘那裏,快去你娘那裏,人不行啦!」他接過我遞上的煙,「都說養兒呢。老太太可沒少受罪。」

另一封信,遞到一個女孩的手上,她長得不算很漂亮,但膚色很好,眼睛裏透著一種讓人心動的晶亮——當然,這種「晶亮」也許是我加入的,因為我知道她接過的是死亡——將信件遞過去的瞬間我有些猶豫,甚至有了某種的衝動,但最終我的怯懦和私心還是小有戰勝。我漲紅著臉,聲音裏帶著沙啞,「好好,保重。」她笑得簡直像一塊水晶,「謝謝,郵差。」我知道她對我的話和我的動作表情有

著誤解，她絕不可能聽出裏面的潛臺詞——面對已被關緊的門，心裏的衝動還在一波波洶湧，但怯懦和私心的堤壩也隨之越壘越高，某個聲音不斷對我進行著提醒，你的阻止並不會真正能夠阻止，個人的力量太微弱了於事無補，反而會給自己造成災難。你也得想想自己的父親和母親。那個聲音還說，你只是做了你的職責規定的事，你的職責和醫生和工人沒有什麼不同⋯⋯離開女孩所居住的小區我盡量讓自己顯得平靜，平常，可內心裏，大大小小的碎石相互撞擊，摩擦，發出著聲響。

　　三天後，居留河裏出現了一具遭到肢解的女屍，她已被河水泡得不像人形，而兩條腿其中的一條在距離她身體一公里的地方找到，另一條腿則始終無影無蹤。是那個女孩。她是在兩天前遇害的，警方正在追查兇手——我沒有去聽綠同事們的議論，故意堵住自己的耳朵，故意將種種議論拋在一邊，專心致志地翻看一張由新聞和廣告拼成的報紙。在一次漫長而無聊的例會上，辦公室主任對我近來的工作進行了表揚，受到表揚的還有老 A、老 B⋯⋯和上一次不同，我沒有獲得任何的興奮，而是將視線悄悄地移向窗外，那裏陽光燦爛，帶有火星，空氣裏一股股熱流在街上彌漫，行人們也彷彿被曬乾了水分，這時我看見了一個人。他穿著一件熟悉的藍格上衣，低著頭，彷彿心事忡忡——是呼建！應當是他，無論穿著，形態，走路的姿式⋯⋯空洞、無聊的例會終於有了生氣和活力，我強按住自己的屁股，怕一旦有所放鬆它會自己從椅子上彈起來衝出去，衝到大街上，衝到那個人的背後。我用力按住了自己的屁股，但無法按住自己的思緒，它跑得更為飛快，更為遼遠。沒人能夠理解我當時的激動，不只是別人，現在寫下這篇文字的我也難以把當時的激動還原，它就像倒入河流中的水，再也無

法將它重新收回——那一刻，我有一種強烈的恍忽感，感覺自己在一個夢中待了很久，把夢中的發生當成了真實，現在，夢醒來了，曾經被夢彎曲的時間又接上了從前，呼建，和所有在夢裏「死去」的人都還好好地活著，什麼都不曾發生……我喜歡這樣的結局，我願意讓自己相信這樣的結局。

接了郵車，分完報刊和信，我騎上車飛快地朝呼建的家奔去。迎接我的是緊閉的門。我敲著，出於某種小心我並沒有呼喊呼建的名字——另一邊的門打開了，她看我的眼神像在打量一個賊。「他們家沒人。晚上才回來呢。別敲了。」我停下手上的動作，「哦。請問，這家，是不是姓呼？」「是。」她把自己的「是」關了門外，被關在門外的還有我，我盯著呼建緊閉的門，竟然生出了一絲的隔世感。傍晚，我再次敲響了那扇門，開門的是一個穿著短褲的陌生男子。「你找誰？」我說，我來找呼建，他原來是住這裏的，陌生男子上下打量著我：「這房子現在是我的。這裏，沒有你找的呼建。我不認識他。」

也許那個呼建只是我的錯覺，只是一個和他長得很像卻有著不同名字不同命運的人，和那個叫呼建的人毫無關係；也許呼建在另一地重生，但被取消了全部記憶，這次來到雲城只是偶然經過，他奔赴到另一個和他更為相稱的命運中。也許，時間和幻覺在跟我開一個特別的玩笑，它重現了往日的某一片段，就像海市蜃樓，將我帶入到幻覺之中，然後再部分地將它擊碎，讓我無法辨別哪一點是真實的，哪一點是虛假的夢。當然，它也許是馬面有意給我安排的一個夢，我從一個夢裏醒來其實還在另一個更大些的夢中，在此之上，還有更大的夢在包裹著它。也許……另外的也許，更多的也許存在著，它在我的理解能力之外。

晚上，我重又找出那些年寫給詩人呼建的詩，它在一家刊物發表過，但呼建並沒有看到。我寫這首詩的時候呼建已經很堅決地告別了詩歌，那時他在經商。剛剛離異。

> 穿著風衣，從風的縫隙裏走出的那個人
>
> 戴著墨鏡，把面孔隱藏在背後的那個人
>
> 行走著的，吹口哨的那個人
>
> 停下來，繫著鞋帶的那個人
>
> 從我的門外走過，像灰塵一樣消失了的那個人
>
> 從我的門外走過
>
> 留下了雪、腳印、泥巴、和煙蒂的那個人
>
> 他們說，他曾是個詩人

有關他的傳說，我相信，沒有一件屬於真實，就像我相信，沒有一件不是真實一樣。三年之前，他就把自己的一切都交給了死亡，正如他，在三個月前，把自己的一截斷指交給了曾經的愛情。

在一杯咖啡的裏面，他只剩下了苦，早已沒有了往日的傲氣，瀟灑，而習慣著隱藏和緘默。如果不是那枚斷指，愛情，怎麼會這樣地臉色蒼白？

> 別對他再談什麼詩歌，你會
>
> 逼出他臉上的皺紋，不屑，恐懼
>
> 和一千種複雜的表情
>
> 但在談色的時候他是投入的，飛揚的眉頭始終按不住
>
> 也別跟他談錢，儘管現在，他仍在經商

穿著風衣，從風的縫隙裏走出的那個人

戴著墨鏡，把面孔隱藏在背後的那個人

行走著的，吹口哨的那個人

停下來，繫著鞋帶的那個人

從我的門外走過，像灰塵一樣消失了的那個人

從我的門外走過

留下了雪、腳印、泥巴和煙蒂的

那個人

他們說，現在，他什麼也不是

……

　　這首舊日的詩作讓我記起了呼建舊時的樣子，記起我將信件遞給他時的情景，不知道為何他總是在我的腦海裏浮現，像一隻頑固的蒼蠅，揮之不去。把呼建比喻成蒼蠅並沒有特別的不敬，在他活著的時候，他總愛這樣比喻，寫過不少有關蒼蠅的詩。想起那個年代真讓人有些百感交集。

　　再次遇到馬面時我和他談起那日看到呼建的事，他對我說，絕不可能。在他接受死亡的信使這一差事，來往於陰陽兩界的那一刻起，就從來沒有發生過重新複生的事，除非是出現了怎樣的錯誤，抓走的魂魄也沒有經過奈何橋。所謂看到呼建，一定是我的錯覺。我嘴硬了一下，固執了一下，有人曾經得出這樣的結論，說時間是往復的，我說，同一場景可能在之前的時間裏出現過，也會在之後的時間裏出現。大概蘇格拉底、博爾赫斯都持有類似的觀點。我說，你怎麼認定，呼建的再次出現只是幻覺，而不是在另一時間裏的存在？馬面愣了一

下，隨後他笑起來：「這我倒沒想過。也許會這樣吧。不過這種情境我從未遇到過。」

　　四個月的時間，它越來越呈現它的煎熬性質，也越來越呈現出希望。期間，我又送走了四封裝有死亡的信，其中一封送給了我的大伯。那封信在我拿到手上時就顯示了重量，在離開縣城前往安成前我給父親打去了電話，告訴他說，我大伯已經不行了，你馬上去看看吧。電話那端，我父親對我的資訊，很不信任，他說，要是你大伯不行了你大哥哥早打電話來了，可他沒有來電話。我聽見，電話那端劈劈啪啪，他應當是在打麻將。「我說的是真的。你還是馬上去吧！」放下電話，我已是淚流滿面。

　　路上，我一遍遍想起負責西片報紙的綠同事的話，他說，如果信件要送到他最親近的人手上，他會不會送？會。他沒有別的選擇。在那次推心置腹的談話中，綠同事頗有些感慨：人，真到了事上就知道了。人在本質上是自私的動物，何況你又無法改變什麼。在層層疊疊的淚水中，我一遍遍告訴自己，你又無法改變什麼，你又無法，改變什麼。

　　第二日凌晨，大伯走了，他被悄悄塞在枕頭下邊的那封死亡信帶走了，向著遠處，未知和陌生。下崗的、貧困的、肝硬化的樹哥哥還在路上，他還在接受生活的顛簸，和他焦急的心作對的緩慢、無奈、以及種種失望和打擊。大哥哥說，他在路上，我們誰也別告訴他父親已去世的消息，別讓他著急。大家有條不紊地處理著大伯的後事，在漸漸乳白的天色中忙忙碌碌，躲在昏暗中的大伯像一個被擺放的對象，顯得不夠真實。大伯走了。有著記憶和許多美德的大伯走了。天色開始漸亮。姐姐哭出聲來，她打開了哭聲曲頸瓶的瓶塞，裏面的哭聲早存了那麼多。

　　我向單位請了一周的假，一直請到大伯的葬禮完全結束。在向主任請假的過程中，我部分地誇大了大伯對我，對我全家的好，運用了報告文學的某些手段，使一向苛刻，小氣的主任顯得異常慷慨。給大伯守靈的晚上，我一遍遍想著我所送出的死亡之信，一遍遍想著，猜度著死亡。我也想問一問我大哥哥，大伯的那本「家譜」放在了何處，是否還在，但他們的忙碌和另一些原因讓我放棄了詢問。死亡是一個故事，葬禮則是另一個故事，我將會在另外的文字當中記述它。死神信使這一角色使我改變了很多，雖然我難以說清改變的都是些什麼。

　　我承認，在收到那種死亡信函的時候，有幾次，我都有改上另一個人，另一些名字的衝動，這種改變有充分的理由，被換上的名字在我看來早就應當死去並且不止一次，可他和他們的活著，逍遙，為非作歹。大伯枕下的那封信上有著紛亂的畫痕，那都是我用一支鋼筆畫上去的，但最終，我還是……我的骨子裏有我一直鄙視的怯懦，每到某個時刻它都會站出來變成另一個我，在我的耳邊和大腦中對我提出警告，給我展示一幅可怕的場景。和它站在一邊的還有我的自私，它有一條長長的尾巴，一條灰色的陰影。它們也是我，我的一部分，若不是充當死神信使的經歷我大概永遠不會這樣清晰地看見它們。它們出現的時候往往會合成一個，以使自己高大一些，甚至有了光輝。

　　……時間在一天天過去，儘管緩慢，儘管還有被什麼籠罩著的感覺，但更多的光照進現實，它在雲城的冬天尤為重要。還有兩天，一天，我擦掉倒計時牌上的數字2，改寫成1──我有著太多的激動，忐忑，疑慮和不安，它們使那一天變得極為漫漫漫漫長，也使我的枕頭裏生出了起起伏伏的刺，讓我的頭在上面輾轉，昏昏沉沉卻難以入睡。

我將房間裏的鐘錶統統移到了客廳，甚至努力塞住耳朵，但嘀滴答嗒的聲響卻還在，貼在我大腦的上方，清晰，頑固。閉著眼，昏昏沉沉像吸滿了水的海綿，可睡意依然被阻在外面，它們在用力拉鋸……臨近黎明的時候我才睡去，並做了一個清晰無比的夢。

在夢中，馬面穿著白色的上衣，他坐在我的對面，四周是燦爛無比的白光。在他的面前，我絲毫沒有掩飾我的如釋重負，我用晶亮的小勺敲擊著咖啡杯的杯壁，讓它聲音清脆，如同音樂──馬面笑眯眯的，他好像說了一句祝賀的話也好像並沒有說，咖啡屋裏，作為背景的是一曲經典的鄉村音樂，馬修‧連恩的《狼》，我熟悉它的節奏和每個音符。這時，馬面掏出了一個信封，遞給我，他的笑容那麼勉強地掛在臉上──收信人一欄裏，寫著的，是我的名字。

不，不，這不是真的，怎麼能這樣……我在夢中大喊，掙扎，以至咖啡屋裏那位一直慵懶的服務生也支起了自己，朝我的方向看──我說不，我不要，你不能這樣對我！我滿腔複雜，舉起手裏的咖啡杯，重重地摔向了地上──

那一刻我醒了過來。光線突然地暗下去瞬間之後又重新明亮起來，陽光已灑滿了窗欄，並照在我的床上。在醒來的那刻，咖啡杯破裂的脆響也跟了過來，同時跟過來的還有馬面的半身衣服，我看見那縷白光在我身邊閃了一下，然後快速走到門口，從門縫裏擠了出去。經過三至五分鐘的停滯，我穩住自己的血壓和心跳，開始尋找那封馬面留下的信，死亡的信函：床邊，床下，枕頭下面，被子的下面……這時，屋外傳來母親層出不窮的指責，一個個好吃懶做，做好飯了一遍遍叫都不起來，大的小的老的少的沒一個有良心，我這樣腰酸背痛也沒誰想搭一把手，該上班的不去上班該找活幹的不找活幹誰瞎了眼

跟你們一輩子……我直起身體，認真聽著，這些平日讓我無比厭煩的嘮叨指責那無意讓我露出了笑容，同時淚流滿面……

飛過上空的天使

　　我們記得非常清楚：那個下午，世紀酒樓的大鐘指向四點二十，一群咕咕咕咕的鴿子飛過之後，天使出現了。

　　它從城市的東南方緩緩飄來。在我印象中，它和白色的雲朵混在了一起，是漸漸清晰起來的。若不是一個電業工人的發現，我們也許會忽略掉它的存在，只會將它的經過當成是一朵穿褲子的雲，僅此而已。畢竟那個時間我們都滿腹心事，昏昏欲睡，我們更多地將注意力放在了腳上，鞋子上，紅綠燈上，對面的美人身上，房價和股市上——「啊，啊啊！」那個電業工人大聲地叫起來，他蹲在路燈高高的桿上，手努力伸著，就像一隻受到驚嚇的烏鴉。順著他手指的方向，四十五度，以及一段後來被報紙弄得撲朔迷離的距離，天使出現了。

　　許多人，許多的頭和眼睛，許多的玻璃，許多望遠鏡、顯微鏡、近視鏡、老花鏡、夜視鏡、墨鏡和攝像機、照像機鏡頭都看見了天使的飛過。那是一個多麼激動人心的時刻！多麼讓人暈眩的時刻！天使在天空中遊弋，像一尾魚在水中那樣。那天的天氣真好，所有習慣胡說八道的人和報紙都沒有否認這一點，它們只是在是否「萬里無雲」上出現了分歧。報紙上說，某個計程車司機由於將頭伸出車窗看天使出現，不慎扭傷了頸椎，不得不向急救中心和汽修廠、保險公司求救，最終由汽修廠的工人師傅割開車門才將他救了出來，但醫生說完全的復位已不可能。《啞石週刊》的報導則更為奇特，它們一向以奇特而著稱。上面說，某居民樓內一癱瘓多年的老人聽到天使出現的消息，按

捺不住好奇，下了床，然後下了樓，他的疾病竟然奇跡般不治而愈；上面還說，同樣是在這座居民樓，一位患有心臟病的肥胖女人在看天使經過時過於激動而發病身亡，她的心臟比平時大約大了六點七倍，突然增大的心臟堵住了她的喉嚨，使她窒息，終至不救。

好了，我們接著說那個下午的天使。它在天空中遊弋，像一尾魚。我只接受這一個比喻，想看其他的比喻你可以查一下那天的晚報和第二天的所有報紙。那些五花八門的比喻讓我厭倦，我只接受我自己想到的這個，像一尾魚。一尾魚。一尾魚。它背後的羽毛極其像魚的鱗片，在下午四點的陽光中閃著細細的光。我不再過多描述，反正報紙上有，電視上有，互聯網上有，城市市民舌頭尖上有，A 城市史料彙編上有……我會詳細給你介紹那些的，要是你真的感到好奇。下午四點四十分，左右——關於確切時間請看當時的報紙。上面有市民的說法，氣象局和衛星觀測中心的說法，等等等等。現在仍在眾說紛紜，甚至為此引發過暴力事件。使用一些相對模糊的概念是明哲保身的做法，我可不想被某個堅定的「真理捍衛者」將我捍衛掉——天使經過城市的上空，然後慢慢消失。

天使飛過了我們的城市！

天使飛過了我們的城市！

天使，天使，天使……有一位核子物理學家，學科帶頭人，經過認真細緻而周密的計算，得出一個驚人的結論：這條新聞所具有的爆炸性，相當於 2145 枚「恐龍級」核彈同時引爆的當量。他把全世界大小媒體的報導均稱為「衝擊波」，將我們經久不息的談論爭吵看作是「核塵」……是的，在一個相當漫長的時期，我們將嘴巴張開就不由自主地談論起那天下午的天使，天使，天使，以至於不得不依靠器械或他

人的幫助，才能將牙刷或者米粒塞入自己的嘴裏。天使，天使，天使。我的眼裏只有你，我的心裏只有你，我的口中只有你⋯⋯

天使的出現使《A城日報》的某位記者一夜成名，後來，A城的「天使公園」裏還建起了一座銅像，那位記者舉著相機，正仰望著蒼穹。雕塑的名字經過了多次修改，《捕捉》、《敏感》、《發現》、《天使出現》等等等等。無論哪個名字都受到過攻訐指責，以至於它的名字每半年就會更改一次，後來，一個被「雕塑名字」弄得焦頭爛額的市府官員提議，只保留雕塑取消它的命名——這個提議雖然依然倍受指責，但還是被最終接納了下來。那位晚報的記者早已離開了A城，成為一家國際時報的記者，只是他從此再也沒有寫出什麼像樣的東西，直到老去。

那篇後來引起「爆炸」、「轟動」的新聞被《A城晚報》安排在Z版的一個角落裏，佔有兩塊豆腐塊大小的篇幅，題目即是《天使飛過了我們的城市》，沒有驚嘆號。使用驚嘆號是第二日的其他報紙，隨後這個符號越用越多，在《世界牙科醫學報》的那篇《發現天使》中，竟然使用了九個驚嘆號，並使用了不同的顏色。一夜成名之後，那位記者曾接受《德國甲蟲之聲》的採訪，上面說，那位記者曾向採訪者報怨，報怨報社領導的麻木和官僚，如此重大的報導竟只安排在Z版很不起眼的地方，並將天使的照片刪除。同時他還透露，這則新聞一經發表馬上受到某部門的指責，他還就執行新聞紀律不嚴寫過檢查⋯⋯但很快，這位記者在A城電視臺和舊狼網、搜鯨網等發表聲明，駁斥了《德國甲蟲之聲》那篇歪曲事實、不負責任的說法。他說，他能捕捉到這條新聞，完全是平時領導幫助教育、同事鼓勵的結果，成績不是一個人的，絕不是。至於排在Z版，是因為其他稿件都已發排，無法變更，在領導的高度重視下這篇稿件才擠上了版面，將另一篇也非

常重要的稿件擠了下來。「他們怎麼能那麼，那麼不顧事實，那麼無中生有！」在電視上，這位記者義憤填膺，最後哭出了聲來。

《A城晚報》的報導中，那天的天氣，A城的景色，天使的樣子都未曾提及，而在談到天使的時候，那位記者不知處於何種考慮用語非常審慎，「從我們所處的位置看，它很像傳說中的天使」「是不是天使真的在A城出現了？這有待科學家們進一步的考證。」

那天的天氣確實相當不錯，這點毫無疑問，只是在我們仰望飛過上空的天使的時候是否「萬里無雲」則很難說清，它引發了激烈的爭吵，兩方乃至三方四方都拿出各自的照片為證，然後指責對方，第三方、第四方運用電腦技術進行了修改，這個問題最終被上升到「捍衛真實」和「維護真相」的高度，隨後相互攻擊各自的人格，治學態度，猜度他們是故意吵作，提升知名度，獲得種種利益……謾罵和戰鬥依次進行。日本《朝賣新聞》在採訪過一個叫「胡途先」（音）的人之後得出結論，天使飛過A城時帶來一股酸酸的類似米醋和六六粉混合的氣味，經久不散。而《B城都市報》則對此進行了批駁，它說，A城曾是一座化工城市有眾多的製藥廠，硫化廠，水泥廠，那種酸酸的氣味只能說明是A城環境污染較重而已，並不能證明天使攜帶了何種氣味。《B城都市週刊》的這一論點很快遭到《A城日報》、《A城晚報》、《A城都市週刊》和電視臺、新聞管理局《環境監察治理旬刊》的批評，眾多生態學家、作家、環境學家撰文，A城的環境治理和化工廠廢水治理工作是卓有成效的，空氣中的可吸入顆粒物已累年減少，說A城環境污染較重，空氣中有異味純屬無稽之談。同時A城各家媒體也共同指出，在整個A城有四萬六千多「胡姓」市民，但無一人叫「胡途先」，《朝賣新聞》的報導完全是不顧事實的杜撰，是別有用心的。（它甚至引

發了一場抵制日貨的熱潮，好在，在政府的控制下沒有發展成特殊事件。）

　　許多的 A 城居民，許多的頭和眼睛，許多玻璃和玻璃後面的臉，許多望遠鏡、近視鏡、老花鏡、夜視鏡、墨鏡，許多攝影機、照像機、手機都看見了天使的飛過。我們從各自的角度出發向他人，向媒體，向各大研究機構和考察團訴說我們所看見的天使，混亂越來越多地出現讓我們都感到驚訝。就以天使的翅膀為例，有人說它是白色的，也有人說它金黃、暗褐、大紅、淡藍，並有各自的照片為證，即使沒有拍到照片的也信誓旦旦，說自己在維護「良知」和「真相」，其他的均是在篡改，有人以照片為證，說天使的翅膀像天鵝的翅膀，另一些人則依據另外的照片判定天使的翅膀像禿鷲的翅膀，在經過一系列的爭吵之後，A 城、C 城分別成立了「天鵝派」和「禿鷲派」，兩派制訂了各自了行動綱領、服裝要求和不同徽章，如果不是政府行動及時，兩派很可能會發展壯大，引發暴力事件。這並非聳人聽聞，多年之後，「天鵝」和「禿鷲」之爭蔓延到 Q 國，強硬的「禿鷲派」，Q 國陸軍總司令發動軍事政變，囚禁了屬於「天鵝派」的 Q 國總統，「天鵝派」的支持者在遊行示威中和軍方發生激烈衝突，造成上千人的死傷。棲息於 Q 國的幾十隻天鵝也先後遭到了屠殺。後來發動政變的 Q 國總司令的弟弟和女兒在一次集會中被槍殺，兇手供認，他屬於「天鵝」。

　　多年之後，那個爬到路燈桿上維修路燈的電工也成為了英雄，是他第一個發現了天使並指給了我們（當然，據說在他之前有一個中年女人和一個在街上遛彎兒的老頭也看見了天使，三個人的名譽權官司也打了幾年，最高法院最終裁定，老頭和中年女人證據不足，不予採信。然而民間的、網路上的論爭遠未結束）。前文說過，那個電業工人

喊出來的只是「啊，啊啊」，就是這樣的嘆詞，沒錯，當時我就在現場。可後來經過渲染演變，他發出的聲音成為了這個樣子：「看！天使」，或者：「你們看，快！天使！」或者：「你們看，飛天！」（這是一家敦煌內部詩刊在編者按中的說法，後來有些報刊也延用了它）或者：「快來看！烏拉木！」（這是歐洲一家報紙的報導，據說它屬於某個秘密宗教組織）……

　　讓這些紛爭、紛紜暫告一段落吧！我知道，你的耳朵裏已塞滿了繭子。

　　天使的出現嚴重影響了我們的生活。那天下午，天使的出現造成了「事實罷工」，所有能行動的Ａ城人都湧到了街上，包括工人和官員、學生、教師、醫生，患有感冒、肝炎、腸炎打著點滴的患者，銀行職員和保安，秘密幽會的人，嫖客和妓女……Ａ城的所有街道都人頭竄動，擁擠不堪，大家昂著頭，大口呼吸著漸漸稀薄起來的氧氣，直到天使消失後五個小時才緩緩散去。《東區青年報》刊登過一張從高樓上拍攝的照片，在照片上，我們只能通過擁擠的人頭判斷那是一條街道，畫面上全是黑壓壓的人頭，密如超市櫥櫃裏堆滿的黑豆，這些無法數清的臉全部盡最大努力地仰望著，顯露出一種統一的、新奇而茫然的表情……據《墨西哥鼴鼠新聞》報導，在人群散去的時候，還造成了小小騷亂，有幾家商店的玻璃被砸，還有一些人的手機、錢包被小偷偷走──新聞發言科那位漂亮精幹的女發言人否認了這一說法（這個科室是在天使出現後新設立的，一直延續到現在），不過她承認，在天使出現之後的幾個小時內，Ａ城的城市交通陷入了癱瘓，被擠在中間的居民和汽車根本無法移動，即使他們想早早離開大街。捕熊網、花邊逸事網在各自的新聞主頁上詳細介紹了那日我們城市街道的擁擠情況，他們說，一些名貴汽車的後視鏡被惡意擰壞，一些車輛的車身被硬物劃傷，汽

修廠工人排除了因為擁擠而無意劃傷的可能，部分車輛的車身上、車頂上被吐滿了各種顏色的痰和泡泡糖……隨後兩家網站聯手，在網上展開了「毀車事件凸顯仇富心態」的大討論，劃分了正反兩方，並進行「支持、反對」民意大調查，一時間硝煙彌漫，沸沸揚揚。漂亮精幹的女發言人對捕熊網和花邊逸事網的行為進行了譴責。她對中傷 A 城市民、破壞 A 城投資環境、製造不良後果的行為表示憤慨，「我們將保留法律追訴的權力」。同時，她要求，我們 A 城市民應對這種別有用心的、用心險惡的人和行為予以堅決反擊，「拿出我們的行動來！」

儘管有禁放令，那天晚上 A 城處處都響起了鞭炮聲，此起彼伏，一家瀕臨倒閉的煙花廠從此起死回生，那些煙花爆竹經銷點的訂購電話被打爆了，之前它們的上面都佈滿了塵土……

「為什麼要放鞭炮？」

「天使來了。」

「天使來了和放鞭炮有什麼關係？」

「我不知道。但是人家都在放。反正也沒什麼壞處。」

「為什麼要放鞭炮？」

「天使來了啊！你不知道？」

「我知道。只是，天使來了和放鞭炮有什麼關係？」

「天使是來降福的，放鞭炮可以將它吸引到你這裏來，你得到的福就多一些。」

「可是，大家都放……」

「所以你才應該加快速度啊，馬上行動！」

「……」

「為什麼要放鞭炮？」

「因為天使，它下午的時候出現了！」

「只是，放鞭炮和天使來有什麼關係？」

「你沒聽說？天使這次來，是為上帝來選童男童女的！放鞭炮是為了阻止自己的孩子被天使抓走……」

「真是這樣？你聽誰說的？」

「都這麼說！」

接連三天，Ａ城晚上鞭炮齊鳴，震耳欲聾，通過飛行器拍攝的圖片來看，夜晚的Ａ城濃煙滾滾，幾乎是一座巨大的霧都，鞭炮的閃光在霧中時隱時現。那幾天裏，最為繁忙的是城市環衛工，大街上紛紛揚揚的紙屑大約三尺多厚，他們不得不動用各種大型機械來清除紙屑，然而剛剛清掃過去，一陣風把堆積在別處的紙屑又紛揚飄來，讓他們掃不勝掃，防不勝防。位於Ａ城市中心的那條民心河很快被紙屑所堵塞，遠遠看去，一條河就像泡在水裏慢慢發黴的麵包，散發著一股股惡臭。《Ａ城日報》首先報導了此事，並就此事對城市環衛局進行採訪，城市環衛局的一位領導在對此事表示關注之後表態，河道的清淤工作屬於河務局管轄範疇，環衛局沒有管理許可權。同時他對《Ａ城日報》的記者提出，應當對戰鬥在一線的環衛工人們進行採訪，「他們為Ａ城的環境衛生付出了巨大的勞動！」河務局一位辦公室主任在接受《河流日報》和Ａ城電視臺採訪時重申，日常的河流清淤屬於河務局，但這次屬於非正常的、突發事件，是居民人為造成的，應當由環衛局、環監局和居委會共同負責。隨後，環保局、環監局和各居委會也發表聲明，他們沒有行政職權，這件突發事件不在他們的管轄範圍之內。一名居委會的負責人呼籲，此事應由各公安分局和派出所管理，詳查細查對那些不講公德、非法鳴放的市民，進行依法治裁，勒

令他們將淤積的河道的紙泥清除出去……後來是由 A 城政府出面，協調各局各部門將河道進行了清理，那已是三個月之後的事了。這次清淤的直接後果是，河流出現乾涸，城市水位下降，自來水的水質也受到了影響，一時間各類瓶裝水的價格一路飆升，A 城一家礦泉水生產廠家的股票在三個月內出現二十二次漲停，價格翻了九倍。

　　天使的出現使 A 城成為全世界矚目的地方，一時間，坐落於 A 城大大小小寺廟、教堂、祠堂甚至會館都香火極盛，虔誠的和不虔誠的人們絡繹不絕，人們的呼吸和點燃的香火使 A 城的氣溫與歷史同期相比高了十二度，升高的氣溫帶動了飲料生產業、冰櫃冰箱生產業、空調電扇生產業，帶動了遮陽傘生產業，防曬霜生產業，飲食業。要知道 A 城的旅遊因為缺少景點一直顯得低迷，市旅遊局一直租房辦公，常為買個電扇買瓶墨水打十幾份報告，而天使出現之後，市旅遊局在半年內即蓋起了 A 城最高的辦公大樓，據說裏面是清一色的德國設備……當然，天使的出現也使 A 城一時間流言四起，越來越聳人聽聞，地震說，火災說，世界末日說，見龍在田說，文曲星升天說……A 城政府的那位女發言人不得不頻頻出現。用一種外交辭令的語言闢謠，她顯得越來越沉穩，越來越熟練。

　　「聽說了沒有？天使來到 A 城，是在挑選在大地震中可以活下來的人，據說大地震馬上要來，A 城會全部陷到地下去！」「怎麼辦？」「我聽說買一條紅腰帶五個雞蛋一次吃下，就能躲過這場災難！」「我去年就買過三條腰帶了！」「這次可不一樣！你不是都看見了？天使！」

　　「聽說了沒有？一場比愛滋病、禽流感、非典厲害一千倍的瘟疫就要降臨 A 城！天使冒著危險來通知我們，它回去，肯定會遭受嚴厲

的懲罰！」「那，那怎麼辦？我們要馬上撤離 A 城？」「不，也不用！我聽說了，只要每天早晨喊三聲西瓜開門，含一片薄荷糕，戴墨鏡⋯⋯」

「你聽說了沒有？天使來到 A 城⋯⋯」

多年之後，某位經濟學家在一部使他聲名顯赫的著作《內需槓桿如何翹動》中，將 A 城的天使事件當成是拉動內需的成功範例加以闡解，這一部分佔有其中的一個章節，三十七個頁碼。後來，他的這本著作被當作 A 城各行政單位、企事業單位和各大學中學的學習讀本，為這位學者創造了不菲的價值。

圍繞飛過城市上空的天使是否是真正的天使，它存在的價值與意義等問題，科學家們、人文學者、宗教界人士，藝術界人士、新儒學知識份子、新新道家知識份子、前派、新前派、自由前派和後派、傳傳後派、新後派知識份子，以及官員、群眾、社會各界人士，在各大國內外媒體展開了激烈的討論。

《地平線學報》發表了兩篇署名文章，他們認為，從自然科學的角度，從實證科學和物質哲學的角度，天使的存在是可疑的，飛過 A 城的天使應當是一種「集體幻覺」，它大約是一種物理現象。一篇文章在分析了 A 城當日的氣象狀況和十三年來的氣候變化後得出結論，「天使」應當是一種球型雲，它呈現天使的面目，包括有翅膀等等是因由上空浮塵、陽光和視覺角度共同的結果。另一篇文章則猜度，「天使」和那些「海市蜃樓」現象原理基本相同，只是因為 A 城上空飄浮著大量硫化物顆粒，它們在空氣中摩擦產生電磁，這些吸附力極強的電磁在陽光的作用下更清晰地、更集中地呈現了這一「海市蜃樓」。這篇文章還配發了天使在 A 城消失時的圖片，三張海市蜃樓消失時的照片，他指出，這種緩緩在空氣中消失而不是走出視線的消失方式，正是海

市蜃樓的統一特點。《絕對科學月刊》在天使出現後一個月內即做出反應，召集物理學家、化學家、氣象學家三十餘人參加座談，並配發了題為《眼見未必是「實」——A 城天使現象的科學探疑》的編者按。這些文章先後被轉貼到搜鯨網、搜鷹網、A 城城市論壇網上，點擊率每日都在百萬以上。至於線民留言，在這裏我不再轉述，你可自己去查看。剛才我還查看了一下關於「A 城天使」的留言總數，大約在九千億條左右。

　　《天天娛人節文藝週刊》上說，A 城飛過的天使可能是新型的UFO，外星人試圖以天使的面目出現向人類示好，我們也應向它發出友好的表示；《軍事迷》雜誌則認定，它也許是某某國家的間諜衛星，具備躲避雷達的隱形技術，而用天使的模樣，即使被發現了也不會馬上遭到攻擊……《國際奧秘》、《魔戒‧魔界》等刊物對上述的觀點一一進行了反駁，它們認為，我們不能站在已知的角度、打著科學的旗號去反科學，我們的科學才剛剛發展，未知的領域巨大得讓人害怕，我們無法解釋的超自然現象還有很多……

　　「天使的出現有力證實了上帝的存在，那些心懷上帝的人，時常念上帝之名，對上帝常懷敬畏和感恩之心的人有福了！」「所有榮耀都屬於我的主，我的上帝！」

　　還是那家敦煌內部詩刊，一位年輕詩人用一種不可辯駁的口氣認定，飛過 A 城上空是飛天而不是天使，「為什麼那麼多人認定它是天使而不是飛天？是人們對飛天的疏離和淡漠！物欲橫流的今天人們疏遠了它疏遠了精神的家園！是時候了！是說出真相的時候了！詩歌和飛天的尊嚴必須得到捍衛！」這一「飛天說」後來得到了某某寺主持、某某市佛教協會副會長、某某佛教協會用品形象代言人、著名社會活

動家釋非心大師的認可，某某寺萬佛堂外的長廊裏，掛滿了「Ａ城飛天」的照片，據說香火極旺。在Ａ城，還曾流傳過一種說法，那個飛過上空的天使是Ａ城一位去世老太太的靈魂，在她生前常替人算命，就顯現過不少的神跡。支持這一說法的多是Ａ城市民，她的家人後來將她的舊宅闢為祠堂，供奉老人遺像，前去參觀的人要向「功德箱」投放五十至一百元人民幣，美元、德國馬克亦可。後來這一說法也得到了一些學者、作家的支持，一位大學教授在接受一家電視臺的採訪時說，「至少，它是本土化的，我們應當尊重本民族傳統，維護民族傳統。一個不尊重自我傳統的民族是沒有希望的民族！」

《民萃與真理》雜誌：《Ａ城天使的出現》、《誰在打天使牌》、《挑戰科學的力量》、《虛枉的真相和探尋精神》、《你要悄悄蒙上誰的眼睛？》……《底層文藝雙月刊》：《在Ａ城：誰是天使選中的子民》、《可能的拯救和可能的逍遙》、《天使的啟示》、《「天使」的形象塑造與底層文藝的勃興的關係》、《自天而降的狂飆》……《新前陣營季刊》：《天使亦或戈多？》、《Ａ城天使現象剖析》……《娛樂致死文娛週刊》：《從天使的衣著看審美》、《白雪之白：天使的化妝術》、《和天使上床》、《找一個天使帶回家》……《國學探微》雜誌：《天使與國學：中華文化對世界的潛在影響》、《「Ａ城天使」：在孔子眼中的龍》、《究竟誰在打天使牌》……

我們用上了印有天使像的杯子用它來裝礦泉水、龍井、碧螺春或咖啡。按照天使模樣設計的芭比娃娃一經上市很快便被搶購一空，某家玩具製造工廠則推出了一批適合男孩心理特點的「戰鬥天使」，它們手中持有火輪、鐳射槍、AK47等等武器。我們有了天使坐椅。天使床。天使熱水器。天使浴霸，天使照明，天使沖便器……凡是有天使圖案

的用具很快便風靡整個城市，並且遠銷海內外眾多的國家和地區——
關於天使的爭吵仍在此起彼伏，連綿不斷，有一個社會學者、公共知
識份子向社會發出倡議，建議用天使替代我們的舊有圖騰：龍。他引
用另一位學者的話說，龍在西方世界裏是惡魔和災難的象徵……很
快，在雜誌、網路中形成了「支持」與「反對」兩大陣營，正方認為
這有利於改善國際形象，促進世界和平，為進一步增強溝通理解建立
了橋樑；反方則認定，這一倡議是唯西方馬首是瞻的一批人的陳詞濫
調。它打擊民族自信，表現了崇洋媚外的心態。「將這樣的學者趕出校
園！」、「乏走狗仍然在叫！」、「他拿了美元還是盧布？」……因為天
使像的頻頻使用，《A城日報》、《柒週刊》、搜熊網等媒體展開討論：「天
使像是否可以如此庸俗化？」它們認為，天使無論是否真的存在，無
論飛過A城的天使是否即是天主教、基督教中的天使，不可否認的是，
它都是那種純潔、善良、美好的象徵，將這一形象應用到抽水馬桶、
垃圾箱上的做法是不妥的。A城大學和A城設計院的十幾名學者專家
聯名上書，要求市政府對「天使形象」的使用加強監管，並鑒於當前
A城「天使形象」因版本不同而造成混亂的情況，他們還提議由政府
組織，由他們負責設計、印製統一的、權威的「天使標準像」。後來，
A城新聞發言科的那位發言人（她已升任發言科的第一副科長）證實
了這一說法，她說，關於天使標準像的設計審核工作「正在進行中」。
有記者問及，使用這一天使標準像是否需要付費時，漂亮的女發言人
吞吐了一下，「是會收一點……一點費用。你知道，這些設計者為了標
準像的製作付出了……努力。作為講法制的政府，我們尊重設計者的
勞動，尊重知道產權……」「那麼」一個記者窮追不捨，「我們使用這
所謂的天使標準像，是否只要向設計者交費就可以了？另外，制定了

天使標準像，那其他的像機、其他角度拍攝到的天使畫面，是否還可以以天使的形象出現？」……

A 城日漸繁榮起來，在此之前，我們一直將它當成是一座小城看待，彼此稱呼為「莊裏人」——天使的出現使 A 城成為了一座讓人矚目的城市，前來觀光、考察、求卜、掏金、朝拜或「揭秘」的人絡繹不絕，大小旅店賓館人滿為患，後來者只得在洗腳城、網吧、卡拉 OK 廳或一些晝夜餐廳內過夜。流動人口的增多帶來了經濟的繁榮似乎也刺激了蚊子的生長繁殖，一到傍晚，成群出動的蚊子即形成一團團撲面而來的霧，使能見度大大降低，三環路口的幾起車禍均是因為團積的蚊蟲阻擋了紅綠燈和司機的視線而引起的。蚊子的氾濫引起了 A 城政府的高度重視。成立了以副市長為組長的滅蚊領導小組，城管、公安、居委會、環衛局主要領導分別擔任副組長和成員，下設協調行動組、宣傳組、效果檢查組、設備管理組和辦公室。滅蚊小組先後三次展開了聲勢浩大、統一著裝、統一指揮的滅蚊行動。並在主要街道製作了巨幅廣告牌，粉刷了標語「愛我家園，共同滅蚊」，「徹底消滅蚊蟲，樹立衛生城市良好形象」，「大家一起行動消滅蚊蟲！」「滅蚊行動需要每一個人，大家行動起來！」……滅蚊工作一直持續到初冬，樹葉飄零，才取得了「階段性成果」。據調查，在天使飛過 A 城之後一年多的時間裏，所有商業、企業都大幅盈利，獲得了讓人驚訝的發展，唯一受損的短衫、短褲、短裙的生產廠家和經銷商，蚊子的大量繁殖使它們滯銷，早晨和傍晚沒有誰敢穿短衫、短褲和短裙出門。那些該詛咒一萬遍的蚊子！A 城短裙製造商將他供奉了多年的關公像請出了神籠，轉而供奉天使像，然而這一變化，並沒起到任何效果。

　　黃髮碧眼的外國人也增多了。他們對天使的出現充滿了好奇，每天下午大街上都站滿了仰望天宇一動不動的外國人，他們的樣子顯得有點傻。「天使會不會再次出現？」這個問題就更傻了。天使又不是我們家的。它出現過一次，讓我們看到了足夠了。

　　有幾個外國人租下了世紀酒樓的頂層，他們還想到鐘房裏去看個究竟。世紀酒樓的老闆在徵求過外事局、招商局、公安局和相關單位的意見後，回絕了他們的要求。某些人想租用飛行器或直升機去拍攝圖片，想在樓頂上架設天文望遠鏡，這些要求也先後遭到了拒絕。絕不是所有外國人的要求都會遭到拒絕，絕不是，一個叫大衛・科博菲爾的魔術師就借助世紀酒樓表演了一場美妙絕倫的魔術，他托著一名扮作天使的少女一起飛翔的魔術使整場演出達到了高潮，一向穩重得都有些漠然的 A 城人變得沸騰起來，他們的高聲尖叫震碎了世紀酒樓十一層以下的全部玻璃。櫥窗中的白酒、紅酒的酒瓶也被震得粉碎，使大衛最後的節目充滿了酒的香氣。幾乎 A 城所有新聞媒體都對大衛・科博菲爾的演出給予了高度評價，只有一個叫「電腦蟲子」的人在他的博客裏對大衛提出了批評。他說，從電視畫面上可以清晰看出，扮演天使的那名少女也是一名外國人。「我不是一個偏見的民族主義者，我也非常歡迎大衛・科博菲爾來 A 城演出。只是，天使出現在 A 城，是 A 城人民的發現的，是 A 城的驕傲。然而，大衛先生卻用他的魔術表演篡改了這一事實。他讓我感覺，飛過上空的天使和這位大衛先生有關係，和外國人有關係，單單和 A 城沒關係！」很快，「電腦蟲子」的博文登上了墨鏡網、左岸網、博拼網的首頁，這篇文章炙手可熱，跟貼者如同奔向食物的白蟻。「網路蟲子」和《A 城晚報》的那位記者一樣一夜成名，後來他的《網路蟲子的博客》、《說不的蟲子》兩

本書先後出版，登上當年度的暢銷書排行榜，並使他擠身於「福布斯作家財富排行榜」，被稱為是「平民的奇跡」。

　　（一年之後，某位化名「特別食蟻獸」的網友對「電腦蟲子」的說法提出了挑戰，他指出，如果扮演天使的少女是一名Ａ城人，也只會讓人猜想：Ａ城在本質上處在一種被抱在懷裏的、屬於從屬的位置，而不是主體。當然，如果大衛先生讓一名Ａ城少女抱著，讓Ａ城的主體突出出來……似乎也不是那麼回事了。最後，「特別食蟻獸」嚴正聲明，堅決抵制大衛‧科博菲爾在Ａ城的演出。他的聲明在網路上也引起過一定的反響，但這名「特別食蟻獸」的書卻未因此獲得暢銷，很快就銷聲匿跡了。而且，大衛‧科博菲爾在Ａ城再沒有出現過，我們再沒有見到有關他的報導。）

　　好了，說得夠多了。讓我看看你耳朵裏的繭子。你問天使是不是再次出現過？沒有，它再也沒有出現，Ａ城政府邀請的專家，大學研究人員和一些好事的外國人在Ａ城等了整整一年，天天等待天使的出現，然而它卻不再來了。走在大街上，你會出現Ａ城人有時不時抬頭看兩眼天空的習慣，這個習慣異常明顯，以至於它成為辨別你是不是Ａ城人的重要標誌之一，天使不再來，我們的習慣卻固執地養成了。仰望使Ａ城人的頸椎發生了變化，在Ａ城，較少有人得頸椎病，就是得了頸椎病的也和別處的不同，所以只有Ａ城的醫院會收治這樣的病人，別處的醫院是治不了的。我知道，你是被「Ａ城天使節」吸引到這裏來的，是不是？我知道我猜得沒錯。都這麼多年了，我還記得第一屆天使節時的盛況，那氣勢！那場面！我當然記得。

　　因為天使沒有再次出現，近一年的等待除了兩場酸雨、一場小雪之外也沒等來什麼，人們的興趣已經轉移，我們繼續關心房價股市，

孩子入學和個人工資，褲子鞋子女人的大腿之類的花邊新聞，天使漸漸退出我們的生活，當然，那些觀光者旅遊者也退出了 A 城，A 城又恢復到原來的樣子。既使十分苛刻的人，既使那些總在抱怨遊客過多干擾了他的生活破壞了他的安逸的人，即使對外來人口增多而造成社會治安問題而生有怨恨的人，也開始懷念起那段時間的好來──外來人口的急劇減少給人一種人去樓空感、事是人非感、滄海桑田感，同時讓 A 城的經濟陷入低迷。在給我的朋友、發明家夏岡購買啤酒麵包或者其他物品的時候，不只一次，我聽見那些商店老闆們報怨，生意越來越難做了。

設立「A 城天使節」，舉辦敬拜活動、文娛交流活動和商業洽談活動，這消息是由 A 城政府發言科那位漂亮的女發言人宣佈的，她說，設立 A 城天使節，是 A 城政府和人民的一件大事，它有利於提高 A 城知名度，樹立品牌形象，拉動經濟增長，促進文化交流……是的，那位女發言人真是漂亮，如果運氣好，今年的敬拜活動中你也許還能看到她。據說──還是繞過那些據說去吧，聽我說首屆「A 城天使節」的盛況。

天使公園，它是由原來的中心公園擴建成的，它現在還在進一步的擴建中，光拆遷就幹了整整三年。在天使節前，公園門口聳立起了一座漢白玉天使石像，它高有六米，是有一整塊漢白玉，按照市政府制定的「天使標準像」雕刻完成的。為了應對部分專家學者針對標準像缺少民族特點和本土文化資訊的指責，雕塑的基座雕刻的是蓮花和雲朵。是的，那位記者的銅雕也是在那時雕刻完成的，它最初也立在了公園門口，在天使節的前兩天它被搬運到了一個角落裏，便再也沒回到原來的位置。

　　那天真是人山人海，天使公園裏的人頭擁擠得就像一鍋沸騰的黑米粥──那天剛下過一場小雨。它沒有影響什麼，幾乎一點兒都沒影響，它甚至沒有影響到在台下站了兩個多小時的三千名小學生。那是我見到的最大的、最恢宏的場面！這麼說吧：

　　當市長宣佈天使節開幕之後，三千隻鴿子和數不清的汽球一起騰空而起，公園上空的天色一下子暗了下來，彷彿暴雨之前的厚厚烏雲，隨後它們散了，炫目的陽光又照進了公園。九百九十九名鼓手穿著紅黃相間的綢裝，站到鼓前，震耳欲聾的鼓聲響起。真的是震耳欲聾，我感覺那些鼓槌直接敲擊著我的耳朵，我感覺我的耳膜出現了一道道裂痕。──據說天使節敬拜活動結束後有三名小學生被送進了醫院，他們的耳膜真的出現了破裂。這隻是據說，女發言人早就闢過謠了，她說，散佈謠言的人肯定別有用心，甚至可以說是用心險惡。

　　鑼鼓之後，三千名戴著高高帽子、身穿黃色古代官服的少男少女緩緩入場，八十名紅衣少女被升到臺上，她們彈奏著古琴。「A 城天使」雕塑前，被擺上了鮮花、剛剛蒸好的乳牛、剛剛烤熟的烤鴨。隨後，在那三千少男少女的引領下，各地嘉賓，A 城領導，文藝界、工商界代表，A 城利稅大戶，五一勞動獎章獲得者、三八紅旗手、享受政府特殊津貼的各類人才來到雕塑前，舉行敬拜儀式。隨後是領導嘉賓講話，各界代表講話，宗教人士講話，外商代表講話。兩個半小時的講話結束，A 城武術隊和 B 城雜技團上場，笑星侯大山、牛明茂上場，A 城「超女樂坊」組合上場……歌星海英唱的是《擁抱天使》，曲霞演唱了一首老歌《我不是你的天使》，美國歌星小小布蘭妮一曲《拉著我的手，我是天堂裏的陌生人》可以說是繞樑三日──芭蕾舞、現代舞、孔雀舞、秧歌舞依次上臺，下午四點二十，高潮出現了，被直升機吊著的

三十名天使出現在公園的上空，她們白衣飄飄，姿態萬千。美中不足的是，直升機飛來的聲音太大了，它對「天使」們的美是一種破壞。

　　整個敬拜活動設計得相當精心、華美、炫目，張弛有度。小小漏洞出現在領導和嘉賓講話上。Ａ城負責文教衛生的副市長在講話中引用了《詩經》中的一句詩，「七月流火」，並給予了解釋，他說，「七月流火」說明了天氣的炎熱，Ａ城人的熱情使Ａ城提前進入了流火的七月，我們的熱情足以燃燒整座沙漠！某校校長、國際國學研究會副會長、國學進大學的首要倡議者馬黑風先生在談到天使和女媧形象的文學比較時，將老子《道德經》中的句子強行安置於孔子的《論語》中。（該學者在事後多次強詞奪理，拒不認錯，網路上曾發起過一個調查貼子對他學識和人格的強烈質疑，還引發了官司，但最後雙方都對記者說自己獲勝。）

　　隨後舉辦的「國際天使問題研討會」、「Ａ城招商引資洽談會」、「在天空中翱翔──國際天使主題繪畫展」、「來自空中的靈感──國際服裝設計展」也都搞得聲勢浩大。Ａ城所有媒體對此進行了連篇累牘的報導，像某服裝模特換裝時走光、某著名學者、學界明星在上臺演講時先邁左腳之類的花絮就有上百篇之多。Ａ城所有新聞媒體都全文刊發了Ａ城大學中文系一位教授的發言，使他一舉成為了Ａ城的學界明星，家喻戶曉起來。在發言中，他為「七月流火」的新解釋辯解說，許多古典用語在使用的過程中與原意發生了歧變，甚至走向了相反的方向，然而最終約定俗成，成為那個用語的合理解釋。副市長將「七月流火」用字面上的意思來闡讀，是合理的，有意的，與時俱進的。如果有興趣，你可查一下當年的《Ａ城日報》、搜熊網，現在，關於「七月流火」還在爭論不休呢。給我留下印象的還有一個學者，據說是美

籍華人，他論證，飛過 A 城上空的天使，其身體的化學成分主要是，碳水化合物，氫，鈉和鐵。同樣是據說，他的論證還申請了當年的諾貝爾獎金，後來不了了之，再無下文。

　　一個月後，我們還在議論那天的敬拜，而那天活動所遺留下的垃圾直到三個月後才清理乾淨。僅僅是被遺棄的宣傳冊，就拉出去了三十多卡車！它們多數沒有被浪費，而是重新化成了紙漿。

　　……

　　（天使不會出現了，肯定不會再出現。因為它被它的發明者毀掉了。飛過 A 城上空的天使，其實是我的朋友，瘋狂的發明家夏岡的發明之一，他總愛發明一些稀奇古怪的東西。現在，我的這個朋友，住在 A 城最有名的那家瘋人院裏，他的記憶和才能已經完全喪失。現在，他只會把自己在床上的尿漬看成是奇跡，看得仔細，津津有味。）

夏岡的發明（之一）

　　在我 28 歲至 35 歲的那些年裏，很大一部分時間都是在靜靜發呆和無所事事中度過的，我旁觀著那些年裏一些事件的發生，或大或小，但都與我沒有什麼直接的關係，就像我和周圍的事件之間隔著一層玻璃：我能夠看見，但不能介入。在我 28 歲至 35 歲的那些年，我學會了吸煙，一個上午我丟在地上的煙蒂如果排成一排，它能夠等於或略長於我的身高——我的身高是 1.72 米。我 35 歲那年，終於有了一些事做，不過我的事在多數人眼裏仍然屬於無所事事：我 35 歲那年所做的事就是，參加聚會，和朋友們整日整日聚在一起。

　　讓我來介紹一下我的朋友：南島、秋波、夏岡、麥雷，以及寬葉蓉。這樣介紹可能過於簡略了，無法給人留下深刻的印象，下面我重新再來介紹一下，分別加上定語或者其他的什麼詞。他們是：詩人南島，從事下半身寫作，在他的詩中最常用的一句就是「這些傻逼」；歌星秋波，他一直叫我們叫他歌星秋波，他先後在三十多家酒吧打工，但也先後被三十多家酒吧趕了出來，人家辭退他的理由真是驚人的一致，「簡直是一隻叫驢」。瘋狂的發明家夏岡、公務員麥雷，麥雷那時在一家行政單位上班，打水掃地擦桌子寫材料，看領導的臉色猜測領導的心思，可是一直沒有得重用。我們叫他失意的麥雷，要不是失意，他怎麼會和我們這群人混在一起。最後一位是位需要隆重推出的女士，寬葉蓉。她原不是我們一夥的，但她成了南島的女友之後就常常和我們在一起。她是個高高的黑髮美人，身上長著許多的美人痣，當

然，這是南島對我們說的，南島說這些的時候寬葉蓉也在場，他在她的身上指指點點；一顆在乳房上，一顆在肚子上，一顆在膝蓋上，一顆在臀部上，一顆在脖子後面。所有的痣都在左側，如果你上下看，它們大略排成一行：

-
-
-
-
-
-

　「她的頭髮像烏木一樣黑，她的肌膚像雪一樣白。」說到這些時寬葉蓉正躺在南島的身上，她笑得像一隻北極熊。那是個冬天，寬葉蓉穿著一件白色的皮衣，在我們這些人中間，她顯得最為溫暖。

　下面我說說夏岡的發明。

　我們之所以有這樣的一個聚會主要是因為詩人南島，他說我們應當有一個聚會、有一個沙龍，於是我們就有了聚會，他說要有光便有了光，他說要有女人於是他的身邊就有了一個、兩個、三個、四個的女人。儘管麥雷在背後多次對南島和他的詩提出過各種批評，最為尖刻的一句就是，南島的詩裏面充滿了尿和屎的氣味。我們知道麥雷的意思，他看不慣南島，他想由他來組織我們的聚會，他或許還會要我們寫些聚會紀要學習體會之類的文章，他或許會把我們的聚會開成一個真正的會議──所以我們都沒有滿足他。南島並不在乎麥雷的這種批評，他說，尿、屎、精液和快感是下半身寫作的支點和本質，「能理

解到這些說明麥雷也快成為一個詩人了。」好了不說這些了，我要說的是夏岡的發明。

我們的光就是夏岡的發明。

我們聚會的地點是一間廢舊的地下室，裏面混亂地堆放著各式的鋼管、電線、羅絲、塑膠袋和紙盒，還有彈簧、齒輪什麼的，當然最多的還是灰塵。也不知道南島是如何找到的這樣一個地方，也不知道南島是如何得到的這個房間的鑰匙。房間裏一片昏暗，我們沒有找到電源的裝置，好在我們是有備而來的，我們帶來了三個手電筒，可問題是我們不能每次聚會都帶什麼手電筒，誰想說話就用手電筒照亮他的牙——要有光。這話是南島說的，南島之前是一些偉大的人說的，說完這句話後南島滅掉了他的手電筒。其餘的兩個也是在那時滅掉的，這裏面肯定有著某種預謀，因為在手電筒的光暗下去之後首先響起的是寬葉蓉的笑聲和尖叫，然後是——

在這裏我的記憶可能會和真實之間有一定的出入。有些時候我會覺得那天我們混亂了很長的一段時間，期間某個人的屁股還狠狠地坐在了我的身上，從那個屁股的堅硬程度來看應當不會是寬葉蓉的屁股，無論是誰的屁股吧，我都用力地擰了它一下。後來某個人的手電筒又亮了一下，但隨即又滅掉了，光只在我們中間出現了不到一秒。混亂之後，夏岡的聲音在黑暗中響起，他說，我來吧。而另一些時候，我又覺得黑暗僅僅黑暗了幾秒夏岡就說話了，他在黑暗中說，我來吧。

當然我說的這些並不重要。

第二次我們聚會的時候就有了光。那天我是帶著手電筒去的，在手電筒的照射下夏岡的發明赫然地立在那裏，我們不知道他是什麼時候完成的。——光在哪兒呢？我只看到了一個醜陋的機器可光在哪兒

呢？南島說。夏岡看了我們兩眼，然後拉住南島的手，你上去，像騎自行車那樣蹬一下，對，光就來了。

　　光是來了。可是必須要有一個人不停地騎車，等他累得汗流浹背、疲憊不堪了再換一個人上去，一場聚會下來所有的人都那麼軟塌塌的，走到外面，我們簡直是一群剛剛從海灘裏逃生出來的落水者──真有一次，一個好事的老太太走近了問我們，我們是不是出了車禍，我們的車子是不是掉進了太平湖，是不是有很多的人死了？我們說是。南島還向那個老太太描述了車禍發生的慘狀，很快，那個老太太就糾集了很多的人，她們像一群企鵝那樣，搖擺著，樂癲癲地朝著太平湖的方向跑去。

　　這不是個辦法。這當然不是個辦法，每次聚會都累得我們腰酸背痛，它漸漸地變成了一種折磨，如此下去，要不是我們把它拆散了，就是它把我們拆散了，而越來越多的跡象表明，它將我們拆散的可能性更大。我們一致要求夏岡對他的發明進行改進，否則的話，我們就拆掉他的發明，然後解散聚會。

　　我還以為你們喜歡運動呢，夏岡說。

　　最近齊靜要我加強煆練，她說我太胖了，夏岡說。其實在這裏即使我不進行插敘你也肯定明白，齊靜是夏岡鍾愛的人，但她一直否認自己是夏岡的女朋友，她不願和我們這樣的人混在一起。請注意她所用到的那個詞，是混。有時想想也是有道理的。

　　為此夏岡背上了重色輕友的罵名；在大家的一致要求下，他還是修改了他的發明，這對於我們瘋狂的發明家來說，這簡直是舉手之勞。

　　後來，在我們的建議下，夏岡對他的發明幾經改進，它變成了一個仰臥的女人、一個發光的女人、透明的女人、寧靜的女人。（我說它

是寧靜的女人主要是為了和寬葉蓉以及齊靜進行區別，那兩上女人都有嘰嘰喳喳的嘴。）

它的身上有一個開關，只要一按光就會出現，根本不再需要疲憊不堪、汗流浹背地做什麼。當然，你要是還想運動的話就隨你的便好了，騎上去，手放在它的肩膀或者乳房的位置，然後雙腿用力——光會在你的運動中變得強烈起來，或者五彩繽紛。你要是不想要這些也隨便你好了，光的顏色和強度可以隨意調節。

這僅僅是夏岡的一個小小的發明，甚至不能算是發明，因為它不出人意料。是的，夏岡對我們的讚歎很不以為然，他說，這算個屁。連屁都不算。你們根本沒見過真正的發明。

或許是我們對他一個微不足道的發明讚歎引起了他的興致，或許是地下室裏擺放的那些材料引起了他的興致，或許是想讓我們見識真正發明的念頭引起了他的興致，或許是發明的興致本身就引起了他的興致……我不是他我當然不知道他從什麼地方得來了那麼大的興致。反正，在那次聚會之後夏岡運來了紙、筆和厚厚的書籍，搭起了一個簡易的車床，買來了鋸子、鉋子、斧子……好了，這個過程應當得到簡略，如何進行發明以及如何進行準備那是發明家夏岡自己的事，和我們無關。我們只要看看他的那些發明就行了。

把廢紙化成紙漿然後做成水杯的機器，經過它加工的水杯質地透明，敲擊一下有金屬的響聲，可它的主要原料是紙；縫合傷口的機器手，有一次王老太太的雞被秋波的自行車撞出了 7 米，他把遍體鱗傷、不住呻吟的雞放進了機器中，半個小時後那隻雞已是容光煥發，健康如初。第二天早晨它就下了一個雙黃的蛋。它也有出錯的時候，出錯的原因可能是麥雷操作失誤所致。那天他抱來一隻受

傷的狗，將它放入機器之中麥雷忽然想起科長桌上的煙灰缸還沒有倒掉，於是他飛快地騎車回去，然後飛快地跑來，把機器打開——在縫合了傷口之後，無所事事的機器手為打發多餘的時間將狗的鼻子，嘴巴和屁股統統縫上了。它的做法直接導致了狗的死亡。除此之外夏岡還發明了一種專門粘住空氣中二氧化碳的膠，我們在屋子裏說話、呼吸，這塊膠很快地大了起來，最後我們不得不終止了那日的聚會。它吸進二氧化碳太多了，我們被它擠到了牆角，要不是關鍵時刻所有人都屏住呼吸慢慢向外移動的話，它可能會將我們擠死。在很長的一段時間裏，瘋狂的夏岡進行著這種亂七八糟的發明，南島幾次建議他去看一下心理醫生，「他也許能讓你有一些正常點的發明。你的腦子都讓齊靜給搞壞了。」

是啊，那時刻寬葉蓉死心塌地的愛著南島，而夏岡則死心塌地地愛著齊靜，在我們眼裏無論南島還是齊靜都不可愛，他和她幾乎一無是處。但愛情是沒有道理可講的。在齊靜沒給夏岡一點晴朗的臉色，他在悻悻中回到我們的聚會的時候，這個嚴重受挫的人就一邊狠狠地咬著自己的左手的食指，一邊進行奇怪的發明。很多發明他都是想獻給齊靜的，可齊靜對此一直不屑一顧。你想想看他的那些發明怎麼會討一個女孩子的喜歡呢。

他想找一個能討女孩子喜歡的發明，我們亂七八糟地給他出了種種主意但都被夏岡否定了。還是讓夏岡找到了辦法，這應當感謝上帝，感謝愛情，同時感謝晴朗的天空。——你們猜，為什麼齊靜在夏天很少穿裙子出門？她對自己的雙腿不滿意。她認為它太粗了，太短了。我們第一次看到夏岡是那麼興奮，他像一隻得到了骨頭的狗，使勁地

搖動著尾巴。「其實不是，她不穿裙子的原因也許是因為她的腿上有太多的毛。」這話是寬葉蓉說的，她一直把齊靜說得一無是處，這並不妨礙她們倆走在一起就像一對姐妹。

我要發明一種使腿變細變長的機器，我要讓她在冬天都想穿上裙子出門。

這對我們的發明家夏岡來說，並不是一件困難的事。很快他就完成了，可是齊靜一直不肯出現，她說她才不信夏岡的什麼狗屁發明呢。

最後還是來了，她是挽著寬葉蓉的手來的，她是第一次踏入那間地下室，在走進來的時候，寬葉蓉衝著我們做了一些神采飛揚的鬼臉。我們被齊靜驅逐出了地下室。她不要我們看到其中的過程，她對我們說，誰偷看她的腿她就挖掉誰的眼睛。

站在地下室的門口，失意的麥雷先發了一陣感慨，他說他無論如何也不會選這樣的野蠻女友，在單位看領導的臉色，在家裏看老婆的臉色，還叫活不活啊。她脫褲子的樣子一定很難看，南島說。她的腿上肯定有很長的毛，南島說。南島說到最後一個字的時刻齊靜突然地在他背後出現了，她在我們身邊飛快地跑了出去，當然在這種飛快之中，並不妨礙她的手在南島的臉上打出一記響亮的耳光。

夏岡的發明失敗了。

他並沒有使齊靜的腿變細變長，相反，她的腿比剛坐在夏岡發明的機器上時更為粗大了，而且變成了顯著的「O」型——「其實她要是多坐一會兒也許，也許……」我不知道該用什麼語言來描述我的朋友，發明家夏岡的懊喪，我在這裏預留出大約三百字的空白，根據想像和需要你自己來填吧。反正，怎麼想像都不算過分。

　　好的，我儘量做到長話短說：出於愛和對自己過失的彌補，夏岡又發明了一種反方向的鐘。他站在齊靜家窗子的外面，對玻璃和窗簾……最後他還是叫寬葉蓉去說的。她說，夏岡對前幾天的發生感到非常抱歉，其實他真是想幫你的。她說，夏岡真的很愛你。她說，夏岡又發明了一種新的東西，它可以讓人變得年青。她說，這是一種反方向的鐘，可以讓時間倒轉，你要是想返回從前的樣子就來試一下。她說，夏岡說了，你現在都這個樣子了，都是他造成的，他要為此負責……

　　寬葉蓉返回地下室時淚流滿面。不止是眼淚，流下來的還有一些散發著黴味的飯粒和菜葉，她的嘴那麼委屈，可是卻又不敢真正地張開，她怕一旦把嘴張開，飯粒和菜葉會紛紛落進她的嘴裏。

　　夏岡的愛情結束了。其實自始至終齊靜就從來沒有愛過他，他一直是一廂情願，自做多情，「我在看過她的粗腿之後就不再喜歡她了，對了還有那麼多毛。」夏岡咧開了嘴，他努力做一份笑的表情。可是，在我們中間，他和寬葉蓉一起淚流滿面。

　　「她那麼任性，誰要她誰就倒楣了。」

　　「她哪裡像個女人啊，簡直，簡直是頭豬。」

　　「我覺得，她有同性戀的傾向。」

　　好的，我們接著說夏岡的發明。那個反方向的鐘。有了上次實驗失敗的教訓，我們誰也不敢第一個嘗試，誰知道它能不能成功，會出現什麼樣的後果呢，誰知道它會不會將你變成一隻癩蛤蟆或者別的什麼東西？它閒置了大約半年的時間。最後接受我們試驗的還是齊靜，她實在太討厭自己的那雙粗腿了，在這半年裏改變了原來模樣的粗腿，一直像根巨大的魚刺一樣鯁在她的喉嚨裏，讓她坐臥不安。她利用半年的時間嘗試了各式各樣的減肥方法，包括吸脂術。但是，那雙腿還在。於是，她坐進了夏岡的機器，「如果它再次失敗我就殺了你！」這是她留在機器外面的一句話，有點咬牙切齒。說實話在坐進機器時，她的腿並不粗了，甚至都讓人感覺是過細了才對，可是我們無法阻止她。這個可憐的人，可憐的犧牲品。按下按鈕的那刻夏岡的臉蒼白，他的手在輕輕顫抖——我們當然知道他怕什麼，他的恐懼也傳染了我們幾個，我們屏住呼吸——

　　別打斷我好不好，我希望在這個地方造一下氣氛，這需要大約七到十秒的時間。你數著。

　　是我們幫助夏岡把機器的門打開的，他都沒有了把門打開的力氣。我們看到的是，裏面站著一個大約十四五歲的哭泣的女孩，那身寬大的衣服對她來說簡直是一個……她的雙手用來提著褲子，以免它滑落。把我變回來，把我變回來，把我變回來！如果不是那粗糙的、野蠻的聲音，我們無法將她和齊靜聯繫在一起，可是要想再變回來難度就大多了。去年我在馬里安巴的大街上曾碰到過她一次，還是十四五歲的樣子，她用那麼惡狠狠的眼神、惡狠狠地看了我兩眼。

　　這個可憐的人，可憐的犧牲品，想想吧，直到她死去，她都只能是十四五歲的樣子，這多可怕，多讓人傷心！

（我們把這次實驗的失敗歸罪於夏岡的時間沒有掌握好，按按鈕的時候手還在抖；夏岡則指責我們在幫他完成他的發明的時候偷工減料。他指責不無道理，我們在他的圖紙上標注用 7 吋鋼管的地方換成了 5 吋的，而且在需要封口的地方我們自作主張，用的是南島使用過的安全套。不過事已釀成再進行指責又有什麼作用？）

這是後話，是半年以後的事了。我們還是先回到半年之前，看看那時還有什麼發生。

齊靜拒絕了實驗很讓夏岡痛苦，他和他的發明一起悲痛異常。期間他還曾賊心不死地對齊靜進行過多次拙劣的引誘，他制定過種種計畫，制定了多次的約會，可結果是，在約會中總是他一個人孤零零地到場。這是夏岡寫給齊靜的一張便條：

親愛的齊靜，我的聖母：

我的朋友們現已離我而去，只剩下我一個人。我猜他們厭倦了聚會，或者，是到協會大樓去起訴我去了。我曾給他們和你造成了多大的傷害！特別是你。對我而言，生命中除了投身於你的掌心之外，就什麼也沒有了。今天早晨，坐在廣場的長椅上，我已幾次暈眩過去了，我一邊想著你一邊感受著那些能把我們的心靈拴在一起的鐵栓。你能跟我談談嗎？貓房大鐘響四點的時候，我會到廣場上來。我能奢望你的到來嗎？

我不會再提我的那些發明。

夏岡

　　夏岡很不快樂。失去了齊靜之後他很不快樂。雖然，他一直也不曾得到過。為了讓夏岡快樂起來，找個地方發洩憤怒和沮喪，我們決定去打一隻狗。它是一隻大狗，所以它還可以，它不錯。但我們的夏岡還是很不快樂。南島給他朗讀一首新寫的詩作，他說這首詩最初發表的地方是寬葉蓉的肚皮上，為了將她的身體寫滿，所以詩寫得很長。本來按照秋波、麥雷和我的意思是不用朗讀了，我們看原版的就行了，但寬葉蓉堅決不幹。夏岡還是不快樂。秋波給我們唱歌。他主要的意思是安慰失戀的夏岡，所以我們只是旁聽，旁聽是可以不聽的，於是我和南島、秋波、麥雷、寬葉蓉先後堵住了自己的耳朵。可是夏岡還是不快樂。

　　我們沒辦法讓夏岡快樂起來。本來公務員麥雷還準備作一次關於解決失戀問題的報告的，他先後寫了七次才最終定稿，但我們說還是算了吧，免了吧。安慰只能增加他的痛苦，我們是這麼說的，我們其中的潛臺詞是，麥雷的報告不僅會增加夏岡的痛苦，也會增加我們的痛苦，秋波的演唱已經讓我們受不了了。

　　夏岡很不快樂。他用力地咬著自己左手的食指，彷彿那是一塊難對付的排骨，他咬出血來了，咬出骨頭來了。

　　我說這些，我說夏岡的不快樂和夏岡後面的發明有關。

　　在夏岡的介紹中我用的定語是瘋狂，這是一個事實，南島和麥雷都說過發明家本來就是瘋子，只是他們多數沒有夏岡那麼瘋狂。夏岡的瘋狂還表現在他的鍥而不捨上。

　　他開始嘗試一項發明，如果這項發明能得以成功的話，他就可以輕易地佔領齊靜的內臟，讓她死心塌地愛他。他的這項發明引起了寬

葉蓉的極大興趣。因為，在南島的身邊還有什麼大葉荷、窄葉蓉、沈麗川等等一大群一塌糊塗的女孩子。「我也要全面的佔領」。

夏岡著手制定一項計畫，這是一個龐大的計畫，像一張地圖那麼大。他和寬葉蓉一起來制定這樣的一項計畫，他們倆顯得那麼著迷。按照寬葉蓉的建議，夏岡在他的圖紙上插上紅色、藍色、白色和綠色的大頭針，以示線路的區別。南島負責給他們購買大頭針，他似乎很樂意做這樣的活，「讓我的朋友快樂起來是一件值得高興的事啊。」麥雷私下裏跟我們說，南島說的並不是真話，他要的是寬葉蓉的沉迷，那樣，他可以輕鬆地約會其他的女孩子。我們認同麥雷的看法，我們把麥雷的看法轉達給了寬葉蓉。那有什麼關係？寬葉蓉說，這沒關係，反正我們的發明就要完成了。以後他就只能愛我一個人了。寬葉蓉說，就讓他最後地瘋狂吧，反正，他也沒太多的機會了。⋯⋯

然而夏岡的發明並沒有最後完成。也許這項發明過於複雜了，過於龐大了，我們看到他的圖紙上，最後被密密麻麻的大頭針所占滿，我們面對的是一塊顏色的鋼板。在用力地插上最後一個大頭針之後，夏岡推開了他面前的顏色鋼板，我要發明一個新機器。

那這個發明就不做了？寬葉蓉有些不解。

我要發明一個製造快樂的機器。夏岡宣佈，我要發明一個製造快樂的機器，它會讓你永遠停留在快樂當中。我在不快樂中生活得太久了，我討厭不快樂的生活。

那⋯⋯寬葉蓉的大腦還處在短路的狀態，她覺得夏岡最後插在圖紙上的大頭針是紅色的，可是在那個位置是一大片藍色的大頭針。這個問題寬葉蓉和我們說過多次，她一直百思不得其解，可對我們來說，藍色的和紅色的大頭針並沒有什麼區別。

　　他願意做，就讓他做吧。麥雷說。他的意見也是我們大家的意見，反正怎樣我們也不太可能阻止他。都什麼年代了，南島說，這個傻逼，南島說。

　　這是夏岡最重要的一項發明，他的這項發明最終還在我們那座城市構成了事件，《倫敦國際發明年報》還在一個醒目的位置刊出了夏岡的一張照片，照片上的夏岡有一頭混亂的頭髮，甚至他的懷裏還抱著一把相當鋒利的劍。照片上的夏岡當然還是夏岡，只是我們都不知道他們是從何處得來的這樣一張照片。我和我的那些朋友，都不知道他什麼時候擁有了這麼一把虛張聲勢的劍。也許是他的某個新的發明？

　　很長時間我們都沒看見他了。現在我們仍然會有聚會，討論些上帝是不是存在，他現在的確切年齡的問題，神和人在性快感上具體區別的問題、憂傷的問題、大便的問題、活著還是死去的問題。我們很長時間沒有看見夏岡了。有時我猜測，最近這些新加入到我們聚會中的人會不會有一個兩個是夏岡的發明，為了進行驗證我不止一次拉過他們的耳朵。看看，沒有夏岡我們還是感覺缺少些什麼的。你得允許，一個人在失去了重要朋友之後發些胡亂的感慨，它至少標明我還是一個有感情的人。

　　如果你感興趣的話，我是不是可以描述一下夏岡的那個重要發明？我這樣說好了，它是一個巨大的機器，為了防止再有什麼失誤或者人為的破壞（夏岡說他的幾次發明的失敗讓他認為存在這樣的可能），所有的複雜的機械都被包在大鐵櫃的裏面，露在外面只有一個粉色的按鈕。粉色是寬葉蓉的建議，原來夏岡選用的是藍色。為什麼不是紅色？為什麼不是白色？寬葉蓉叫我們住嘴，我喜歡，我就是喜歡粉色。這是個問題嗎？

　　你先想好自己感覺最快樂的事，一件事。餘下的就是按下按鈕。其他的由機器去做好了，它會全辦好的。第二天早晨，你就會發現自己永遠地停在了快樂之上，你所有的時間都可以用來做你最快樂的事。

　　相信我。我檢查了三百遍了，不會有問題的，我向你們保證。

　　可叫我們怎麼想信他呢？前面他又不是沒有出過錯，我們可不想被他的發明把嘴和鼻子全部縫上，我們也不想變成十四五歲的孩子，我們更不想遭到電擊或者變成癩蛤蟆。是啊，沒人聽他的。

　　遵照長話短說的要求，我省略夏岡反覆勸說我們的過程，省略我們四處勸說找人來參與他的實驗的過程，最終，我們找來了一個四肢癱瘓、患有糖尿病、肺炎和腎功能不全、以及痔瘡等種種奇怪和不奇怪病的老頭。好在他的大腦還算清醒。我們跟他說了，我們要他聽明白了就點一下頭，同意了就再點一下頭──那個老頭用力地點了下頭。在他點頭的那刻用力也許猛了一些，他左眼的視網膜竟然掉了，他的僅剩的兩顆牙也掉了。

　　我們抓住他的手，按在了按鈕上。

　　第二天早晨，發生了奇跡的第二天早晨，麥雷騎著自行車把我們一一喚醒，快，快去看那老頭！就在街上！（要知道麥雷儘管時常參與我們的聚會，可他總是有意和我們區別，他其實希望我們將他當作一個未來的官員，所以他很少具體參與他的具體的事，即使參與也只是用嘴來指揮，很難想像他會騎車來叫醒我們！他來叫我們，肯定有什麼大事發生。）

　　我們真的在街上看到了那個老頭。他正在街上遛鳥。他能走了，他的病全沒了，他的牙全部回到了嘴裏，視網膜回到眼上。他衝著我們擺

手，我太快樂了，我的病竟然全好了，我還能像以前那樣遛鳥了！別說讓我停在快樂上，就是只有一天我也就滿足了！感謝你們的發明！

還說什麼？還用說什麼？

麥雷一邊擦汗一邊用力地按下了按鈕。是不是非要等到明天早晨才行，能不能今天早晨，現在不就是早晨麼？他說，我真想早點快樂起來，現在，我太不快樂了。

秋波第二個按下了按鈕，儘管在路上，他還跑丟了一隻鞋子，但他還是落在了麥雷的後面。接下來是南島、寬葉蓉。這麼說吧，他們一一地按下了按鈕，還有眾多聞訊趕來的人……那真是一次瘋狂的聚會！地下室的門外人山人海，一直到深夜前來按按鈕的人才散去。

在這場按按鈕的風暴之中，只有我和發明家夏岡沒有去按。我不按，是因為我覺得我沒有的東西太多了，能想到的快樂太多了，有很多的錢，有漂亮的女人，贏得別人的敬重，留下顯赫的名聲……別看我活了三十六年了，可這些我還一樣不曾有過，因此我實在難以區分它們誰是熊掌而誰是魚，可是，我選擇的快樂只能是一件。我決定先看看再說。

夏岡不去按，主要原因是他想找到齊靜，兩個人一起去按。另外一個原因是，他想看看他的發明最終的效果如何，所以我們倆兒都不太著急。

至少，過兩天再說吧。

我們在一個會場裏看見了麥雷。那時他坐在主席臺的中央，正在念著一篇什麼樣的報告。他舊日的那些領導坐在會場裏，只是，和他換了一下位置，他們坐在了台下。那些人好像仔細地記著報告裏面的內容，

我和夏岡走到他們的背後：其中一個人在寫一個什麼菜譜，有兩個人在畫著圓圈，還有一個在白紙上畫了許多肥肥的烏龜。最慘的是麥雷的科長，他一會兒跑過去給麥雷倒水，一會兒安排晚到場的人員的座次，一會兒去調空調的溫度……麥雷也看見了我們。他面無表情地點了點頭，在他點頭的時候，沒有對他念稿的速度和語氣有任何的影響。

　　然後我們敲開寬葉蓉家的門，開門的是南島。這絲毫不讓我們感到驚訝。南島飛快地給我們打開門，然後飛快地向床上跑去，他用一塊枕巾遮住他的下半身。在被窩裏，寬葉蓉伸出她的腦袋，她衝夏岡笑了一下，謝謝你讓我如願以償，走的時候請把門關上。

　　在路上，夏岡問我，我看見了，你看見了嗎？我知道他的意思，他是問我在南島撩開被子的時候看沒看見寬葉蓉的身體。我說看見了。奇怪，我沒看見那些痣。我說我也沒看見。

　　然後我們去找秋波。我們知道他在哪兒。然而我們的猜測是錯的，我們找過了三十幾家酒吧都沒有見到他。後來，在大劇院的門口，我和夏岡去買冰點的時候聽到了秋波的歌唱。聲音是從大劇院裏發出來的。我們去看看他麼？我問。別去了，我們知道他在哪裡就行了。夏岡把冰點飛快地吃進嘴裏，拉著我的手飛快地逃離。我們不能再聽了，再聽一會兒我們會把吃下去的冰點吐出來的，如果走到大劇院裏面去聽，我們全把昨天吃下去的東西和腸子一起吐出來的。「他唱得真的很像。」你當然知道夏岡的意思。

　　沒有什麼問題，沒有任何的問題，夏岡的這項發明是成功的，幾乎所有的人都因為夏岡的發明找到了永恆的快樂，幾乎所有的人都顯得那麼快樂無比。現在，我們只需要找到齊靜就行了，而且夏岡最後答應我，假如明天早上齊靜還拒絕出現的話，他就不管她了，他要一

個人去按。明天早晨，這是我們約定的最後期限，我也想好了，從我住的地方到那間地下室有一段路程，我可以邊走邊問，大多數人選擇的是什麼我就選什麼，相信多數人的選擇不會有錯。

早晨，我第一會遇見的是那個遛鳥的老頭，此刻，他的臉上早已失去了笑容。「我都走了三天了」，老頭說，「我快要累死了，可我停不下來」。老頭說我的鞋底都已經磨沒了，現在磨的是我的腳掌和腳趾，它們要是也磨沒了還能磨什麼？最後那個老頭拉住我的胳膊，能不能讓我先停一下，讓我去趟廁所，換雙鞋，給我的鳥餵餵食，然後再回來呢？我能不能不再回來？這樣的，這樣的快樂我受夠了。」

這是我沒有想到的。這是個問題。對於快樂，他們有需要停下來的時候，他們不能總在快樂上。於是我沒有去地下室而是朝寬葉蓉的家中跑去。在路上我遇到了夏岡，他也是從街上來的，他也知道了這件事。

我們一起敲門。寬葉蓉說你們進來。我們剛剛進去迎面就碰到了一個枕頭，隨後是另一個枕頭、痰盂。都是你做的好事，寬葉蓉指著夏岡的鼻子大聲哭了起來，都是你，都是你做的好事！這是什麼破快樂！我要的快樂是和南島待在一起，待在床上，可這個混蛋要的是和許多女人待在床上。現在好了，他走了，我想下床卻下不去。

寬葉蓉說我恨死他了，他就是回來我也會把他趕出去的。

寬葉蓉說我再也不相信什麼狗屁男人。我也恨死了床。

寬葉蓉說，我不要什麼狗屁快樂了，我要下床，你把我放下來！

……

我們去了會堂。會堂裏除了麥雷之外已空無一人，可他還在那裏一字一頓，面無表情地念著他的那篇報告。我們走到他的身後，首先，

聞到的是一股尿味，他的褲子、鞋子都是濕的。求求你讓我停下來吧，在報告的一個間歇麥雷對我們說。我實在受不了了。在另一個間歇，麥雷幾乎是在肯求：「我的科長也去按按鈕了。他肯定想作比我更大的官。回頭他還不整死我呀。」

　　秋波的情況也好不到哪裡去，包括所有的人。對了，我知道，你想瞭解南島的情況，我們在路上曾多次遇到過他。他奔波在趕往下一個女人住處的路上，疲憊已經壓垮了他，而且，他不知道自己能夠遇到的是什麼。「我多想中止這場奔跑，我多想回到寬葉蓉的身邊，相對而言，還是待在床上快樂一些。要真把我當哥們，你們就想個辦法讓我停下來。」但是我們沒有辦法。在夏岡找出解決的辦法來之前，一切都還得繼續，所有按過按鈕的人，無論願不願意，都還得繼續停在各自的快樂之上。

夏岡的發明（之二）

「我有一個龐大的計畫，大得，都要讓我喘不過氣來了。」夏岡對我們說。他讓我們看他被龐大計畫燒紅的鼻子，讓我們看他為龐大計畫所做的草圖。這張草圖像一張世界地圖那麼大，圖紙上畫著密密麻麻的線路和符號，在這些線路和符號的上面插滿了紅色、藍色、白色和綠色的圖釘。「我在唐納德·巴塞爾姆的書裏見過這張草圖，」詩人南島從上面拔出一枚綠色的圖釘，在手上轉著，「當然也可能不是。我覺得，所有帶圖釘的草圖都是一個模樣。」

「在你看來，大概所有的蜜蜂都是一個模樣，」說這話的時候一隻蜜蜂正從麥雷的眼前飛過，「大概，所有的響尾蛇也都是一個模樣，」——電視裏，一群響尾蛇剛從洞穴裏紛紛爬出——「但在它們自己看來，相互之間的區別是巨大的，不會混淆的。這是個問題……」

在失意的公務員麥雷說出「這是個問題」的同時，我和南島、寬葉蓉一起跳了起來，制止了他的繼續。一般來說，只要麥雷說出「這是個問題」就意味著一篇報告又開始了，那篇報告如果沒人強力打斷的話將會和A市的政府工作報告一樣長，並且同樣充斥著大話、廢話、套話和一些不知所云的話，我們才不想給他機會呢。一直在旁邊垂頭喪氣的「歌星」秋波也加入了我們的行列，他剛剛又被一家酒吧辭退。「收起你的報告吧，別再增加我對生活的厭倦，我都低到塵埃裏了。夏岡，你的龐大計畫是什麼？是不是還是那些：縫合傷口的機器手，粘住二氧化碳的膠，製造永恆快樂的機器，製造混亂的天使？我們已經受夠了。」

　　夏岡的臉上顯出一絲的窘態，他的窘態很快便集中在鼻子尖上，它上面的紅色變得更重。是的，我們已經受夠了，夏岡之前的發明給我們造成了多大的麻煩！現在，它的後遺症還在，並且會時時發作。「不，這一次肯定不一樣，絕不一樣。」夏岡衝著我們揮一揮手，他用一種讓我們都感覺陌生的語調：「我的計畫是按照我們的想法，製造一批新人。」

　　「你是說克隆？克隆人？」南島問。他還在轉著手上的圖釘。本來，他早就想將這枚圖釘按回到圖紙上，但他卻忘記了它原來的位置。

　　「別和我提克隆！」夏岡表示了他的輕蔑，「那種兒科的技術怎麼能和我的發明相比！我要製造一批新人，新人，懂嗎！」

　　「夏岡，你能不能製造點有用的東西？搞一些有用的發明？譬如你能不能，讓土、廢塑膠或別的什麼變成金子？……」寬葉蓉將她的身體粘在詩人南島的身上，「你就是製造一些抗皺養顏的化妝品也行啊！怎麼了？」她掃過我們的表情，「難道我說得不對麼？」

　　「製造新人，這是個問題……」我伸出手去，堵住了麥雷的嘴巴，同時被堵住嘴巴的還有秋波，我們害怕他用唱歌的方式表達自己的意見，那樣的話，會比麥雷的演講還讓人難受。

　　「啊，新人！他們像初生的陽光一樣潔淨

　　像一個處女，包在荷葉裏面的體香……」

　　南島還在轉動手上的圖釘，他不僅沒能將圖釘按回原處，並且因為尋找可能的線路，將更多的圖釘拔了出來。「快堵住他的嘴！快！」夏岡指示站在南島一側的寬葉蓉，寬葉蓉衝著我們笑了一下，然後對著南島遞上了自己的嘴唇。

夏岡真的開始了他的「新人計畫」，我們原以為他只是說說而已，這個計畫真的過於龐大，龐大到只適合於夭折，甚至公務員麥雷和歌星秋波還為此打賭，麥雷賭夏岡的這一計畫很快會無疾而終，如果夏岡真的製造出了什麼新人，他將三個月內不再向我們做什麼政府工作報告，讓我們獲得一些清靜；而假設秋波輸了，他會在三個月的時間裏同樣閉嘴，不再叫驢一樣吼叫——我，南島，寬葉蓉，我們一起支持他們的賭局，無論誰輸誰贏，我們的耳朵都會獲得一半兒的清靜，這就足夠了。寬葉蓉甚至希望他們倆個一起輸掉或者一人輸掉一次——當然，從我們現在的邏輯上，這不可能。

夏岡製造出了第一個新人。

他將那個新人領到我們的面前，如果不是夏岡告訴我們站在他身後的那個憨厚的中年男人，是一個新人，是他的創造物的話，我們很難想像他會是一個創造物，會是塑膠、矽膠、水、鋼、羊毛和鹿皮的混合體。我們圍繞著這個新人，上下打量，摸摸他的頭髮，皮膚，和他握一握手——他的手上很有些力氣，和他握手，寬葉蓉的眼淚都被他握出來了，如果不是夏岡的制止，他也許會握碎寬葉蓉的骨頭——「這就是你要的新人？就是這個樣子？」

夏岡向我們道歉，他承認，這個新人研究計畫還算在一個初級階段，一切都還有待於完善，慢慢會好起來的。「你看他的嘴角！總是向下，還有些斜，是不是？我覺得他不會笑，不信，讓他笑一笑！」寬葉蓉說。眼淚還在她的臉上掛著，我們的詩人南島伸出了他的手。

是的，新人不會笑。也不是不會，只是，他表現笑容的時候異常難看，向下斜的嘴角並沒有配合他的笑容向上——夏岡承認，一切都

還是初級階段，他會改進的。「好了，讓他跟我一起幹活去吧，我的新人計畫需要幫手！」

這個新人的出現，雖然只是一個初級階段的新人，但已足以點燃我們的興奮，在新人剛出現的日子，我們因不受重視，無所事事而產生的抱怨，憤怒和無聊被風吹得無影無蹤，我們換上了另外的情緒，我們都那麼以為，以為那些情緒早已和我們絕緣，在這一生中都不可能再次找回。「解放區的天是晴朗的──」第一次，我們容忍了秋波的嚎叫，讓他把半首歌慢慢喊完，我發現，正在幫助夏岡將一塊燒紅的鐵放在車床上鍛打的新人竟然也皺了皺眉頭。以前，這個新人只知道按照我們的要求幹活兒，卻從來沒有任何表情。

時間一長，當我們的新鮮感消褪之後，針對這個新人的指責便多了起來。

「夏岡，你能不能改進一下，你的這個新人根本是一塊木頭！我看不出他的新來！喂，新人，給我倒一杯水！」

「把那個，不是那個，是另一個！給我拿過來，放在這裏！夏岡，新人，在你的設想中不應當只是一個奴隸吧？沒想到，你的觀念這麼滯後！這是個問題……」

「情趣！新人應當有情趣！他勇敢，無私，正義，哦，還應當浪漫，是一個詩人！……」

「我覺得新人應當這樣……」

「他竟然睡覺的時候打那麼響的鼾！簡直，簡直比秋波的歌聲還讓人心煩！他……」

一個月後。就連瘋瘋顛顛的發明家夏岡也厭倦了自己的新人，他也開始和我們抱怨，在我們中間，只有失意的公務員麥雷和歌星秋波

的抱怨略略少些，其中的道理非常簡單：我們沒人願意聽麥雷冗長而枯躁的報告，但他可以拉住新人，讓他充當自己的聽眾；我們沒人願意聽秋波叫驢一般的歌唱，他也可以叫新人來聽，並且不會露出特別厭煩的表情。後來，又發生了一件事：心地善良的秋波將一隻奄奄一息、遍體鱗傷的狗拖進了夏岡的實驗室，據說這是他在路上揀到的——他把這隻幾乎可以算做死狗的狗塞進了縫合機器手，這是夏岡在很久之前的發明，而等秋波喝過一杯咖啡將狗從縫合機器手的下面拉出來的時候，那隻狗已變成了確確實實的死狗。埋了它吧，秋波對那個新人說。

第二天，秋波，我，麥雷來到夏岡的實驗室，那條死狗還在，它的身上起起落落著密密麻麻的蒼蠅，它們使一條黃狗看上去彷彿是條黑狗——「新人呢？他在幹什麼？我不是讓你，讓你……」

新人當然還在。他正待在外面，緊挨著視窗底下，又是敲又是鋸。「你在做什麼？」我們問過三遍，那個新人抬起頭來：我在做一副棺材。請相信我，我一定能夠做好它的。為了證明他的認真，這個木訥的新人給我們拿出了一張紙條：

我把它做成斜面交接的。這樣一來

一、釘子吃住的面積比較大。

二、每一個接合的面積是原來的兩倍。

三、雨水只能斜斜地滲入棺材。要知道雨水順垂直、水平方向滲流起來是最容易不過的了。

四、屋子裏的人，有三分之二的時間是垂直生活的。因此房屋的接合面與榫頭都是垂直方向的。因為力量是朝垂直方向作用的。

五、床上人總是躺著的，因此床的接合面與榫頭都是水平方向的，因為力量是朝水平方向作用的。

六、但是。

七、狗的屍體不是人的屍體，也不會像一根枕木那樣方正。

八、還有動物磁力性的問題。

九、屍體的動物磁力性使得力量朝斜向起作用，因此棺材的接合
　　面與榫頭也應當做成斜向的。

十、人們可以看到舊墳的泥土往往是斜向塌陷的。

十一、可是在一個自然形成的洞裏，塌陷處總是在正中。因為力
　　　量是垂直作用的。

十二、因此，我把棺木做成斜面交接的。

十三、這樣一來，活兒就做得漂亮多了。[1]

「告訴我！夏岡在哪兒？他跑到哪兒去了？」拿著紙條的秋波，
他的手一直在抖。

在解決過第一個新人之後，夏岡開始繼續他的新人計畫，這一次，
我們這些人都參與了進來。表現最為積極的是從事下半身寫作的詩人
南島，「新人，應當是詩人！難道你們沒有感覺，我們的生活，我們的
世界太缺少詩意了嗎？太缺少激情，荷爾蒙，性衝動了嗎？新人，首
先要是一個詩人，其次，還應當是一個詩人……」

好了，就依著他吧，反正，如果我們對這個新人不滿意，還可以
像上一個新人那樣將他「解決」掉：能解決掉新人的儀器也是夏岡的
發明，那台像一個高大櫥櫃模樣的儀器就是。我們乘著新人睡熟的時刻
將他麻醉，然後將他放入儀器裏面的床上，按下按鈕，櫥櫃裏的時間便

---

[1]　紙條上的文字是從威廉‧福克納的小說《我彌留之際》中抄來的，小有變動。
　　我想它還只是開始。

會倒流，新人便恢復到它塑膠、矽膠、水、金屬或其他物質之前，當然也可能更遠。再說，要將新人塑造成詩人的模樣的提議至少有兩票，在我們的爭議中這已算高票了。儘管麥雷堅決反對，儘管他說寬葉蓉和南島屬於情人關係只能算是一票，但最終，夏岡製造的新人的確是一個詩人。這個新人還獲得了相當的改進，他不僅可以表現豐富的表情，而且，夏岡還讓南島將自己喜歡的一些書掃描到一張晶片上，將這枚晶片放在夏岡特製的塑膠盒子裏面，新人便擁有了書上所有的內容——那段時間，平日總喊「漫長的生活太無聊，性交的快感太短暫」的南島變成了一個忙人，他甚至比我們的發明家都顯得忙碌，就連寬葉蓉也開始抱怨，南島注視她的時間明顯有了減少：天知道南島都在晶片裏塞入了一些什麼，他竟然要和我們保密，他說，新人出來之後大家自然就知道了，保持對事物的神秘能刺激人的情欲——詩人來到了我們中間。

　　他穿著一件暗藍色的大衣。我們圍繞著他，聽他翻著白眼珠吟頌：

> 「果園的夜晚
>
> 六位吉卜賽姑娘
>
> 舞姿翩翩
>
> 身上穿著潔白的衣裙
>
> 果園的夜晚
>
> 姑娘們，頭戴王冠
>
> 上面鑲嵌著紙玫瑰
>
> 以及鮮豔的花瓣」[2]

---

[2]　西班牙詩人洛爾卡，《舞》中的詩句。

「我凝望著她；正如溫暖的陽光

使夜間被凍得僵硬的四肢

活躍起來；我的目光也是如此

使她的舌頭敏捷，使她的身子

立刻完全地挺直，她的臉

蠟黃的臉上泛起了愛情的紅暈[3]……」

「我喜歡這樣的吟頌！它讓我感覺自己是在另一個世界裏面，身上流著熱熱的血……寬葉蓉掛著一幅陶醉的樣子，陶醉像兩朵桃花，一枚紅色的葡萄酒，她將自己的白色皮衣脫下來，因此顯露了脖子後面的痣。它讓我浮想。也許南島說的是真的：「她是一個黑髮美人，身上長著許多的美人痣，一顆在乳房上，一顆在肚子上，一顆在膝蓋上，一顆在臀部上，一顆在脖子後面。所有的痣都在左側，如果你上下看，它們大略排成一行：

-
-
-
-
-
-
-

「她的頭髮像烏木一樣黑，她的肌膚像雪一樣白。」[4]

---

[3]　見於但丁《神曲·煉獄篇》。
[4]　唐納德·巴塞爾姆《白雪公主》中的句子。

當然，寬葉蓉粘在南島身上的動作也讓人浮想。

「詩使真理有點不安，像一個好奶罩，用雙手舉起它，把它遞出去。（在一些更庸俗的商店，模特兒的雙手都縫著或紅或黑的奶罩。）

因為需要這樣的手，你後來和世界結了婚，陷在床裏，你的身邊一個疲倦的妻子，因為需要這樣的手，月亮的臉也被厭煩……」[5]

「我愛死這詩了！啊，有詩的日子多麼美妙！」寬葉蓉的手臂吊在南島的脖子上，她抱得那麼緊，從她的衣領那裏能夠清晰看見她被擠出的乳房。

「不能再這樣下去了。」麥雷用一種細細的聲音俯在我的耳邊，「我們不需要詩人，不需要。他什麼也不會幹，還不如第一個新人呢。」麥雷伸了伸脖子，他朝著寬葉蓉衣領的位置看了兩眼，「你也知道，我不是那種思想僵化的人，」麥雷將聲音壓得更低，「可這……簡直是，精神污染．它不符合……」

說實話，我們對於詩歌並沒有那麼多持續的熱情，這個「我們」中間也包括寬葉蓉，甚至詩人南島。公務員麥雷曾用一種有些刻毒的語調說過，詩歌，所謂詩歌在南島那裏只是一種手段，一種資本，目的是引誘更多的女人和他上床，藉以消耗他身體裏過剩的荷爾蒙：對此，南島並沒有特別地否認。他說，語言產生，最初都是當作性資本來的，何況詩人還會使用一種更美的語言：只有那些被社會異化了的性無能者才會否認這一點……好了，我略過他們的爭執而繼續說夏岡

---

[5]　詩人唐納德・芬克爾《手》中的詩句。

的第二個新人,他們的爭執從多年之前剛開始有了聚會的時候就開始了,沒完沒了。不過,這倒也是我們排遣寂寞,無聊,打發多餘時間的方式。在上一篇題為《夏岡的發明》的小說中,我曾詳細地介紹過我們當時的狀態,以及我們這些失意者的聚會。現在,在我們這些無所事事的失意者中,又多了一個新人。是的,他的的確確是一個新人。

隨著他吟頌時聽眾的減少,新人的熱情也在衰減,他似乎更願意坐到一個角落裏沉思,或者盯著緩緩下沉的夕陽發呆。「春江潮水連海平,海上明月共潮生。灩灩隨波千萬里,何處春江無月明。江流宛轉繞芳甸,月照花林皆似霰。空裏流霜不覺飛,汀上白沙看不見。江水一色無纖塵,皎皎空中孤月輪。江畔何人初見月?江月何年初照人?人生代代無窮已,江月年年只相似。不知江月待何人,但見長江送流水……」[6]

那個新人一臉愁苦的神色,似乎他的面前是一輪殘白的明月,似乎他正在面對月夜下的江水。當然,你知道,事實並不是這樣,新人面對的是夕陽而不是月亮,接下來的夜晚也不會有月光出現;何況,初冬已經開始,寬葉蓉早就迫不及待地穿上了她那件白色的皮衣,何況,我們所在的Ａ市距離長江有十萬八千里。詠完這首詩,新人的眼睛裏有細細的淚光閃現,他將面前的幾張白紙撕成了紛紛的碎片。

在和詩人南島發生過一次激烈的爭吵之後,這個憤怒的詩人摔門而去,他消失了,直到三個月後才重新出現。重新出現之後的新人依舊穿著他那件暗藍色的大衣,不過,用暗藍色來說大衣的顏色已不夠確切,那個「暗」已被洗得發白,似乎還有眾多顏色不明的斑點。新

---

[6]　張若虛《春江花月夜》詩句。

人回到我們中間，同時帶回的還有他一本自費出版的詩集，《靠近乳房的斑點》。他將書全部拉到了夏岡的實驗室，那麼多的書擁擠在一起，帶著一股淡淡的黴味兒，它把我們的空間和呼吸都擠得很小。更為過分的是，他時常將那些書一本一本地挨著擺到地上，一直擺到房間的外面去——這個新人，他一會兒脫下大衣，一會兒穿上大衣，被帶有斑點的乳房弄有些神經質。整個房間裏都擺滿了他那些白淨的書。等到擺不下了，便往房門外擴張，一直擺到走廊的拐角。他重又脫下大衣，過一會兒又將它穿上，一切視他出汗的情況而定。有時他只把衣服披在肩膀上，覺得冷了，又穿上袖子，過一會兒又立即將大衣脫掉。有兩個小團棉花還老從他的耳朵眼兒裏掉出來，他也是一會兒將它塞進去，一會兒將它掏出來，這根據他是否想聽見周圍的世界而定。我們的這個新人，總是宣稱要再次離開我們，他將我們叫做「平庸的生活」，「世界」或者是其他的什麼，這當然也得視他的情緒而定。他宣稱到鄉村的田野中去，到十八世紀或者更早的唐朝去，他宣稱……他開口便談作為藝術家的詩人的任務是尋找新人。新人。可愛的可氣的可惡的，新人。

　　歌星秋波曾有過一次針對這個新人的惡作劇，要知道，這個新人除了反反覆覆地穿大衣、脫大衣之外，還有一個反反覆覆穿鞋子、脫鞋子的習慣，這同樣得視新人的情緒而定。秋波的惡作劇是，乘著新人脫掉鞋子，趴在紙片上書寫著詩句的時候偷偷向他的鞋子裏倒入了啤酒。我們端出一副若無其事的樣子，一副心不在焉的樣子，但目光卻悄悄地瞟向新人的鞋和腳。他一穿鞋，啤酒立刻湧了出來，於是新人衝著我們大喊「你們幹什麼！你們這些該死的，可惡的無賴！」接著，他的眼淚便不自禁地湧出來了，據他說他流眼淚並不是因為生氣

和委屈，而是感到了幸福：往他膠皮鞋裏倒啤酒應當算是對他的一種關注，說明我們並沒有將他遺棄，說明這座城市，月亮（又是月亮），鄰居家的狗，路燈，草地和女人都沒有將他遺棄。雖然我們沒有對他表示敬意，但還是將他當作一個年輕人來平等對待的。[7]

「復活節上，我剃掉羔羊舌頭——新教的，天主教的——宛如剃掉我自己罪人的靈魂。每當十一月間她擤鵝毛時，我吹得細絨毛漫天飛揚，好讓白天飄動起來」[8]

麥雷把夏岡和我拉到一邊兒，他的表情嚴肅而正經。「不能再這樣下去了，不能！我們的新人不能是這個樣子，他不符合……夏岡，難道你覺得這樣的一個，一個廢物，精神病患者，完全不能融入社會中的人，就是你所要的新人？要是世界上的所有人都是這樣一副瘋顛的模樣，那這個世界……」

一個傍晚，我們全都不在，穿暗藍色大衣的新人找到了寬葉蓉。後面的事，後面的發生，是寬葉蓉告訴我們的。

「他脫下他的大衣，然後穿上，然後低下頭去脫他的鞋子。我問他有什麼事兒他說沒事兒。只是覺得有些煩悶。孤獨像一條粗大的蟲子，他說，哼，孤獨像一條粗大的蟲子！

隨後，他的話題便圍繞著夜晚，說夜晚的燈，房間裏的氣味兒，以及怎樣去炒爆玉花兒。我對那樣的話題完全沒有興趣，我覺得他對那個話題也毫無興趣，它只是引子，只是用來搭話兒的。隨後，果然，他奔向了主題：『每天晚上你都在幹什麼？』『還幹過什麼有趣的事

---

[7]　這段文字可參照博·赫拉巴爾的小說《我曾侍候過英國國王》，它們構成了互文。
[8]　詩句出自君特·格拉斯的小說《比目魚》。

兒？』我知道他的暗示，他試圖讓我說一說諸如我和南島，諸如性關係之類的事兒。這樣的手段太兒科了，我早在書上見過，南島也曾這樣使用過。我故意不懂。『你在生活中渴望什麼？』他又問。夏岡，你的這個新人讓我感覺可笑，他以為，我沒有讀過凱魯亞克！於是，我決定繼續裝下去，就用《在路上》那個黑美人的方式和他周旋：我說我不知道我渴求什麼，不知道像找點兒活幹，看電影，夏天去看望祖母之類的能不能算。後來，後來他竟然向我表白，他愛我。因為我是女人。他要和我做愛！天啊！你們想像一下，他只是一堆塑膠，矽膠水和金屬……真讓人噁心！」

事情並沒就此結束，更糟糕的事情還在後面：夏岡製造成的這個新人，竟然以「發現新人的名義」去追逐街上十一二歲的小女孩，他叫她們為「洛，麗，塔，我的洛麗塔」，一位怒氣衝衝的、肥胖的中年女人還向我們展示了這個新人寫給她女兒的情書：

「洛麗塔，這是我給你的新名字，它和你很相配。你是我的生命之光，慾念之火，我的罪惡，我的靈魂。

你也許早已忽略了我們的相遇，但我不能，不能，每當空暇下來的時刻（空暇的時刻那麼多，簡直無邊際）我便會回味我們相遇的顫慄，我發現要恰如其分地表現一剎那的那種顫慄，那種動了感情的碰撞，真是最為困難。在太陽直投下來的時刻，我的目光滑過蹲跪在地上的你（你的眼睛在那副嚴肅的墨鏡後閃爍──啊，這個小大夫，你會治癒我所有的疼痛），那一刻，我從你的身邊若無其事地走過，打起成人的偽裝，但我靈魂的真空卻把你閃光的美麗每一處細節都吸進眼裏：你這個新人兒，這個洛麗塔，我的洛麗塔。啊，自那之後，我期待著一次可怕的災難。地震。壯觀的爆炸。可

憐的母親隨著方圓幾公里的其他人突然永遠地消失掉了。你，投到我的懷中抽泣。（請原諒我這樣安置你的母親，雖然我與她並不認識）只有那樣，只有那時，我才能作為一個自由人在虛墟裏享受你，和被你享受……」[9]

　　這樣的信，新人向不止一個十一二歲的女孩寫過。他讓我們……

　　「如果你不管好你的弟弟（我們向殺來問罪的母親們說，這個新人是夏岡的弟弟，失散多年），再讓這個無恥的臭流氓接近我的女兒的話，肯定會有他的好看，肯定會有你們的好看！我會讓你們吃不了兜著走！」那樣怒氣衝衝、略嫌肥胖的中年女人還採用明示、暗示的方式告訴我們，她的丈夫是一個不大不小的官員，她的哥哥在Ａ市人事廳，姨夫在公安局。「我都沒敢和我丈夫說！我都沒敢和我姨夫說！哼，按我姨夫那脾氣，他要是知道了，還不帶他們刑偵科一半兒的人來……哼哼，你們也有得好看了……當年，他抓一個強姦犯，那小子都出來八年了，一見到有女孩看他他就尿褲子，這樣的人，只有這樣才長記性！……」

　　當天晚上，公務員麥雷組織我們召開了一個會議，會議地點設在麥雷的辦公室。他說在他辦公室召開會議一是為了避開那個新人，二是在辦公室裏有個氣氛，可以保證會議的嚴肅性。他說，這個會議將由他主持，會議的中心議題是關於當前這個新人存在的問題以及關於下一個新人的設計構想。他還要求，大家最好帶上紙筆，將手機靜音或調到振動狀態……「行啦行啦，我們滿足你的領導欲，未來的局長大人！」南島說。最近一段日子，因為這個新人，他已經飽受我們的指責。本來，我

---

[9]　其中大部分的句子出自納博科夫的《洛麗塔》。

和夏岡，秋波是不準備去的，但南島已經答應，我們也只好答應，別無選擇。「就給麥雷點面子吧！他在單位受得挫折已經夠多啦！」

等我們到齊，坐好，宣佈過開會之後，興奮的麥雷（雖然他盡力保持著一種僵硬的嚴肅，但興奮的神情還是悄悄地從他嚴肅的表皮下面透了出來，就像掩蓋不住的雀斑或是麻疹）立刻拿出一大疊厚厚的紙片，開始他的滔滔不絕：

關於「新人計畫」前段情況、問題的說明：一、**「新人」在當前的表現鑒定：**（一）缺乏正確的人生觀，世界觀，道德觀，思想腐化墮落；（二）乏理性和規則意識，不能和廣大人民群眾保持一致，存在無政府主義傾向；（三）嚴重破壞了鄰里和社會道德關係，引誘純潔少女，造成了惡劣影響；（四）他的行為完全違背了人民群眾對於「新人」的希望和期待，是一種背道而馳……二、**「新人」暴露出來的問題：**（一）沒能抓住和掌握新人生產的規律，對問題估計不足；（二）組建新人製造領導小組的建議一直未被採納，因而造成了新人設計思路上的混亂，沒能形成一個堅定、統一的核心；（三）講政治的責任意識不夠；（四）存在盲目性，衝動性，有ＡＡ主義的傾向……三、**整改措施：**（一）加強學習，提高認識；（二）加強領導，確保統一；（三）抓好整改，力促落實……

後面麥雷還講了些什麼我就不知道了，困倦先是堵住了我的眼睛，隨後又堵住了我的耳朵，再然後，抽掉了我全身的力氣，脖子再也無法支撐起我的頭。其他人的情況也大致如此，等我們一個個被麥雷叫醒，懸掛於貓房鼓樓上的鐘錶已指向第二日的凌晨。

「按照麥雷的設想，下一個新人……是不是會設計成一個官員？他最後的那部分你聽到了沒有？是不是這個意思？」

「我睡著了……不過我想，麥雷可能會計畫製造一個能天天聽他做報告的人，能給他溜鬚拍馬滿足他當官願望的人──這應當更符合他的設想吧。誰知道呢！」

「天啊，還是饒了我吧，這些新人已經讓我受夠了！」

「只要我一息尚存，功能健全，我決不會停止哲學實踐，不會停止對你們進行勸導，不會停止向我遇到的每一個人闡明真理……」[10]

這句話出自第三個新人之口，他的出現是我們經歷了大量的爭吵、申辯、闡述和妥協之後的結果，在他的身上，耗掉了我們大量的時間和精力，雖然我們的時間和精力也確實沒有什麼更好的用處。是的，第三個新人被塑造成了哲學家的樣子，在那枚晶片上我們塞進了我們所有可能找到的哲學書籍──在第三個新人的製造中，挫敗感最重的就是麥雷，他寫了三十六頁的「新人製造的幾點意見」完全變成了廢紙，沒有誰想按照他的方案實施，南島不想，我不想，秋波不想，夏岡和寬葉蓉也不想。他堅持了十幾天的孤立，一邊將那三十六頁的「幾點意見」列印之後塞給我們人手一份，同時還分別做我們的思想工作……在最後時刻他不得不妥協，然而，他關於製造一個什麼樣的哲學家的「幾點意見」又遭到了大家的反對，按照他的意見，我們找到的這些哲學書籍只有兩本半可以獲得通過──「那樣一來，他還能算哲學家麼？連一個哲學系的大專生都不如！」挫敗感讓麥雷委屈，憤恨，他宣佈要退出我們的聚會，和我們這些社會的人一刀兩斷，甚至威脅，我們的「新人計畫」違反了《克隆法》，《思想道德建設條例》和公序良俗……

---

[10] 語見蘇格拉底的申辯詞。

離開七天之後，麥雷找了個堂皇的理由又回到了我們身邊，那時，新人已經來到了我們中間。「我們還得有個核心。不能任由事情無序地發展下去。」麥雷幾乎是自言自語，儘管他用出的聲音我們都能聽得見。

夏岡的實驗室再次進行了改造，之前，第二個新人的詩集堆滿了幾乎整個屋子，我們將那些詩集最終賣給了廢品收購站，那裏收來的舊書就像三座高大的山峰。「他有幾首詩，寫得還真是不錯，」南島說，「對了，他給自己起了一個什麼名字？詩集上有，可我已經忘了。」

現在，夏岡的實驗室裏掛起了一張巨大的世界地圖，在地圖的旁邊，是一塊同樣巨大的黑板，上面經常寫一些箴語或者格言：

> 「僅僅根據柏拉圖所說的情況，我們很可能得出這樣的結論：蘇格拉底所以得罪他的同胞，是因為他勸誡他們要有美德，而這是一件從來不能討好人的事。但如果我們撇開《自辯詞》而把眼光放得寬一些，我們就會看到，蘇格拉底和他家鄉城市發生衝突的起因是他在哲學的三個根本問題上與他的大多數雅典同胞乃至與古代一般希臘人有著深刻的分歧」[11]

> 「正當我們彷彿同生存之無限歡欣合而為一之際，正當我們在醉境的陶醉中期待這種快樂永垂不朽之際，在一刹間，我們就深感到這種痛苦鋒芒的猛刺。縱使有恐怖與憐憫之情，我們畢竟是快樂的生靈，不是作為個人，而是眾生一體，我們就同這大我的創造歡欣息息相通。」[12]

---

[11] 斯東《蘇格拉底的審判》。
[12] 出於尼采《悲劇的誕生》。

「諸菩薩摩訶薩應如是降伏其心：所有一切眾生之類，若卵生，若胎生，若濕生，若化生；若有色，若無色，若無想，若非有想非無想，我皆令人無餘涅槃而滅度之。如是滅度地量無數天邊眾生，實無眾生得滅度者。何以故？須菩提！若菩薩有我相、人相、眾生相、壽者相，即非菩薩。」[13]

「現在，十九世紀東方主義的重要發展之一就是把關於東方的本質思想——其感性，其專制主義的傾向，其異常的精神狀態，其習慣性的不準確，其落後——淨化成一種獨立的，未受到挑戰的連貫性」[14]

「上帝是創造者，但又不被創造；其二，能夠創造而又被創造的就是柏拉圖和蘇格拉底意義上的理念，理念，是創造者，但被上帝創造；其三，時空中的諸事物屬於不能創造，但可以被創造；其四，作為總體目標的上帝，既不創造，也不被創造」[15]

……

「天啊，我這輩子最怕的就是哲學，」寬葉蓉對我們說，她的臉上垂滿了痛苦的表情，「你們都往他的腦子裏塞進了什麼書？我看不明白他寫在黑板上的那些話，只要看上一眼我的腦袋就有一大塊腦仁在疼！我找不到工作，事事碰壁，已經夠煩的了，為什麼還要拿這些話來煩我？現在，我都有些害怕進這間屋子了！」

---

[13] 語出《金剛般若波羅蜜經》。
[14] 賽義德《隱蔽的和顯在的東方主義》。
[15] 約翰·司各脫·厄雷根《論自然的劃分》中的主張，我沒閱讀過原作，這個自然的四重劃分法是羅素《西方的智慧》中提到的。

「那是，那是你還不懂哲學，」歌星秋波露出一絲壞笑，接著，他模仿起這個新人的語調，包括表情：「那個，那個什麼頓是怎麼說的來著？……噢，哲學教給我們順應全方位的現實，從而，從而，……即使我們遭到挫折在所難免，也至少能……情緒激動而遭受……後面的話怎麼說來著？」秋波自己先笑了起來：「意思就是吧，哲學能讓你不情緒激動，給你心靈雞湯，給你慰藉，讓你少受挫折的傷害。」

「傻逼，」南島說。

「什麼是傻逼？這是個問題。傻逼是大多數的人。那大多數人是誰？傻逼。二律悖反。」秋波的臉上掛出了更多的壞笑。於是，南島只得又重複了一遍，傻逼。

「不經過思考的生活是不值得過的，」我加了進來，「無知是產生罪惡的首要根源。為了達到善，我們必須要具有知識……」我用出的也是新人的語調和表情，我相信，我的模仿比秋波的模仿更像。

「行啦行啦！你們還是饒了我吧！不光是大腦，現在我的心臟也跟著疼了！」

……

我們把第一個新人稱為「木頭」，第二個是「詩人」，那第三個就是「哲人王」。我們確是這樣叫他的，哲人王，這個新人似乎對此並不反感。

許多時候，哲人王都對著那張巨大的世界地圖發呆，他的手上拿著一支鉛筆，一頭紅色，一頭藍色。他也時常對著地圖指指點點，口裏念念有詞，伸著的手，手上的鉛筆似乎碰觸到地圖，但仔細看去，地圖並沒有被畫上紅色或藍色的痕跡。「他究竟在幹什麼？」這個貌似簡單的問題卻逼得我們面面相覷，啞口無言。我們這些人，幾乎天天

都在盯著這個新人的發呆發呆，卻誰也說不清楚他究竟要幹什麼，我想這已經很是哲學了。

　　也許是受到「哲人王」的傳染，我們這些原來就無所事事的人變得越來越無所事事，大家甚至可以一起陪著哲人王發呆，他在前面盯著地圖或者黑板，我們盯著他的後腦以及地圖和黑板，房間裏一片靜寂，除了寬葉蓉不停嗑瓜子的聲音。「這個房子裏的空氣越來越少了，」寬葉蓉說。在這點上，她和南島開始了分歧，南島認為，房子裏的空氣和原來相比沒有任何的減少，是她的情緒影響了感覺，而感覺又影響到她的鼻子……說這些的時候哲人王的眼神重重地向他們的方向瞟過來，顯然，他受到了打擾。他的這個回頭使我們重新又回到了發呆中去，當然，更準確的叫法應當是，瞑想。

　　「你們說，你們都在地圖上看出了什麼？」有一天，秋波問我們，當時哲人王不在，他應當在院子裏或者更遠。「我在看那些星羅棋佈的河流。我想像它們的流速，流速的不同構成了不同的音階，於是，這一片的河流就是一首美妙的曲子，它如果唱出來應當是這樣──」

　　「它是土耳其浴室！你看那滾滾的熱浪，它們構成了帶有肌膚香氣和女人汗味的霧！你看它，像一個仰臥的女人，那一片是浴室裏緩緩的水流……」寬葉蓉粘過去堵住了南島的嘴，「你沒聽哲人王說麼，那個叫什麼的哲學家，天天在酒館裏坐著，來的時候將一枚金幣放在桌子上，走的時候又將金幣放進兜裏帶走。時間長了人們都感到奇怪……」

　　「如果哪一天詩人南島在一小時內不談女人，不談女人的身體，這枚金幣就會被捐給某個機構。」麥雷湊過來，「地圖在我的眼裏還……是地圖。它不能是別的，它和什麼其他的都不像。我盯著它，想的是歷史，是歷史的規律。」

夏岡說，這張地圖要是看得久了，它就會變成某個他正在構想計畫實施的機械的圖紙。那裏有線路，有標出和未被標出的符號，有計算公式……

「博爾赫斯有篇小說，《創造者》，說一個野心勃勃的創造者一心想畫一張世界地圖……」「我們沒問你博爾赫斯看到地圖想什麼，問得是你，你自己！」我說我的眼睛雖然盯著地圖，但想的都是和地圖無關的事兒。我想的事具體，瑣碎，無聊，混亂。譬如這種無所事事的境況什麼時候結束，未來等待我的能有些什麼，如何應付這個月的房租，明天的早餐在哪裡……我很想在年老之前看一看希望是種什麼樣子。

「你想這些幹嗎，」寬葉蓉說。她的聲音很細，過了一會兒，她用一種更細的聲音：「我也想過這些……」

寫到這裏，我也許給你造成了某種錯覺，你也許以為，這個新人，哲人王，是一個呆板的、過於嚴肅的甚至製造壓抑的人——不，不是這樣，至少在哲人王的主觀上不是這樣：只要不是在他瞑想的時刻，他卻是很願意和我們交流，就像他反覆宣稱的那樣：「只要我一息尚存，功能健全，我絕不會停止哲學實踐，不會停止對你們進行勸導，不會停止……」只要不是他瞑想的時刻，他都願意和我們坐在一起，隨便地聊點什麼，他和善地就像是一個……問題是，他總能把一切問題繞到哲學上去。

一天，參加聚會的麥雷向我們詢問時間，他必須在某個時間之間趕回辦公室，有一個材料需要他整理上報，夏岡看了看表，「你還可以再待一小會兒。」「你說的一小會兒是怎樣的一個時間概念？在你說出一小會兒的時候，一小會兒的一小會兒已經過去了，你的一小會兒沒有了原來的長度。」那個新人，哲人王插了進來，他將手裏的桔子分成四份兒，其中的兩瓣遞到麥雷手裏：「有人說，時間的問題是形而上學的核心問題，一旦時間問題獲得解決，形而上學的任何問題都會迎刃而

解。我不知道你是否認同這個觀點，」他將另外的兩瓣給我，「對貝克萊來說，時間是所有人參加的，同時發生的完全一致的概念的持續不間斷，而在休謨那裏，則是不可分割的瞬間的持續不間斷。凡尼爾・馮・切普科卻是這樣說的：在我之前沒有時間，在我之後沒有存在。時間與我同生，時間也與我同死。叔本華也談到時間的問題，他認為……」

「不行啦，我得快走，我已經將那『小一會兒』用完啦！」一向善辯的麥雷幾乎是從椅子上跳起，他來不及掩飾自己的落荒而逃，奔出門外，騎上自行車，迅速地消失。

另一日，我隨手翻看寬葉蓉帶回的一張報紙，它也許是某件物品的包裝，因為充滿了疊痕和折皺。我看到上面一則新聞，說高速路上，一輛疾駛的汽車突然爆胎，汽車失去控制竟然翻滾著越過了高速路護欄，翻到對面一條高速路的路中間。而恰巧，那條路上也有一輛高速行駛的汽車，於是爆胎的汽車便成了名副其實的「飛來橫禍」，砸在那輛汽車的頂上，造成一人死亡多人受傷。在新聞的右側有兩幅圖，一幅是事故發生的次序略圖，另一幅則是損毀汽車的照片。我叫過秋波，讓他一起看這個新聞，哲人王湊到了另一側。他指著那張事故發生的次序略圖，「這幅略圖在這裏起著一個命題的作用，就是說，它是對事物可能狀態的一個，描述。而它之所以能起到這樣的一個作用，是因為圖中的各個部分都與實在的事件或事物之間存在一種對應的關係。而如果將這個類比顛倒一下，一個命題就相當於一個圖像，它的各個組成部分……」[16]

---

[16] 見維特根斯坦《邏輯哲學論》。

「你們知道麼，我現在開始懷念起第一個新人來了，」寬葉蓉說，她說這話的時候天色已經漸暗，窗外是一片清冷的白雪。「木頭，我寧願他是一塊木頭。你看他幹了多少活！而這個新人！哼！只會那麼滔滔不絕，哲學，哲學對我來說就是讓人不知所云的廢話。」風吹起浮在表面上的白雪。

「我也見不慣他的那副憂心忡忡的樣子，彷彿全世界的人都在醉生夢死，只有他一個人在為人類思考。他以為他是誰？連個科長、股長，甚至辦事員都不是！他預言，民族主義的重新抬頭和世界利益的分配不公將會造成戰爭，並且會像一戰二戰那麼大的規模，可到現在我們卻看不到任何的大戰跡象；他預言，世界經濟將因為某些亂七八糟的原因會陷入危機，可現在，我們也看不到任何的跡象，而恰恰相反！他其實，只是，在販賣一些誰都不懂的名詞！」

「他對我說，我們判斷國家是否是個自由國家，最可靠的辦法就是檢驗少數沒享有安全的程度。[17]隨後他又用另一種語調問我，少數人的利益當然需要保護，但當少數人掌握著絕大多數資源的時候，普通的多數的民眾如何享有安全難道就不是嚴肅的問題？他對我說，人類需要一部共和體制城市的憲法，一部男人、女人、老人、孩子、魚類和鳥、毒蛇、烏龜和毛毛蟲公平生活的憲法，在這部憲法中，民族平等、階級平等、人與人權利的平待乃至生物間權利的平等必須嚴格確立；而後，他又說，凡是企圖使人平均的人，絕不會使人平等。在由各色公民所組成的一切社會裏，某類公民必定是在最上層。因此，平均派只不過是意圖改變和顛倒事物的自然秩序，所有存在都有其合理

---

[17] 語出自阿克頓勳爵。

性……」麥雷在翻閱著他的一個舊筆記本，上面有密密麻麻的字。「他在 7 日的下午（我的記錄上忘了沒記是哪一個月）說世界就是宇宙，萬物在其中各司其職，各得其所；而 11 月 6 日傍晚，他又說世界是一片混亂，充滿了不可知和偶然。他說，國家是道德概念的現實，後來又說國家是階級統治的工具，是統治階級對被統治實行專政的暴力組織，他還說過，國家是他人，是不可理喻的一個虛假的概念。他說……」

「前天剛下雪的時候，」秋波重重地抽了一下他的鼻子，他向我們表示，他身上該死的感冒還在繼續，「我發現魚缸裏有一條死掉的金魚。我隨手將這條魚撈起，丟進了雪堆裏，它被哲人王看見了。」秋波又抽了兩下鼻子，其中一下表示感冒的嚴重，第二下則可能出於對這個新人的憤慨，「他叫我一起坐在雪地裏觀察這條金魚，觀察它被凍實需要多長的時間，在魚變得僵硬之後，魚腹內的內臟是否也跟著變成充滿冰凌的一塊兒。後來他又叫我將那些活著的金魚一條一條丟進雪裏，觀察它們被凍實需要多長的時間，在雪地裏的死亡和在水泥地上的死亡哪一種用時更短……」這次，秋波又抽了三下鼻子，他的感冒應當完全歸罪於哲人王，那天秋波長時間地站在雪地裏，於是感冒便侵入了他的鼻子，「你們知道，我並不是一個殘忍的人，我很愛惜這些金魚，我將死魚撈出來是出於對那些活著的魚的愛，我怕病菌的傳染……可我，不得不將那三十一條金魚一一放進雪裏，看著它們死去……哲人王反覆說，歸納法不能是簡單的枚舉歸納，得到一個結論必須要有大量的實據，就這樣，那些可憐的金魚便充當了他的實據！」

「可我也沒見他得出什麼像樣的結論來。」

「那天，我因為一件什麼樣的事正在生氣，生了很大的氣，究竟是一件什麼事已經記不清楚了——哲人王對我說，當承受失敗和痛苦

時，人們總問『為什麼是我』，可當他獲得成功的時候，卻從來不問『為什麼是我』。每個人都希望真理站在自己一邊，卻沒誰想要站在真理一邊。他說，我這副愁眉苦臉看上去十分可笑。」

「我見到的是另一副樣子：一個黃昏，我推門進來，發現哲人王站在角落裏，眼睛裏含著淚水。他背對著我，撫摸著地圖『我不知道新的世紀將給我們帶來什麼。它一開頭就不好，接著可能會越來越糟下去。青年時代的理想，光明，我們在上世紀的希望，都在化成灰燼。』後來他轉過身來，接過我遞給他的茶，『我覺得，我始終是一個冷靜平和的人，沒有強烈的激情或狂熱，任何的急劇動盪都沒曾使我經受大起大落，而且，我也一直希望如此繼續下去。可在內心裏，又是多麼的難過嘞！』接著，他臉上的淚水越來越多。」[18]

「聽聽！這個哲人王哪曾有過什麼年輕的時候？他連『去年』都沒有！」

「那些混亂不堪的哲學升高了這個新人的體溫，讓他患上了更為嚴重的感冒！我們是不是真的需要這樣的新人？」

窗外一片冷雪，它們泛著慘澹的白光，風將表層的雪吹了起來，那些細細的白色閃過金屬般的光澤。一些風撲在門上，它們變成細條擠進來，但把捲起的雪片丟在了後面。「我重提我的反對，事實證明，我的意見是多麼正確，多麼具有前瞻性，可是卻沒有引起大家的足夠重視，沒有誰理解我意見中的科學性內涵……」麥雷用他的目光一一掃過我們的臉，他將自己的筆記本重新打開，仔仔細細地翻著，「當然，我也要向大家做個檢討，在這件事上我也負有責任，主要是未能繼續

---

[18] 這一段，與卡爾維諾《樹上的男爵》30 章的開頭屬於互文。

堅持自己的正確意見，在預見要出問題的時候未能及時糾正。」他終於翻了要找的那一頁，看來，他等待這一時刻已經很久了：「這個新人，哲人王，他存在的主要問題有以下七點……」

「算了算了，我們不想聽他的七宗罪，就算你已經讀過了好了，就算我們完全同意，集體通過了好了！」我們制止了麥雷的長篇報告，「我們已經夠累了。麥雷，你明天沒有材料要寫麼？還是，把你主要精力放在工作上去吧！」

「我已好長時間沒有和蓉蓉上床了，也有好長時間沒有寫詩，那些亂七八糟的哲學總是在我腦子裏縈繞，趕都趕不走，啊，哲學損害了我的激情！」

「哼，別說得那麼，那麼……」寬葉蓉狠狠地擰了擰南島的鼻子，「別當我不知道，哼，我知道你的激情都投向了哪裡！我見過你和那個狐狸在一起，我在那裏見到了你那令人作嘔的激情！」

南島一副不自然的笑，他把寬葉蓉甩開的手重新搭在她的腰上：「我們蓉蓉才不小氣，你知道我是愛你的……我們還是繼續剛才的話題吧，的確，應當把這個哲人王送回去，我們不要他了。」

南島的話使公務員麥雷抓住了稻草，因話題被打斷，臉上還掛著尷尬表情的麥雷很願意能夠繼續剛才的話題，「創造新人可是一個偉大的計畫，它有極端的正確性、深刻性和開創性，當然，我們也必須要理解它的複雜性，要正視可能出現的困難。所以，制訂一個完善的製造計畫，成立一個堅強高效的領導小組，認真抓好實施檢查工作是非常必要的……」

我們一起沈默，所有的目光都盯著窗外，收斂起自己的耳朵，任憑公務員麥雷在我們的背後口若懸河。窗外是雪，天色漸暗，一隻膨

松的麻雀落在了雪上，然後飛快地飛走。遠遠地，那個新人，哲人王走過來了，他走在雪地裏的身影顯得有些孤單。

「其實，其實，」夏岡神色黯淡地說，「他也不是一個壞人……」

後來，我們又製造了一個滿身充滿美德的人，這個人雖然有一張完整的臉，但只有一半兒臉活動自如，另一半兒臉的活動則相對僵硬一些，不過不仔細看你是看不出來的。之所以會這樣，夏岡的解釋是，我們對「美德」的爭吵影響了他的製造，他是科學家、發明家，但不是倫理學家，所以在給新人輸入美德的時候總感覺有些莫衷一是、力不從心。「你們一直在吵，在吵，最後讓我感覺我原以為的美德可能並不是美德，也許美德並不真正存在。」

不，美德存在，他就是這個面部表情略有些怪異的新人。長話短說，開始，這個新人是讓我們滿意的，他為我們贏得了許多人的誇讚。

「美德，將一個老人送到了醫院！報上說，他的及時救了老人一命！報紙上還說，他沒有留下自己的姓名，但記者卻已偷偷拍下了他的照片！」

「美德今天幫助一個迷路的女孩找到了自己的母親！」

「知道麼，今天前進街發生了一起械鬥，我們的美德出現在那裏，他挺身而出，將一個受傷的青年救了出來，然後又制止了械鬥！哈，我們的美德具有勇敢和樂於助人兩項美德！」

「看看我們美德做的好事！他又上報紙了，《Ａ城日報》、《Ａ城晚報》、《Ａ城財經新聞報》都刊出了這一消息……」

可是，時間一長：

「美德！今天，一個老婦人在路上摔倒了，昏迷了，是你給她餵了一碗帶薑片的糖水？」

「是的，我是在救她。我想她需要。」

「她需要，哼，她需要！她患有嚴重的糖尿病你知不知道？你可把她害苦了！」

「我給三柱的父親做了一根拐杖。他說，自己的風濕又犯了，走不動路。」

「他說謊！他根本沒有風濕！他用你給他的拐杖打自己的老婆，三柱已經找過我們了……」

「我說美德！你為什麼把趙之問家的孩子放在冷水裏？你想幹什麼？人家的孩子才七歲！」

「我是在幫他，我在一本健康雜誌上看到，十歲以下的孩子洗涼水澡有助於血液循環……」

「你知道麼？這孩子感冒了，得了肺炎！你馬上去給人家賠禮道歉──別去醫院！那孩子見到你肯定要哭！」

「聽說你幫人畫了一張銀行地下室的草圖，使那個人順利地進入到銀行內部，盜走了大批金錢？是這樣麼，美德？」

「我不知道他要那草圖是做什麼用……我是出於對友誼的鄭重與尊從而幫他畫的。他請求我畫，我覺得為了我們的友誼我應當……」

「哼，友誼，和盜賊之間有什麼友誼可言？誰告訴你，和強盜的友誼算是美德？鄭重，尊從──啊，你們大家聽聽，你們的美德又幹了什麼樣的好事！」

「我說美德，你為什麼要偷走養龜人的飼料，而且偷了不是一次？」

「那不是飼料，而是一些泥鰍和鱔魚！它們都是可憐的生命，我相信假如你們在場也會那樣做的。我相信誰也看不下去，它們那麼睜著無助的眼睛，張著無助的嘴巴……」

　　「可是，結果，你將養龜人的龜全給餓死啦！你害了另一些生命！」

　　就在我們還為什麼才算真正的美德、美德的限度和存在問題爭吵不休的時候，又一個新人進入了我們的生活，他也應當算是一個發明家，他的任務是為寬葉蓉製造香水──是的，這個新人是由寬葉蓉和夏岡一起製造的，他的設計完全出自於寬葉蓉的要求，那一時刻，我們其他人都忙於對「美德」的爭吵，而完全忽略了寬葉蓉和夏岡在悄悄地製造著新人──「這絕不是我的想法，」夏岡說，「打死我我也不可能設想，新人是用來製造香水的，它完全違背了我的初衷，」夏岡看了看我們，然後把目光停在南島的臉上：「都是寬葉蓉的主意。她說之所以南島在有了她之後依然是一個花心大蘿蔔，應當是她的魅力還不夠強大，而讓自己魅力強大起來的手段就是獲得一種特別香水。她要求，要麼我按她的設計製造一個香水製造者，要麼，就給她一個一模一樣但專心愛她的詩人南島。我想，後一個我肯定做不到。」

　　在這裏，需要提一個插曲，那就是，印刷廠的一個會計找上門來，她說，住在我們這裏的詩人在她那家印刷廠裏出版過一本詩集，叫什麼《靠近乳房的斑點》，到現在還欠著印刷的費用沒有結算，「他留的就是這個位址。」南島和寬葉蓉來得晚了些，他們的臉上浮動著一層紅暈就像剛喝過酒，等南島打聽了情況之後便迎上前去：「我們這裏沒有你說的那個人，也沒看過那本什麼乳房什麼斑點的詩集。我是這裏唯一的詩人，可我沒在你那出過詩集，也沒欠過誰的印刷費。」隨後，兩個人發生了激烈的爭吵，那個女人大罵見過不要臉的卻從未見過這樣不要臉的，她指著夏岡的鼻子，他剛才都已承認了他有這個弟弟，

你在這裏裝什麼蒜！爭吵又繼續了一會兒，南島最終敗下陣來，他惡狠狠地瞪了夏岡一眼，「靠，你早承認了為什麼不早告訴我？害得我丟人現眼！」其實南島的責怪完全沒有道理，他只聽了我們簡短的介紹就衝了上去，根本沒容我們將話說完。「三天後我來取錢！到時候你們要是再耍賴，可別怪我翻臉！哼，我們做生意，什麼樣的人沒見過！」她拉開門，氣哼哼地走出去，門也沒關，一股巨大的涼風直直地灌進來，讓我們在寒風裏打著寒戰。

　　夏岡顫抖著關上了房門，他端上了一張苦臉：「怎麼辦？我可沒有那麼多的錢。」南島的鼻孔裏發出一種特別的聲音，他走到一個角落裏坐了下來，將他的腳蹺到另一把椅子上。我們勸夏岡，既然發明過那麼多的東西，既然他連「新人」都可以發明，那不如就發明一種造錢的機器，這對他來說應當不難。夏岡的苦臉用力地搖了起來，他說不能，他不能製造這樣的機器，他的發明從來都不是那種直接可用在生活上的，俗物，那不符合他的理念。「你還記得麼？我們在最初聚會的時候，你曾發明過幾種電燈，」麥雷也站了出來，要知道，他可從來都反對任何的違紀違法，「那不是直接可用的麼？」夏岡卻堅定地堅持，不，不一樣，很不一樣，他無論如何也不會製造什麼造錢的機器，那樣的發明會讓他的心搞亂。邊時，南島抽下自己的腿，他還為剛才的發生耿耿於懷：「那，你就製造一種能到銀行裏偷錢的機器，或者，等人把你的手腳砍下來。他們能做得出來。現在的人，哼。」南島拍拍夏岡的肩膀，「傻逼。都是傻逼。」

　　好了，我們開始迎接香水製造者的出場，他的出場也弄出了一些響動，夏岡的工作間再次經歷了一次改變：房間裏多出了太多的瓶瓶罐罐，它們是真正的易碎品，即使擺在那裏，不經歷搬動或使用，也

總是有那種破碎的聲音在其中孕育。一個相當巨大的蒸餾鍋，上面裝有一個冷凝器，連接著進水和排水兩個軟管，用來盛放花朵和香料的木箱與玻璃瓶，堆積如山的各種花瓣：茉莉花，棗香，薄荷，玫瑰，百里香和薰衣草……夏岡的工作室完全變成了一間香水製造廠，其實在香水製造之前，那個房間裏已經充滿了我們還不習慣的芬芳。

　　可以說，新人，眼前的這個新人是一個迷戀自己的工作並且無比勤奮的人，他對所有的人都相當和善，彬彬有禮，完全是一個紳士——他的表現讓寬葉蓉非常得意，我們對這個新人的誇讚在她看來就是對她的誇讚，誇讚如同是一種特殊的香水，增加著她的自信和魅力。每試製成功一種新的香水，這個新人都會分給我們一些，伸著他耐心而謙敬的臉，等待我們的評判。從這個新人那裏，我們知道了蒸餾法，熱提取法，冷提取法，油提取法，知道了用橙花、桉樹葉和柚樹葉如何製造橙花香水，知道了……「香水製造者對花朵的情感會影響到香水的質量。香水是有情感的，甚至有它內在的溫度。來，您體味一下它的香。」製造這瓶香水，我使用的是蒸餾法，我知道多數香水製造者在製造這類香水的時候都不用蒸餾，他們會認為，蒸餾的過程會使花朵隱在花粉裏的香氣受損。是這樣的，沒錯，可我找到了解決的辦法：我在蒸餾的過程中加入了微量的葡萄酒。當然，不光是這樣，還有一點別的。」他仔細給我們解釋，有時還要重新操作一番，然後退到一旁，就像一個聽話的，等待老師批語的孩子。他製造了一種引人注意的香水，一種喚起同情心的香水，一種激發情慾的香水，還有一種拒絕他人的冷豔香水。「這些香水讓我……我剛剛明白神魂顛倒的真正含意！啊，迷人的香水！要不是我還難以克服這個新人是一個被製造出來的人這一心理障礙的話，我想我會和他上床。」

這天，新人找到寬葉蓉，說他要出去幾天，他要製造一種更具魔力的香水，如果這種香水獲得成功，寬葉蓉將會獲得所有她想要的男人的芳心，男人們對她的愛，將會像吸毒者對鴉片、冰毒一樣上癮，一生都無法戒除：「表面上看，它大概很像普通的橙花香水，基本的原料和加工手段也的確如此。但它的裏面有別人難以預想的精華之物，那就是，人的氣味，少女的氣味。每個人的氣味都有些不同，人的氣味，是一層汗膩的，像乾酪一樣酸酸的東西，這是它的基本。在這基本之上，還飄浮著一絲具有個性的、非常精美的分子，這就是肉體之香。我要將這些飄浮的分子裝入到香水的瓶中。」

從新人走出門去的第三分鐘，他剛剛消失於街角處的那一刻寬葉蓉就開始了她焦急的等待，她為等待拉長了脖子，這也治好了她所患有的輕微的頸椎病。然而等待也帶給了她另一種疾病，就是，因為長時間保持凝視的狀態，眨眼變得困難起來，晚上睡覺的時候只得依靠夏岡發明的一種膠來粘合。一天一天。寬葉蓉等來的，卻是新人被捕的消息。

「他犯了什麼法？像他這樣的紳士，如何會觸犯到法律？我不相信，這肯定不是真的！」

這是真的，我們的新人真的被抓了起來，抓他的罪名是，殺人未遂。後來我們終於打聽到了事情的緣由：這個新人以一個作家的身份住進了一家賓館，很快，他便取得了賓館老闆的信任。那個老闆有一個十一歲的女兒，生得美貌，然而功課卻是一塌糊塗，尤其是作文──新人便以輔導老師的身份與那個女孩有了接近。不知他用了什麼策略，老闆家女兒也和他親近起來，要知道，她以前可從來沒給任何家庭教師有過好臉色。一天，新人和女孩待在房間裏，女孩的父親去給某局的局長送禮晚上才能回來，新人覺得機會來了，於是乘著女

孩專心寫一篇《故鄉的河》的文章的時候，抄起了準備好的木棒。也是女孩命不該絕。她父親在出門的那刻忽然想起自己有件重要的東西忘帶了，於是將車開回，停車，上樓——他推門進屋時新人的木棒正準備落下。毫無精神準備的新人大吃一驚，他揮下的木棒也就失去了準頭，而重重地砸在了女孩的肩上。

「怎麼會這樣？怎麼會這樣？」

「你好好想一想，問題出在了哪兒……」

「不會有問題的，我只給他一些有關香水製造的書，他不會從書裏得到殺人的知識，他不會產生這樣的傾向……一定是夏岡製作的過程中出了疏漏！」

夏岡認真地回想起來，隨後，他打開箱子，將他們設計圖紙和記錄的有關資料都找了出來：「沒問題。一點兒問題都沒有。我不覺得製造過程有什麼失誤。問題不在我這裏。」

「也不在我這裏。你看，就是這些書，幸虧我將它們都留了下來，現在它們成了有力的證據！」寬葉蓉翻出了那些書，「它們都在這兒了。我留下它們是出於愛好，我也想多瞭解一些和香水有關的知識。」

《十九世紀的香水製造法》、《品牌香水製造》、《香水製造工藝》、《氣味的美學——和香水有關的美學話題》、《香水》、《香水辭典》、《珍品購物——香水篇》……我拿起那本《香水》，「你把這本書也給他了？」

「是的，怎麼啦？」

南島指了指那本書，「是帕·聚斯金德的《香水》？」

「我可不記作者的名字！書的封面很熟……」

南島再次指了指那本書，「你難道不知道它是一本小說？你難道沒有看封面上還有一行字，一個謀殺犯的故事？」

「我以為，它是一本介紹香水的書，」寬葉蓉臉上的紅一直紅到耳根，「那行字那麼小……我太匆忙了，確實沒有看到……」

「好在，他並沒有殺掉那個女孩，要不然，我們的麻煩可就大了。」

「可那個女孩受了傷！她也受到了驚嚇——我早就說過，製造新人的事可不是件小事，千萬不能大意，千萬不能掉以輕心，一次次的教訓已經夠多了，我們交了太多的學費！當務之急，是先要把領導小組建立起來，制訂一個詳盡、合理、安全、科學的實施方案……」

我們七嘴八舌，寬葉蓉突然跳了起來，她踢倒了一個長頸的玻璃瓶，這間房間裏終於有了玻璃的破碎——「引人注意的香水！激發情欲的香水！我必須保存好剩下的那些，它們對我來說，應當是貴過黃金！」

（被麥雷纏得沒辦法，夏岡將晶片交給了他，讓他按照自己的設想製造了一個新人。這個新人只「活」了三天，最終還是麥雷請求夏岡，你將這個新人解決了吧。在我寫作這篇小說的時候，遵照麥雷的意見，我把和那個新人相關的文字一一刪除，將它留給空白。）

□□□□□□
□□□□□□
□□□□□□
□□□□□□
□□□□□□
□□□□□□

發明家夏岡，瘋狂的發明家夏岡，他在房間裏來回，穿著一雙幾乎沒有鞋底的鞋（他穿的是一雙普通的皮鞋，這不屬於夏岡的發明。

之所以幾乎沒有鞋底，是因為他在房間裏的來回太多，而他又有一焦躁就用力跺腳的習慣），眼睛裏佈滿了紫色的血絲（儘管我們夏岡的發明總那麼與眾不同，但流在夏岡血管裏的血依然是紅色的。之所以他眼睛裏的血絲變成了紫色，是因為新的血絲覆蓋了舊的血絲，它們層層疊加，卻一直沒有機會消褪的緣故）：「我必須要找出問題的關鍵所在。否則我就難以獲得良好的睡眠。啊，解決問題是一種安神的藥劑！在此之前，我必須承受問題的折磨。問題，問題屬於病菌。它在強大的繁殖，像在我身體裏養大蟲子，它變成它們，變成一群它們，撕咬著我的心臟，我的肝，我的肺……不，我絕不放棄計畫。我依靠這計畫，信賴這計畫，我和我的計畫相互支撐，它是我的信仰我的夢想我在平庸無聊醜惡的日常中活下去的理由。我需要新人，我們需要新人。難道不是這樣麼？難道它，不是你們的共同的希望？你們只是不說而已，你們只是出於世故，你們只是不能信任你們感覺這一計畫成功的可能極小你們對沒有親眼看到的事物從來都不相信你們不願承認自己的目光短淺鼠目寸光你們厭倦這一比喻厭倦老鼠你們。我們需要新人，是的，在這點上我們的目標相同我們是一個整體。我知道你們和我一樣對這個由舊人組成的世界感到厭倦，無能為力，和我一樣，這種情緒由來已久。你們也厭倦充斥在我們生活裏虛偽與自私，邪惡的暴力，勾心鬥角，端出的卻是一幅充滿假像的笑臉，那些有意損人，給別人製造麻煩的惡意、貪婪、貪食、懶惰、慾望、驕傲、妒嫉、憤怒……指桑罵槐，落井下石，不斷膨脹的野心，次貸危機、戰爭陰影、金權政治、社會不公、勞資失衡、貧富不均、中產衰落、醫療困難、陰謀和陽謀，指鹿為馬，笑裏藏刀，被利用的信任和從不信任……多數人的愚蠢，盲目，麻木，醉生夢死……我夢見自己變成一條細小的

蟲子，躲在角落裏毫無害處但躲不過踏上來的腳，我又變成一條巨大的毛毛蟲，引起那些女人們的尖叫，彷彿我會傷害她們彷彿我是魔鬼但我同樣處在恐懼當中怕得要死……赤裸裸地功利無恥已不需要一點點的偽裝他們正把一切都看成是可以買賣的商品我不記得我的爺爺曾留給我一塊不大的鐘錶他對我說孩子我將鐘錶給你並不是要你記住時間而是希望你能偶爾地忘掉時間反正時間是怎麼也征服不了的打鐘的聲音裏皇帝在戀愛一支火焰裏皇帝在戀愛新豐美酒斗十斤咸陽遊俠多少年……太陽每天都是新的所以我們需要新人。五講四美三熱愛。我們需要新人，新人，七點多鐘的太陽，烈日炎炎似火燒。上面是什麼？芝麻。為什麼是黑的？糊啦。東城那家火鍋城的火燒確實不錯我曾邀請齊靜到那裏去吃可惜她沒有來，我在那裏等啊等啊等啊等啊傷心總是難免的也不知道現在她在哪裡。她沒有成為我的新人也許以後還會水滴石穿我的，新人……」

　　寬葉蓉悄悄碰了下我，「夏岡怎麼啦？他是不是瘋啦？」這個聲音只有我倆可以聽見，「哎，當個發明家也沒什麼好處。看他，在受著發明多大的折磨！」

　　我走上去，摸了摸夏岡的額頭，「他燒得並不嚴重。我們還是送他去醫院吧！但願沒事。」這時，南島和秋波走過來，南島露出黃白的牙齒衝著我們樂：「傻逼！你們看不出來，他喝醉了？真是傻逼，一群傻逼。」

　　「可他的臉沒紅，身上也沒有酒氣！」

　　「他只喝兩杯啤酒就醉成了這個樣子！靠，中午我們仨在一起喝的，結果用了半個小時……平時，誰見他這麼多話？」

　　「是啊，我怎麼也想不到，夏岡的身體裏還埋伏著一個麥雷！」

「我們倆，都看了一下午的戲了。不過說回來，我們的夏岡正遭受著前所未有的打擊！」……

第二日凌晨四點，我正做著一個過獨木橋的奇怪的夢，在夢裏，我走得戰戰兢兢，橋下是渾濁的黑水彷彿還有星星點點可怖的眼睛——突然地敲門聲使夢裏的我受到了驚嚇，一腳踩空，飛快地朝橋下掉去，黑水張開了它巨大的口……我醒來的時候，敲門聲還在持續不斷，它的堅韌讓我聯想起某部日本的恐怖片。是夏岡。他迫不及待，語無倫次：「我找到辦法了！都去，馬上集合！貓鐘五點二十以前，越早越好……通知麥雷……我去還是你去？」

倚著門框，我感覺困倦纏繞在我的腿上吸走了我站立的力氣，「夏岡，不能喝以後就少喝或者乾脆不喝。你也該清醒過來了。」

夏岡摸了摸自己的鼻子，「我說的是真的，我想出了辦法，將會有一個完善的新人！我現在很清醒，不信，你可以出道數學題。」

「好了，就算你很清醒，就算你真的找到了更好的辦法，那能不能等天亮了大家都睡醒了再說？你不知道我有多困。」我伸了伸懶腰，「現在我可是什麼也聽不進去。睡眠就像塞在我大腦裏的一團棉花，它們還在那裏堵著。」

「不，不能，」夏岡用力搖晃兩下我的身體，「這是一個讓人震驚的發現！我正被興奮的火焰燒灼著，迫不及待……我相信你聽了我的講述，也會興奮起來的，你會——我的發現能驅走任何睡眠！」

說完，夏岡騎上他的飛行掃把（這是夏岡的發明中，最接近實用目的的發明之一。本來我們勸他更進一步，發明一種空、陸、水三棲的汽車，但遭到夏岡嚴厲的拒絕。在我們瘋狂的發明家那裏，他鄙視一切實用），絕塵而去。他奔向麥雷或是南島家的方向。

　　……我們一一到齊。那時天還沒亮，窗外的天色一片渾濁的黑，它們顯得擁擠。我們一起抱怨，用軟塌塌的身體和流離目光向夏岡表示著抗議。

　　「我終於找到了辦法，大家相信我，這一次肯定會獲得成功！這個世界上，將會出現完美的，陽光的，勇敢的，正義的一批新人！」

　　「我的話你們沒有聽見？你們，為什麼還是這個樣子，沒有一點兒興奮？難道，你們的心……」夏岡一臉悲傷。

　　秋波探了探他軟塌塌的腦袋，他的聲音有種故意的無精打采：「我們這個樣子，一是因為缺少睡眠，二是，這樣的消息我們實在聽得太多了，多數消息只是個消息。說實話，夏岡，我，反正我是興奮不起來。」

　　「不一樣，這次肯定不一樣，」夏岡用力盯著我們，都有了幾分乞求：「我已經找到了辦法。這一次，我需要你們的配合。」

　　秋波在某家怪異的商店裏購買了一件很像電影裏面蜘蛛俠的夜行衣，他向夏岡提出要求，他要夏岡為他設計一款像電影 007 系列裏 007 使用過的間諜手錶，隨後，他又去書店，購買了一批關於日本忍術的書和動畫片，於是，我們的房間裏充滿了「可惡」和怒氣衝衝的吼叫。麥雷的手上捧著的是《談判的藝術》、《談判十例》、《保羅‧克里斯頓的談判藝術》之類的書，他要求我們給他準備一個黑色的皮箱，兩副墨鏡（顏色深淺略有不同），以及對方主要負責人的年齡、身高、血型、愛好、政治面貌等等等等的詳細資料，當然，還需要一筆錢。我的任務是去設計院，和負責設計的工程師搞好關係，以便獲取相關的資料和圖紙……我們的目的是一致的。我們的目的就是進入某家醫療機構的貯藏庫，獲得精子和卵子。

　　這是夏岡的要求，他用它們來製造新人，這就是他找到的辦法：他認為，充當新人「大腦」組織僅僅靠晶片是不夠的，有缺陷的，我們之前的失敗也證明了這一點，我們就是給晶片再多的知識，它的向度還是單一，它將知識變成智慧的能力還是遠遠不夠。它可以有豐富的歷史知識卻沒有那種歷史的縱深感。而由精子和卵子結合的受精卵則不同了，現代醫學、心理學證實，受精卵其實「遺傳」了人類發展的諸多記憶和經驗，它能夠做出多種判斷，具有很強的轉化知識為智慧的能力……

　　「用受精卵製造，它和我們所說的『舊人』有什麼區別？它遺傳了優點難道就不會遺傳缺點、弱點？難道，我們只是在增加人口，讓這個世界更擁擠一些？」

　　問得好。夏岡說，問得好。他會在受精卵孕育的過程中將一些明顯帶有劣質的基因剔除，當然，要將它們完全剔除是不可能的，好在我們還有一個晶片：它同樣會發揮作用，受精卵和貯存著諸多知識的晶片共同控制新人的所作所為，一旦受精卵那部分出於自私、自利、邪惡或其他什麼不好的目的向新人發出指令，那晶片就會根據我們先前定下的「界限」將這條命令刪掉，使錯誤一定能消滅在萌芽的狀態。夏岡說，我們可能還會有人問，一直參加我們聚會的有男人有女人，也就是說有精子和卵子，為什麼還要費如此大的力氣去醫院去科研機構去取？因為夏岡是科學家而不是醫學家，並不清楚如何從人體中取得完整的卵子，同時，要是用我們某人的精子或卵子製造新人，萬一實驗出於失敗（儘管可能只是萬一，但這種可能性並不是沒有。科學從來都不保證百分百成功），這個新人必須要被解決掉，那提供精子或卵子的人一定會異常痛苦，他們會把這個新人看成是自己的孩子，「你

們不知道，我們每解決一個新人，我就心疼好多天，我就感覺，自己身體的一部分在死去。而我，還沒在新人的製造中用到我的精子，血液或別的什麼。」夏岡說。

再一次長話短說，許多時候，我都把長話短說當成是一個好習慣：我，麥雷，秋波，包括夏岡自己，我們獲取精子與卵子的計畫都失敗了，秋波甚至還引起了員警的注意，他把三個員警帶到我們的房間，讓我們一一接受層層盤問，好在那個月裏我們居住的地點附近沒有殺人、強姦、盜竊之類的舉報，否則我們肯定會遭到更多的懷疑。我們接受批評教育，和「法網恢恢疏而不漏」的警示之後，這幾個員警走了出去，他們也忘了關門。

就在我們一籌莫展之際，就在我們已經無計可施之際，詩人南島取來了精子和卵子。他對夏岡說，先取這些，要是需要的話他可以再去取，沒問題，沒有任何問題。「你是怎麼得來的？我們……」「哦，這是個問題。」南島賣了關子，「不過我不會說的。它屬於很個人的秘密。」

（後來南島還是向我們透露了謎底，他說，表面上，貯藏庫那裏戒備森嚴，規章明確，但在管理上卻有著相當多的漏洞。他找的是貯藏庫的一個管理員，年輕女性，南島使用美男計很快讓她墮入了情網，對他言聽計從，於是他提出要求能不能搞到庫裏的精子和卵子，她說好辦，第二天真的就取了出來。南島說，取出裏面的精子和卵子對庫管員來說非常輕易，她只要不將新入庫的登記，或者藉口保存不當，保存時間過長將它們從登記表中刪除，就會萬事大吉，永遠不會受到追查。他要求我們不要告訴寬葉蓉，可後來寬葉蓉還是知道了真相——這並不是我們沒有保守承諾，而是南島自己的洩密。那個庫管

員給南島送去他要的卵子，寬葉蓉推門進去的時候兩個人正擁抱在一起，相互交換著氣味、唾液和可能的病菌。）

我們再次擁有了一個新人。出於技術安全和更好控制的考慮，我們將這個新人設計成一個少年，當然也是出於讓他能夠更多地與社會接觸，學習新知識的緣故，麥雷和秋波一致認為，書上的知識多少都會陳舊一些，而且有些知識也必須經歷檢驗才行。夏岡說，將新人設計成少年，就是要我們集體成為「這個孩子」的父親母親，「出一點失誤你們就嚷著解決解決，解決容易，可解決的痛苦卻只讓我一個人承受！」他說現在好了，我們現在一起充當孩子的父親母親，萬一還需要解決的時候，那種滋味大家一起分擔好啦。

「我們的孩子又得到了老師的誇讚！說他不光有豐富的知識，還相當勤奮，懂禮貌，是老師的好助手！」

「他在作文大賽中得了第一名！」老師說，將讓他參加全國的徵文比賽！啊，他已經得了太多的第一了，是不是？」

「這個孩子真討人喜歡！他就是我想要的新人！」

「看，他又得了獎狀！他今天又做了兩件好事，他⋯⋯」

「他才應該是美德！當然，他不光有美德，還有，還有⋯⋯反正還有很多！美德，概括不了他的所有品格！」

「孩子，我的孩子！告訴你的父親母親們，你又做了什麼！你又得到了怎樣的獎賞！」

⋯⋯

別以為我們又創造了一個「美德」，不一樣，他可比那個舊「美德」多出了許多，雖然，他在樣子上還只是個孩子，討人喜歡的孩子：

「孩子，聽說，今天你拉趙小海的耳朵，把他拉哭了？」

「是。但我要解釋原因。趙小海在班上總欺侮女同學，他用圓規紮女生的屁股，還說下流的話。我是迫不得已才出手的。」

「孩子，你聽我說，趙小海的做法是……他是應當受些懲罰，教育，但你不該，不該拉他耳朵……你應該，應該對老師說，對不對？」

「父親們，老師的批評對趙小海根本無效。你不知道他有多厚的臉皮！我如果不對他懲罰，以後，他還會繼續下去……」

「孩子，你做得對！」寬葉蓉跳起來，她撫摸著那個新人的頭：「你們不知道那些男生多可惡，他們對女生成長的陰影有多大……再有這樣的事，這樣的人，你還要出手！不要怕，媽媽支持你！」

「我不主張再用這樣的方式處理……我們不能鼓勵什麼的暴力……」

「那你說，對趙小海這樣的人能用什麼？他吃這個，他只吃這個，只有暴力才能讓他畏懼！再說，我們孩子的方法怎麼算是暴力呢？」

「我是害怕這樣下去……」

「你害怕什麼？大街上一群人打架打傷了人，所有人都在圍觀你不害怕？大街上有人搶劫，所有人都在躲閃再沒人出來制止，這個你不害怕？孩子的行為叫什麼？叫正義，叫見義勇為，你們懂嗎！」

……（出於長話短說的考慮，寬葉蓉舌戰群儒的場面到此為止，後邊的略去。南島說，他也從來沒見過寬葉蓉的這一面，雖然他早知道她有多面，會有多面。那時刻，她真像一隻護著自己雞仔的母雞。他真想衝上去擁著她狂吻，他愛死她啦。）

「孩子，你今天打架了？這樣可不好。」

「父親，母親，我可不是無緣無故的，韓海不學習，抄人作業，我制止他他不聽，還罵我狗仗人勢，總想踩著別人的肩膀往上爬。我是忍無可忍才出手的。」

「孩子，聽說……」

「是的，所有錯誤都必須受到懲罰，這樣才能保障正確和規範。你們說呢，父親，母親？」

不管怎麼看，夏岡的這個新人都可算做是一個成功的新人，他具有我們希望他有的一切美德，有知識和智慧，有堅韌和堅定的一面，有維護正義的責任感和勇氣……雖然，我們為他某些行為的正確正當與否曾發生過爭執，但這樣的情景並不是太多，而且我們最終也達成了一致：既然晶片的部分沒有對他的行為進行制止，說明這一行為應當還是在允許甚至是贊許的範圍之內，應當修正的也許是我們的理解力。「也許我們太舊了。也許，我們的大腦也應當裝一枚晶片。」我說。聽我這麼說，秋波馬上跳起來：「是啊是啊，要是我們大腦裏也有晶片，我們就是天才，再也不會為失業和工作發愁，再也不會受人歧視，再也不會這麼無所事事，我也討厭我現在這個樣子！」

「好的，我馬上去實驗！應當不難！」

我們只得拉住夏岡，對他說，我們只是說說而已，並不真的希望在大腦裏面裝什麼晶片，並不希望我們有什麼特別的改變。其實這樣也挺好。還不錯。就是錯也沒錯到哪裡去，沒到非得那樣的地步。是的，勸服我們瘋狂的發明家頗費周折，他可不是那麼好勸服的，最後我們只得說，如果他一意孤行非想試驗可放進我們大腦裏的晶片的話，我們就再也不再理他，將他看作是仇人——他這才放棄了原來的念頭。

「我們可以更多地製造新人，這一次，要製造很多很多！他們將改變世界的進程，將我們的發展速度大大提高！所有人，都會得到更多的受益，讓貧窮開始逃亡啊叫太陽不西衝……」

寬葉蓉還提議，這次的新人計畫中應當有女性的位置，必須有女性的位置，前面所有新人的設計都是男性，這不公平，包含了歧視，無論從哪個角度上講都應當設計女性新人了，這是她和所有女性的激情的政治；同時她還提議，更新的新人不必再是孩子，我們已經證明了實驗的成功，沒有必要再讓新人經歷那個階段，和那麼多智力、知識都比他低得多的人呆在一起聽老師講那些他已熟知的知識，這本身就是浪費和消耗。

行。夏岡說，確實應當如此。

得到夏岡和我們大家的認同，寬葉蓉更加燦爛：新人中，應當有人懂得香水製造工藝，有人懂得服裝、服飾，懂得美容和減肥，我們不光要有秩序、更合理的生活，也要有情趣的生活；新人中，應當有人懂得……

在我們生活的這個世紀，「新的」是那麼多的層出不窮，它們那麼迅捷地到來，真的讓人目不暇接，我們甚至來不及理解其中的一部分新它就已經成為了舊，被拋在一邊。在我們生活的這個世紀，一些舊也紛紛改換面目，以一種舊自己也不認得的面目泛起，我們對這些舊的理解也許因為語境的不同已不是它的本意……有時我盯著窗外，想起一個舊新人「哲人王」曾說過的話，「我始終是一個冷靜平和的人，沒有強烈的激情或狂熱，並且一直希望如此繼續下去。可是在內心裏，又是多麼地難過！」……它讓我頗有些百感交集。這個舊的新人已成為了歷史，他被解決的時候我並未感到悲戚，可現在卻來了，它在我的心裏一點點聚集。在我們生活的這個世紀，夏岡製造的新人也開始

了他們的生活，某些「新的」也許就是他們所創造的奇跡……我要說那些新人。

問題來得相當突然，讓人完全措手不及：

先是秋波，他躺進了醫院，給我們送信的員警說他被人割開了喉管，取走了聲帶。但罪犯有著高超的醫術，秋波沒有生命危險，只是會變成一個啞巴。員警們，是憑藉秋波寫下的紙條找到我們的。

「是誰把你弄成這個樣子的？」

「新人。」秋波將字寫在紙條上。

「怎麼會？他們為什麼這麼做？」我們感覺，這實在令人難以置信。

秋波流起了眼淚。「那天我在橋上練聲，來了兩個新人。他們說我的聲音完全是難以容忍的噪音，我的聲音已影響了他人的生活，於是他們麻醉了我。醒來之後便成了這個樣子。」

「他們為什麼這麼做？」我們還是覺得難以置信，「誰給了他們這樣的權力？」

秋波的眼淚流得更多了：「他們說，」秋波的字寫得更加難看：「正義。」

第二個是南島，他同樣住進了醫院，同樣沒有生命危險，和秋波不同的是，他被割掉的不是聲帶，而是睪丸。

「又是新人們做的？」

「還能是誰？你們說還能是誰？」南島惡狠狠地盯著夏岡，「都是你，我可讓你害慘啦！」說著，南島撩起蓋在身上的被子，朝自己的下半身瞧去：「它們不在了，我找它們有什麼用呢它們已經不在了。我以前沒這樣重視過它們可等我懂得重視的時候，已經晚了，它們不在了。我已經說了我向他們保證可他們還是……《聖經》上說耶穌曾使

死人復活讓大海交出其中的死人他能不能讓我的下半身也恢復原狀，我可不想這樣……」

「他們憑什麼這樣做？」

「憑什麼？他們說我的淫欲早該讓我受到懲罰，他們代表了遲到的正義……」南島一把抓住夏岡，他的眼睛裏閃過希望的火：「不過他們也說，等醫學再發達些，能夠從根本上解決我過分放縱的毛病，我的東西還是會回來的。他們說新人從來都是說到做到。」南島眼裏的火焰漸漸變成了藍色，也就是說他在乞求：「你幫幫我，快點改進醫學吧！我真的不想失掉它們，我不想不完整地進入死亡……」

秋波擠到夏岡面前，遞上他的紙條，那些字，寫在一張處方簽的背面：「他們也曾說過，等他們研究出改造聲帶讓聲音變得好聽的方法來，就把聲帶重新給我安上。但他們沒有確切的時間表。」

「寬葉蓉呢？出事的那天你們沒在一起？」

「沒有，」南島低著頭，「在我床上的是另一個女人。」

「這是我所沒有想到的，」夏岡在屋子裏踱著步子，他的舉動只能進一步增加自己的心煩：「那些負責控制和糾正的指令為什麼不起作用？難道，晶片和受精卵形成的胚胎已經聯合？還是，它控制了晶片，使糾正和控制限制的指令不再有用？……」麥雷說，也可能是另一種情況，無論新人想做什麼事情，做多麼不合理的事情，多麼充滿謬誤的事情，它都先找一個很陽光很合理很冠冕堂皇的理由，然後把這個理由傳遞給晶片，只有知識而少有智慧的晶片當然發現不了這一理由下面的真實目的，這樣，新人就基本處在受精卵完全控制的狀態……「我想他們馬上就要來對付我們了，馬上。我

們得儘快找到解決辦法。這樣，我們先成立個領導小組，迅速研究一下基本方案⋯⋯」

「不用了。我們已經有了方案，我們知道如何實施。」說話的是新人。他走到我們面前。

「為什麼？你們，你們想怎樣解決？」

「我們知道那是一台怎樣的機器，」新人指了指夏岡用來解決新人的那台能使時光倒流的時光機，「你們之前已解決過不少新人了，對不對？古人說己所不欲勿施於人，現在，就讓我們新人也幫你們解決一下。我們這樣做，也是為了維護公平這一原則。」

「不，你們不能，你們沒有這樣的權力！」

「恰恰相反，這樣的權力就應當我們有，我們有這樣的權力。」新人一步步向我們走近，走到我們身邊，他背過身子，朝門口的方向慢慢走去，我看見，那裏還聚集了三個新人。「我知道你們提到了正義，良知，法律，規則，道德這樣的字眼。我們正是按照它們的要求來做的，我們一直依靠它們的指引⋯⋯」

「胡說！完全是胡說！」

「我當然不會胡說，在你們給我們制定的律令中，撒謊是必須要摒棄的詞兒，是不允許的。當然，有可能我們對正義、良知、道德在理解上略有不同，你們大概還在使用一些陳舊的概念⋯⋯我一直傾向在對舊人實施改造和懲罰的時候給他們講清道理，讓他們知道，明白，自己所得的懲罰都是應得的，恰當的⋯⋯你知道，」這個新人首先走到了夏岡的身側，「在你的創造下，新人在這個世界上出現了，這個世界被分成了『新人』和『舊人』兩類，當然舊人佔有絕對的數量，新人還廖廖無幾。

在一個叫拉斯科尼科夫[19]的舊人那裏，他分成的是『平凡的』和『不平凡』兩類——你得承認，我們新人無論在知識、智慧、才能各方面都高過舊人太多，屬於不平凡的一類。就連拉斯科尼科夫這樣的舊人也都承認，『不平凡的』人有權……並不是官方給予的正式權利而是自己有權允許自己越過自己的良心這道障礙，雖然他會為此經受痛苦……越過這道障礙，是為了讓他的思想（有時也許是可以拯救全人類的思想）得以實現，必須這樣做的情況下……你可以找舊人的書看一看他是不是這麼説的，當然你也可能已經讀過，那就更好辦了。何況，即使沒有這些理由，我也有權利正義地將你放進這台機器裏去，因為，你是一個傷害了許多新人的劊子手。我只是在恰當地，對你的過錯、罪惡進行恰當的處罰。」

那三個新人快步走來，他們用力地抓住了夏岡……

---

[19] 拉斯科尼科夫是陀思妥耶夫斯基《罪與罰》中的人物。後面的部分文字也出自這本書，略有變動。

殺人夜

　　我先從那天的上午開始講起。

　　一陣天昏地暗的風沙過後，我決定向店家要一碗酒。喚來小二，我的手在自己的布兜裏摸索，卻沒有摸到碎銀或者銅板。我收回自己的手，指著面前的桌子請小二擦淨，剛才的風沙在上面留下了厚厚的沙塵。「沒想到這裏的風沙真大。」我說。

　　小二的表情硬硬的，他飛快地做完自己手上的活兒，轉身走開。那張桌子被擦成了一張花臉。我將身邊的刀從左邊移到右邊，它響了一聲隨後又回到沉寂。我轉過臉，望著門外的大街。

　　天昏地暗早已散盡，街上一片一片的陽光熾熱地晃眼，空氣如同凝在了一起，只有其中點點滴滴的亮點提示我剛剛又一陣巨大的風沙來過，那些沙塵還沒有完全散去。街道上空空蕩蕩，一條慵懶的老狗蹲在對面的牆角，無精打采的樣子。

　　吐出口裏不經意灌入的沙子，口乾舌燥的感覺越來越重，它們從嗓子的部位繼續上升，整個口腔裏都彌漫著一股火焰的氣息。我決定向店家要一碗酒。如果小二向我要錢，我就將我手上的刀來抵押，它本來是很值錢的。

　　我對小二招了招手。他還是那副硬硬的表情，盯著自己的腳趾，沒有發現我的招手。順著他的目光我發現他的鞋子已經太舊了，所有的腳趾都已經露在外面，他木然地盯著它們看。它們不太安分，一動一動。

　　街上空空蕩蕩，慘白的空氣裏升騰著細細的熱浪，幾片乾枯的草葉升起又落下。對面，半蹲的老狗已經完全趴下了，像一灘灰黃的泥，整條街只有它的身體還略略有些水汽。我叫來小二，「你確定，這裏是入蜀唯一通道？你確定，從長安至此，應當只有十天的路程？」

　　「你都問過三遍了」。小二的抹布又抹了一遍桌子，它還是一張花臉，「我確定。我們老闆不也是這麼說的？」擦完桌子，小二沒有立即走開，他在我身側投下一條淡淡的影子，「你是不是需要點什麼？」

　　我盯著他的表情。本來我想說那給我一碗酒吧可最後說出來的是，什麼也不需要。我盯著他的表情，他的表情硬硬的，似乎也沒有別的包含。我說，「我要點什麼東西會叫你的。」

　　小二轉過身去。

　　正午的時光被熾熱拉得相當漫長，讓人昏昏欲睡，好在我又熬過來了。熬過那段時間實屬不易，後來又一場風沙，比上午的小了很多，在這次風沙過後我沒叫小二過來抹去灰塵，而是用手指在上面寫字。我寫「但見悲鳥號古木，雄飛雌從繞林間。又聞子規啼夜月，愁空山」，我寫「脈脈。旅情暗自消釋。念珠玉，臨水猶悲戚，何況天涯客？憶少年歌酒，當時蹤跡。歲華易老，衣帶寬，懊惱心腸終窄」。寫完這些字，我將刀端起，吹落上面的塵土，刀上的寒光被我吹出了波紋。街上，依然沒有行人，那隻老狗不知什麼時候走了，它將那邊的牆角空了出來。

　　「小二」，我說。我的聲音沙啞，他應當能聽出我的口乾舌燥。

　　打著瞌睡的小二來了，他走得歪歪斜斜。沒等我說話，他手上的抹布就又派上用場，桌面上的字跡被他用力擦去，現在，我面對的又是一張花臉。

「你說，你確定……」

「我確定。絕不會錯。」

「那你」我的手放在刀柄上，「你猜我來這裏想幹什麼？」

「你想做什麼我不知道。老闆說不許打聽客人的事兒。」小二還是那副硬硬的表情，「我們這家客棧住過形形色色的人。什麼樣的事都曾發生過。老闆說，我們要學會看不見，聽不見。」

「好吧。」我說。「我已經沒錢了，我準備明天離開這裏，你能不能給我一碗酒？」見他沒動，我把手上的刀抬到桌面上，晃了晃它的光亮，「明天一走，它就對我沒什麼用了。我想拿它換點酒喝。」對著刀刃吹一口氣，我又將刀彈出聲響：「這可是一把好刀。」

小二沒有回答我，而是將脖子伸長，朝門外望了幾眼，「你要等的人應當就到了。」

那個我要等的人真的到了。他來到店門口時已是黃昏，風沙又起，吹得門外懸掛的酒旗獵獵地響。在風與沙中，那個我等的人推開了門。

「店家，還有空房沒有？」他背對我關上店門，然後用力抖落頭上，身上的沙礫、落葉和其他混亂的東西，那時他就像是一個沙做成的人。真的是沙做成的人，在抖掉滿身沙塵之後，他一下子顯得蒼老，瘦小，枯乾。

「有，當然有」小二硬硬的表情裏突然露出一絲笑容，他甚至衝我偷偷眨了下眼睛，「空房有的是。我們可等你多少天了。」

「哦」。那個人沒有驚訝，「好啊。給我準備一間房。一壺酒。幾個小菜。兩個杯子，兩雙筷子」。說這些時他朝我的方向看了看，「我

走得有些累了。」在經過我身旁時他衝我點點頭，似乎沒有看見我放在桌上的刀。他一陣猛烈的咳嗽。

望著他的背影，在我身上一直積攢著的某些情緒一點點地流走，這個人，似乎並不是我要的那個人。他和我的設想那樣不同。

……

我把剩下的時光用刀細細地分成小段兒，一寸一寸地等著，終於等到了夜深人靜。這應當是下手的時刻了，許多的傳奇裏都是這樣說的，為了能讓自己更像一個俠客，我換上自己的夜行衣。因為很久沒有洗過的緣故，這身夜行衣有一股濃重的黴味兒，好在還可以忍受。只是胸前被樹枝掛破的那個洞不好處理，一碰就會裂開得更大，它讓我羞愧卻沒有更好的辦法。在出門之前，我突然想到可以用刀遮擋一下，這個突然想到讓我湧出了不少的力氣。我吹滅了燈。

風黑，月高，還有三三兩兩的星。旅店裏黑洞洞一片，我小心摸索，一步一步走上樓去。走到第四階，我的腳下一滑，頭重重地撞到牆上，而刀也被我慌亂中甩了出去——在一片靜寂之中，刀被摔落的聲音響亮，它在靜寂中迴旋，小二的鼾聲立刻止住了。「誰？」他問。我說是我。晚上吃得不舒服。「你晚上吃什麼了？」裏面亮起的燈光再次熄掉，旅店又陷入到黑暗中。

找回刀，我這次上樓便更加小心。那人房間裏的燈還亮著，我用刀去悄悄撬門，卻發現門是開著的——「門沒閂。你進來吧。」

我抱著刀，走了進去。

那人指了指對面的椅子，指了指對面的酒杯。

「我想，你應當知道我是來幹什麼的。」

「當然，知道。」他又猛烈地咳起來，彷彿一定要把肺和肝咳出來為止。「我現在這個樣子，你還怕殺不了我？也不急一時。」他抬了抬頭，「我怎麼也快死了，即使你不殺我。不如坐下來，先喝杯酒吧。」

我猶豫了一下，然後坐在他對面。那把刀，立在我胸前，它閃過寒光，讓我也打了兩個冷戰。

「是的，不急於一時。現在我殺你，真的就像踩死只螞蟻。」

「給我再多的酒也沒有用。我不會放棄殺你。」

「我不會放棄殺你。我已經等你十幾天了，不，我等了你近三十年。」

一飲而盡。它在舌尖上留下了苦。

我說我等了你三十年。要知道，在這三十年裏，我天天都能夢見將你殺死，或者被你殺死。不過，在夢中，還是殺死你的時候居多。

他說他知道許多人都想殺死他，許多人。現在他已經不再懼怕死，甚至希望它能早一點到來。「你能告訴我，你究竟為何事殺我？」他也飲盡了面前的酒，「想說就說，不說也罷。反正，我都是要死。」

當然要說，我必須要讓你明白，我說。我說，那是三十年前的事了，當時你在吏部任職。哦，是的，我任吏部主事。他停下咳嗽，給我斟滿了酒。

你受命，來陳州查辦永王謀反的案子。殺了七百多人。

哦，這麼說，你是永王的人？

不是。我從未見過什麼永王。我和他沒有任何關係。說這些的時候我的憤怒又回來了，它在我胸口聚集成一塊拳頭大小的石頭，我哥哥是在那時被殺的。他跟永王其實也沒什麼關係。可你卻將他抓走，殺了。

「我不會殺一個和永王毫無關係的人。再説，我只負責查辦，至於如何處置卻是由吏部刑部定奪，我再執行。」他凝望著眼前的燈，火苗在輕輕地一跳一跳，火苗之上有一股曲折的煙。「那時，我一心想討君王和尚書的歡心。其他都不在我考慮的範圍內。我辦案，一向都是認真的。」

我端起酒杯，外面又起風了，門被風沙拍得山響，我感覺，這座旅店就像一條顛簸的船，獨自行駛在風大浪大的海上。

我哥哥根本不是永王的人，他攀不上。他只是在縣衙裏當差，在傅主薄的手下，負責抄錄公文、訴狀什麼的，閒暇時寫一寫詩。到死，他也未曾見過永王一面。

「我想起來了，是，是有這麼個人。他自從被抓之後就一直哭，上刑場時他已經哭得力氣都沒有了。他是被一直拖著拖到刑場的。」他略略沉吟一下，「不過，我的確想不起為何殺他，不過，如果他只是抄錄公文我是不會殺他的。我想不起為何殺他，反正不是你說的原因。在吏部刑我待了十七年，處理的案子太多了。」

刀刃頂在他的脖子上，劃出了一道血痕。他抬著臉，抬著他臉上那些稀疏的花白鬍鬚，卻似乎沒有一點的懼色。──你想不起為何殺他，但你卻將他殺了。甚至讓我們全家都受到了牽連。在我哥哥死後不久，我嫂子抱著她剛剛一歲的女兒投入了水井。那時候，我就發誓要殺了你，一定。

哦。他又咳了起來，整個身體都在劇烈顫，我不得不把刀收回。因為，我的話還沒有說完，我不能，讓他顫動的脖子撞在我的刀上，這把刀可是一把鋒利的刀。

「原來，我是一個書生，一心想考取功名。」我的眼睛一陣發酸。轉過臉，我盯著高處，「在我嫂子死後，我賣掉了全部家當買了這把刀。近三十年的時間，我天天枕著它睡覺，但一直都沒能派上用處。」

他伸出手，摸了下刀刃。「真的是一把好刀。」外面風聲呼嘯，彷彿有一千匹奔跑的馬，房子的顛簸也顯得更為猛烈。「謝謝你用這麼一把好刀殺我。」

「剛才我上樓來的時候，還能看到月亮和星星。」

我和他，碰了碰酒杯。酒，在回味中有一絲的苦。

那一夜，我們喝了一夜的酒。就像兩個多年不見的老友，這話是他說的。

我對他說我的父母早亡，一直和哥哥相依為命，直到他含冤而死。我對他說，在今夜之前，在近三十年的光陰裏，我無時無刻不在設想對他的謀殺，無時無刻。我像一條影子，一條遙遠的影子，一直追蹤的狼，跟隨他由吏部、刑部，詹士府，揚州，河間，四處輾轉。我對他說，在京城和揚州，我先後放過三次火，然而它們都很快被撲滅了。我曾在河間的一家酒館裏充當夥計，因為據說他喜歡吃那家酒館裏的兩道菜，我找了個機會下了毒……我還有一次，埋伏在灌木叢中，朝他的轎子射出冷箭，在逃走的時候摔在山崖摔斷了腿，一直養了六個月才好，現在，它還時常隱隱作痛。我對他說，要不是他錯殺了我的哥哥，我不會變成這樣一個人，我也許會獲得功名，在吏部、刑部或州府任職，成為他的同僚。我哥哥的死，把一切都改變了，殺死他成為我後來的唯一目標，我指著他的鼻子，「這一天，來得太晚了！」

在這個過程中他不停地咳，不住地咳，有幾次，我感覺他早就把肺把肝把胃咳出來了，現在他的肚腔裏空空蕩蕩，只剩下咳咳咳咳的氣了。是的，我即使不殺他，他也不能活得太久。

他對我說，其實在這次被流放之前，我早就有機會殺掉他，如果真像我所說的，三十年的時間一直用來跟蹤他的話，他說在刑部時曾因某件莫名其妙的事件而被彈劾，免職，在一個縣衙裏謀得一份閒差，那時他整日醉醺醺的，晚上常一個人到護城河邊來回地走，「那是我在仕途上的第一次挫敗，它讓我萬念俱灰，要是那時你想殺我，我會像今天這樣，安靜地等待去死。」他對我說，那時我沒有動手，只能說明我怕。我是一個怯懦的人。

我飛快出手，狠狠打了他一記耳光。把他的咳打掉一半兒，讓他將另一半像一枚牙齒一樣咽回到肚子裏去。

兩杯酒之後，我向他承認，我是怯懦的。本來，我的命裏註定我應當是一介書生。

我的耳光使他顯現了更多的老態，他已經是一個病入膏肓的老人，他的臉上已少有生氣。對我突然的耳光他沒有惱怒，雖然我期待他拿出這樣的表情，以便我說服自己拔刀，殺掉這個表情──可他沒有。沒有任何的表情。

他對我說，他這一生，白首為功名，到頭來不過如此下場。他對我說，他的病在肺裏，在肝裏，在心裏，在身體的任何一處，他現在只想早一點死去，他的妻子、小妾和兒子都在另一邊等他。他對我說，他這一生起起伏伏，升升落落，許多的事都是多年之後才恍然明白，而更多的事則一直都不清楚。他對我說，有些事，即使一開始就明白，

但不得不，不得不。他對我說，現在，他什麼都沒有了，除了滿身的病，活著其實只能算是懲罰，所以他不怕死。

「真的是報應。當年我年輕氣盛，總想表現自己，永王一案總怕漏掉一人，牽連到你兄長大概出於這樣的原因，而對謀反、吏部、刑部、從來都是……而我，這次流放，兒子被殺，家財充公，也完全是被莫名其妙地牽連——當然，我知道是誰想拔掉我這根釘子。報應啊，讓我死在你的手上，真的是報應。」

那一夜，我們喝了一夜的酒。但誰也沒醉。

那一夜，我們就像兩個多年不見的朋友，這話是他說的。

他和我談起官場傾軋，勾心鬥角，黨同伐異，看著他如何翻手為雲覆手為雨。他和我談起自己少年風流，和一叫小梅的女子私定終身，還在她的要求下，將二人的婚約寫在了一張素綾之上。後來趕考，中進士，留在京城為官，和小梅音訊兩隔，最終娶了王家的女兒。她溫柔賢良，是一個好妻子。兩年之後，小梅的家人送回了素綾和口信，說，小梅在臨終之前說道，我為女子，薄命如斯，是你負心所致。在我死後，必為厲鬼，叫你一家人受盡折磨日夜不安！……說到這裏他的臉上顯現出愁苦的神色。我告訴他，我熟悉他所說的這個故事，不過那個女子不叫什麼小梅而叫霍小玉，負心男人名叫李益，這本是前朝故事。我還記得李益的一首詩「水紋珍簟思悠悠，千里佳期一夕休。從此無心愛良夜，任他明月下西樓。」在這首《寫情》詩裏，看不出他是負心人的意思。那個老人在一陣咳嗽之後大笑起來，「我也讀過李益的詩。但我從來不看傳奇，看來，世間的事沒有幾件是新鮮的。只是世人看不透罷了。」

他和我談及他的妻子，嫁他之後三年便去世了，她在死前總是噩夢連連，他覺得這是小梅的冤魂作祟，請人偷偷給小梅修墳造墓，

在她墳前種植了三十株梅花，可是沒有什麼效果。他和我談及他的兒子，年幼如何聰明懂事，後來官至太原府府尹，最後被皇上找個藉口斬首，自己也被流放蜀地，「我這樣的身子，這樣的年齡，是入不了蜀的。我也想過會在路上被仇家追殺，只是覺得，你應當出現得早些。」

我向他承認，我的確可以在他剛剛上路的時候就殺掉他，但那樣我可能跑不掉，我是一個怯懦的人。選擇在這裏守著，一是可以給自己充分的時間準備，二是荒蠻之地逃生容易。我希望在殺掉他之後還能有幾年屬於自己的生活，在近三十年的歲月裏，我是替他活的，替我哥哥嫂子活的，替仇恨活的。

他給我倒上酒。這是最後一杯。外面，風不知道在什麼時候停了，遠山上猿的叫聲慘烈低沉。「時候不早了。天馬上就要亮了。」他衝我笑了笑。我看到，他暗裏的嘴角有點點滴滴的血。「我發現，這裏的早晨比我家鄉的早晨要晚得多。在這裏也聽不到雞叫。」

提起刀。我問他，想不想看一眼早晨的陽光，他一邊咳嗽一邊點頭，想。「你的病是肺癆」我說。「不過也不只是這一種病。」

我說。

我殺死了他，刀，的確是一把好刀。

然而我的躲閃還是慢了些，也許是因為酒的緣故，夜行衣上還是濺上了少許的血。我將他的身子放倒，用一塊布蓋住他的傷口，然後坐下來對他說：「我對你說的故事不是真的，我是有個哥哥，他是一個橫行鄉里，無惡不作的悍匪，我知道許多人都恨他入骨，包括我和我母親，但他是我的哥哥。你在刑部時，下來辦案，殺死了我哥哥，我

沒有責怪你的意思，可他是我的哥哥。我母親要我報仇，不得已我答應了她。一個男人，是要信守自己承諾的，對吧？」

「你猜，我現在說的是不是真的？」

「你猜不到了。」

……走下樓來，小二已經站在門口，他打開了門。在我經過他身邊時他突然問，「辦得順利吧！」天色還很昏暗，我看不清他的表情，從聲音上判斷，他還是那樣，硬硬的，不帶表情。

街上空空蕩蕩，只有我和我的腳步，頭上的星星那麼高遠，那麼細小，那麼涼。風停了，風沙停了，彷彿它們從來未出現過，沒留下一絲一縷的痕跡。我抱著那把刀，它的上面也許，還有未淨的血。

抬頭，頭上的星星那麼高遠，而月亮，則完全躲進了黑暗裏。

等待莫根斯坦恩的遺產

獻給海納・米勒，是他的回憶錄《沒有戰役的戰爭：在兩種專制體制下的生活》給了我寫作它的靈感。

——題記

一

鐘聲響過了八下。那些黑衣的烏鴉還在教堂的塔樓上盤旋，它們的鳴叫有很強的穿透力，整個艾蓬[1]都能聽得見。從多羅特婭・馬克西太太的角度，從她窄小的視窗的那個角度，粗鐵匠魯施正拖著患有風濕的右腿，一竄一竄地爬上教堂的塔樓。他矮粗的身子已經一點點冒出來，站到烏鴉的中間去了。

現在，粗鐵匠魯施坐在塔樓上，透過烏鴉們起起落落的翅膀，向遠外眺望。風比想像中的涼，比剛才，在女廚娘阿格娜斯那裏喝那碗鵝雜碎湯的時候涼多了。她顯得那麼柔弱，一副充滿憂傷的模樣，「快來了吧。應當快來了吧。」魯施忘了剛才是怎麼回答她的，是說遙遙無期還是馬上就會到來，誰知道呢，反正這兩種回答在這一年多的時間裏他反覆說過，說得他自己哪一種也不敢相信了。

---

[1]　艾蓬：德國村鎮，位於艾爾茨山腳下。

當然，女廚娘也只是隨口問問，她馬上又回到鵝翅，鵝心，蘿蔔和蘭芹菜子的中間去了，魯施覺得，這些活兒和她柔弱的樣子很不相稱。「都等了那麼久了，可憐的費貝爾都待在墳墓裏去等了。」

風比想像中的涼，比剛才，在女廚娘阿格娜斯那裏喝那碗鵝雜碎湯的時候要涼，魯施揮了揮手，驅趕開那些影響到他視線的翅膀，向遠處眺望。通向艾蓬村的小路空曠地延伸著。一直延伸到兩個土丘的中間，延伸到無精打采的山毛櫸樹那裏，延伸到一個拐彎，被灰空氣埋掉的那裏，它缺少行人，缺少生氣，空空蕩蕩。

風中，那股鵝心和蘭芹菜子的氣味漸漸淡了下去，烏鴉們起起落落，它們並不懼怕龐大的魯施，它們早已習慣早已熟悉這個沈默寡言的人了，它們甚至敢在魯施堆放在塔樓角落裏的白紙上拉屎。粗鐵匠魯施，伸出他佈滿層層疊疊裂痕的右手，抽出一張白紙，抖掉上面的鳥糞；關於維修通向塔樓梯子的申請。

他寫得非常用力。一絲不苟。

二

站在視窗，多羅特婭‧馬克西太太瞭望教堂的塔樓和它的尖頂，瞭望那些黑漆漆的烏鴉，她抱怨，這些或許是來自於地獄的鳥，把艾蓬的整個天氣都擾亂了，艾蓬的天空從來沒有像現在這樣渾濁過，從來沒有。天知道它們還幹了些什麼見不得人的勾當。「願仁慈的上帝能夠懲罰它們。狠狠地懲罰！至少，讓煉獄的火把它們燒得更黑！」她說，「我的上帝，這群烏鴉就在您的教堂頂上。你可不能什麼事都不做！」

「你這樣說上帝是要遭到責罰的」馬克西先生長長地伸著他的腳趾，他的整張臉被一張嘩嘩作響的報紙給擋住了。

「我早就受到責罰了！」多羅特婭・馬克西太太歎了口積壓的怨氣，「嫁給你這個好吃懶做的人就是上帝的責罰！難道你沒有一點的事做，除了翻那些廢話連篇的報紙？我的上帝！這樣下去我會崩潰的！」

那張報紙更加嘩嘩作響。「等莫根斯坦恩的遺產[2]一到，」馬克西先生小聲地說。

「天啊，莫根斯坦恩的遺產！」多羅特婭・馬克西太太踢踢踏踏地走向門邊，她看見，綠制服的送信人維克托・韋盧恩騎著那輛綠色的舊單車，一縱一縱地來了。這個蓄養著八字鬍須的年輕人，他的腿部很有力氣。

「還有沒有別的？」多羅特婭接過維克托・韋盧恩遞上的報紙。維克托用手擦了擦額上的汗珠兒，「沒有了，太太。也沒有關於莫根斯坦恩的任何消息。」他張開嘴，衝著向他走近的馬克西先生打了個招呼。

馬克西依在門側，他皺了皺眉，因為他聞到了一股乾草和動物屍體混合散發出的黴味兒，至少和那樣的氣味類似，「有沒有弗蘭肯貝格[3]那邊的消息？」

「沒有，先生。那邊的工廠都倒閉了，生意蕭條。業主們跑了，只剩下空蕩蕩的廠房。」

馬克西低著頭，他仔細尋找這股氣味的來源，它好像淡了些，卻更加無處不在。唉，原也沒指望什麼。」

2　第一次世界大戰之後，處於經濟極度貧困的德國艾爾茨山人得到消息，說一個叫莫根斯坦恩的德裔美國百萬富翁，在臨終前立下遺囑，將自己的全部財產運回故鄉艾蓬。

3　弗蘭肯貝格是德國的工業城鎮，在一戰後一度蕭條。

「等莫根斯坦恩的遺產一到，」綠衣服的維克托・韋盧恩鬍子的角上帶出一些笑容，一切都會好起來的，會的。」他聳了聳肩，他肩頭那裏爬著一隻他沒有發覺的白蟻。那隻白蟻飛快地爬向他的背後，使他更不易察覺它的存在。

「莫根斯坦恩的遺產只會使艾爾茨山的居民更加懶惰！」多羅特婭・馬克西太太望著教堂塔樓的方向，「我們現在，可是靠著莫根斯坦恩的遺產活著了。」

「是的。」

維克托按了按單車的鈴鐺，它生銹了，因而短促，沙啞，像含滿了鐵屑的粿兒，他衝著馬克西先生揮了下手，馬克西仍然在尋找氣味的來源，它們那麼堅固，卻躲藏得很好──「你在找什麼？」多羅特婭・馬克西太太推了推馬克西的肩膀，「維克托和你打招呼呢，他要送信去了。」等馬克西抬起頭，綠色的維克托・韋盧恩已經飄遠了，他的腿是那麼有力。

「一種氣味。」馬克西皺了皺眉，「費貝爾死去的時候，他的屍體上就有這樣的一股氣味。不會錯的！」

「也許是烏鴉的氣味！它們偷走了黑麵包的香腸，還偷走了我的一條紗巾！應當找黑格牧師談談。我的上帝，你可不能一點兒事都不做！」

「你這樣說是會受到上帝的責罰的，」馬克西的頭更低了：「那些事，也許是老鼠們做的。老鼠們幹得出來。符蘭卡和那些黨員，員警也幹得出來。」

「你這樣說，才會受到責罰呢！」

三

向上的樓梯一步步下降：粗鐵匠魯施從塔樓上走下來，先是他的舊膠鞋，粗大的腿，屁股，然後是身體。「我總是不能馬上適應教堂內的光線。從上面下來，我感覺四周黑乎乎的，得過好長一段時間才緩過來」，他對黑格牧師說。一個背影在教堂的門口閃了一下。

「那是因為，你的心被魔鬼佔據了。它對你施了魔法。」

「得了吧。誰都是一樣。」

「不一樣。只有被罪惡迷住了眼睛的人才會。你眼前的黑暗是魔鬼蒙上的，它想借此動搖你對上帝的信仰。只有堅定對主的信仰，才能使你得救……」

魯施捶了捶自己的右腿，「我說不過你，牧師。也許你是對的。」他將寫好的申請放在桌子上，自己則站在左耳堂左側的祭壇前，盯著受難的基督。「我早就不信你的主了。要我信他，他就得在這個時候顯現一下神跡。」

黑格牧師神情嚴肅地看了魯施兩眼，陰鬱的過堂風讓他的身體發緊，甚至還打了個冷戰。

「你這樣說，這樣說……」

「雨季就要來了。」魯施說，他繞開剛才的話題，「雨季一來，情況會更糟的。」

兩個人都不再說話。牧師默默搜尋著《聖經》中有關雨季的全部章節，他的嘴唇一張一合，喃喃自語，彷彿在和魔鬼進行著較量，而這個陰沉的時刻，粗鐵匠魯施則有些昏昏欲睡，「今天，運送遺產的馬車肯定來不了了。」

因為剛剛提到了雨季的緣故，黑格牧師感覺自己的骨頭也滲入了雨季的潮氣，那股潮氣在使他的精神渙散，「要堅信主。誰也不能奪走對我主基督的信仰。」牧師指了指魯施放在桌子上的紙，「你已經用壞我四支鵝毛筆了。你應當學著少用些力氣。」

「會好起來的，牧師。等莫根斯坦恩的遺產一到，我馬上還你一百支筆。看在上帝和基督的份上。」

「你總給符蘭卡村長寫信，提出你的申請，收到什麼效果了沒有？」

「這是程式，牧師，符蘭卡村長喜歡程式，如果我不寫申請，就連任何答覆也得不到。」

「那，你得到了什麼樣的答覆？」

「當然還是那些，牧師，你猜得出來。等莫根斯坦恩的遺產從美國運來，教堂塔樓的樓梯馬上就會得到維修。如何，如何。莫根斯坦恩的遺產運來了，我也就不用天天爬這該死的樓梯了，修與不修樓梯和您有關係，就沒有粗鐵匠魯施什麼事了。」

「你可以自己先修一下。這樣天天爬上爬下，是比較危險。」

「我做不好木匠活兒，只會越弄越糟。況且，上天堂的路是向上的，仁慈的上帝不會讓我在半路上掉下來的。」

「不敬主的人會遭到懲罰，」黑格牧師縮了縮他的脖子，他再次感覺到過堂風的存在，「剛才，多羅特婭・馬克西太太來過了。」

「她啊」，魯施首先想到了多羅特婭肥大的綠裙子，「她不是來求上帝，收回她嘴裏多生的舌頭的吧？」

「我看，你的舌頭也生多了。」黑格盯著魯施的臉，「似乎，你從來沒說過這麼多話。」頓了頓，牧師用一塊手帕擦了擦聖杯，「她要求

教堂將烏鴉驅走，她說由於這些烏鴉落在塔樓上，不祥的氣息阻止了莫根斯坦恩遺產的到來。」

「這不奇怪，多羅特婭的母親就討厭烏鴉，她認定烏鴉是被溺死的黑貓變的，它們是魔鬼的夥伴。多羅特婭的母親也總愛搬弄是非。她們更應當和烏鴉住在一起。」

四

「聽說你又給村長遞過申請了，」阿格娜斯繼續削她的土豆皮，她習慣給尋常的土豆變花樣，不斷地使用黃瓜片、洋蔥、蘭芹菜子、蒔蘿、香菜，加進土豆湯裏，變化出不同的口味。在做這些的時候，阿格娜斯的眼角下垂，就在那裏，她顯現出一絲憂傷的痕跡。

「只是打發時間。」魯施斜靠在那裏，略略地抬起右腿，「黑格牧師叫我時時感念基督。可對我來說，想基督用不了那麼多的時間。」他的目光掠過阿格娜斯的身體，「婭特維佳呢？我有好多天沒有看見她了。你的女兒很可愛。」

阿格娜斯停下了手上的動作，她的手上粘染了土豆和洋蔥的氣味。在粗鐵匠魯施看來，憂傷的痕跡從她的眼角擴大到額頭，並覆蓋了幾乎半張臉：「她應當在面櫥裏。那裏已經空了，婭特維佳就躲到那裏去了。她害怕見所有的人。自從她父親被抓走之後。」

「可憐的孩子。」魯施喝了一口土豆湯，裏面有一股辛辣的氣味。「我想帶她去教堂的塔樓上玩。壞事情會過去的。」

「那就帶她去吧。但願耶穌和黑格牧師不會讓她恐懼。」阿格娜斯轉過身，打開虛掩著的面櫥。

　　然而，婭特維佳並不在裏面，那個小面櫥被麵粉的黴味和幾隻蛾子佔據著，被一個小布娃娃佔據著，婭特維佳並不在裏面。「她不會走遠的，」阿格娜斯甩掉粘在手上的一塊土豆皮，「她肯定又躲起來了，她害怕見任何人，她父親被抓走的那天把她給嚇壞了。」

　　「那個八月[4]之後我們都遭遇了什麼？那些給我們製造災難的人從來都不認真地懺悔，」魯施喝下第三口土豆湯，「我到外面找找看。也許她走到了街上。所有孩子的脾氣都難以捉摸，特別是女孩子。」粗鐵匠魯施將一頂粘染了油漬的帽子扣到頭上，「等莫根斯坦恩的遺產一到，情況也許會好起來的。」

　　「等一下，」阿格娜斯咬了一下自己的嘴唇，她看著魯施，「婭特維佳也許去勞布沙德的店裏去了。這個孩子，她父親沒被抓走之前，她就常去勞布沙勒德那裏，看他修理舊鐘錶。」

　　「這倒是個不錯的嗜好。我馬上就去那裏。」

　　走出門口，魯施很快又返了回來，他矮胖的身子擋住了許多光線。他壓低了聲音：「聽說不安分的童子軍們正在密謀，他們竟然懷疑，莫根斯坦恩的遺產是否真的有那麼多，是否真的存在！他們，昨天晚上偷偷在莫根斯坦恩廣場粉刷了標語，用紅色和綠色的漆！剛才，村長正在廣場上處理那事呢。」

---

[4]　指一九四一年八月，第一次世界大戰爆發。

五

　　阿格娜斯和猶太人西吉斯蒙德・馬庫斯的女兒，那個八歲的瘦小的小人兒，那個遺傳了母親的憂傷和父親的脆弱的小人兒，她確實是在勞布沙德的鐘錶店裏，在一個角落，鐵銹和黃油以及更為複雜的氣味中間，昏暗的中間，走著的鐘錶和不走的鐘錶，一大堆大大小小的零件中間，像一塊木雕。她小心地呼吸著，和勞布沙德，和那些舊鐘錶保持著一種遙遠的親近關係。

　　「婭特維佳，和我去教堂好麼？在塔樓上，你可以看見整個艾蓬！」

　　「婭特維佳，把你的手指放下來。別總是吸吮自己的手指！」戴著眼鏡的勞布沙德沒有抬頭，他正在把一個細小的零件裝進錶裏，但是那塊錶裏的時間依然是靜止的，勞布沙德只好用他黃褐色的手，油漬和鐵銹的手重新將錶拆開。零件越來越多。

　　「婭特維佳，跟我走吧，我已征得了你母親的同意。你知道，塔樓上有許許多多的烏鴉。你可以和它們靠得很近。你可以看清它們的小眼珠兒！它們一定會驚訝，塔樓上怎麼多出一位漂亮的小姑娘？」

　　「別總是吸吮自己的手指，婭特維佳，這可不是一個好習慣。」勞布沙德用眼鏡後的光看了魯施一眼，「你不用勉強她了，粗鐵匠，」勞布沙德的手上用了些力氣，「整個艾蓬村，整個艾爾茨人的居民都等著你把莫根斯坦恩的遺產招來呢。」

　　「你用不著這樣跟我說話，」魯施拿起一個鐘錶的殼，晃動了三下，「可憐的費貝爾，他的腸子就是被肚子裏的怨氣給墜斷的。」

　　「他是被你們的政黨餵下了毒藥！」

　　「……」

　　鐘錶匠勞布沙德，他向外探了探他的長脖子，和綠制服的維克托·韋盧恩打了個招呼，「綠信使，你今天服務於天使還是服務於魔鬼？維克托帶給艾蓬的是怎樣的消息？」

　　「我只服務於信件，勞布沙德，天使和魔鬼都跟我缺少聯繫。怎麼樣，你的生意還不錯？」

　　粗鐵匠魯施從側面擠了過來，但勞布沙德沒有理會，「可惡的戰爭之後，連陽光都變得蕭條起來了，」勞布沙德說，「再這樣下去，我就得給我的鐘錶店打造一塊喪鐘。」

　　粗鐵匠魯施從側面擠過來，他矮粗的身體夾在勞布沙德和維克托之間，「不要誹謗我們的政黨。它是有力量的，它可做了不少好事，勞布沙德。」

　　「他，他是什麼意思？」維克托·韋盧恩望著魯施搖搖晃晃的背影。

　　「他的風濕病又犯了。應當是這樣。他應當多喝杜松子酒，那對他是有好處的。」

　　「對了，我看見市裡那個銀行借貸員來過了。看他魂不守舍的樣子，就能猜到，他在符蘭卡村長那裏碰到了釘子！」

　　「把錢借給符蘭卡，他的眼睛一定早就瞎了。我不知道建這個廣場會有什麼用處，還建得那麼豪華。」

　　維克托·韋盧恩按了按單車上的鈴鐺，「榮耀歸於在天之主[5]，」他衝著勞布沙德笑了笑，他的笑容也是綠色的：「等莫根斯坦恩的遺產一到，廣場就會派上用場，當然，集會，演講，用處可多呢。幾年之後，廣場上也許會塑起符蘭卡挺著肚子的雕像──捕捉鴿子和烏鴉的

---

[5]　彌撒經文。

工作要抓緊了。這些不懂事的鳥會忍不住往它的頭上拉屎。」維克托·韋盧恩，一路咯咯咯咯地笑起來。

重新坐回到椅子上，勞布沙德看了看木頭一樣的小人兒，「婭特維佳，不要總吸吮自己的手指，」他說。舊零件們散落在桌子上，它們看上去不像是聚會在鐘錶之內的那些，鐘錶匠將其中的一個拿了起來，那些熟悉的零件突然讓他感到陌生。「婭特維佳……我想說什麼來著？」

六

把擋在眼前的黑翅膀趕走，魯施便可以清楚地看到莫根斯坦恩廣場上的發生，那天下午的莫根斯坦恩廣場像一塊磁石。那裏聚集了許許多多的人，豎起的旗桿上還飄著彩帶，從魯施的角度望去，那裏彷彿沒有粘染絲毫的戰後的蕭條，艾蓬的乃至整個德國的蕭條。下午的莫根斯坦恩廣場人頭攢動，風把銅管樂隊的聲音忽大忽小地送進魯施的耳朵，他相信，風也把聲送到了烏鴉們的耳朵。

通向艾蓬村的道路白茫茫的，那天陽光充分得沒有一絲的水分。路上閃過一個人影，很快就消失了，他應當去了另外的方向，也完全不像運送大批遺產的樣子。下午的莫根斯坦恩廣場像一塊磁石，它吸引著魯施的眼睛和脖子。那裏人頭攢動，人聲喧雜，「天佑汝，頭戴勝利花冠[6]」，或者是巨人山脈的呂貝察爾山神的遊蕩，穿制服的人已經站好，少年鼓手們敲著嶄新的鼓——這也是用莫根斯坦恩即將到來的遺產做抵押，從銀行裏貸款購買的……

---

[6]　為舊普魯士國歌歌詞。後面巨人山脈山神遊蕩一段為德國民謠。

「我猜你就在這兒，」通向塔樓的梯子上冒出一個禿頂，他還在一步一步地向上冒著，它已經被葡萄酒的酒精燒紅了，「魯施，你和烏鴉們在一起待得太久了。讓我看看，看看你身上的黑羽毛。」

「我也知道是你，馬克西！你要把梯子踩壞了！」

「那有什麼擔心？通向人間和地獄的路沒有了，我們只好上天堂了。我喜歡唯一的路徑，我可不喜歡什麼選擇！」

廣場上人頭攢動，風把那裏的聲音忽強忽弱地送過來，人聲喧雜，渾濁，混亂，鼓聲已經停止了。

「啊，集合！啊，符蘭卡的演講！啊，激動人心！啊，麻木！」馬克西醉了，像蚯蚓一樣扭動著身子，「好戲馬上就要上演了。魯施，在弗蘭肯貝格，我們看過不少好戲！哈哈騷女人的屁股，但澤利口酒[7]，漂泊的荷蘭人，哈哈，那些欠揍的水手，他們的頭上開花，屁滾尿流！」

晃動的酒灑在了馬克西的灰領子上，灑在了他空蕩蕩的胸前，那裏面曾經也佩戴過黨徽。同時也灑在魯施寫了兩行字的紙上。「酒鬼應當出現在妓女的床上而不是教堂。」魯施抓過馬克西的酒瓶，「你喝多少酒，上帝也許會取走你多少血。」

「我們早就不信仰他了，是不是？他沒有拯救戰爭也沒有拯救德國！」

「和你的多羅特婭睡在一起，你的嘴裏也生出了多餘的舌頭。」魯施望著廣場的方向，風裏來了細小的石頭和灰塵，它們夾在忽大忽小的聲音之間，一個人走上為演講而搭建的臺子，不，他後面跟著兩個人，後面的人面容有些模糊。走上台來的那個人不是符蘭卡，從他

---

[7]　產於德國但澤的一種含金箔的露酒，又稱為「金水酒」。

的姿式和動作上可以看得出來——魯施伸了伸自己的脖子，他想看清那個人究竟是誰。

「魯施，」被酒氣泡軟的馬克西招喚著魯施，「你過來，我們喝酒。我討厭集合，任何的，集會只能讓我的身體變髒，讓我的耳朵生出新繭子！」

「要不是被黨開除了，我相信你比誰都更喜歡集會！」魯施盯著莫根斯坦恩廣場的方向，「今天並不是符蘭卡演講，我看不清他是誰。」

「符蘭卡。老一套。熱愛德國，重建我們的偉大帝國，愛國者莫根斯坦恩，他忘不了自己出生在德國！」被酒氣泡軟的馬克西揮動他的手臂，他像一攤會動的泥，「啊，德國的重建！艾蓬即將到來的美好生活！我們創造歷史！[8]充滿了光的未來！」泡軟的馬克西衝著魯施，「無非是這些。我說得，對不對？」

「今天演講的不是符蘭卡，而是另一個人，哦，他也許是那個舍恩黑爾，在製桶匠的店裏出生了半個頭的那小子！」魯施顯得有些冷淡，一小塊沙子迷住了他的眼睛，可並沒影響他向莫根斯坦恩廣場的觀看，「看上去像。就是舍恩黑爾，他替代了符蘭卡的位置。」

「老一套，是不是？符蘭卡嘴裏的金牙應當敲掉。人民應當做這事兒。為了德國的重建。莫根斯坦恩，那個縱火犯的孫子，膽小鬼庫爾比拉的兒子，竟然成了百萬富翁！黑烏鴉們，要不你們也喝一口？我知道，要有信有望有愛[9]。我愛你們的黑嘴唇！我愛人類的災難！」

「馬克西，你是不配留在黨內。」魯施說，「要不是看在弗蘭肯貝格那些日子的份上。你幹嗎喝這麼多酒！」

「為了堅信，魯施。酒能讓我堅信。」

---

[8]　此處借用的是希特勒的話，他聲稱納粹上臺將「創造歷史」。
[9]　有信有望有愛：見《聖經・新約・哥林多前書》第十三章。

　　廣場的南邊發生了騷亂，他們扔起一些什麼樣的東西，從魯施的方向無法看得清楚。騷亂很快停止了，有幾個年輕人被帶出了廣場，他們消失在一棟房子的背後，那裏曾是費貝爾的房子，在他死後便換了主人。但那裏依然堆滿了木帆船，不倒翁，拉提琴的猴子和鐵皮鼓。天主教徒費貝爾是一個玩具商，然而他卻總是出奇的嚴肅，和冷清的生意極為相似。演講仍在繼續，舍恩黑爾沒有受到騷亂的影響，就像它沒發生過，然而那些年輕人畢竟離開了廣場，甚至可能發生了流血，「好鬥的小公雞們總要掉一茬羽毛[10]，」魯施喃喃自語。

　　在他背後，彷彿有一把木鋸開始在鋸木頭，彷彿想要將教堂的塔樓拆毀：醉醺醺的馬克西，禿頂的馬克西睡著了，他的鼾聲使整個塔樓都發生了動盪。風吹來的聲音，廣場上的聲音，都被馬克西的鼾聲吸納了進去，變得更加渾濁。

七

　　「主會按照你們各人所行的審判你們[11]，」牧師黑格皺緊了眉頭，「你們應當畏懼。竟然醉成這個樣子。竟然，在教堂的塔樓上！」

　　「願主憐憫我們，」魯施說，「他已經受到懲罰了，至少，主收走了他的頭髮，還安排他和一個長舌婦睡在一起。他受到的懲罰已經夠多了。」

　　牧師的身體有些顫抖。斜挎在魯施肩上的禿頭馬克西像西吉斯蒙德‧馬庫斯家裝滿土豆的麻袋，他憑藉自己的重量下沉，下沉，

---

[10] 為德國民諺。
[11] 見《聖經‧舊約‧以西結書》。

彷彿要睡到教堂涼涼的方磚地上才安心。外面的陽光充沛得讓人目眩，可過堂風卻依舊很涼，仿若撒旦的氣息，它吹入了牧師黑格的脖領。

「我想有必要找符蘭卡村長談一談，魯施，也許你不適合充當莫根斯坦恩遺產進村的瞭望員，」牧師在胸前畫了一個十字，「看你都在教堂裏做了些什麼！」

「向主懺悔，」魯施說，這時他肩上的麻袋動了，醉醺醺的馬克西打斷了他的話：「牧師，你知道別人怎麼說你麼？格拉斯說，他說……」現在，輪到魯施打斷他了，「願遵照主的律例，謹守主的典章，誠實行事[12]！牧師，今天演講的不是符蘭卡而是舍恩黑爾，這是怎麼一回事？」

「也許，」黑格略略地愣了一下，「也許……主知道一切的發生。」

「但願，主能告訴我莫根斯坦恩的遺產什麼時候到來！」馬克西插話，他的聲音變得尖細，如同被一根魚刺卡住了嗓子。

「你知道，平時，馬克西不是這樣了，他醉了！」魯施呈現出一副笑臉，他笑得粗憨憨的：「等莫根斯坦恩……」

「魔鬼給了你們欲念，讓你們在欲念和罪惡中沉浮掙扎，而忘記了敬畏主，忘記了主的救恩……」

「那個，格，格拉斯說，」聲音尖細的馬克西重新找回剛才的話題，「他說，蒸鯡魚的時候不小心弄破了苦膽，就，就會得到和你同樣的面容：有這個苦味的底子，你，你看什麼都是，罪惡和墮落的樣子！[13]」

「……」

---

[12] 語出自《聖經‧舊約》。
[13] 出自君特‧格拉斯的長篇小說《比目魚》。

「馬克西喝醉了！他的舌頭已經長出了暗瘡！平時，你知道，他平時可不這樣，他是一個膽小如鼠的人……」

黑格的眼裏有一層暗暗的火焰：

「你們，你們要將所犯的一切罪過盡行拋棄，自作一個新心和新靈……[14]」

八

一場暴雨之後，艾蓬的空氣中籠罩著一層厚厚的水氣，而陽光卻同樣厚厚地鋪過來，泛著一股灰白色的光。街道上還有小股的水流，它們具備鏡子的性質，閃爍，反光，滿含倒影，使聳立的世界顯得很不真實，如同幻象。店鋪門前的鈴鐺和招牌在風中丁丁當當響著，呼喚著並不存在的至少是極為稀少的客人，有些頹敗。

雨後的艾蓬隱藏著一股淡淡的不安。粗鐵匠魯施非常偶然地感覺到，空氣裏有絲絲縷縷的不安，它隨著水氣正在緩緩擴散。

阿格娜斯收起魯施放在桌面上的兩個盾[15]，然後端來了一碗土豆湯，上面飄著幾片綠褐色的葉子，「快來了吧。應當快到了吧。」魯施看見，鐘錶匠和婭特維佳都在，他們坐得很深，似乎相互都沒有看到。「是不是因為下雨的緣故？你似乎有些晚了。」憂傷的女廚娘阿格娜斯望著魯施的額頭，「我是說，現在這個時間，你應當早在塔樓上了才對。」

---

[14] 語出自《聖經》。
[15] 盾，德國貨幣。

「魯施在失去了鐵匠的工作後又失去了瞭望員的工作。那裏已經有人替代。」魯施聳了聳肩膀。土豆湯依然很燙，並且略略地少些味道，「除了這條患有風濕的腿，我不知道還能失去什麼。」

「會好起來的，莫根斯坦恩的遺產也應當要到了。就是蝸牛，也可以從美國爬到這兒了。」在阿格娜的臉上並沒有「會好起來的」表情。「我想像不出，是不是死亡多多少少阻擋了莫根斯坦恩的速度，怎麼會這麼緩慢。」

「莫根斯坦恩也許是被什麼黨想像出來的，」陰影處的勞布沙德插話，他的聲音混濁緩慢，「婭特維佳，把你的手從口中拿開，這個壞習慣可沒有一點兒好處。」

魯施看了看阿格娜斯，又看了看勞布沙德：「這和黨可沒關係！莫根斯坦恩遺產的事是從知情人和信件裏傳過來的，整個艾蓬村的人都知道！黨只是給了我們更多希望，僅此而已！」

勞布沙德不再說話。外面的陽光越積越厚，勞布沙德周圍的陰影也越來越淡。「我不知道，勞布沙德，你怎麼會對我們的黨抱有這麼多的成見！」

現在該阿格娜斯出場了，她伸出搗碎土豆泥的右手，被水份和土豆泥泡得更加發白的手：「我很希望莫根斯坦恩的遺產早點到來。魯施，我們艾蓬人都等得太久了！願所有誠心愛主耶穌的人，都蒙恩惠！」

然而，阿格娜斯的插話並沒有起到應有的效果，屋子裏的空氣依然冷著，僵著，一塊舊鐘錶的滴答聲被無端地強化了，麻木地響著。

更深處的婭特維佳，突然發出了低低的哭泣。她蒙著自己的眼睛，將眼睛和臉都深藏在身體裏。外面的陽光很好，越積越厚。

「聽說，」勞布沙德的聲音乾澀，似乎含著數量眾多的沙子，「聽說舍恩黑爾取代了符蘭卡的位置。也不知道，這意味了什麼。」

魯施努力地張了張嘴。他的聲音過於短小，以至他不得不多用些力氣，「誰，誰知道呢。不過，這樣肯定，是有道理的。」

勞布沙德，用眼鏡背後的光看了看婭特維佳，「去年，萬聖節後那個貝布拉劇團[16]的演出你是不是還記得？天知道，他們在什麼地方找到了那麼多矮人兒！」

「當然記得！多麼棒的表演！黑格牧師差一點沒有阻止他們的演出！他叫他們什麼？傳播邪惡和褻瀆神明的侏儒！」魯施探了探自己的身子，把他的粗脖子露出了更多，「他們甚至為艾蓬排演了一出新戲，真難為他們了！那時我們多麼激動！那時候，只有費貝爾是怨憤的，因為他下不了床。因為怨憤，可憐的費貝爾才拉斷了自己的腸子，才造成了肚子裏腫瘤的破裂！」

「是啊，那時候。大家都相信苦日子過去了，艾爾茨山上空的陰雲消散了」，阿格娜斯說，這時的婭特維佳也止住了哭泣，她正倚在母親懷裏，閃爍著晶瑩的藍眼睛。「沒想到，我們又等了這麼久。」

「快了。肯定快了。說實話，我甚至對遺產感到了厭倦！」

「我們為它修了廣場，重建了劇院，挖了一半的游泳池……戰前的艾蓬也沒有這樣奢侈過。可是遺產，遺產，它的影子在哪？」

「那些不安分的年輕人，比我們更沉不住氣！」

---

[16] 在君特·格拉斯的長篇《鐵皮鼓》中，由侏儒貝布拉任團長組織的一個德國前線劇團，由侏儒們組成。他們曾到諾曼第等地慰問德軍。這裏是有意的借用。

九

用來等待的時間那麼多，它們積壓在一起，變得越來越稠，越來越粘，都有了那種鯡魚醬的味道。鯡魚醬的氣味還來自於粗鐵匠魯施的腳趾，它生有腳氣，或者其他別的病，現在，魯施用掉一些時間來對付死掉的、帶有異味兒的皮，可時間還是有那麼多。

自從失去瞭望的工作之後，魯施一個人待在房間裏的時間多了起來。他的面前有不少剩餘的紙，粗鐵匠魯施常常拿起筆來，卻不知道該寫些什麼。「也許我該去打施卡特[17]牌，至少比這樣閒待著好一些。」

「也許我該去參加黨的活動，救助那些貧困的失業者。在艾蓬，在戰後德國，這樣的人太多了，譬如我。我需要自我救助。那個可惡的馬克西造成了我的第七次失業。我該找他去打牌。只是，生多了舌頭的婊子比他更可惡。有時，馬克西還是一個不賴的人。」

「或者，像那群臉上生出痘痘的年輕人，去山上打鳥，或者幹些什麼。反正，需要找點什麼事做。」

矮粗的粗鐵匠在紙上寫他的計畫。「等莫根斯坦恩的遺產一到，我就開始工作，現在，我比什麼時候都渴望打鐵。我比任何時候都更喜歡火焰熾烤的樣子，火光飛濺的樣子。」

「在莫根斯坦恩的遺產到來之前，」魯施對自己說，「我應當去馬克西那裏看看。也許，可以玩幾把施卡特牌。」他抬了抬屁股。

---

[17] 施卡特牌：一種德國紙牌遊戲，共三十二張，由三個人玩。在施卡特牌中，J是王牌，大小順序是梅花、黑桃、紅心、方塊。若打有主，則某一花色的牌也是王牌，大小順序是：A，10，K，Q，9，8，7。

十

　　魯施遠遠走來的時候，多羅特婭・馬克西太太正在捉拿李子樹上的蟲子，它們咬碎了樹葉並時常鑽到剛剛有點模樣的青李子中去，吸食那種苦澀的味兒，並讓這種苦澀的味兒一直待到李子成熟。她沒有停止手上的動作，一副視而不見的樣子。魯施衝她笑了笑，然後徑直推開門，朝馬克西的鞋子走去。馬克西拿開胸前的報紙。他張了張嘴，露出一片褐色菜葉，然後又悄悄合上了。

　　「有什麼新鮮事？」魯施用下巴指了指馬克西手上的報紙。

　　「你說，除了光明的那些？」馬克西直起身子，嘩嘩嘩嘩地翻動報紙，「弗蘭肯貝格，奧斯拉特公司宣佈破產。魯施，你和我都去過那裏，我們還和那個叫什麼格雷夫的倉庫管理員打過一架。現在它倒閉了。小眼睛的格雷夫，他也失業了！當然他可能早就被裁掉了，誰知道呢……運沃斯，由船廠工會和婦女生活保障協會組織的遊行發生了小小的騷亂，哦，一名迪爾紹的法官，上面沒有說他屬於哪一個組織，只說他提出應當讓當局繼續地產抵押馬克[18]的計畫，一名名叫馬爾察萊克的銀行信貸員，出於絕望或者莫名其妙的原因自殺了，他竟然是，把自己吊死在一座大橋上……」

　　馬克西的眼睛相盯著報紙，他的鼻子有著微微的潮紅，彷彿那裏蓄藏了未被消化掉的酒，它們有持續的作用。「我對這些早已經麻木不仁，」魯施說，「要不，我們玩一會兒施卡特牌？」他看了看多羅特婭・馬克西太太，她已經停止了，某些樹葉背後的蟲子還可以繼續

---

[18]　地產抵押馬克：第一次世界大戰後，德國通貨膨脹時期，為穩定貨幣而於一九二三年到一九二四年八月間發行的臨時通貨。

存活，然而她並沒有走到房間裏來。她挺著自己凸起的肚腩，朝教堂的方向看。

　　禿頂的馬克西，笨手笨腳的馬克西對玩牌似乎有特別的熱情，他大聲招呼著多羅特婭，把報紙紛亂地碰到了地上——多羅特婭‧馬克西的表現與他恰恰相反，她推託了一下，皺著眉頭，最終還是坐在了馬克西搬來的椅子上。

　　三十二張牌，洗牌，答牌，分牌，出牌。多羅特婭還是那副厭厭的樣子，厚嘴唇裏一波一波地發出抱怨，而馬克西的熱情則顯得有餘，有誇張的成分在內。

　　「天氣實在越來越熱，」馬克西解開領口的扣子，他甩出的梅花9被魯施的黑桃J吃掉了，「這樣下去，艾蓬會被烤焦的。那時，莫根斯坦恩的遺產即使到來，也不能使成為焦炭的我們獲得拯救。」

　　「放心。他們會把你挖出來，讓你看一眼你可以分得的那份兒，再將你重新埋到墳墓裏去。他們做得出來。」

　　「我倒想知道，這個縱火犯的孫子是不是真的有那麼多的遺產。這些年，我們收到的空頭支票太多了。」

　　魯施的方塊10被多羅特婭‧馬克西的王牌吃掉，她卻沒有任何的興奮，厚嘴唇裏說出的仍然是抱怨，房屋的潮濕和悶熱，無所事事，鹹魚和黑麵包的生活；教堂的烏鴉，李子樹上比樹葉還多的蟲子，窗臺上的鳥屎，青年銅管樂隊屋簷後的排練，蛀蟲和白蟻，籠罩於德國艾爾茨山的壞情緒等等。她口中的數條舌頭輪流使用，小嘴不停，表達著對生活的不滿和厭倦。「我怎麼生活在這樣一個時代。要不是有莫根斯坦恩的遺產要到，上帝！我怕我早就支撐不下去了！」

「那是你低估了自己」，馬克西說，他甩出一張方塊 A，紙牌在桌子上轉了個圈兒。

「你說什麼？你是什麼意思？」馬克西沒有理會多羅特婭的質問，他在等待魯施出牌，「西吉斯蒙德・馬庫斯被抓走很久了吧？他從放火到偷盜中可沒得任何有好處！」

「所有奸惡的猶太人都應當受到懲罰！我最見不得他們的那種嘴臉！」

魯施抬了抬手，他對甩掉手中的哪張牌產生了猶豫，「馬庫斯先生似乎並不壞。他身上似乎沒有生出盜賊的骨頭。」

多羅特婭發出一聲重重的鼻音，「被冬天的蛇咬到的農夫只證明了自己的愚蠢。你是不是還會說，可憐的阿格娜斯，失去了丈夫會讓她多麼痛苦？」多羅特婭・馬克西太太出牌，「這個放蕩的女人，早就將他忘了，忘得一乾二淨！她和鐘錶匠睡在一起，勞布沙德，喜歡髒女人裙子下面的土豆氣味！」

「這不會是真的。你的舌頭應當受到管轄，上次你說伊瑟貝爾和某個男人私通，結果她脾氣暴躁的丈夫打斷了她三根肋骨！但事實是，伊瑟貝爾比那些被煎熟的青蛙還要無辜！還有……」

「你們總是，要聽事實，要聽事實。可事實來了，你們就說，天啊，你怎麼編出這樣的事來！」

……

隨後的施卡特牌，玩得有些沉悶，儘管多羅特婭還在不停地釋放她的怨氣。脾氣好起來的馬克西進行著緩和，他岔開話題：「聽說，新任的舍恩黑爾村長要建一個更大的游泳池。他還制定了一個全民游泳計畫，等莫根斯恩的遺產一到，馬上就開始實施！」

「也許，他還會建造飛機廠。這些人，一個比一個更能異想天開！」

多羅特婭・馬克西的紅心 10 被吃掉了，她的怨氣加大了，像膨脹起來的河豚：「相較這種修建而言，他們更應當多考慮解決失業問題，給餓扁肚子的人們分發小圓麵包！」

「他們，也許是對的。」魯施說，「人民需要團結，聚會和娛樂。總處在頹喪的情緒中，一個強大的帝國是無法建立起來的。」

「這可不太像你的話，魯施。」

「人是會改變的，多羅特婭。」

……傍晚，漫長的紙牌遊戲終於散了。粗鐵匠魯施的右腿感覺著突然而來的疼痛，他拖著它走出大門，而馬克西則跟在了後面：「對不起，魯施。你知道我指的是什麼事。」馬克西的聲音細小，像蚊子發出的，細小的聲音堵住了他的喉嚨。

十一

「莫根斯坦恩是誰？」

「一個逃亡者。他出生於艾爾茨山的艾蓬村。他曾參加過消防隊，撲滅他爺爺或者其他什麼人放的火。後來應召去服兵役，在凡爾登[19]和法國佬兒的戰鬥之前神秘失蹤，據說是得到了秘密的任務。」

「莫根斯坦恩是誰？」

「一個美國人，他早早地取得了美國國籍，雖然他的血管裏流淌的依然是從德意志帶走的血。後來他成了百萬富翁，開著一家製造光明的公司。」

19　凡爾登：法國地名，第一次世界大戰德法於一九一六年二月至十二月在此地發動大規模戰爭，凡爾登也就成為了死亡象徵。

「製造光明的公司？」

「哦，大概是從事電燈燈泡的生產，也許還生產蠟燭和焰火。我對他的美國生活瞭解不多。」

「莫根斯坦恩是誰？」

「他是庫爾比拉的兒子，他的父親一生謹慎，然而在比紹[20]，一枚炮彈卻率先擊中了他，可憐的庫爾比拉血肉橫飛，不過他籃子裏的雞蛋卻一個都沒有碰碎……我想你早就聽說過這些了。我不比他們知道得更多，甚至也不比你，知道得更多。」

「那麼，莫根斯坦恩……我是說他的遺產，那些遺產……」

「你是問我們怎麼得知他的遺產要運回艾蓬，要分給艾蓬人的？這事大家都知道，無論大人孩子，整個艾蓬，不，整個艾爾茨山的居民都知道！所有人都參與了這個消息的傳播，據說連柏林人都聽說了……誰是第一個傳播這消息的人……我想沒人能說清了，好像一夜之間，所有艾蓬人就全部知道了！興奮燒紅了我們的臉！要知道那時戰爭剛剛結束不久，我們的生活極為困苦……」

「這個消息讓你們興奮？」

「當然！當然！你肯定無法想像，整個艾蓬的沸騰——這個詞被用得太濫了，可我找不到更合適的詞。就是沸騰，有熱度，冒著氣泡兒，男人們在大街上來來回回走動，歡呼，相互擁抱，被子彈打穿了喉管又接上的葉什克，那天也到街上沙啞喊叫，時間不長便被送進醫院，可醫生已經無能為力：他脆弱的喉管已無法進行第二次縫合手術。」

---

[20] 比紹，德國小鎮。

「莫根斯坦恩的遺產，這筆還沒到來的遺產對你們的生活構成了影響？」

「影響巨大，相當，巨大。」

「能不能仔細描述一下？」

「其實你完全可以自己想像，想像一群青蛙突然間紛紛變成了王子，想像阿里巴巴剛剛打開寶庫的門，想像一個貧兒被皇帝拉進王宮宣佈他擁有了王位，想像那些睡在羊圈裏的牧羊人一覺醒來……很長一段時間，我們一張口就是，莫根斯坦恩，莫根斯坦恩。我們的舌頭被固定住了，只會發出這幾個音節。莫根斯坦恩的遺產成了唯一的話題。你怎麼想像都不過分，要知道，當時的艾蓬被一種近乎絕望的情緒籠罩著，我們面對的是，喪失親人的痛苦，戰後重建，失業，蕭條，層出不窮的犯罪和貧困。」

「為了迎接這份遺產，你們建造了一個廣場？」

「莫根斯坦恩廣場，是的。我們還修建了所學校，本來也想以莫根斯坦恩命名，但符蘭卡村長和他的黨員們自作主張，叫了另一個非常短壽的名字。這個名字很快就被遺棄了。現在叫克韋克斯[21]學校，我想以後還會再改。我們還修建了一座游泳池，當然它沒有完工，我不知道它什麼時候能夠完工，它已經停了相當漫長的一段時間了，你知道，用來建造廣場的錢，學校的錢，游泳池的錢，都是以莫根斯坦恩的遺產為抵押貸款得來的。銀行早就不再貸給艾蓬款了，早就。」

---

[21] 克韋克斯是德納粹時期通俗讀物和宣傳性影片中的主角之一，希特勒青年團團員。在宣傳故事中，懷有堅定納粹信念的青年克韋克斯為德國共產黨所殺，他的父親在他死後由德共轉而加入納粹黨。

「聽説，一個叫海納・米勒[22]的作家還寫過一出關於此事的多幕話劇？」

「它沒有獲得上演，因為所有艾爾茨山居民的抵制和抗議，我們受到的損害已經夠多了。後來的舍恩黑爾村長還在一次演講中發動大家銷毀這個人的書，所有的這個人的書。他的其他書並沒有艾蓬。黑格牧師也説，這個人的書是瀆神的有罪的，充滿了不嚴肅的胡言亂語。」

「我想問一下，這個符蘭卡村長……」

「他已經不是村長了，不是了，現在的村長是舍恩黑爾，但他還是黨員。這個符蘭卡，他比以前變得更為勤奮了，積極，樂於助人，砸玻璃之夜[23]這個老傢伙甚至是第一個站出來的……但他再沒回到村長的位置，也大概失去了黨的真正信任。政治這東西，遠比我們看到的複雜得多。」

「這個符蘭卡……」

「我們説點別的好麼？」

「聽説，你們為及時見到莫根斯坦恩的遺產的到來，還在教堂的塔樓上設置了瞭望哨，由專人負責瞭望？」

「是的。粗鐵匠魯施曾幹過這個差事，他和馬克西都曾在弗蘭肯貝格市的船廠當過工人，戰後不久便先後失業。他在這個差事上幹了一年，後來羅澤替代了他。」

「每天盯著通往艾蓬的路？」

---

[22] 海納・米勒，德國作家，出生於艾爾茨山。「莫根斯坦恩的遺產」即見於他的傳記。

[23] 又稱為「水晶夜」，發生於一九三八年十一月八日至九日的夜間，在這一夜，納粹大規模搗毀、燒毀猶太人的店鋪和會堂。

「是的，是這樣。在那裏可以看得清楚。」

「你是說，這一年多來，你們天天都在期盼，等待……」

「是的，天天都在。我們習慣了，等待，等待。睡覺前我們告訴自己，莫根斯坦的遺產在運輸的過程中遇到重重的困難，明天上午一定能到了。就這樣。」

「這麼，我是說這漫長等待……」

「不只是漫長，真的，漫長還不是主要問題，怎麼說呢……」

「我覺得，我可以理解。」

「也許是吧。」

「現在，你們還要繼續，繼續等待下去？」

「你說呢？……從我們得到預告的時候起。我們就可以耐心地等。我們知道應當是怎麼一回事兒。就用不著多操心了。只需要等待就成了。說實話，我們已經習慣這樣了。[24]」

「那麼……有沒有對此表示過懷疑，譬如懷疑遺產的數額，或者，莫根斯坦恩的遺產是否存在，等等？」

「有，當然有，主要是一些年輕人，他們還曾在廣場，街道或什麼地方刷過標語，也和員警發生過衝突。這些年輕人中，有一些人參與過偷盜，縱火，打架或強姦。舍恩黑爾當上村長之後，哦，他是有力量的，參與過犯罪的年輕人被關進了牢房，而其他的年輕人則成為了他的助手，他們像信仰上帝一樣……據說舍恩黑爾有可能升任弗蘭肯貝格的市長，他在黨內有很高的聲望。艾蓬人，我們艾蓬人都對他非常敬重，你應當聽到了。他扼制了艾

---

[24] 原句見貝克特的劇本《等待果陀》。

蓬的犯罪，甚至也扼制了艾蓬人的悲觀情緒！他說艾蓬是一個大家庭，是這樣的。」

「聽說，這裏曾有過一個送信人，叫維克托·韋盧恩，嗯，應當是這名字。他現在的狀況如何？」

「你為什麼要打聽他的消息？」

「只是，隨便問問。是這樣，我曾在比紹見過他，那時他剛當郵差，一個充滿了活力的年輕人。」

「他早就沒活力了。他死了。因為杜松子酒，因為舊自行車。他把自己當成是一條魚，游進了橋下的河裏。」

「可據我所知，維克托·韋盧恩從不喝酒，因為過敏……」

「我對這事同樣知之甚少，要想得到更多的消息，你可以去問員警，是他們打撈的屍體，是他們給出的結論。維克托有猶太血統。他長得挺帥。聽說他出生在波蘭。」

「那麼……你們相信，這樣等下去會有結果？」

「當然！你以為呢！無論是什麼樣的結果，我們都距離它越來越近了，是不是？莫根斯坦恩的遺產，也許明天，也許後天……」

「願你們能得到上帝的賜福！希望這筆馱在蝸牛背上的遺產早點到來。」

「哈，你也這麼說！現在，我們都叫它馱在蝸牛背上的遺產！還是等下去吧，你說呢？」

日常的流水

一

很早很早的早晨，老王從一個奇怪的夢中掙脫出來，那時窗外還相當黑暗，只有一絲微微的光散佈在黑暗之中。是一種稀疏的聲音將他喚醒的，在那個夢中，稀疏的聲音並不是來自於樹葉，而是別的什麼東西。老王用力地想了一下，那聲音是怎麼發出的他已經記不清了，整個夢都在飛快地後退，退向遠處，讓他什麼也抓不住，什麼也記不住。

透過微微的光，老王看見老伴兒大大地張著嘴巴，她呼吸著，有些難看地呼吸著，喉嚨裏不時發出一點點壓抑的、艱難的聲音。她太胖了，老王想。以前她可沒有這麼胖。

用很輕的聲音，老王在床下摸索到了他的兩隻拖鞋，然而在他直起身體的時候床上的鼾聲還是止住了，你幹什麼去？

老王的屁股坐回了床上。他說，不早了，別讓人家等著。

——你沒看見天多黑啊，你沒聽見下雨了嗎？老伴說。她說她夢見女兒了，在夢中，她的女兒一邊奔跑一邊哭喊，後面緊緊地跟著一群高大的黑人，他們露著雪白的牙齒，手裏揮動著雪白的刀子——你說，你說我們的女兒會不會有事兒？她在那裏我總不放心。這個夢不好。

淨瞎想。他的屁股離開了床，老王顯出了一些不耐煩：你這個人，總愛沒事找事，自己嚇自己。你以為澳洲會那麼亂，到處殺人放火？

再說，澳洲人多數是白人。老王穿上了他的練功服，然後倒了一杯水：都跟你說過多少次了。

你幹什麼去？老伴兒支起了身子，這麼早就去，你是不是有病啊？怕人家不跟你學拳了是不是？頓了一下，老伴又加了一句：沒人聽你的，你就難受是不是？外面還下著雨呢！

老王重重地喝光了杯子裏的水，然後將杯子重重地放在茶几上，我去看看咱父親！他推開門，迎著那個依然黑暗的早晨走了出去。

是有一些稀稀疏疏的雨點，它們稀稀疏疏地落著，隨意任性。這點小雨根本算不了什麼，它們落在地上就沒了，腳下的地依然那麼乾燥，這點小雨連塵土都濕不過來。老王站在院子裏站了一小會兒，然後朝他父親住的那間房子走過去，八十三了，他突然地想到了父親的年齡。「七十三，八十四，閻王不叫自己去。」

那個老人正在說話。那個老人，坐在黑暗的角落裏，坐在一股濃重的黴味兒的裏面，大聲地說著話。

──我知道是三胖子做的，我早告訴你了，你就是不聽，你信他不信我。現在知道後悔了嗎？唉，晚了。

──你別哭，那個狗皮褲子我是送人了，趙強跟我一起賣蝦醬，三九天啊，我們睡在野地裏，他有風濕，半夜起來疼得直哭，我就把褲子送給他了。是我叫他不和你說的。

──你是哪年走的？唉，人老了，都得走。我借你家的米早就還上了，看你這記性，我騙你幹什麼？

……

老人大聲地說著話，彷彿怕誰聽不清楚。那個八十三歲的老人，衝著他面前的空氣和黑暗說著話，他根本沒有理會老王的出現。在父

親的屋裏，老王感覺自己就像背了一塊很大的石頭。已經兩年了。老人時不時地回過來看著某一個角落就說起來，他是在和死去的人說話。有時，說著說著就哭起來，或者摔碎一些什麼東西。那些死去的人紛紛在老人的面前出來，可是漸漸的，老人就不再理會他眼前的這些事了。他漸漸地看不見自己的兒子了，卻和那些已經死去的人越來越近。

——那頭驢是生病了，我也覺得這幾天不對勁兒。它什麼也不吃，喂它豆子都不吃。花花地流淚……

時間已經不早了。老王想，現在是陰天，陰天就會給人造成錯覺，總以為天還不亮呢。

二

時間其實仍然算是很早，路上的黑暗還沒有完全散去，就像一層薄薄的霧在來回晃動。三兩滴的雨還在下著，似有似無，卻讓穿著練功服的老王感覺一絲的涼意。他略顯疏懶地走在路上，他感覺自己彷彿是一個有著仙風道骨的古人，就像什麼張三豐，邱處機。原來他對邱處機沒有什麼好印象，而此時，邱處機給他的印象在不知不覺中改變了，變了很多。

操場上只有六個人，還有兩個是跑步的，看來，這場小雨竟還真的擋住了一些人。「王書記，我還以為你不來了呢」，一個肥碩的胖子抬頭看了看漸漸走近的老王，老王很散慢地衝他點了點頭。——我說了，我早就不當書記了，你跟我學太極拳，叫我師傅吧。「好的，王書記。」

　　由無極式開始。下蹲。別動。放鬆，再放鬆。老王的一隻眼看著那個胖子艱難的下蹲，另一隻眼則朝操場的對面瞟去。那邊，老趙頭正領著他的兩個學生在練雲手，其中一個學生得已經有模有樣。

　　──你不用急躁。練功不是一朝一夕的事。老王走過去抬了抬那個胖子的肩膀，無極必須放鬆。記住要點。

　　「王書記，你去澳洲的事辦得怎麼樣了？去年我去過一次，澳洲真他媽好。」那個胖子蹲不下去了，他挪動了一下身子。

　　快了。老王漫不經心地答了一句，也就是過去看看。兒女在外只要不受罪，我們也就放心了。這時，又有兩輛自行車來到了操場，他們朝著老趙頭的方向奔去。──其他的人呢，怎麼都沒來？

　　「是看下雨了吧。要不，我給他們打個電話？」

　　老王擺了擺手，練功，又不是開會。現在開會都有人不到呢。老王對著那個胖子說，今天我專門教你，你的領悟能力比他們幾個都好，就是胖了些。好好地減減肥吧。

　　太陽一點一點地升了起來，那個胖子極其艱難地移動著他的手和腿，已經微微地出汗了。「王書記，我，我的廠裏還有事兒，要不今天就這樣吧。」

　　老王緩緩地把手臂張開，然後又緩緩地將手臂收回到胸前。他有些意猶未盡，我看你做一下今天我教的動作，你就可以走了。別怕累。身體是本錢啊，沒有好身體你的工作也幹不好。開始吧。

　　笨拙的胖子終於走了。老王一邊從起式開始他的楊式太極，一邊瞄幾眼操場的那邊。他們五個人。五個人在參差不齊地雲平。只有一個學得不算像樣。老王用鼻子重重地哼了一聲，他跳過了其中的兩式，而做了三遍雲手。那邊的人，包括老趙頭，都似乎沒有看到他的舉動。

　　那邊的人也開始散了，他們朝著操場的這邊走過來。老王也已經收式。他衝著老趙頭走了過去。

　　「老王啊，今天怎麼你就一個人了？」老趙頭看上去精神很好，他的鼻尖上還掛著微微的汗水。

　　老王笑了笑。他故意壓低了聲音，趙兒，不是我說你，我可看到了，你的雲手教得不對。

　　「怎麼不對？」老趙頭的聲音並沒有壓低，幾輛自行車也跟著停了下來。老王又笑了笑，沒什麼，我和你開玩笑呢。

　　「別啊，我也怕我真的教錯了不是誤人麼，你還是替我教教他們吧。」老趙頭的聲音有些冷，這點，老王早就聽出來了。

　　——其實也沒有什麼。老王說著就拉開了架子。兩臂慢慢舉起，到胸前，要與臂同寬。掌心向下。這時是吸氣。然後兩腿開始屈膝，身體略略地向左移動，重心挪到左腳上……「老王啊，我剛才也是這樣教的啊，要錯咱們倆就都錯了，你還是先糾正你自己的吧。」老趙頭的聲音提高了一些，他背後的幾輛自行車笑了起來。——這些要領是沒教錯，可是，你的動作不協調，不舒展，像個鴨子似的。老王誇張地模仿了一下老趙頭的動作，他把老趙頭的動作誇張成了一隻鴨子，在老趙頭背後的自行車又發出了幾聲散散的笑聲。

　　——剛才，你就是這樣，一點兒也不舒展。

　　　　　　　　　　　三

　　早飯之後老王坐在沙發上睡了一覺兒。那麼短短的一覺兒。那麼短短的一覺他還是做了不少的夢，他好不容易從這個夢裏掙脫出來，

只睜開一隻眼睛，馬上就又陷入到另一個夢中。他決心不讓自己睡了，於是，在睜開一隻眼睛之後他努力睜開了另一隻眼睛，他看見大片大片的陽光落在茶几上，顯得靜寂並且空曠。

老王用手撐著離開了沙發，後面的夢已經像一波新的潮水一樣又湧來了，它湧到了老王的脖子那裏又緩緩退去。大片大片的陽光讓並不寬敞的房間更加空空蕩蕩。——我夢見女兒的信了。老王說。他知道老伴並不在房間裏，可他忍不住還是對著門口說了出來，彷彿他一說話，老伴兒馬上就能出現似的。

但他的老伴兒並沒有出現。屋子顯得太空了，空得讓人難受，讓人害怕。

鎖上門，老王去了一趟郵局。從郵局走出來的老王雙手空空蕩蕩，他沒有等到那封來自澳洲的信。陽光越來越強烈，它早就曬開了早晨下雨時的所有水分，還要毀掉下雨的痕跡似的。一個賣水果的男人騎著一輛舊三輪兒從老王的眼前走了過去，車座後面的小喇叭裏不斷地重複著，兩塊錢一桶，賣水啦，兩塊錢一桶，賣水啦。喇叭裏的聲音沙啞，家鄉話和普通話的成份各占一半兒，而背景音樂是《東方紅》。

那個賣水的男人騎過了街角，向左邊拐去，消失了。在他拐彎的時候一輛紅色的轎車也來到了街角，它使那個賣水的男人出現了一絲的慌亂，然後伸了伸脖子，用力地騎過了路口。老王站在郵局的門口盯了那個男人一路，他有種恍然若失的感覺，那感覺來得相當莫名其妙。「王書記，您在這兒，上郵局了？」

背後一個很熱情很親切的聲音，可老王一時又想不起這個騎車的人是誰—隨便遛遛，沒事兒。老王很含混地點了點頭，他覺得這個人

非常非常面熟，可是總有一團什麼東西堵在他記憶的入口處，讓他想不起這個人來。——你，你現在，現在幹什麼去？

那個人坐在自行車上，一隻腳支在地上：「我什麼時候不得聽差啊。這不，陣書記去世了，讓我給那些打不通電話的老幹部們送信去，碰到您，我也就算通知了，後天的追悼會。」

——陳書記？哪個陳書記？

「就是前年退休的陳書記啊，」那個人衝著老王有些複雜地笑了笑，「他和您一起共過事。我還陪著你們去過省城，想起來了吧。」——他，他怎麼死了？他比我還小五歲呢。

騎車的人陪他發了一陣感歎，然後露出了急著去送信的意思，老王說你忙去吧，追悼會我一定參加，我接到通知了。就在那個騎車的人剛剛準備離開時，老王忽然又想起了一件事：等一下。誰給老陳寫悼詞？

騎車的人又停了下來，他帶著笑容說出了一個陌生的名字。——他是誰？他熟悉老陳麼？騎車的人說那個人是組織部的一個資料員，至於熟悉不熟悉陳書記，他就不知道了。

——悼詞應當叫一個熟悉的人寫。我們得對得起死去的人啊。至少，也得聽聽一些老同志的意見。老王還想繼續，然而騎車人早就走遠了，老王的話彷彿只是對自己說的，這讓他略略地感到了一些尷尬。——說死就死了。真快。

老陳書記的死亡的消息讓老王感覺有些恍忽，多少有些萬念俱灰，不過這種萬念俱灰很快就過去了。老王走到了縣委的門口。他走到這裏根本是一種不知不覺。在退休之後，老王依然常到縣委這邊來，不過他從未再進去過，只是在外面遠遠地看著。那天，得到

老陳書記已經去逝的那天，熟悉的縣委在老王的眼裏竟然顯出了一些陌生。磚牆早就拆了。時不時漏雨的平房也已蓋成了樓房。門口多了兩個穿灰制服的警衛。路兩旁那些高大的槐樹也早就沒了，現在，那裏建的是花壇，種的是怪模怪樣的龍爪槐。這些，太讓老王陌生了。

他突然又想到了那個騎車的人，他是誰？在什麼單位？是秘書？去省城辦事……怎麼就是想不起來呢？

<h2 style="text-align:center">四</h2>

回到家裏他看見自己的老伴兒已經回來了，她一邊切著洋蔥一邊揉著自己的眼睛：剛才他趙叔叔來過，想叫你下午過去打牌。

老王嗯了一聲就進了裏屋。他感覺有點累了。他感覺，老陳書記的死毫無緣由地帶走了他身體裏的一些力氣。陽光落在茶几上，窗外的石榴樹的影子在那些光的裏面晃動，它們有些猙獰。坐在沙發上的老王又開始犯困，那些亂七八糟的夢們又從四面八方聚集來了。老王不想睡。他只好離開了沙發，倚在門邊：陳書記死了。

老伴兒繼續切著那些敏感的洋蔥，她的眼淚又流下來了。見老伴兒根本無動於衷，老王只好又重新說了一遍，陳書記死了，癌症。這次，他提到了陳書記的名字。

「他是昨天晚上死的。」老伴兒終於把洋蔥收進了盤子裏。

──比我還小五歲。老王搖了搖頭，他這個病應當是從氣上得的，這個人心小，有點兒事就想不開。頓了頓，老王給自己倒了一杯水：那些年，要不是我幫著他，他早就……

　　老伴兒裏裏外外地忙碌著，老王的那些話可能根本就沒有進入她的耳朵。

　　想想，人這一輩子多快。老王重新回到了沙發上。那些早就聚集在沙發周圍的夢一下子撲了過來，老王無力地抵抗了一下，很快就放棄了，夢把他拉進了夢中。

　　下午的牌運開始很順，然而不知老王是不是出錯了什麼，牌運一下子下來了，一片昏暗。最讓老王受不了的是齊老太太，沒完沒了地說話，還摔牌。牌運正好的時候老王還能原諒她的這些毛病，然而牌運下來了，她這些毛病也就更加突出了，老王按了按自己的火氣，又按了按自己的火氣，然而他最終沒有能按住。

　　——以後誰再叫我打牌，無論是誰，你都說我不去！站在門口，老王就衝著屋裏面嚷，老伴急急地衝著他使了幾個眼色，「不打就不打，不是想讓你消遣嗎，」她指了指裏屋，「老陳局長來了，坐了有一會兒了」。她說：「你們說著，我去看看咱父親去，中午他沒怎麼吃飯。」

　　老王站在門口。他感覺那股怨氣還在他胸口以上的位置死死地堵著，讓他的呼吸有些困難。——老陳，你早來了？他的聲音還有些乾澀，有些不夠平坦，於是他又輕輕地咳了一下。這時，鄰居家那個剛剛換聲的孩子聲嘶力竭的狂吼：我要從南走到北，也要從白走到黑，假如你要認識我，就請你給我一碗水，假如你要是愛上我，就請你吻我的嘴……

　　老王漸漸地和郵局的兩個小女孩熟悉了起來，其中一個微胖的女孩一見他進來就微笑一下，王書記，來了。他是來了，可信還沒來，都已經半個多月了，要不是那個胖女孩總是「王書記」「王書記」地叫著，

老王的尷尬不知會增加多少。現在，每次去郵局他都覺得有些艱難了，他感覺那裏的光線總比別處略略地暗一些。可是，澳洲的信卻一直不來。

等待已經讓老王感到煩燥。

等待讓老王坐臥不安。他有了一張很不順心的床，有了一把很不順心的椅子，有了一杯很不順心的茶。

等待讓老王噩夢連連，已經幾天他從噩夢中驚醒，醒來的時候他的頭上、身上和手心裏滿是汗水。他悄悄地朝老伴兒身邊挪動一下，讓自己的手搭在她的手上或者身上，然而這並不會使他身上和心裏的涼氣降低多少。他的耳朵裏是妻子奇怪的鼾聲，時斷時續的抽泣，磨牙的聲音，窗外樹葉的聲音和風的聲音，風吹過樹葉的聲音，有時還會有鄰家那個男孩尖聲尖氣的歌聲。從噩夢中醒來老王就很難再進入睡眠，而夜晚卻又讓人驚訝地漫長。

幾天來，老王感覺一股灰色的氣在他的胸口以下的部位悄悄地聚集成一個核桃的形狀，一個雞蛋的形狀，一個蘋果的形狀，並且有繼續增長的可能。「女兒怎麼就是不來信呢？她不會出什麼事兒吧？」老伴兒顯得比老王更為焦急，「你要不打個電話寫封信問問，都這麼長時間了。」

老伴兒的焦急反而使老王鎮定了下來，他端起那個不順心的杯子，把裏面的茶水一點點地喝了下去。──你瞎想什麼，又瞎想了吧。你以為澳洲政府是給你女兒開的？手續那麼好辦？再說，不管是水陸還是航空，這麼遠的路程怎麼也得有段時間，你就等著吧。

「可她怎麼就不來個電話？」

──她不是早給你說了嗎。你又不是不知道她，她從上高中上大學給家裏寫過幾封信打過幾次電話？

「這還不是你的責任？她回趙家，打個電話，只要一讓你逮著就橫看不順眼豎看不順眼，沒有個好臉色。」

老王知道，老伴兒接下來就是對他的指責了，這指責會從西瓜到芝麻，從芝麻到西瓜，於是他急急地叉開了話題：

——趙家的孩子是越來越不像話了。留那麼長的頭髮。也總不見他學習，音箱開得倒是挺響。光學那些亂七八糟的東西。

「這孩子也是」，老伴似乎沒有覺查老王的策略，她朝鄰居那邊看了看，音樂和孩子的吼叫正在源源不斷地傳過來，「晚上都吵得人睡不好。」

既然老王的感覺在老伴兒那裏得到了認同，老王就有了些力氣，他覺得自己是有過去找一找孩子的父母就必要了。——我去說說這孩子。

在那個十六七歲的孩子面前，老王儘量讓自己和藹，甚至，他還伸出手去摸了一下那個孩子的頭。他頭髮的前半部分已全部染成了黃色。——你，你爸爸媽媽在家麼？

孩子搖了搖頭，他說他的父母在外地開了一家藥鋪，一星期中頂多回來一兩次。

——那你爸爸的工作呢？

辭了。孩子相當輕描淡寫，屋裏面的音樂急促而混重，一個男聲在裏面反覆地唱著：一二，三四，五六七。一二，三四，五六七。

——辭了？老王看得出來，這個孩子的客氣裏面透著一股冷漠，他急於擺脫自己。老王對自己說，你要和藹，和藹。於是，老王用了一種更為輕緩的聲調：孩子，你看，我們老人吧就是怕吵，你的音箱能不能開小點聲，晚上的時候……

　　可以，當然可以。那個孩子沒等他說完就跑回了屋裏，音樂立刻就小了下來。「這樣行吧王伯伯，以後我不會再吵到你們了。」他回到了老王的面前。

　　這回輪到老王不好意思了。行，行。他的手再次伸向了男孩的長髮；頭也該理一理了。你的學習怎麼樣，你爸媽不在可不能鬆勁啊。

　　「嗯」。

　　學習搞不上去，長大了會後悔的，不能光貪玩。現在可不是玩的時候。

　　「嗯」。

　　再說這音樂，你多聽聽健康的向上的音樂，少聽些亂七八糟的東西。孩子，王伯伯說你是為你好，你明白不？聽些亂七八糟的東西對你的將來沒好處。

　　「嗯」。

　　……老王推心置腹，神采飛揚，意猶未盡。他突然發現那個領導的孩子有一副木木的表情，而眼睛也游離著，望著別處。——孩子，我說的你可別不願意聽，以後你會知道它是有用的。

　　「我沒有不願意聽啊」，孩子壞壞地笑了笑，「您的這些話我都聽過幾遍了，老師啊我的爸爸媽媽爺爺奶奶大姑大姨都這麼講。我承受得住。」一臉壞笑的孩子將音響的聲音調高了一點，他搖晃著，顫抖著：「王伯伯，要不您當書記呢，水平就是高，您可比我老師講得好多了」。

　　老王有了一種挫敗感，這種挫敗以前也多多少少地有過，然而卻從來像今天這樣讓他惱火。他用盡了力氣撞向的卻是一塊海綿。他來河邊打水，提起來一看自己的手上只有一隻竹籃。

五

　　——這個孩子算是完了。非成人渣不可。老王對著在廚房裏忙碌的背影說，他拿起茶杯的手竟有些抖。那個背影還是背影，她打開了火，在鍋裏倒入了油。

　　——這個小趙也是，放著好好的工作不做。一家人，眼裏就是錢錢錢。孩子也不管了。都成什麼樣子了。

　　菜放進了鍋裏。還是洋蔥。一天到晚的洋蔥。

　　——這個孩子，一點兒好都不學，什麼話也聽不進去，說著，老王忽然有了一些激動：現在這些年輕人，真……

　　——忽然，老王感覺自己再次遭受了挫敗。老伴兒正在忙碌她的洋蔥，她根本就沒在竟自己和她說了什麼，她根本就沒聽！他用了太多的力氣，撞向的卻是一塊厚厚的海綿。

　　——我說的你都聽見了沒有！老王一陣心痛。一陣荒涼。老伴兒這樣對他這樣對他的話已經不是第一次了，而是多年這樣，一貫這樣。只是，以前，他沒有像今天這樣查覺。原來自己的話都是說給木頭聽的，說給空氣聽的，說給門框和茶几聽的。以後還是這樣。

　　——我說的你都聽見了沒有！老王的聲音提高了八度，他朝四下裏看了看，隨後抓起一個玻璃瓶在地上摔得粉碎。那個瓶裏裝的是花椒，它們散亂地分佈在地上，分散或者聚攏。

　　——「你鬧什麼，你今天吃什麼了？」老伴兒眼淚婆婆地轉過了臉：「每天什麼活也不幹你倒有功了，動不動就發火，你憑什麼？」……鍋裏的菜劈劈啪啪地響著，一股焦糊的氣味迎面撲來。老王覺得，自己的心涼透了。

老王的心涼透了。

和那個多事的齊老太太吵過之後，老王已經幾天沒有去打麻將了，而這些天裏也真沒有人來叫他，空閒下來的時間實在難以打發。尤其是和老伴兒生氣之後，她那張陰沉著的，滿是皺紋的臉老在面前晃來晃去，她堵住了陽光也堵住了空氣。電視裏淨是反反覆覆的廣告，要不就是豪宅裏的恩恩怨怨，好像中國已消除了貧窮進入了小康似的。要不就是悲慘得一塌糊塗的一家人。一看電視老王就開始犯困，彷彿在電視裏聚集了一大群瞌睡蟲，電源一開它們就飛出來了。

每天早晨的晨練倒成了老王的一大樂趣，他總是早早地起來，換上青色的練功服，踏著露水和略有昏暗的早晨朝操場走去。只是他的學生有幾個總是時來時不來，無論他威逼利誘還是老樣子。這樣，看上去他的學生就比老趙頭那邊少幾個人，也不如那邊整齊。那個很不上路的胖子倒是天天來，每次幾個動作下來他就要歇一會兒，這很讓老王暗暗生氣，但又不好說什麼。他們的動作已經比那邊慢了，那邊已經開始野馬分鬃，而老王他們才剛剛金雞獨立。這種相對的緩慢多少使老王的樂趣有所降低。當然，這點降低還算不上什麼，老王一點也沒表現出來，他教得一絲不苟，往往在隨便的時候，對那邊所教的同一動作進行一下批評。在這點上，他想那邊的老趙頭和他可能一樣。

這些日子，老王去父親那屋的時間也勤了，每次進屋他總是皺一皺眉，他還是受不了那股重重的黴味兒。老人和那些死去的親人朋友們說著話，有時也問他幾句，核實一下自己的記憶，老王似聽非聽地胡亂答上幾句。那好在老人並不在意他的回答。他的耳朵早就有些聾了，即使老王認真正確地回答也起不了任何作用，老人有自己的一個世界。

「那年的高粱長得真好。我想今年得有個好收成了，能剩下幾斗糧食啦，唉，秋天鬧起了蝗蟲。我和我爹在地裏打啊，打了一天一夜，可高粱一棵也沒剩下，倒收了兩口袋蝗蟲」。

「我給你燒的紙錢你收到了沒有？這幾年我的腿腰不好，燒紙錢的事兒都是小二他們做的。也不知道他們用不用心。我沒多問，反正我也不在，他們怎麼說就怎麼聽吧。別總捨不得花，不夠了就告訴我，我叫小二給你送去。對了，你在那邊再買一頭馬駒吧，等我過去了它也就大了，就能幹活了」。

……

六

老王想到很長時間沒有回老家看看了，而自從他把父親接過來之後，弟弟也就來過兩三次，已經有段時間沒有再來了。——回去上一上墳也好，老王想。給老二打個電話，老王想。

信總是不來，老伴兒早就等得有些焦急了，她以前就善於胡思亂想，而現在，她更善於了。老王說你不用急，這封信可不是一般的信，這得慢慢地等，不管國內國外，這樣的事他可見多了。老伴兒說去不了澳大利亞沒有關係，可總得有個下落啊，總得知道女兒的情況啊，她急的是這個。老伴兒催促著老王：你給她們公司打個電話，反正，它們得把我女兒給我交出來。

——你女兒好好的，又不是被人綁架了，讓我怎麼和人家說？要打，這個電話你打。這麼多年了，她一去半年連個紙片都捨不得往家寄的時候還少嗎！

　　話是這麼說，老王還是在老伴兒的催促下給澳洲打去了電話。其實這個電話他早就偷偷地打過多次了，只是沒上老伴兒知道罷了。那天的電話和以往的電話一樣兒，對面是一個男人接的，而他所說的英語老王是一句也沒聽懂。老王只得反覆地解釋，我女兒在你們公司，她的名字叫王曉玲。王，小，玲，是的王曉玲，最後老王和老伴兒的汗都急出來了，那邊又說了幾句就掛斷了電話。他們還是不懂。──我早就說沒用了嗎，你聽明白了？老王用他眼睛裏的餘光斜了老伴兒一眼，別說是外國人接，就是你女兒接她也得說外語，你也聽不出是她來。這可是國際長途！

　　電話打了，可它和沒打並沒有區別，他們依然沒有得到來自澳洲的消息，他們還得等待那封在蝸牛背上的信。──是不是女兒那兒有什麼困難，她辦不下來，但又不好和我們說呢？

　　這個猜測不是沒有道理，並且很快得到了證實。女兒的另一封信來了，她在信上說，有關邀請函等方面出了一點兒小問題，不過關係不大，馬上就會辦好，你們就做好來澳洲的準備吧。說不定你們收到這封信的時候，相關的澳洲的手續也很快到了呢。

　　──我們還得等。我都不想去了。老王把信又重新看了兩遍，然後放到了茶几上。老伴兒用抹布擦了擦茶几上的茶跡，將信放到了一邊兒。「有了她的消息我就放心了。」

　　──給老子過來住。一邊看家，一邊照顧他爺爺。想了想，老王又強調，咱爹除了耳聾了點，愛和死人說話之外也不用人怎麼照顧，給口吃就行了，孩子來也不白來，我們給留一千塊錢。家打電話了沒有？老王想到了父親，可以叫老二家的孩。

「我們能去澳洲多長時間？給他這多錢幹什麼？」老伴兒馬上來了一臉的官司：「你弟弟家那孩子，那麼遊手好閒，好吃懶做，讓他照顧老人能行嗎？我可不放心，你忘了去年他住了兩天你那塊手錶不就丟了麼？這個孩子一直都有小偷小摸的毛病，我們走了，他住進來，哼，房子不給你賣了就算好的了。」

——你別總這樣看人。老王從茶几旁站了起來，我那塊表什麼時候丟的我也記不清了，你別把它推到孩子身上。我們一家在你眼裏就沒一個好人，而你家的人一個比一個更好。

老伴兒把抹布往茶几上一丟，用鼻孔哼了一聲，隨即重重地摔上了房門。「一說到你家的人你就急。光聽好的，光能聽好的。」

老王看了看茶几上的抹布，看了看已經渾濁起來的一盆水，然後坐回到沙發裏去，隨手拿起了一份報紙沒滋沒味地看起來。冷戰到來了，既然來了你就接著好了，反正以後的日子還很漫長。再說，這樣的冷戰也不是一回兩回了，早就已經習慣了，有段時間不冷不戰還真受不了，日子就更沒滋沒味了。

早晨，老王早早地來到操場，令人意外的是，他的那些學生來得出奇地齊。打魚者、曬網者竟然一個不少地來到了操場上，面對面則沒有這樣整齊，這樣得意。老王的精神也跟著出奇地好，他那天教的也是出奇地仔細。美中不足的是，他的那個肥胖的，當著廠長的學生總是沒完沒了地提到澳洲和老王即將到來卻一直還沒到來的澳洲之行，那個肥胖的學生讚歎上一段兒就對著老王問一句：你也快去了，是不是？你也快去了，是不是？都辦好了吧，是不是？

——你看到的好只是表面現象，澳洲可沒你說得那麼好。要不是我女兒在那裏，就是抬我去我也不去。老王做了一個感覺良好的白鶴晾翅。

七

打過太極拳，吃過早飯，老王在床上躺了一小會兒，然後來到了郵局。一見他進來，那兩個年輕的營業員就衝著他搖起了頭。「沒有，王書記。」老王抬著一隻腿，他有些尷尬地笑了笑，我也不著急。就是沒事了，想來看看。老王抬著的腿向後面落了下去，你們忙吧，我再到別處走走。

老王不知道自己是怎麼走出郵局的，他的腦子裏反覆出現的是那兩個女孩的搖頭。這很值得琢磨。很意味深長。很……等老王回到現實中的時段他發現自己竟然走到了縣委的門口。他在警衛室的門外向裏面看去，看那高大的樓房和樓下的車，看那些樹和花枝，看那些進進出出的人們。這是他工作了近二十年的地方，同時也已經是一個陌生的地方了，僅僅幾年的時間，那裏已經看不出舊日的痕跡。老王發出了一些感歎，他幾乎怨恨自己怎麼又走到這裏來了。

「你想幹什麼？」一個穿著灰色制服的年輕人用手指了指老王，那身制服穿在他的身上顯得闊大，籠罩。

——沒什麼，我只是看看。老王沒有在意那個年輕人的表情，他甚至還笑了笑。

「只是看看？」這時，老王聽出了他聲音裏的異樣，「我觀察你觀察了好一會兒了，你肯定不是只想看看。」那個年輕人漸漸靠近了老王，「你不要有什麼幻想，我不會讓你進去的。想反映問題你去找有關部門，別總想採取這樣的手段。」

那個年輕人自以為是的語調讓老王感到惱火——我採取什麼手段了？我採取什麼手段了？你是什麼態度？你是什麼東西？

　　兩個人的爭吵漸漸吸引了一些人，然後他們又默默散去。這時辦公室的一個人來了，他認出了老王：「老書記，你，你這是……」

　　那個人給老王倒上茶，送上煙，然後端出一副笑臉，可老王的惱火仍然無法消除。那個人向他解釋，這幾天，某鄉一個老幹部因為兒子殺人被抓了，天天闖縣委，要找書記讓書記為他兒子求情，擾得書記副書記都不能辦公，這不，書記就下命令了，一定不能再讓那個老幹部進縣委大院。那個警衛是新來的，他一定以為老王就是那個老幹部，看錯了人了。隨後，那個人出去了一會兒，年輕的警衛紅著臉低著頭跟在他後面走了進來。

　　「王書記，對不起。」他大張著嘴，可不知下面該說什麼了。於是，那個人在一旁連提示帶補充，替那個年輕警衛表達了剛才他已經表達過的意思。

　　——好了，算了。你也剛來，老王用一種平緩的大度的語調，可是，惱火還是在其中夾了進來。他按了按，又按了按。

　　——縣委是一個什麼機關？你知道不？縣委是幹什麼的，你知道不？你在這裏要幹什麼，你自己知道不？你知道什麼叫為人民服務吧？……

八

　　從縣委出來老王並沒有感到輕鬆，相反，一種具有陰鬱色彩的重懸在他的頭上，堵在他的胸中，讓他喘不過氣來。他還在想剛才的發生。想那個長著狗眼的年輕警衛。剛才的發生是一個支點，老王把最近的和遙遠起來的事件進行了一些簡單的梳理，那種重的重隨著他的梳理而越來越沉，越來越重。

　　他對剛剛進縣委而且不過只是看門人的年輕警衛對他的態度不滿。他對縣委高大的門樓和拆掉「為人民服務」的磚牆不滿。他對進進出出的、匆匆急急的官員們不滿，對他們用力地關著車門不滿。他對年輕人胡亂的和各種顏色的頭髮不滿，對他們的不求進取、無所事事不滿。他對郵局的那兩個女孩不滿，進而對郵局不滿，對遙遠的海關不滿，對澳大利亞辦事拖拉的作風不滿。對街上懸掛的廣告不滿，對商店裏傳出的音樂不滿，對那些招搖過市的小姐們不滿。他對自己老伴兒睡覺時的鼾聲不滿，對她自己的頂撞和摔打不滿。對父親一點兒也不唯物主義總和死人對話不滿。對在操場上和他唱對臺戲的老趙頭不滿，對那些學生的笨拙和並不純淨的目的不滿。對縣城外一條污水河散發的氣味不滿，對髒亂的縣城不滿，對載種一些龍爪槐而砍掉那些高大的垂柳不滿。對陽光直直地射在頭上不滿。對叫賣的小販的唯利是圖不滿，對兩個人打架卻有幾十個人觀看不滿。對大躍進時老趙頭帶人對他的批鬥不滿，對死去的老趙書記當年的患得患失不滿。他對沒人認真聽他的話不滿，對自己那些漸漸從自己臉前消失的老部下不滿。就連老王自己也不清楚也到底積累了多少不滿，那不滿層層疊疊，

　　後浪推前浪，一波未平一波又起……

　　對於老王來說，不滿就像一個碩大的線團，拉開一點兒你就會發現它原來那麼長，根本看不到盡頭。順著這條不滿的線，老王慢慢地導著，他慢慢地回到了家裏。

　　房間裏的光線很暗，如同一個巨大的洞，當然這可能是老王剛剛在直射的陽光下走進房間的緣故。陽光在門外驟然地停止了，它被阻擋了，它在門口劃出了一道很明顯的界線。老王的眼睛在慢慢適應著房間裏的昏暗，所以，他對昏暗中突然站立起來的兩個人影感到驚訝。

「哥，」其中的一個陰影說。這時他的視覺已經恢復了，他看見他的弟弟和他的姪子在沙發那裏站著，他弟弟的腰還微微地彎了一下。

——你嫂子呢？老王問。老王的眼睛盯著他的姪子，頭髮這麼長了也不知道理一下。別學那些亂七八糟。

他弟弟點著頭，是是。然後他弟弟的手伸向自己的兒子，輕輕地拍了一下：「一會兒就去理髮，我也覺得太不像樣了。」

接下來，老王的弟弟向老王說明了他的來意。

他來看看父親。另外，他想叫老王給自己的兒子找點活兒幹，「這麼大了，總在家裏待著也不像話。」說著，老王的弟弟站了起來，他好像無意地踢了踢放在茶几下面的兩條煙。其實，他不這樣提示老王也早已看見那兩條煙了，老王覺得，自己的弟弟今天有點兒可笑，怪模怪樣的。

——他才多大啊，你就讓他幹活找工作，他更應該學習，至少也得上完高中吧。然後，老王又轉向他的姪子；不願意學習了，就是不願學習，是不是？不學習，你能幹什麼？能有什麼職位等你一個初中沒畢業的孩子去做呢？現在這個社會……

兩個人，弟弟和姪子就像兩個學生似的低著頭，默默看著腳下的那一片，聽著老王的話。最終，老王答應他找一下自己的老關係，看能不能給姪子找一個什麼活兒幹。老王說到這裏的時候弟弟終於恢復了活力，他衝著老王用力地點了幾下頭，說了一些哥哥你多費心他就交給你了之類的話，然後帶著自己的兒子走了。

弟弟和姪子走了，屋子裏就剩下了老王。老伴兒沒有出現，她肯定是故意躲出去了，這樣想老王的心裏就憋了一點的氣。他把氣吐出了一些。他看見，有兩片枯死的樹葉落在窗臺上，它們在風中微微顫

動，微微顫動的還有一隻在樹葉間爬行的蟲子。老王走出了房間，他站在院子裏伸了伸腰，然後朝著父親的屋裏走去。想到和死人們對話的父親，老王的心裏忽然湧出了一些悲涼。

九

除了練太極拳，等待澳洲的來信，老王的每天又增加了一個活兒，就是給自己的舊朋友、老部下打電話，為自己的侄子找工作。這件事成了老王的一塊心病，同時，自己弟弟留下的那兩條煙也成了他的心病。他不去看那兩條煙，不去想那兩條煙，可是它存在，那樣固執地存在儘管它被放在一個很不起眼的角落裏。

侄子工作的事毫無進展，老王對此多少有些預料，然而他還是忍不住在放下電話後跟自己發一通火。他已經摔壞了三個茶杯和一塊硯台了，老伴兒不知從何處找出了幾條已成古跡的搪瓷杯放在茶几上，那上面寫著「為人民服務」和「海興縣縣委」的字樣。在掛上一個電話之後，老王的手不自覺地又顫抖著伸向了他面前的搪瓷缸。端了一會兒，他的手又放下了。

——「摔吧，你怎麼不摔了？」老伴兒在門口站著，她搖晃著自己身上下垂的肉，「跟自己撒氣算什麼本事？」

——你給我滾一邊去。老王剛剛略有平緩的憤怒又被勾了起來，他指著老伴兒的鼻子：你這個人，就怕天下不亂。

「誰讓你沒事找事？答應找工作，哼，你以為你還是縣委副書記，你以為別人還都跟你一心？再說，這個孩子放在哪裡人家願意要，除了添亂還會幹什麼？」

　　老王迎著老伴大步地走過去，老伴兒向後縮了縮身子。——我不聽你叫喚。老王走出了門，背後大片的陰影都被他甩在了後面，他朝著老陳局長的家裏走去。

　　比他更早退下來的老陳現在是唯一可以和老王交流的人，在老王的眼裏，這個原本並不讓他喜歡的老部下成了他的親人，比親人更親的親人，為此，老王心裏時常湧出一絲的愧疚。

　　——有一次常委會上研究提你副縣長，是我不同意擋下——這話在老王的心裏已經漢出過多次，它像一個氣泡兒一樣從他心裏湧出來，湧到嘴邊然後又被咽了回去。咽回去後，老王的愧疚就又增加了幾分。他覺得，不將老陳提起來是他這一輩子最大的失誤，這麼一個好人。在電話裏碰到的軟釘子硬釘子，跟老伴兒是不能說的，可是可以很老陳說；跟練太極拳的老趙頭的明爭暗鬥是不能跟老伴說的，但可以跟老陳說；自己侄子初中都沒畢業還好吃懶做小偷小模，這些他不是不知道，但他不能跟老伴兒說，也不願老伴說，但跟老陳他就說了。

　　兩個人喝一喝茶，長吁短歎一會兒，天也就黑了，天黑得很快，以至兩個人都意猶未盡。老陳將老王送到門口，「王書記，你慢走。」老王衝著漸漸暗下去的老陳揮了揮手，這麼一個好人，自己怎麼就擋下了呢。老王忽然有了想回過身去和老陳好好擁抱一下的衝動。

　　——明天，我給你帶點澳大利亞的魚子醬來，是我女兒郵回來的，還不難吃。

十

侄子來了。是侄子一個人來的，用一個白色的編織袋裝著他的被褥，用一個綠網兜裝著他的臉盆和毛巾……他來了，帶著他的被褥住進了老王家。

侄子並不多說話。他把被褥橫在窗臺的下面，然後就接過了老伴兒的抹布。他的頭髮真的短了，然而它帶給老王的感覺依然很不舒服，侄子的身上依然帶著一股痞氣，一股鬆鬆散散、玩世不恭的味道。

包裹被褥的編織袋放在窗臺下，陽光熱熱地曬著它，淡淡的黴味和淡淡的臭葉慢慢散了出來，它在窗臺的下面形成了一團霧。老王的侄子在屋裏晃動，他的身上也有霧的陰影，他一下子就把屋子給占滿了，讓老王插不進腳，呼吸也略有艱難。

「南房那邊收拾好了，你去吧，」老伴一副陰沉的臉色和陰沉的語調，那語調裏面的冷侄子不會聽不出來。

老王悄悄地瞪了老伴兒一眼，她沒有看見，或者故意沒有看見。——行了，你不用幹了，先看看你的屋子吧。老王儘量讓自己的聲音平靜，甚至帶一點兒關切的溫度。

侄子住進了老王的家裏。他在等待老王給他找一份兒工作，什麼工作都行，能掙錢就行。這是個難題。

侄子是鍥入老王生活裏的一顆釘子，是落在饅頭上的蒼蠅，是堵住呼吸的一口痰，是一隻埋伏著卻常常露一下頭兒的老鼠，是……反正，侄子的到來讓老王極不舒服，當然不光是侄子，他來到之後老伴兒的種種表現也讓老王極不舒服，他覺得，老伴兒和侄子一定進行了秘密的合謀，一起來擠他壓他，故意讓他極不舒服。他只好

天天早早地去練拳。只好天天去郵局，詢問那封關係他能不能去澳洲的信，那封好像蝸牛一樣永不到來的信。他只好天天打電話，碰那些軟硬的釘子，他只好天天去老陳局長家裏，老陳家裏的茶葉都已經喝完了，現在他們倆喝白水。話題也沒什麼新鮮的，翻來覆去的事兒，老陳的興致減了，老王的興致也減了。老王覺得，自己當年擋一下老陳的提升是有道理的，他的能力不夠，當局長還可以，當副縣長就不行了，看來，自己當年的眼光還是不錯的，用人得看能力而不是和自己關係的遠近。

侄子一天天地待在家裏，無所事事地晃動著兩隻黑黑的腳。眼裏一點兒的活都沒有。家裏的日子那麼難，他父親在地裏累死累活地剩不下幾個錢，可他倒好，多悠閒。還買了一台 CD 機，反覆地搖頭晃腦地聽。什麼書也不看，報也不看，盯上電視卻沒完沒了。老王把侄子的這些都看在了眼裏，說也反覆地說過了，可就是沒有多大的收效。

那個孩子只是木頭一樣地聽著，老王此起彼伏的話只在他的耳朵邊上旋轉了幾下，然後又融化在空氣中了。——我要是給你找不到活兒幹，你是不是準備一輩子都不走了？在一次飯桌上老王問他的侄子，那時，侄子正專心地將一塊肉加到自己的碗裏。他愣了一下，然後用力地點了一下頭，侄子顯得更專心了。

老伴兒把放在自己面前的一盤菜推向了侄子：你別想太多，有飯就吃，要是找不到活兒，我們就養你一輩子。他就是不想養也不行，我也不答應。

老王的筷子僵在了空中，老伴兒轉走了碟子，他的筷子已經找不到方向了。他的筷子那麼孤立，他的手那麼孤立，他那麼孤立。

　　不得不承認，這是老王的一個低潮期，他感覺自己的每一步都有意外的曲折，涼水塞牙，茶水太苦，樹上的知了叫得煩躁。它不讓老王午睡，至少是不讓他睡好，每當老王的兩隻眼皮悄悄靠近的時候，窗外的轟鳴就突然地響起，那些知了不知什麼時間安裝了馬達和擴音器，而且一波未平一波又起，任憑老王朝東朝西朝南朝北都無濟於事。可氣的是，鄰居小趙家的那個孩子更不通事理，他在炎熱的正午也打開了音箱，一邊為煩躁的知了伴唱一邊進行著對抗。老王的頭從朝東挪到朝西。從平臥改成側臥。他用力地按住自己胸中不斷湧起的怒火，在他的胸口裏濃煙漸起，然後濃煙四起，然後一些小小的火苗從濃煙中竄了出來，老王還是被點燃了。

　　他用力地搖晃著樹，大聲地咒罵著吵得他不能睡眠的知了，並動用了一些小磚頭、小石塊和一隻舊布鞋朝樹上砸去。一些沒有眼睛的石塊毫無準頭地落進了鄰居家的院子，特別是那隻舊布鞋，它竟然搖搖晃晃地砸到趙家孩子放在水池邊的一個鐵盆上，發出了巨大的聲響。一隻知了飛走了，它落在了院外一棵更高的槐樹上。鄰居家的孩子也出來了，他在院子的那邊露出了頭，同時在院牆上露出半張臉來的還有一個染著黃髮的女孩。「王爺爺，你在幹什麼呀？」

　　老王說，我在打知了，它們咬壞了我的樹，還吵得人睡不好覺。老年人，可不像你們年輕人，睡不好覺是一件大事兒。

　　那個男孩看了看樹，他的頭縮進了院牆的那邊，剩下女孩的半張臉在朝樹上看。一會兒，孩子的頭又露出來了，他提著老王丟過去的那隻布鞋：「王爺爺，給你武器。」院牆那邊的兩個頭嘻嘻哈哈地笑了起來。

再也沒有純白的靈魂
自人類墮落為半獸人
我開始用第一人稱
語錄眼前所有的發生
嗜血森林醒來的早晨
任何侵略都成為可能
……

十一

　　一個陰鬱的、有些悶熱的早晨，老王喝下一杯感覺有些渾濁的白水，走到了院子裏。一隻狗看到老王的出現嗖的一聲就竄到了樹上，在後房脊，然後無影無蹤。它的嘴裏好像叼著一個什麼東西，是什麼東西老王並沒有看清楚，他只看到了一隻灰影飛快地竄過。

　　「這個賊，」老王盯著貓消失的地方罵了一句，他突然覺得這隻貓是有備而來的，一定偷走了一件重要的東西。——連家都看不好！老王朝著天空的方向大聲地喊了一句，他聽見妻子裏屋的鼾聲好像停止了，而侄子那屋沒有任何動靜。快起來！貓偷東西了！老王又喊了一句他看看父親的敞開的門，裏面很黑，但老人的自言自語早就此起彼伏，老人一直有早起的習慣。快起來，看院子這麼亂！都不像過的了！那個早晨陰鬱而悶熱，許多的樹葉和草葉都那麼無精打采，或者卷著或者垂著，一點兒都不舒展。老王的動作也不夠舒展，他心不在焉的樣子都讓那個胖子給看出來了，「王書記你也別太著急，我那次去

澳洲，兩邊加起來的時間得有半年呢，你想，這是出國啊，讓誰辦誰不得慎重啊。」

老王在白鶴晾翅。他努力讓自己顯得悠閒，顯得仙風道骨：和這事沒關。要不是女兒在那裏，我才不會去什麼澳洲，我可不像你們年輕人。老王的白鶴開始略略地騰起，翅膀張開了：是我侄子的事兒。初中剛畢業，又不想種地，沒辦法就找我來了。他要是有個學歷，我給他找找人怎麼也能塞下他，可沒學歷，我也不好張口。

肥胖的學生也跟著直了直身子，他的兩支胳膊搖晃著探了出去：「你要有更好的地方你就再找。沒有更好的，就上我廠裏去吧，反正多他一個人也不多。」

晾翅的老王沒有急於表態。他順了一下自己的呼吸，然後收回了白鶴的翅，轉向下一個動作——我也不用考慮了，跟著你，我放心。你可得好好地管他，這孩子，不管不行。

從操場回到家裏，那一天，老王破天荒地上午沒有睡上一小會兒，破天荒地到他父親的屋裏坐了兩個多小時，然後把侄子叫到了自己的房間。

老伴兒擦完了桌椅茶几，去市場買了幾棵白菜和一斤大豆回來，老王在說。老伴兒給父親的那屋換了窗簾洗了衣服，老王還在說。老伴兒做熟了飯，催促了兩遍之後，可老王還在說。「你有完沒完啊？他已是個大人了，像他這麼大，咱女兒就到外地上學去了，什麼事不比你懂啊，別說了，快來吃飯！」老伴兒衝著屋裏喊。

鬧什麼鬧，一天就知道吃吃吃。老王的聲音也很響亮，說完這句，他的聲音就小了下去，只剩下侄子和他兩個人聽了。「不就是找到工作了嗎，看你能的，真像書記的樣子。老伴兒一個人坐在了飯桌的一邊。

在飯桌上，老王依然滔滔不絕，苦口婆心，而侄子則顯得漠然地盯著眼前的米飯。「快讓孩子吃飯吧，」老伴兒把一塊兒肉放進侄子的碗裏，「又不是不懂事的孩子，別總以為你懂，別人就都不懂了。」

——你懂個屁。怎麼什麼事都少不了你。當初女兒在家的時候你就這樣，現在——突然的電話鈴打斷了老王的所說，清脆而短促的鈴聲驟然響起，向四外速度極快地擴散著。突然響起的電話鈴讓老王和老伴兒都顫了一下，然後有了一段短短的空白——電話鈴停了。那些散出的聲音又收回到紅色的電話機中去，消失得無影無蹤。

所有的餘音都消失之後，老王有些悵然地舉著筷子，他發現老伴兒也是那樣的一副表情。——今天的菜味道還真不錯，老王咬了一大口饅頭，然後又舉起筷子……電話的鈴聲又來了。

電話是縣文聯打來的，縣文聯在中國而不是在澳洲。看得出，老伴兒在電話鈴聲響起的時候就認定它是女兒從澳洲打來的，所以她的耳朵支著，手伸著，而嘴唇停了——這個不是澳洲打來的電話讓她縮小了許多，讓她收回自己伸著的手的時候也僵硬了許多。「這孩子，也不替家裏人想想。」

電話是縣文聯打來的，內容是關於老幹部書法活動的，電話的那端問王書記是不是肯給個面子，參加一下。——好好，我一定參加！老王衝著老伴兒和侄子揮了揮手，他的聲音提了近兩個八度：小同志，你給我的任務我一定認真完成！哈哈哈……

——他們讓我參加老幹部書畫展。老王重重地坐在椅子上，把碗拉到自己面前：都多少看沒寫字了，手都生了。

　　──陳局長給我的毛筆還有沒有？那是從北京買來的。老王將一塊白菜放進了嘴裏，他用筷子指了指老伴兒──那幾隻毛筆真好用，現在想買也買不到了。給我丟了吧。

　　老伴兒用鼻孔哼了一聲，這些東西不都是你自己放嗎。什麼東西都是，一找不到了肯定是別人動了，反正你總沒責任。

　　──我又不收拾屋子。我放好了你看看不順眼就挪了，我上哪裡找去？……

　　「柱兒啊！」不知道什麼時候，老王的父親站在了門外，八十三歲的老人斜依在門框上，那根手杖顯得搖搖欲墜。「柱兒啊，你娘說要點兒錢，不夠花的了。她說還有一個什麼箱子，裏頭有你姥姥給的緞子，她也想要。」

　　──我馬上就給我娘送去，馬上就送。老王急忙站了起來，爸，你不能出來就別強出來了，摔著怎麼辦。

　　「你娘還說要防著劉家點兒，那年他們偷了咱家的麥子，還點了麥秸垛。這一家子都是小人。」

　　「他們光想著害人。那一年……」

　　父親所說的那些人和事距離老王相當遙遠，有些人和事，老王得翻遍自己的記憶才有一些淡淡的印象，而更多的則連淡淡的印象都沒有。那些人和事生活在一個過去的時代，生活在父親的腦子裏，對於老王來說，它們就像在玻璃背後的東西，就像空氣。何必去管它呢，父親記著，願意說，就讓他一個人說去吧，需要的時候你點點頭就是了。

十二

　　侄子搬著他的編織袋，提著衣服和臉盆離開了老王的家，他得住在廠子裏。搬走了侄子就如同一塊石頭從老王的腦口被搬走了，他感覺自己的身體變輕了很多，心情也變輕了很多。

　　所以，老伴兒一邊收拾屋子一邊抱怨侄子把屋子弄得髒亂不堪他沒有生氣，老伴兒說這個孩子一點兒人心都沒有只會找事兒他也沒有生氣，老伴兒說他肯定幹不好肯定待不下去老王只是表情略顯怪異地看了她兩眼，依然沒說什麼。

　　「他的腳那麼髒那麼自就是不洗。還到處亂踩。沙發都叫他踩髒了。你聞聞，都什麼味兒了。」

　　「大前天我叫他幫我把那個小箱子放到立櫃上去。我要是自己能行我才懶得叫他呢。叫了三四遍，來了倒是來了，拿起小箱子咣地就放上去了，立櫃上多少土啊也不知道擦一擦就放上去了，等我把抹布拿來，人家早就又回屋去了。」

　　……

　　老王從立櫃的頂上找出了宣紙，上面已經積了厚厚的灰塵，儘管他極為小心，那些灰塵還是紛紛揚揚地落著，有一層淡淡的霧。然後，老王又找出了兩支毛筆，其中的一支被墨粘成了一個黑石頭，而另一支則毛髮稀疏，年代久遠。老王把兩支毛筆都泡在了水裏。老伴兒在外屋一邊做飯一邊繼續著她的抱怨。

　　——我正在城樓觀山景，忽聽得城外亂紛紛。老王支好了桌子，鋪好了宣紙。他發現鎮紙沒有。然而前前後後找了一遍它依然沒有。

一個煙缸擺在了桌上，它充當了鎮紙。──我正在城樓觀山景，忽聽得城外亂紛紛……老王反覆著這一句。

他凝神。提氣。──我的墨汁呢？

──我的墨汁呢？老王問，老伴說你自己找去，沒看我正忙著嗎。老王說我找過了沒有找到。「沒找到就問我啊，」老伴兒將切好的菜倒進了油鍋裏：「你不會去買一瓶麼？」

──得會哦。老王的臉上洋溢著從未有過的好脾氣。──我要寫大幅的，我要寫毛澤東詩詞，我要寫他老人家的《沁園春‧雪》。老王走到門口，他回過頭來對老伴說。鍋裏面一片劈劈啪啪，老伴的手正忙著。

傍晚，老伴兒從小趙家裏打牌回來，在門外遇上了正急匆匆走出來的老王，他的臉色陰沉得可怕。「怎麼啦，你幹什麼去？」

──買宣紙去。老王生硬地答了一句，然後又恢復了鐵青的臉色和急匆匆的步調，走掉了。「不就是晚了一點兒嗎，至於嗎。」老伴兒自言自語著關上了大門。

屋裏面一片混亂。一片黑壓壓的《沁園春‧雪》，上面畫了許多的「×」，另外還有一部分是碎片和紙團。「自己寫不好又朝紙和筆撒氣，「老伴兒將所有的宣紙都攤開，捲在一起丟在外屋的垃圾筒裏：「有那個功夫幹點兒什麼不好。」

很晚，老王才從外面回來，他的手上多了兩克毛筆和大你十幾張宣紙。「你怎麼才回來？」

──宣紙都賣沒啦。老王沒有回答老伴兒的話，他將宣紙往門邊一丟，然後重重地倒在床上。

　　他喘著粗粗的氣。天已經黑透了，外面已經伸手不見五指，可老王就是盯著玻璃發愣。許久，他又說了一句：是人不是人都想寫什麼書法。文聯也不知道是怎麼組織的。

　　——「要是你覺得……咱可以不參加啊。」老伴兒說。

　　——你知道個屁！老王突然坐了起來，走向新買來的宣紙。

　　在寫書法的間歇，老王又去過幾次郵局，已經熟悉的小女孩一見到他就先搖頭，這搖頭老王也早就熟悉了。他衝著她們笑笑，談幾句天氣太極和九成宮，然後就離開郵局，到縣委外面朝裏看上一會兒，回家。他又給澳洲打過兩次電話，那邊總是莫名其妙的英語，老王準備的許多話都被堵在自己的嘴裏，像蠟一樣又咽回去。有一次，老王的書法已經足夠讓他煩燥，而對方的英語又讓他的煩燥增加了幾分，於是，他衝著話筒講了幾句俄語，那俄語具體的意思老王早忘得差不多了，但這幾句還算流暢。現在輪到那邊被堵住了，輪到那邊不知道說什麼好了，老王心滿意足地掛上了電話。——老子講的是俄語，聽不懂了吧。

　　老伴兒回來後老王把打電話的事和老伴說了，老伴兒也和他一樣合攏嘴——「這個孩子真是沒心沒肺，這麼長時間也不知打個電話回來。」

　　看著老伴傻傻樂著的樣子，老王的心裏忽然有了一些異樣的感覺，那種感覺很快彌漫了他的全身，然後潮水一樣退去。

十三

　　老王的書法寫得很不順利，也難怪，都有幾年沒寫字了，拿著筆的手僵硬得可怕，它像一塊很不靈活的木頭。離交作品的時間已經越

來越近。宣紙又沒了。團掉最後一張紙，老王幾乎已沒有將它丟到門外的力氣，他覺得懊喪至極，疲憊至極。

縣城裏有兩家書畫店，平時很少進宣紙，而這幾天僅剩的宣紙都被參加書畫展的老幹部們買光了，老王只好去老陳家借了幾張宣紙。借到宣紙後老王的心情略感輕鬆了些，他讓老陳把寫好的字拿出來，一邊看，老王對一些字的結構提出了批評，老陳說我寫書法只是應付，人家要我參加我不能不參加，我哪裡會寫字啊，要說書法，在老幹部中你的字是寫得最好的。

老王笑了笑。現在不行了。退下來後就沒摸過毛筆。

兩個人正有說有笑地聊著，電話突然響了，是老伴兒打來的。老王接過電話，那邊急急地說：「爸爸摔著了，你快回家來吧，快叫人送醫院去！」

老人摔著了。他不知因為什麼事想從床上下來，手裏已經握緊了拐杖，然而拐杖突然滑遠了，他就從床上簡單地摔了下來。經過血壓、外科、內科和 CT 之後，結果就不那麼簡單了：老人的胳膊有一處骨折，胸部有多處軟組織損傷，需要住院治療。老人的肺部還有一塊陰影，是什麼還得詳細檢查後才能確檢。

打過電話，弟弟也來到了醫院。去外科、內科，弟弟並不比老王走得更慢，而去住院部輸相關手續的時候，弟弟的肚子疼了起來，他叫老王先去，然後自己走進了廁所。老王盯著廁所的門看了一會兒，用鼻子哼了一聲，就一個人去辦理住院手續去了。

老王回到病房，弟弟還沒有從廁所裏出來，見他一個人，老伴問他呢？老王略略支吾了一下，說他去廁所了。「還不知道他那小心眼，怕花錢，爹又不是一個人的爹，」老王朝老伴兒使了一個眼色，可老伴兒裝著沒有看見，她配合著護士按住老人的胳膊：「在他那裏

錢是錢，別人的錢就不是錢了，花別人的錢不心疼，自己的錢可是連著心啊。」

弟弟不知什麼時候已站在了背後。

「哥哥，嫂子，你們回去吧，反正醫院裏也用了這麼多人，有事我再叫你們，「弟弟的聲音很輕，有些不安。他搓著自己的兩隻手。

「我一個人守著就行了。真的。」

「你們回去吧。也累了這麼多天了。」

離書畫展交作品的時間已經越來越近，可老王卻沒有了心情，他覺得自己已經相當疲憊。紙一張張地少，越寫，老王越對自己的作品不滿意。他決定放棄《沁園春·雪》。這首詞太長了，而他的宣紙又不多了，不能總去老陳那裏要吧。他決定只寫其中的兩句：「俱往矣，數風流人物還看今朝。」

「俱往矣，數風流人物，還看今朝。」

「俱往矣……」

十四

那天，傍晚的時候，老王寫下了那一天的第七幅「俱往矣數風流人物」，來到院子裏活動一下筋骨。就在他金剛倒錐的時候忽然聽見父親的屋子裏傳來了一聲咳嗽，那聲音像極了父親。他停下，支起了耳朵，咳嗽聲沒了，可是隱隱地有別的響動。他不自覺地走進了父親的房間。

那間昏黑的屋子裏空空蕩蕩，沒有一個人，只有一股濃重的黴味兒在空氣中散佈著，來回擺蕩。父親的茶杯不在那裏放著，父親的缺了一角的碗，父親的枕頭和煙盒都在那裏放著，可父親不在。他在醫

院裏。老王提醒了自己一下，父親在醫院裏，他還是有那種恍若隔世的感覺，彷彿老人走了，不回來了。七十三、八十四，老王愣了一下，他突然地有些心酸。

　　——那頭驢是不對勁，好幾天了，餵它豆子也不吃，拉它打它都不肯起來，屁股後面有一大攤血……

　　是父親的聲音。這聲音就在老王的耳邊，可是，父親在醫院裏。然而那聲音那麼響亮，清晰，它說給了老王的耳朵。

　　老王想捕捉到這聲音，然而在他開始捕捉的時候聲音已經消失了，屋子裏一片昏暗，空空蕩蕩。

　　在他的背後，父親的咳嗽又傳了過來，那聲音直接來自老人有了影的肺。

　　父親，住在醫院裏。許多日子，老王都被一些奇怪的夢所困撓著，從一個噩夢中出來，還會有另一個噩夢接著他，夢和夢之間還有一定的連貫性，它讓老王即使已經真正地醒來了也不敢鬆氣。索性，老王在練過太極拳之後，吃過早飯之後，那一小覺就免了，他或者是去醫院再到郵局，或者是從郵局到醫院，這個順序得看老王的心情而定。有一次，在醫院的門口碰到公安局管戶籍的秦科長，他熱情地和老王打招呼，問他去澳洲的事辦得怎麼樣了，這些天也沒見老王找他。老王略顯尷尬地擺了擺手，老人摔著了。我離不開。秦科長坐上一輛白色的汽車，他搖下車玻璃大聲地和老王說：「王書記，有事兒你就說話。澳大利來可是個好地方啊！」

　　送去秦科長，老王的心裏突然有了些懊惱：去澳洲的事遲遲不見動靜，可已經鬧得滿城風雨了，要是再去不成了，得有多少人笑話他啊。多沒面子。

可這消息有一部分或者大部分是老王自己先放出去的，他的懊惱沒辦法撤掉，如果懊惱是一個球是一塊石頭，他總不能真往自己的腳上砸吧。

人生不如意十有八九。現在輪到我老王了。我要這麼多的不如意幹什麼？老王自己對自己說，想開一點兒，許多人還不如你呢，像老趙頭，他想說要去澳大利亞，誰信啊。

然而勸自己想開一點兒起不到什麼作用，有些事很難讓他能想得開看得開。

十五

老幹部書畫展開幕的那天老王去了。開幕式的時間是上午九點，老王早早出來在郵局裏坐了一會兒，看著表九點五分了他才朝展廳走去。到場的人不是很多，基本上都是有書畫作品參展的老幹部們，縣裏只有一個排位很靠後的副縣長參加了儀式。──他算幹什麼的？老王悄悄地向身邊的老陳發彙了一下不滿，老陳也悄悄地點了點頭：「我們都老了，沒用了，當然不愛重視了。說不定，他的心裏還委屈著呢。」

讓老王難以想得開的得開的事還在後邊。副縣長拿出一份稿子，代表縣委縣政府祝賀了一下後，天天和老王在操場上練拳的老趙頭忽然也走到了臺上，他是以老幹部的代表的身份講話的。

老王感覺自己的喉嚨裏懸著一隻蒼蠅。

老趙頭滿面紅光。他先感謝了一遍黨中央國務院省委市委縣委縣政府的英明領導之後，又開始講起了國內外的當前局勢。老王感覺喉

嚨裏的蒼蠅長了，長了，它塞住了他的呼吸。老王在人群裏重重地咳嗽了一聲，人群裏此起彼伏的咳嗽聲也跟著響了起來。

老趙頭面不改色。他又開始講這次書畫展的意義和老幹部老有所為的意義。老王喉嚨裏的蒼蠅生了許多的小蒼蠅，它們已經爬滿了趙王的肝、脾、胃和腸子。「臉皮真厚」。老陳在老王的耳邊悄悄地說。他當然知道老王和老趙頭素來不和，兩個人都在位上的時候就這樣。老王忽然記起，當年老陳應當是和老趙頭一條錢的，後來不知為什麼兩個人鬧翻了，老陳才慢慢和自己有了接觸，成為了朋友，無話不談的朋友。老王的肚子裏裝滿了蒼蠅，它們或者在爬，或者在飛。

進入大廳，迎面懸掛的是一副《沁園春·雪》，整整一張四尺宣的樣子。老王走過去，他肚子裏的蒼蠅更加密密麻麻；字是老趙頭寫的。老王感覺，老趙頭的字就像一團團的蒼蠅，這些蒼蠅和他肚子裏的蒼蠅呼應著，露出一副副獰笑的表情。

老王的那副卻不見了，他找不到他的字。老王從前廳走到後廳，他的字仍然未能找到。他按了按自己心裏的怒火，裝作認真欣賞的樣子又尋找了一遍，這次，他終於在個不顯眼的角落裏找到了自己的那副字。老王肚子裏的蒼蠅一下子從他的耳朵、眼睛和鼻子裏飛出來了，連綿不絕——這時，一位是文聯的人員正走過來，老王叫住了他。

——你們的安排不對嗎，這樣是有問題的。

——什麼問題？那位工作人員有些莫名其妙。

——我的意見不僅僅是我個人的意見，我們許多老幹部都是這個意見。你們對這些書畫的佈置是出於什麼樣的考慮呢？這應當是有學問的，不能瞎擺啊。

老王的話得到了一些老幹部的附合，他們也表示了這樣的不滿。

──我們是專門考慮過種種因素的，包括類別、佈局和內容，我們從前天就⋯⋯

老王打斷了他的話。──我不是說你們一點考慮沒有，而是有些欠妥。應當從藝術的規律出發，當然，你們搞專業的比我更清楚。

「這位老同志」，那位工作人員掃了一眼圍在身邊的老幹部們，「請您把意見說得具體一點，好讓我們馬上改正。」

──算了算了，我只是隨便說說。老王從人群中擠了出來，有什麼大不了的啊！

「就是，有什麼大不了的啊。」在老王的背後，老王停下來辯認了一下，他覺得好像是老趙頭的聲音。停下的老王想回頭看看是不是他，但停了兩秒之後他改變了主意。他邁著重重的步子離開了展廳。

有幾個老幹部，也稀稀疏疏地走出來了。

老王在路邊站了一會兒，和這些稀稀疏疏的老幹部們彙在一起。

──連橫豎起筆運筆都不會，還寫什麼書法。

──就是。一看就讓人噁心。

──毛主席的詩詞多大氣啊，氣勢多大！看他寫得像一群小雞仔似的，哼，沒有氣勢可有臉皮！

⋯⋯

十六

離開那些勞騷滿腹的老幹部們回自己的家，老王還真覺得有些不捨。在門口，老王讓自己略略地平靜了一下，然後推開了門。

　　侄子坐在沙發上。他的雙腳高高搭在茶几上，略略地晃動著，電視裏，一部槍戰片正進行得如火如荼，一個人已經陷入了重重包圍。

　　——你怎麼回來了？老王對侄子所在很感意外。他看到了堆在一邊的被褥、臉盆和一個布兜。

　　「我不幹了。」侄子放下了他的腳，他對老王的出現也感到一絲意外，他的臉上帶出了這種表情。

　　——為什麼不幹了？偷人家東西了？老王的臉沾了下來。

　　「不是。我什麼也沒偷，就是不想幹了。」

　　老王只得壓住火氣再三追問，而侄子又是一個惜話如金的人，好不容易，老王才問清楚侄子不幹的理由。首先是累，一天得幹十幾個小時還不能有絲毫的鬆懈，一離開車間人馬上就能睡著。其次是髒，車間髒住的宿舍也髒，十幾個人擠在一起連翻身都不能。再有就是老闆根本不把他們當人看，時不時地打罵他們還千方百計地扣工錢，「純粹是剝削。」

　　——是剝削？你知道什麼是剝削？老王重重地拍了一下桌子：小小年紀，總是好吃懶做，哼，光養著你不讓你幹活才不叫剝削是不是？

　　「他就是剝削，」侄子橫了一下他的脖子，老王看在了眼裏。

　　——人家能行，人家能幹，那你為什麼不行？要不是看我的面子，這活兒能輪到你的頭上？……再說，他們的老闆是我的學生，他能剝削你麼？他不能！……我知道你不敢跟我說實話，你在家裏就小偷小模，我早就知道！你別以為我不清楚……你得好好地改一下你的壞習慣！

　　電視上，那個陷入重圍的人堅持了下來，迎來了救兵。只是他已經傷痕累累，都快站不起來了。老王的侄子幾乎目不轉睛。「The End」出現了。

——一個人，不想受苦受累是幹不成事的。你怕受苦的臭毛病得改一改了，是得改了！我告訴你，馬上給我回廠裏去！馬上給我回去！

姪子關上了電視。「叔，我不想回去，我不能回去，而且我也回不去了。」

——為什麼？

「臨出來的時候，我將一根鋼管塞進了機器。」

老王愣住了，他有些陌生地看著自己的姪子，他的手腳有些發涼。

——你怎麼能這樣幹？老王做了一個揮動拳頭的動作，你你你怎麼能這樣幹？

「誰叫他們不給我工錢的。」姪子一副滿不在乎的表情。

——你給我滾！以後不要再進我家門！老王終於嚴重地爆發了，他的鼻子聞到了火焰和硝煙的氣味：你你真不是東西，你給我滾！

姪子仍然是那副滿不在乎的表情，他收拾了一下自己丟在沙發邊上的東西，「我來就是和你打個招呼的，我馬上就走。」

——以後，以後你不要再想叫我給你找工作！

姪子哼了一聲，背起他的被褥和衣服，背起臉盆和叮叮噹當的響聲，在黃昏裏走出了老王家的門。

黃昏，在姪子走出去後就自己合上了，然而大門還空蕩蕩地開著。老王大口地喘著氣，他突然發現，空氣早就不夠用了，它那麼稀薄。鄰居家的音樂混亂地響著。

如果我有一雙翅膀兩雙翅膀

隨時出發　偷偷出發

我一定帶我媽媽走

從前的教育

別人的家庭　別人的爸爸

種種暴力因素一定會有原因……

十七

在醫院裏，弟弟變成了另一個人，一個很讓老王感覺陌生的人，一個冷冷的人，一個有著很怪的脾氣老王摸不到的人。最初，老王並沒有在意弟弟的變化，這變化是慢慢疊加起來的，有一個從量變到質變的過程。回味到這種變化，老王當然很不高興：你是怎麼回事？你這兩天怎麼啦？

「我一直這樣。我一個鄉下人，又能怎麼樣？」

──你，老王愣愣地看了兩眼一向懦弱的弟弟，你怎麼說話？我知道你為什麼，是你兒子不爭氣，他的那些事都和你說了吧！

「我不是說他。不因為他，這事和他沒關係。」老王的弟弟略略地顯出了一絲尷尬：「我知道他怎麼樣，我很清楚。我是說咱父親。他不光是我一個人的。」

──你這是什麼話！純粹放屁！

「我知道你從來不放屁。像你這種知書達理又當過官的人從來都不放屁。咱父親是在你家摔的吧，這沒什麼，在誰家看不好都能摔，可我在醫院沒日沒夜地都五六天了，你在醫院裏又待了多長時間？」

……人越聚越多，那些病人，護士和病人們的家屬、朋友都在門口探著他們的腦袋，一些腦袋聽了一會兒就走了後面又換上了其他的腦袋。

——我今天就在這兒，你可以回家了。老王壓低了聲音，他的臉背對著門口。

「要是我不說，你能讓我回家？」弟弟的聲音反而提高了一些，他甚至是衝著門外的那些腦袋說的。

老王揮了揮手，彷彿在他面前一直有一隻來回飛動的蒼蠅，他的頭開始暈眩，有許多的雪在他的腦袋裏鳴叫和飛旋，它們撲閃著衝出了他的頭。天似乎在突然之中就黑了，他聽見耳朵裏有著兩扇巨大的門，而這兩扇門也在突然間就關上了，他聽到的是關門時最後的轟鳴。

兄弟倆的爭吵以老王的暈倒而收場。醫生說老王的心臟出現了早波，而他的血壓也高，不過住幾天院休息一下就沒事了。於是，老王住進了醫院。他要求和父親住在隔壁，他要求老伴兒給縣委辦公室和老幹部局打一下電話，當天，老幹部局的一個副局長就來到了醫院。他們大約坐了三分鐘手機就響了，於是，副局長帶著人匆匆離開了病房。

——你去郵局看看來信了沒有。老王每天都這樣催促，老伴兒天天去郵局可一直一無所獲。

——她也許會打到家裏。愛裏又沒人。

「我不在醫院裏照顧你們，天天回家等電話，你說行嗎？我又不能把自己分成三半兒，一半兒侍候老的，一半侍候你，那一半兒在家裏等電話。」

想想也是，老王就不再說這些了，他說的是誰誰送來的香蕉太青太澀，外面買的飯不衛生而醫院裏的飯又太難吃。「一身的毛病滿眼的毛病你煩不煩啊。」老伴雖然這樣說著，可她還是按著老王的要求送水送飯端便盆。「不知道的，還以為你已經不行了呢，多大的病啊。」

在老王也住進醫院之後老王的弟弟天天都來看一下。他們誰也不和對方說話，彷彿對方並不存在。弟弟的話是和老伴兒說的，好些了吧要不要人手之類。然後就沒話了。然後，弟弟以父親可能要這要那為藉口走出去，輕輕地關上門。

──他們的事，我以後可不再管了。有一次，老王指著弟弟走出去的背影說。我再也不管了。

十八

從住院以來，已經有段時間沒去操場了。老王想，老王把它也說了出來，那時，天已經有些亮了，老伴兒張著她的嘴翻了個身。她似乎含混地應答了一句，具體是什麼老王沒聽清楚，好時他已站在了屋外。

院子裏樹影晃動，似乎有一團淡紫色的霧也在晃動，其他的都出奇地靜寂。屋裏，老伴兒似乎又含混地說了一句什麼，或者只是翻身，那動靜很快就消失了，根本來不及捕捉。老王朝父親空出的那間房間看了看，那裏空空蕩蕩的，甚至有些陰森的氣流，老王朝房門那裏走了幾句，陰森的氣流悄悄地散了。他支起了耳朵，裏面既沒有歎息也沒有說話的聲音，連咳嗽也沒有，什麼聲音也沒有的房間更加空空蕩蕩。父親還在醫院裏。

那天老王的心情不壞。

那天，老王的心情真的不壞，所以他奔向操場的步子極為輕盈，那種仙風道骨的感覺又回到了他的身上。他想像，那些學生見到他時的驚訝和興奮，他們會圍住他，和他交換這些天自己練習的心得……

　　操場上，練拳的只有一群人，他們聚在老趙頭的周圍。老王建立起來的「領地」空蕩蕩的，竟然一個人影都沒有，而兩株野草卻乘虛而入，在他的領地上長了出來。老王走過去，用腳踢掉了那兩株草——這時，他發現自己的兩個學生竟在老趙頭的隊伍裏。他們也看見了他。

　　那兩個學生，有些不自然地收住了勢，有些不自然地躲過了老王的目光。老王感覺自己的手在微微的顫。還有些涼。老王想了想，他做出一副閒逸的樣子朝老趙頭的方向踱過去，老趙頭肯定也看見他了，早早地就看見他了。

　　那兩個曾經屬於老王的學生仍然那麼很不自然地站著，躲著。老趙頭停下了他的動作，他彷彿並沒有看到老王：「要大方一些，舒展一些。太極的形和意都是非常講究的。」然後，他走到曾經屬於老王的一個學生的身邊，糾正了一下他的動作：「不要這麼小家子氣，總是像偷人家東西似的。也不知是哪個師傅教的。」老趙頭衝著那個學生笑了起來。

　　即使不說這些，老王也早就忍無可忍了。——你說什麼？你說什麼？老趙頭，他把話說明白！誰小家子氣了？哼，看看你在書畫展上寫的那些字，看看是誰也小家子氣了？

　　「還說不小家子氣？我在教我的學生練太極，你不小家子氣你搭什麼腔？」老趙頭甩了一下他原本已稀疏的頭髮，一副很不屑的樣子。

　　——甩什麼甩，看你那兩把狗毛，老王心裏這麼狠狠地想了一下，然而他的嘴上卻跟著說了出來，等他發覺已經晚了。

　　「你你你，你的狗毛多，」老趙頭的臉漲得通紅，「你的狼心狗肺還多呢！」老趙頭朝向他的學生們：「當年他在鄉里當鄉長，想當書記，可是人家書記比你年輕啊……」

——別以為你的那些事我不知道！你是怎麼從水利局出來的？……

開始，那些學生們面面相覷，他們就像一群旁觀者一樣，插不上手也插不上嘴，後來終於有人插話：算了二位師傅算了算了，那些老趙頭的學生們才參與了進來。可氣的是那兩個原屬於老王的學生也加入了進來，他們一邊說著什麼一邊想推他走——我這個人，最恨的就是你們這樣的叛徒！老王揮了揮手，那兩個學生被他甩在了背後。

老王的心情完全壞了。壞透了。他的心情裏有電閃雷鳴，有風暴和雨雪，有密不透風的陰鬱。他發誓，以後再也不來操場了，再也不來了！老王的牙痛了起來，很快那種疼痛就彌漫了身體的每一個部分。

十九

這樣翻山倒海翻天覆地了很久老王的心情依然沒有平靜下來。他想自己那麼早地離開操場是不對的，是一個極端的錯誤，他一離開老趙頭更有機會說他的壞話了，更有機會造他的謠了。應當拆穿他的本來面目！

然而這個錯誤已經形成就無法再改正了，他不能再回操場，再去和老趙頭吵架，這是不能的。而那兩個可恥的叛徒，現在肯定會在老趙頭的面前搖尾巴，一句一句地說他的壞話。老王的牙痛得他的眼淚都快湧出來了。

老王沒有回家吃早飯。他不知不覺轉到了郵局。等到了郵局他才恍然，自己竟然來這裏了，自己的早飯還沒吃呢。

時間還早，郵局的人還沒來上班，鐵質的捲簾門生硬地擋著老王。老王朝著捲簾門重重地吐出了一口痰，那口重重的、粘粘的痰站在了

門上，粘粘地下滑著。這樣並不能讓老王心裏的怒氣怨氣下降多少，它們還在翻滾，就像另一口更粘更重也更大的痰。

老王決定先到郵局對面的那家小餐館裏吃飯，他決定一邊吃飯一邊等待郵局開門。他找了一張靠近窗口的桌子坐了下來，小店裏人很少，但有幾隻蒼蠅卻不辭辛勞地圍繞著屋子來回地轉。老王不得不一邊等待一邊揮動他的手，驅趕著蒼蠅的到來。對面的鐵門還那樣緊緊地閉著，沒有一絲將要打開的跡象。

飯還沒有端來。

然而一隻蒼蠅卻旁若無人地落下來了，老王的揮手對它毫無作用。

桌子重重地響了一下。兩個店員一下子從裏屋竄了出來，老王衝他們笑了笑，——蒼蠅。我打蒼蠅。那兩個店員朝老王的身上打量了幾下，然後又一言不發地退回了裏屋。老王想跟過去，看看他們的操作間裏是不是也有這麼多的蒼蠅，可剛才自己的那一掌太重了，他不太好意思再跟過去。他根本沒有一絲的食欲，現在，更沒了。

路上已經有了稀稀疏疏三三兩兩的人群。上班的人已陸續地來了。可是，對面的鐵門還那樣緊緊地閉著，沒有一絲將被打開的跡象。

語言文學類　PG0421

藍試紙
——李浩短篇小說集

作　　者 / 李　浩
主　　編 / 蔡登山
責任編輯 / 林千惠
圖文排版 / 鄭伊庭
封面設計 / 陳佩蓉

發 行 人 / 宋政坤
法律顧問 / 毛國樑　律師
印製出版 / 秀威資訊科技股份有限公司
　　　　　114 台北市內湖區瑞光路 76 巷 65 號 1 樓
　　　　　電話：+886-2-2657-9211　傳真：+886-2-2657-9106
　　　　　http://www.showwe.com.tw
劃撥帳號 / 19563868　戶名：秀威資訊科技股份有限公司
　　　　　讀者服務信箱：service@showwe.com.tw
展售門市 / 國家書店（松江門市）
　　　　　104 台北市中山區松江路 209 號 1 樓
　　　　　電話：+886-2-2518-0207　傳真：+886-2-2518-0778
網路訂購 / 秀威網路書店：http://www.bodbooks.tw
　　　　　國家網路書店：http://www.govbooks.com.tw
圖書經銷 / 紅螞蟻圖書有限公司
　　　　　114 台北市內湖區舊宗路二段 121 巷 28、32 號 4 樓
　　　　　電話：+886-2-2795-3656　傳真：+886-2-2795-4100

2010 年 9 月 BOD 一版
定價：390 元

國家圖書館出版品預行編目

藍試紙──李浩短篇小說集 / 李　浩著. --
一版. -- 臺北市 ：秀威資訊科技, 2010.09
　面 ；　公分. -- (語言文學類 ; PG0421)
BOD 版
ISBN 978-986-221-553-1(平裝)

857.63　　　　　　　　　　99014549

讀 者 回 函 卡

感謝您購買本書,為提升服務品質,請填妥以下資料,將讀者回函卡直接寄
回或傳真本公司,收到您的寶貴意見後,我們會收藏記錄及檢討,謝謝!
如您需要了解本公司最新出版書目、購書優惠或企劃活動,歡迎您上網查詢
或下載相關資料:http:// www.showwe.com.tw

您購買的書名:_____

出生日期:_____年_____月_____日

學歷:□高中 (含) 以下　　□大專　　□研究所 (含) 以上

職業:□製造業　□金融業　□資訊業　□軍警　□傳播業　□自由業
　　　□服務業　□公務員　□教職　　□學生　□家管　　□其它_____

購書地點:□網路書店　□實體書店　□書展　□郵購　□贈閱　□其他

您從何得知本書的消息?

　　□網路書店　□實體書店　□網路搜尋　□電子報　□書訊　□雜誌

　　□傳播媒體　□親友推薦　□網站推薦　□部落格　□其他_____

您對本書的評價:(請填代號　1.非常滿意　2.滿意　3.尚可　4.再改進)

　　封面設計____　版面編排____　內容____　文／譯筆____　價格____

讀完書後您覺得:

　　□很有收穫　□有收穫　□收穫不多　□沒收穫

對我們的建議:_____

_____

_____

_____

11466
台北市內湖區瑞光路 76 巷 65 號 1 樓

秀威資訊科技股份有限公司　　　收
BOD 數位出版事業部

··

（請沿線對折寄回，謝謝！）

姓　　名：＿＿＿＿＿＿＿＿＿　年齡：＿＿＿＿　性別：□女　□男

郵遞區號：□□□□□

地　　址：＿＿＿＿＿＿＿＿＿＿＿＿＿＿＿＿＿＿＿＿＿

聯絡電話：(日) ＿＿＿＿＿＿＿＿＿ (夜) ＿＿＿＿＿＿＿＿＿

E-mail：＿＿＿＿＿＿＿＿＿＿＿＿＿＿＿＿＿＿＿＿